Die Künstlerin Kate hält sich für den letzten Menschen auf Erden. Doch gab es sie wirklich – jene Apokalypse, die nur sie allein verschont hat? Oder ist Kate wahnsinnig? In einem Strandhaus an einer unbekannten Küste dokumentiert eine Frau ihre Suche nach den Überlebenden einer namenlosen Katastrophe, durchforstet ihre Erinnerung an Kunstwerke, Bücher und Artefakte einer untergegangenen Zivilisation. Und während Kate rastlos über den Globus reist, in den größten Museen der Welt übernachtet und an den verlassenen Monumenten unserer Kultur umherstreicht, entspinnt sich wie nebenbei eine irrwitzige Geschichte der westlichen Welt: von Homer, der womöglich eine Frau war, über Aristoteles' Lispeln bis zu Rembrandts rostbrauner Katze, von Guy de Maupassants Abneigung gegenüber dem Eiffelturm zu Brahms' Abneigung gegenüber Kindern. Doch dann und wann, tief verborgen zwischen den Zeilen, scheint eine Trauer auf, die vermuten lässt, dass Kates Geschichte womöglich eine ganz andere ist …

David Markson wurde 1927 in Albany, New York, geboren und studierte an der Columbia University Literatur. Protegiert von Malcolm Lowry gehörte er seit den frühen 1950ern zur New Yorker Schriftstellerszene. Sein 1988 erschienenes Hauptwerk *Wittgensteins Mätresse* gilt heute als Meilenstein der amerikanischen Postmoderne. David Markson verstarb 2010 in New York City.

David Markson

WITTGENSTEINS MÄTRESSE

Roman

Aus dem Englischen von Sissi Tax

Mit Texten zum Roman
von Elfriede Jelinek
und David Foster Wallace

Berlin Verlag Taschenbuch

Die Übersetzung wurde mit Mitteln des Bundesministeriums
für Unterricht, Kunst und Kultur der Republik Österreich gefördert.

FSC
www.fsc.org
MIX
Papier aus verantwortungsvollen Quellen
FSC® C019821

August 2014
Die Originalausgabe erschien 1888 unter dem Titel *Wittgenstein's Mistress*
bei Dalkey Archive Press, Normal

Umschlaggestaltung: ZERO Werbeagentur, München
unter Verwendung eines Motivs von © gettyimages®/Renee Keith
Gesetzt aus der Caslon von Greiner & Reichel, Köln
Druck und Bindung: C.H.Beck, Nördlingen
Printed in Germany
ISBN 978-3-8333-0962-5

www.berlinverlag.de

Für Joan Semmel

»Was für eine außerordentliche Veränderung stattfindet …, wenn erstmals die Tatsache ins Bewusstsein dringt, dass alles davon abhängt, wie eine Sache das erste Mal gedacht wird, wenn, in der Folge, Denken in seiner Absolutheit eine augenscheinliche Wirklichkeit ersetzt.«

Kierkegaard

»Als ich noch immer an seinen Fähigkeiten zweifelte, fragte ich G. E. Moore um seine Meinung. Moore antwortete: ›Ich halte in der Tat sehr viel von ihm.‹ Als ich wissen wollte, warum, sagte er, der Grund sei, weil Wittgenstein der einzige Mensch war, der in seinen Vorlesungen verwirrt dreingeschaut hätte.«

Bertrand Russell

»Ich kann gut verstehen, warum Kinder Sand lieben.«

Wittgenstein

Am Anfang hinterließ ich manchmal Botschaften auf der Straße.

Jemand lebt im Louvre, lauteten einige dieser Botschaften. Oder in der National Gallery.

Natürlich konnten sie so nur lauten, wenn ich in Paris oder London war. Jemand lebt im Metropolitan Museum, so lauteten sie nämlich, als ich noch in New York war.

Niemand kam, selbstverständlich. Schließlich hörte ich auf, Botschaften zu hinterlassen.

Um die Wahrheit zu sagen, vielleicht hinterließ ich insgesamt nur drei oder vier Botschaften.

Ich habe keine Ahnung, wie lange es her ist, seit ich das getan habe. Müsste ich schätzen, ich glaube, ich würde zehn Jahre schätzen.

Möglicherweise ist es auch einige Jahre länger her. Allerdings.

Und selbstverständlich war ich für eine bestimmte Periode auch nicht bei Sinnen. Damals.

Ich weiß nicht, für wie lange, aber für eine bestimmte Periode.

Aus der Zeit gefallen. Eine Redewendung, die ich, wie ich vermute, vielleicht nie richtig verstanden habe, jetzt, da ich sie gerade verwende.

Bedeutet aus der Zeit gefallen wahnsinnig, oder bedeutet aus der Zeit gefallen einfach vergessen?

Aber in jedem Fall gab es kaum einen Zweifel an diesem

Wahnsinn. Wie zum Beispiel damals, als ich in jenen obskuren Winkel der Türkei fuhr, um die Stätte des alten Troja aufzusuchen.

Und aus irgendeinem Grund wollte ich besonders den Fluss dort sehen, über den ich auch etwas gelesen hatte und der an der Zitadelle vorbei zum Meer fließt.

Ich habe den Namen des Flusses, der in Wirklichkeit ein schlammiger Bach war, vergessen.

Und außerdem meine ich nicht zum Meer, sondern in die Dardanellen, die einst der Hellespont genannt wurden.

Der Name Troja ist natürlich auch geändert worden. In Hisarlik ist er geändert worden.

Mein Besuch war in vielerlei Hinsicht eine Enttäuschung, die Stätte erstaunlich klein. Praktisch nicht viel mehr als ein gewöhnlicher Häuserblock und ein paar Stockwerke hoch.

Dennoch konnte man von den Ruinen aus den Berg Ida sehen, über all diese Entfernung hinweg.

Sogar im späten Frühling war noch Schnee auf dem Berg.

Jemand ging dorthin, um zu sterben, glaube ich, in einer der alten Geschichten. Paris vielleicht.

Ich meine natürlich den Paris, der Helenas Geliebter gewesen war. Und der verwundet wurde fast am Ende dieses Krieges.

In der Tat war es Helena, an die ich hauptsächlich dachte, als ich in Troja gewesen bin.

Ich wollte gerade hinzufügen, dass ich eine Zeit lang sogar träumte, die griechischen Schiffe lägen dort noch am Strand.

Nun, es wäre ja harmlos genug gewesen, das zu träumen.

Von Hisarlik ist das Wasser vielleicht eine Stunde Fußmarsch entfernt. Was ich als Nächstes geplant hatte, war, ein gewöhnliches Ruderboot zu nehmen, damit überzusetzen und dann weiter über Jugoslawien nach Europa zu fahren.

Möglicherweise meine ich Jugoslawien. Auf jeden Fall gibt

es auf dieser Seite der Meerenge Denkmäler für die Soldaten, die dort im Ersten Weltkrieg gestorben sind.

Auf der Seite, auf der Troja liegt, kann man ein Denkmal finden, wo Achilles begraben wurde, was so viel länger her ist.

Nun, man sagt halt, dass es dort sei, wo Achilles begraben wurde.

Dennoch finde ich es außergewöhnlich, dass junge Männer dort starben, in einem längst vergangenen Krieg, und dann am selben Ort gestorben sind, dreitausend Jahre danach.

Aber wie dem auch sei, ich änderte meinen Plan, den Hellespont überqueren zu wollen. Womit ich die Dardanellen meine. So suchte ich mir ein Motorboot aus und nahm stattdessen den Weg über die griechischen Inseln und Athen.

Obwohl ich nur eine aus dem Atlas herausgerissene Seite hatte statt einer Seekarte, kostete es mich nur zwei gemächliche Tage, um nach Griechenland zu kommen. Vieles über diesen alten Krieg war zweifellos stark übertrieben.

Dennoch, bestimmte Dinge können eine Saite anrühren.

Wie zum Beispiel ein oder zwei Tage danach den Parthenon zu sehen, in der späten Nachmittagssonne.

Es war in diesem Winter, in dem ich im Louvre lebte, glaube ich. Da verbrannte ich Artefakte und Bilderrahmen, der Wärme wegen, in einem schlecht belüfteten Raum.

Aber dann, bei den ersten Anzeichen von Tauwetter, wechselte ich die Fahrzeuge, sobald mir das Benzin auszugehen begann, und begab mich auf den Heimweg quer durch Russland.

All das ist unbestreitbar wahr, wenn auch, wie gesagt, lange her. Und ich mag, wie auch schon gesagt, wohl wahnsinnig gewesen sein.

Aber dann wiederum bin ich mir überhaupt nicht sicher, wahnsinnig gewesen zu sein, als ich davor nach Mexiko gefahren bin.

Möglicherweise davor. Um das Grab eines Kindes namens Adam, das ich verloren hatte, zu besuchen. Noch lange vor all diesem.

Warum habe ich geschrieben, sein Name war Adam?

Simon war der Name meines kleinen Sohnes.

Aus der Zeit gefallen. Bedeutet das, man kann auch nur für einen Augenblick den Namen seines einzigen Kindes vergessen, das jetzt dreißig wäre?

Ich bezweifle dreißig. Ungefähr sechsundzwanzig oder siebenundzwanzig.

Bin ich fünfzig, also?

Es gibt nur einen Spiegel. Hier, in diesem Haus am Strand. Vielleicht sagt der Spiegel fünfzig.

Meine Hände sagen das. Es zeigt sich jetzt an meinen Handrücken.

Andererseits menstruiere ich noch immer. Unregelmäßig, so dass es oft für Wochen so vor sich hingeht, aber dann wieder nicht eintritt, bis ich es fast vergessen habe.

Vielleicht bin ich nicht älter als siebenundvierzig oder achtundvierzig. Ich bin sicher, dass ich einmal versucht habe, behelfsmäßig Buch zu führen, möglicherweise über die Monate, aber sicherlich wenigstens über die Jahreszeiten. Aber ich erinnere mich sogar nicht einmal mehr, wann es war, dass ich einsah, dass ich schon längst den Faden verloren hatte.

Dennoch glaube ich, ich war kurz davor, vierzig zu werden, damals, als all dies angefangen hat.

Wie ich jene Botschaften hinterließ, war mit weißer Farbe. In riesigen Blockbuchstaben, auf Kreuzungen, wo jeder, der kam oder ging, sie sehen würde.

Ich verbrannte auch Artefakte und bestimmte andere Gegenstände, als ich im Metropolitan Museum war. Natürlich.

Nun, und hatte dort ständig ein Feuer, im Winter.

Dieses Feuer war anders als das Feuer, das ich im Louvre

hatte. Wo ich das Feuer im Metropolitan machte, war in der großen Halle, da, wo man hinein- und hinausgeht.

In der Tat baute ich darüber auch einen hohen Kamin aus Blech. So dass der Rauch zu den Oberlichten hoch darüber abziehen konnte.

Was ich tun musste, war, Löcher in die Oberlichte schießen, nachdem ich den Kamin errichtet hatte.

Das tat ich mit einer Pistole, recht vorsichtig, in einem Winkel von einem der Balkone, so dass der Rauch hinaus-, aber der Regen nicht hineinkommen würde.

Regen kam herein. Nicht viel Regen, aber etwas.

Nun, schließlich kam er auch durch andere Fenster, als jene von selbst zerbrachen. Oder durch das Wetter.

Fenster zerbrechen noch immer. Mehrere sind hier zerbrochen, in diesem Haus.

Gegenwärtig ist es Sommer, freilich. Auch macht der Regen mir nichts aus.

Von oben kann man das Meer sehen. Hier unten sind Dünen, die einem den Blick versperren.

In Wirklichkeit ist das mein zweites Haus am selben Strand. Das erste habe ich niedergebrannt. Ich bin immer noch nicht sicher, wie das passiert ist, obwohl, vielleicht hatte ich gekocht. Für einen Augenblick bin ich zu den Dünen gegangen, um zu urinieren, und als ich zurückschaute, stand alles in Flammen.

Diese Strandhäuser sind alle aus Holz, selbstverständlich. Alles, was ich tun konnte, war, bei den Dünen zu sitzen und es brennen sehen. Es brannte die ganze Nacht.

Ich bemerke noch immer das verbrannte Haus, in der Früh, wenn ich am Strand entlanggehe.

Nun, offensichtlich bemerke ich nicht das Haus. Was ich bemerke, sind die Überreste des Hauses.

Man ist allerdings noch immer geneigt, an ein Haus als ein

Haus zu denken, selbst wenn nicht besonders viel davon übriggeblieben ist.

Dieses hat sich ziemlich gut gehalten, wenn ich es recht bedenke. Der nächste Schnee wird mein dritter hier sein, glaube ich.

Wahrscheinlich sollte ich eine Liste aufstellen, wo ich sonst noch gewesen bin, wenn auch nur zu meiner eigenen Erbauung. Ich meine, angefangen mit meinem alten Loft in Soho, vor dem Metropolitan. Und dann meine Reisen.

Obwohl ich zweifellos inzwischen die meisten davon auch nicht mehr zusammenbekomme.

Ich erinnere mich, wie ich eines Morgens in einem rechtsgesteuerten Automobil saß und beobachtete, wie Stratford-upon-Avon einschneite, was sicherlich selten sein muss.

Nun denn, und wie ich einmal in demselben Winter fast von einem Auto mit niemandem am Steuer angefahren wurde, das einen Hügel nahe Hampstead Heath hinuntergerollt kam.

Es gab eine Erklärung dafür, dass das Auto den Hügel herunterkam, mit niemandem am Steuer.

Die Erklärung war der Hügel. Offensichtlich.

Auch dieses Auto war rechtsgesteuert. Obwohl das vielleicht nicht besonders wichtig ist für irgendetwas.

Und in jedem Fall habe ich vielleicht einen Fehler gemacht, vorher, als ich sagte, ich hätte eine Botschaft auf der Straße hinterlassen, die lautete, jemand lebt in der National Gallery.

Wo ich in London gelebt habe, war die Tate Gallery, wo so viele Gemälde von Joseph Mallord William Turner sind.

Ich bin recht sicher, dass ich in der Tate gelebt habe.

Dafür gibt es ebenfalls eine Erklärung. Die Erklärung ist, dass man von dort aus den Fluss sehen kann.

Beim Alleinleben neigt man dazu, den Blick aufs Wasser zu bevorzugen.

Ich habe immer auch Turner bewundert, allerdings. Tatsächlich könnten seine eigenen Wasserbilder wohl ihren Teil zu meiner Entscheidung beigetragen haben.

Einmal hat Turner sich selbst für mehrere Stunden an einem Schiffsmast festgebunden, während eines wütenden Sturms, so dass er später den Sturm malen konnte.

Offensichtlich war es nicht der Sturm selbst, den Turner zu malen beabsichtigte. Was er zu malen beabsichtigte, war eine Darstellung des Sturms.

Die Sprache ist in dieser Hinsicht häufig ungenau, habe ich festgestellt.

In Wirklichkeit erinnert mich die Geschichte des an den Mast gebundenen Turner an etwas, selbst wenn ich mich nicht daran erinnere, woran es mich erinnert.

Es scheint, dass ich mich auch nicht erinnere, welche Art Feuer ich in der Tate hatte.

Im Rijksmuseum, in Amsterdam, nahm ich Rembrandts *Nachtwache* aus seinem Rahmen, als ich mich dort warm hielt. Übrigens.

Ich bin recht sicher, dass ich beabsichtigte, um diese Zeit herum auch nach Madrid zu gehen, weil dort ein Gemälde im Prado ist, Rogier van der Weydens *Kreuzabnahme*, das ich wiedersehen wollte. Aber aus irgendeinem Grund stieg ich in Bordeaux in ein Auto um, das zurück in die andere Richtung wies.

Dann wiederum hatte ich vielleicht wirklich die spanische Grenze überquert und war bis nach Pamplona gefahren.

Nun, oft habe ich unvorhergesehene Dinge getan in jenen Tagen, wie ich schon gesagt habe. Einmal habe ich, oben auf der Spanischen Treppe in Rom, nur deshalb, weil ich an einen Volkswagenbus voll davon geraten war, aberhunderte von Tennisbällen einen nach dem anderen hinunterspringen lassen, auf jede mögliche Weise.

Wobei ich beobachtete, wie sie auf winzige Unregelmäßigkeiten oder ausgetretene Stellen im Stein stießen und die Richtung wechselten, oder schätzte, wie weit jeder von ihnen über die Piazza unten kommen würde.

Mehrere sprangen schräg hinüber und trafen das Haus, wo John Keats gestorben ist.

Es gibt eine Gedenktafel am Haus, die feststellt, dass dort John Keats gestorben ist.

Die Gedenktafel ist auf Italienisch. Giovanni Keats nennt sie ihn.

Der Name des Flusses bei Hisarlik ist Skamander, erinnere ich jetzt.

Bei Homer, in der *Ilias*, wird er als ein mächtiger Fluss bezeichnet.

Nun, vielleicht war er das, früher einmal. Viele Dinge können sich ändern, in dreitausend Jahren.

Aber dennoch, als ich eines Abends auf den ausgegrabenen Mauern oberhalb vom Fluss saß und zur Meerenge hinüberschaute, war ich fast sicher, man könne noch immer die entlang der Küste angezündeten griechischen Wachtfeuer sehen.

Nun, wie ich gesagt habe, vielleicht habe ich mich das nicht wirklich denken lassen.

Dennoch, bestimmte Dinge sind harmlos genug zu denken.

Am nächsten Morgen, als die Morgenröte erschien, war ich recht zufrieden, sie mir als rosenfingrige Morgenröte vorzustellen, beispielsweise. Selbst wenn der Himmel trübe gewesen ist.

Inzwischen habe ich mir gerade Zeit genommen, meine Eingeweide zu entleeren. Ich gehe dafür nicht zu den Dünen, sondern zum Ozean selbst hinunter, wo die Flut einläuft.

Als ich ging, machte ich zuerst halt im Wald neben dem Haus, um einige Blätter mitzunehmen.

Und nachher ging ich Wasser holen von meiner Quelle, die

sich vielleicht ein paar hundert Schritte den Pfad entlang in der anderen Richtung wie der Strand befindet.

Ich habe auch einen Bach. Selbst wenn er kaum die Themse ist.

In die Tate habe ich mein Wasser vom Fluss gebracht, allerdings. Man kann so etwas jetzt seit längerem tun.

Nun, man konnte aus dem Arno trinken, in Florenz, schon damals, als ich in den Uffizien lebte. Oder aus der Seine, als ich einen Krug vom Louvre den Kai hinuntertrug.

Am Anfang trank ich ausschließlich Wasser in Flaschen. Natürlich.

Am Anfang hatte ich auch eine Ausrüstung. Wie Generatoren, zum Betreiben elektrischer Heizgeräte.

Wasser und Wärme waren das Wesentliche. Selbstverständlich.

Ich erinnere mich nicht, was zuerst kam, die Geschicklichkeit im Umgang mit Feuer, und damit das Aufgeben solcher Gerätschaften, oder die Entdeckung, dass man jedes Wasser, das man wünschte, wieder trinken konnte.

Vielleicht war, was zuerst kam, die Geschicklichkeit im Umgang mit Feuer. Selbst wenn ich zwei Häuser niedergebrannt habe, im Lauf der Jahre.

Beim letzten war es, wie ich vermerkt habe, versehentlich.

Warum ich das erste niederbrannte, möchte ich nicht zu sehr vertiefen. Ich habe das ganz vorsätzlich getan. Allerdings.

Das war in Mexiko, an dem Morgen, nachdem ich das Grab des armen Simon besucht habe.

Nun, es war das Haus, in dem wir alle gelebt hatten. Ich glaubte ehrlich, ich hätte vorgehabt, dort zu bleiben, eine Zeit lang.

Was ich getan habe, war, in Simons altem Zimmer überall Benzin zu vergießen.

Einen Großteil des Vormittags konnte ich noch immer

den Rauch höher und höher steigen sehen, in meinem Rückspiegel.

Jetzt habe ich zwei riesige Feuerstellen. Hier in diesem Haus am Meer, von dem ich spreche. Und in der Küche einen veralteten Kanonenofen.

Ich habe den Ofen allmählich recht lieb gewonnen.

Simon war sieben gewesen. Nebenbei bemerkt.

Viele verschiedene Beeren wachsen in der Nähe. Und gleich hinter dem Fluss gibt es allerlei Gemüse, auf Feldern, die früher bestellt worden waren, jetzt aber natürlich wild überwachsen sind.

Vor dem Fenster, an dem ich sitze, wirbelt die Brise zehntausend Blätter umher. Sonnenlicht bricht durch den Wald in hell gesprenkelten Flecken.

Blumen wachsen auch, in üppiger Fülle.

Es ist ein Tag für ein bisschen Musik, wirklich, obwohl ich keine Mittel habe, mir welche zu besorgen.

Jahrelang, wo immer ich war, brachte ich es im Allgemeinen fertig, eine zu spielen. Aber als ich begonnen habe, die Gerätschaften loszuwerden, musste ich die Musik auch aufgeben.

Gepäck bin ich losgeworden, im Wesentlichen. Nun, Dinge.

Hin und wieder passiert es einem, dass man eine bestimmte Musik im Kopf hört. Allerdings.

Nun, ein Bruchstück von diesem oder jenem, in jedem Fall. Antonio Vivaldi, etwa. Oder Joan Baez, die singt.

Es ist nicht lange her, da hörte ich sogar eine Passage aus *Les Troyens*, von Berlioz.

Wenn ich hörte sage, sage ich so nur sozusagen. Selbstverständlich.

Dennoch, vielleicht ist doch Gepäck da, selbst wenn ich glaubte, ich hätte Gepäck zurückgelassen.

Eine Art Gepäck. Das Gepäck, das einem im Kopf bleibt, das heißt, Reste von all dem, was immer man jemals wusste.

So etwas wie die Geburtstage von Leuten wie Pablo Picasso oder Jackson Pollock, zum Beispiel, die ich, davon bin ich überzeugt, noch immer hersagen könnte, wenn ich wollte.

Oder Telefonnummern, aus all jenen vergangenen Jahren.

Es gibt ein Telefon genau hier, wirklich, nicht mehr als drei oder vier Schritte hinter dem Platz, wo ich sitze.

Natürlich habe ich über Nummern von funktionierenden Telefonen gesprochen. Allerdings.

Tatsächlich gibt es ein zweites Telefon oben, nahe dem Fensterplatz mit dem Polster, von dem aus ich die Sonne untergehen sehe, an den meisten Abenden.

Die Polster, wie so vieles andere hier am Strand, sind modrig. Sogar an den heißesten Tagen spürt man die Feuchtigkeit.

Bücher werden dadurch ruiniert.

Bücher waren weitere Dinge des Gepäcks, das ich loswurde, übrigens. Selbst wenn es noch immer viele in diesem Haus gibt, die schon hier waren, als ich angekommen bin.

Ich sollte vielleicht darauf hinweisen, dass es acht Zimmer in dem Haus gibt, obwohl ich nur zwei oder drei benutze.

Ich habe wirklich gelesen, zeitweise, über die Jahre. Insbesondere wenn ich wahnsinnig war, las ich eine ganze Menge.

Einen Winter lang habe ich fast alle alten griechischen Dramen gelesen. Ich habe sie tatsächlich laut vorgelesen. Die ganze Zeit hindurch, sobald ich mit der Rückseite eines Blattes fertig war, riss ich es aus dem Buch heraus und warf es in mein Feuer.

Aischylos und Sophokles und Euripides habe ich in Rauch verwandelt.

Sozusagen könnte man auf diese Weise davon denken.

Auf andere Weise sozusagen könnte man behaupten, es

wären Helena und Klytämnestra und Elektra, mit denen ich das getan habe.

Beim besten Willen habe ich keine Ahnung, warum ich das getan habe.

Wenn ich verstanden hätte, warum ich das getan habe, wäre ich zweifellos nicht wahnsinnig gewesen.

Wäre ich nicht wahnsinnig gewesen, hätte ich es zweifellos überhaupt nicht getan.

Ich bin mir wirklich nicht sicher; dass jene zwei letzten Sätze irgendeinen besonderen Sinn ergeben.

In jedem Fall erinnere ich mich auch nicht, wo genau es war, dass ich die Dramen gelesen und die Seiten verbrannt habe.

Möglicherweise war es erst nach meiner Fahrt ins alte Troja, dass mir die Dramen in den Sinn gekommen sind.

Oder war es das Lesen der Dramen gewesen, weshalb mir in den Sinn kam, ins alte Troja zu fahren.

Er ging weiter, dieser Wahnsinn.

Ich bin nicht notwendigerweise wahnsinnig gewesen, als ich nach Mexiko fuhr, allerdings. Sicherlich muss man nicht wahnsinnig sein, um sich zu entscheiden, das Grab seines kleinen Jungen zu besuchen.

Aber bestimmt war ich wahnsinnig, als ich durch die Weiten Alaskas fuhr, nach Nome, und dann ein Boot über die Beringstraße steuerte.

Selbst wenn ich mir diesmal Seekarten heraussuchte.

Nun, und mich auch einmal mit Booten ausgekannt habe. Aber dennoch.

Jedoch danach paradoxerweise meinen Weg westwärts quer durch ganz Russland nahm, mit so gut wie überhaupt keinen Landkarten. Jeden Morgen mit der Sonne hinter mir losfuhr und dann wartete, bis sie im Lauf des Tages vor mir erschien, einfach der Sonne folgend.

Und über Fjodor Dostojewski nachgrübelte, während ich fuhr.

In Wirklichkeit habe ich mein Augenmerk auf Rodion Romanowitsch Raskolnikow gerichtet.

Habe ich bei der Eremitage haltgemacht? Warum erinnere ich mich nicht, ob ich überhaupt in Moskau haltgemacht habe?

Nun, gut möglich, dass ich an Moskau vorbeigefahren bin, ohne es zu wissen, da ich nicht ein Wort Russisch spreche.

Wenn ich sage, nicht ein Wort sprechen, meine ich auch, nicht ein Wort lesen. Offensichtlich.

Und warum habe ich diese prätentiöse Zeile über Dostojewski geschrieben, wenn ich jetzt keine Ahnung mehr habe, ob ich auch nur eine Sekunde über den Mann nachgedacht habe.

Mehr Gepäck, also. Zumindest hier und jetzt, während ich tippe, wenn nicht damals.

Tatsache ist, dass, als ich mit der Barkasse nach der letzten Insel anlegte und wieder Jagd auf ein Auto machte, ich vielleicht sogar überrascht war, dass sie russische Buchstaben auf ihren Nummernschildern hatten. Mir halb vorgestellt hatte, in China sein zu müssen.

Obwohl es mir erst in diesem Augenblick aufgeht, dass man auch bestimmtes chinesisches Gepäck besitzt. Selbstverständlich.

Einiges. Es ist witzlos, diese Tatsache jetzt zu erläutern.

Selbst wenn ich zufällig gerade Souchong-Tee trinke, während ich das sage.

Und in jedem Fall kann die Eremitage in Leningrad sein.

Dann wiederum ist es fraglos, dass ich nach Raskolnikow entschieden Ausschau hielt. Verwendet man Raskolnikow als Symbol, kann man entschieden sagen, dass ich nach Raskolnikow Ausschau hielt.

Obwohl man auch genauso leicht sagen könnte, dass ich nach Anna Karenina Ausschau gehalten habe, oder nach Dmitri Schostakowitsch.

Ich habe auch Ausschau gehalten, als ich nach Mexiko fuhr. Natürlich.

Kaum nach Simon, da ich nur zu gut wusste, dass Simon in diesem Grab war. Dann also Ausschau nach Emiliano Zapata hielt, vielleicht.

Wiederum symbolisch, Ausschau nach Zapata. Oder nach Benito Juarez. Oder nach David Alfaro Siqueiros.

Ausschau nach irgendjemandem, irgendwo halt.

Nun, sogar wahnsinnig Ausschau hielt, oder warum in aller Welt wäre ich sonst losgezogen zu all jenen anderen Orten?

Und hatte vorher Ausschau gehalten an jeder Straßenecke in New York, natürlich. Hatte überall in New York Ausschau gehalten, sogar bevor ich von Soho weggezogen bin.

Und habe also immer noch Ausschau gehalten in jenem Winter, als ich in Madrid gelebt habe.

Ich bin nicht sicher, ob ich meine Madrider Periode erwähnt habe.

In Madrid lebte ich nicht im Prado, wie sich herausstellte. Vielleicht habe ich angedeutet, dass ich das zu tun gedachte, aber das Licht war zu schlecht.

Es ist natürliches Licht, von dem ich in diesem Fall spreche, da ich damals schon begonnen hatte, mich der meisten meiner Gerätschaften zu entledigen.

Nur wenn die Sonne besonders grell scheint, beginnt man, diesen Rogier van der Weyden so zu sehen, wie er gesehen werden will.

Ich kann das kategorisch bestätigen, da ich sogar die ihm nächstliegenden Fenster geputzt habe.

Wo ich in Madrid lebte, war in einem Hotel. Ich wählte das, das sie nach Velázquez benannt hatten.

Hielt dort Ausschau nach Don Quixote. Oder nach El Greco. Oder nach Francisco de Goya.

Wie poetisch die meisten spanischen Namen im Allgemeinen klingen. Man kann sie wieder und wieder sagen.

Sor Juana Inés de la Cruz. Marco Antonio Montes de Oca.

Obwohl tatsächlich beide Namen wieder aus Mexiko sein können.

Ausschau halten. Lieber Himmel, wie ängstlich ich Ausschau hielt.

Ich erinnere mich nicht, wann ich aufhörte, Ausschau zu halten.

In der Adria, als ich auf meinem Weg von Troja nach Griechenland war, kam eine Ketsch schnell auf mich zugeschossen, ihr großer Spinnaker geräuschvoll im Wind.

Stellen Sie sich vor, wie mich das erschreckte, und wie ich mich fühlte.

In dem einen Augenblick segelte ich dahin, so allein wie immer, und einen Augenblick später war da die Ketsch.

Aber sie trieb nur dahin. Diese ganze Zeit lang, vermutlich.

Waren es schon vier oder fünf Jahre gewesen, damals? Ich bin fast sicher, dass ich mindestens zwei Winter lang in New York geblieben bin, bevor ich losging, woanders Ausschau zu halten.

Nahe Lesbos sah ich diese Ketsch. Oder vielleicht Scyros.

Ist Scyros eine der griechischen Inseln?

Man vergisst. Es gibt auch einen unwissentlichen Verlust von Gepäck.

Tatsache ist, dass ich jetzt vermute, ich hätte Ägäis sagen sollen, als ich Adria sagte. Ein paar Absätze vorher. Sicherlich ist es die Ägäis, zwischen Troja und Griechenland.

Dieser Tee ist auch eine Art Gepäck, nehme ich an. Obwohl ich ihn in diesem Fall wieder ausfindig gemacht habe, nachdem jenes andere Strandhaus verbrannte. Wünschte mir Tee, mit so wenig ich mich auch sonst belaste.

Und auch einige Zigaretten, obwohl ich sehr wenig rauche, dieser Tage.

Nun, und andere Lebensmittel auch. Natürlich.

Die Zigaretten sind von der Sorte, die in Blechdosen verpackt ist. Jene in Papier haben angefangen, fad zu schmecken, vor einiger Zeit.

Die meisten Dinge, die so verpackt waren, taten das. Nicht notwendigerweise verderben, sondern vertrocknen.

Tatsache ist, dass meine Zigaretten sogar russische sind. Das ist reiner Zufall. Allerdings.

Hier, in dieser Gegend, bleibt alles feucht.

Ich habe das schon gesagt.

Wenn ich sie aus der Schublade herausnehme, fühlt sich meine Kleidung oft klamm an.

Im Allgemeinen, in Sommern wie diesen, habe ich überhaupt nichts an.

Ich habe Unterhosen und Shorts und mehrere Jeanswickelröcke, und einige wenige Baumwolljerseys. Ich wasche alles im Bach und hänge es dann über Büsche zum Trocknen.

Nun, ich habe mehr Kleidung als das. Der Winter stellt Anforderungen.

Außer dass ich im Voraus Feuerholz sammle, habe ich mir indes angewöhnt, mich wegen des Winters erst zu sorgen, wenn der Winter sich zeigt.

Wenn er da ist, wird er da sein.

Wenn die Blätter fallen, bleibt der Wald im Allgemeinen für eine Weile kahl, bevor der Schnee fällt, und ich kann bis hinüber zur Quelle sehen, oder sogar den weiteren Verlauf meines Weges bis zur Landstraße dahinter.

Man braucht vielleicht vierzig Minuten, um die Straße entlang bis zur Stadt zu gehen.

Es gibt Geschäfte, einige wenige, und es gibt eine Tankstelle.

An Letzterer lässt sich noch immer Petroleum finden.

Ich nehme meine Lampen selten in Gebrauch, allerdings. Auch wenn das verschwunden ist, was der letzte Schimmer des Sonnenuntergangs zu sein scheint, erreicht noch immer ein Abglanz davon das Zimmer, in das ich zum Schlafen hinaufklettere.

Durch ein weiteres Fenster auf der gegenüberliegenden Seite weckt mich die rosenfingrige Morgenröte.

An bestimmten Morgen passiert es, dass die Redewendung stimmt. Tatsächlich.

An diesem Strand scheinen die Häuser sich endlos fortzusetzen, nebenbei bemerkt. In jedem Fall unendlich viel länger, als ich bisher in eine der beiden Richtungen gegangen bin und noch in der Lage war, bis Einbruch der Nacht nach Hause zu kommen.

Irgendwo habe ich eine Taschenlampe. Im Handschuhfach des Lieferwagens möglicherweise.

Der Lieferwagen steht an der Landstraße. Ich habe den Verdacht, dass ich versäumt habe, die Batterie aufzuladen. Seit einiger Zeit schon.

Zweifellos gibt es immer noch ungebrauchte Batterien an der Tankstelle.

Schwester Juana Inés de la Cruz. Ich habe keine Ahnung mehr, wer sie gewesen sein mag. Um die Wahrheit zu sagen.

Um die Wahrheit zu sagen, es würde mir genauso schwerfallen, zu sagen, wer Marco Antonio Montes de Oca war.

In der National Portrait Gallery in London, die nicht eines der Museen war, in denen zu leben ich beschlossen hatte, konnte ich acht von zehn Gesichtern auf den Porträts nicht erkennen. Und fast ebenso viele der Namen, die die Porträts bezeichneten.

Außer im Fall von Leuten wie Winston Churchill oder den Brontë-Schwestern oder der Queen oder Dylan Thomas. Offensichtlich.

Dennoch, das machte mich traurig.

Und warum fällt es mir gerade ein, dass ich gern Dylan Thomas mitteilen würde, dass man jetzt niederknien und aus der Loire oder dem Po oder dem Mississippi trinken kann.

Oder war Dylan Thomas schon tot, bevor es unmöglich wurde, so etwas zu tun, was bedeutet, dass er mich anschauen würde, als wäre ich wahnsinnig. Schon wieder.

Achill würde es bestimmt. Oder Shakespeare. Oder Emiliano Zapata.

Ich erinnere mich nicht an Dylan Thomas' Lebensdaten. Und überhaupt gab es sicher kein spezielles Datum für die Umweltverschmutzung.

Eins eins acht sechs können die letzten vier Ziffern der Telefonnummer von jemandem gewesen sein.

In Wirklichkeit war ich auch nicht am Mississippi. Auf dem Hinweg nach und dem Rückweg von Mexiko habe ich aus dem Rio Grande getrunken. Allerdings.

Warum sage ich so etwas? Offensichtlich hätte ich auch den Mississippi überqueren müssen, in beiden Richtungen, auf derselben Reise.

Dennoch, es scheint, ich habe keine Erinnerung daran. Oder war ich damals auch wahnsinnig?

Die eigenartige Auswahl der Bücher, die ich in dieser Periode gelesen habe, du lieber Himmel. Praktisch jedes einzelne davon über denselben Krieg.

Aber dachte mir häufig auch neue Versionen der Geschichten aus, ausgefallene persönliche Improvisationen.

Etwa wie sich Helena von den Befestigungsmauern hinunterschleicht und sich heimlich mit Achill am Skamander trifft.

Oder Penelope, wie sie mit all diesen Freiern schläft, einem nach dem anderen, während Odysseus fort ist.

Hat sie nicht? Sicherlich, bei so vielen, die da herumlungerten. Und wenn es wirklich zehn Jahre Krieg waren und dann noch einmal zehn, bevor ihr Ehemann wieder auftauchte?

Aus irgendeinem Grund mochte ich immer die Stelle, wo Achill sich wie ein Mädchen kleidet und versteckt, damit sie ihn nicht zu kämpfen zwingen könnten.

Es gibt wirklich ein Gemälde von Penelope, beim Weben in der National Gallery, von jemandem namens Pintoricchio.

Ich habe das ziemlich schlecht gesagt, befürchte ich.

Womit schwerlich gemeint ist, dass der Ort, wo Penelope webt, die National Gallery ist. Wo sie das tut, ist auf der Insel Ithaka. Natürlich.

Ithaka liegt weder in der Adria noch in der Ägäis, übrigens, sondern im Ionischen Meer.

Die Dinge, die einem nach allem doch im Kopf bleiben.

Ich sollte vielleicht auch darauf hinweisen, dass es sich bei der National Gallery und der National Portrait Gallery nicht um dasselbe Museum handelt, selbst wenn beide in London sind.

Tatsache ist, dass sie nicht dasselbe Museum sind, selbst wenn sie beide im selben Gebäude sind.

Hingegen weiß ich so gut wie nichts über Pintoricchio, obwohl ich einmal eine ganze Menge über viele Maler wusste.

Nun, ich wusste eine ganze Menge über viele Maler aus demselben Grund, wie etwa Achill sicherlich eine ganze Menge über Hektor gewusst haben muss.

Alles, woran ich mich bei dem Gemälde von Penelope erinnern kann, ist allerdings, dass eine Katze darin ist, die mit einem Garnknäuel spielt.

Zweifellos war das Hineinnehmen der Katze kaum eine Innovation Pintoricchios. Trotzdem ist es vielleicht angenehm, an Penelope mit einem Haustier zu denken, besonders wenn ich mich getäuscht habe, über sie und die Freier.

Ich hätte vielleicht auch lange vorher sagen sollen, dass ich ernsthafte Zweifel hege, dass dieser Krieg jene zehn Jahre dauerte.

Oder dass Helena der Grund dafür war.

Ein einziges Spartanermädchen, wie jemand sie einmal genannt hat. Schließlich.

Aber worüber ich hier im Wesentlichen nachdenke, ist, wie enttäuschend klein die Ruinen Trojas dann doch sind.

Kaum größer als ein gewöhnlicher Häuserblock und nur ein paar Stockwerke hoch. Praktisch.

Nun, jedoch mit Leuten, die auch außerhalb der Zitadelle gelebt haben, in der Ebene.

Aber trotzdem.

In der *Odyssee* hat Helena, wenn sie älter ist, eine prächtig strahlende Würde. Ich las jene Seiten zwei- oder dreimal, wo Odysseus' Sohn Telemach zu Besuch kommt.

Was bedeutet, dass ich sie nicht herausgerissen und in das Feuer geworfen habe, wie ich es tat, als ich die Dramen las.

Inzwischen bin ich gerade wieder bei den Dünen gewesen. Aus irgendeinem Grund, während ich pinkelte, dachte ich über Lawrence von Arabien nach.

Nun, man kann von mir kaum sagen, dass ich über ihn nachgedacht habe, da ich kaum mehr über Lawrence von Arabien weiß als über Pintoricchio.

Dennoch, Lawrence von Arabien kam mir in den Sinn.

Ich weiß nicht, wie ich vom Pinkeln auf Lawrence von Arabien kam.

Da ist noch immer diese muntere Brise. Es ist früher August. Möglicherweise.

Für einen Augenblick, beim Zurückschlendern, könnte ich etwas Brahms gehört haben. Ich würde sagen, die *Alt-Rhapsodie*, obwohl ich bezweifle, dass ich mich an die *Alt-Rhapsodie* erinnere.

Zweifellos gab es ein Porträt von Lawrence von Arabien in der National Portrait Gallery.

Und jetzt habe ich den Namen T. E. Shaw in meinem Kopf. Aber es ist noch eine dieser vorbeihuschenden Identitäten, die ich überhaupt nicht zu fassen bekomme.

Nichts davon beunruhigt mich. Nebenbei bemerkt.

Sehr wenig tut das, wie ich vielleicht deutlich gemacht habe oder nicht.

Nun, wie lächerlich unter diesen Umständen, sollte ich zulassen, dass irgendetwas das tut.

Hin und wieder rege ich mich auf wegen einer arthritischen Schulter, wenn sich aufregen das richtige Wort dafür ist. Der linken, die mich zuweilen leicht behindert.

Sonnenschein ist eine Hilfe. Allerdings.

Meine Zähne, andererseits, sprechen überhaupt nicht für fünfzig Jahre. Kopf auf Holz, für meine Zähne.

Ich kann mich nicht an das Geringste erinnern, was die Zähne meine Mutter betrifft, beim Versuch, zurückzudenken. Oder die meines Vaters.

Auf jeden Fall bin ich vielleicht nicht älter als siebenundvierzig.

Ich kann mir die schöne Helena nicht mit Zahnproblemen vorstellen. Oder Klytämnestra mit Arthritis.

Da war Cézanne. Selbstverständlich.

Obwohl es nicht Cézanne war, sondern Renoir.

Ich habe keine Ahnung mehr, wo meine eigenen Malutensilien hingekommen sein können. Nebenbei bemerkt.

Einmal während dieser Jahre habe ich eine Leinwand aufgespannt. Wirklich. Ein Ungetüm von einer Leinwand, tatsächlich, mindestens neun mal fünf Fuß. Tatsächlich habe ich sie mit nicht weniger als vier Schichten Gipsgrund grundiert.

Und starrte sie nachher an.

Monate, vermute ich, starrte ich auf diese Leinwand. Möglicherweise drückte ich törichterweise sogar einige Farben auf meine Palette.

Tatsache ist, es war, glaube ich, als ich zurück nach Mexiko ging, dass ich das tat. In dem Haus, in dem ich einst mit Simon gelebt hatte, und mit Adam.

Ich bin mir im Grunde sicher, dass mein Ehemann Adam hieß.

Und setzte dann, nach Monaten des Anstarrens, die Leinwand eines Morgens mit Benzin in Brand und fuhr weg.

Über den breiten Mississippi.

In seltenen Momenten konnte ich beinahe Dinge auf dieser Leinwand sehen. Allerdings.

Beinahe. Achill zum Beispiel, in seinem Schmerz nach dem Tod seines Freundes, als er sich mit Asche bedeckte. Oder Klytämnestra, nachdem Agamemnon ihre Tochter geopfert hatte, um Wind für die griechischen Schiffe aufkommen zu lassen.

Ich habe keine Ahnung, warum die Stelle, wo Achill sich als Mädchen kleidet, mir immer so gefallen hat.

Was das betrifft, war es vielleicht wirklich eine Frau, die die *Odyssee* geschrieben hat, wie jemand einmal gesagt hat.

Als ich zurück in Mexiko war, konnte ich den ganzen Winter hindurch die alte Gewohnheit nicht loswerden, meine Schuhe jeden Morgen umzudrehen, damit etwaige Skorpione herausfallen.

Jede Menge von Gewohnheiten waren kaum totzukriegen, auf diese Weise. Gleichermaßen habe ich mich einige Jahre immer wieder beim Absperren von Türen ertappt.

Nun, und in London. Oft habe ich mir die Mühe gemacht, auf der britischen Seite der Straße zu fahren.

Nach seiner Trauer zahlte Achill es Hektor heim, indem er ihn erschlug, obwohl Hektor rannte und rannte.

Ich war kurz davor hinzuzufügen, dass es derlei Dinge waren, die Männer zu tun pflegten. Aber nach ihrer eigenen Trauer tötete Klytämnestra Agamemnon.

Mit etwas Unterstützung. Aber trotzdem.

Etwas sagt mir dunkel, dass das vielleicht eine der Ideen gewesen sein könnte, die ich für meine Leinwand hatte. Agamemnon in seinem Bad, verfangen in diesem Netz und durch es hindurch erstochen.

Weiß der Himmel, warum sich irgendjemand solch ein blutiges Thema gewünscht haben könnte. Allerdings.

Tatsache ist, wen ich in Wirklichkeit zu malen gedacht habe, war Helena. Bei einem der ausgebrannten Boote entlang des Strandes, nachdem die Belagerung endgültig beendet und sie gefangen genommen war.

Aber in dieser prächtigen Würde. Trotz allem.

Um die Wahrheit zu sagen, es war in Wirklichkeit direkt unter der Haupttreppe im Metropolitan, wo ich diese Leinwand aufstellte. Unter jenen hohen Oberlichtern, wo meine Einschusslöcher waren.

Wo ich mein Bett hingestellt hatte, war auf einem der Balkone, die diesen Bereich überschauen.

Das Bett selbst hatte ich aus einem der rekonstruierten historischen Räume. Ich glaube, möglicherweise amerikanischer Kolonialstil.

Was ich mit dem von mir gebauten Kamin getan habe, war, ihn an ebendiese Balkone mit Draht anzubinden, damit er nicht wackeln konnte.

Obwohl ich damals noch immer alle möglichen Gerätschaften benützt habe. Und so auch elektrische Heizkörper hatte.

Nun, und unzählige Lampen, besonders da, wo die Leinwand war.

Eine neun Fuß hohe, glänzend erleuchtete Elektra hätte ich malen können, hätte ich daran gedacht.

Ich habe nicht daran gedacht bis zu ebendiesem Augenblick.

Arme Elektra. Zu wünschen, die eigene Mutter zu ermorden.

Nun, all jene Leute. Bis zum Hals drinnen, allesamt, wenn man es recht bedenkt.

Irene Papas wäre eine wirkungsvolle Elektra gewesen. Allerdings.

Tatsächlich war sie eine wirkungsvolle Helena, in *Die Troerinnen* von Euripides.

Vielleicht habe ich nicht darauf hingewiesen, dass ich auch einige bestimmte Filme angeschaut habe, als ich noch Gerätschaften besaß.

Irene Papas und Katherine Hepburn in *Die Troerinnen* war einer. Maria Callas in *Medea* war ein weiterer.

Meine Mutter hatte falsche Zähne. Jetzt erinnere ich mich.

Nun, und in diesem Glas neben ihrem Bett, jene letzten Wochen im Krankenhaus.

Oje.

Obwohl ich eine vage Erinnerung daran habe, dass der Projektor, den ich ins Museum brachte, aufhörte zu funktionieren, nachdem ich ihn nicht öfter als drei- oder viermal benützt hatte, und dass ich mir nicht die Mühe machte, ihn zu ersetzen.

Als ich noch in meinem Loft war, am Anfang, brachte ich mindestens dreißig tragbare Radios herein und stellte jedes einzelne auf eine andere Frequenz auf der Skala ein.

In Wirklichkeit wurden sie mit Batterien betrieben, nicht mit Strom.

Offensichtlich war das so, da ich bezweifle, dass ich schon so früh herausgefunden haben könnte, wie ein Generator funktioniert.

Meine Tante Esther starb ebenso an Krebs. Doch Esther war die Schwester meines Vaters. In Wirklichkeit.

Hier, zumindest, ist da immer das Geräusch des Meeres.

Und gerade in diesem Moment macht ein Fetzen eines Klebebandes an einem zerbrochenen Fenster im Zimmer nebenan kratzende Geräusche, durch meine Brise.

Morgens, wenn die Blätter taufeucht sind, gleichen einige von ihnen dort, wo das früheste Sonnenlicht glitzert, Juwelen.

Eine kratzende Katze, das könnte jenes lose Stück Klebeband sein.

Wo könnte es gewesen sein, dass ich alle diese blutrünstigen Geschichten laut gelesen habe?

Ich bin mir ziemlich sicher, dass ich noch nicht nach Europa gefahren war, als ich meine letzten Armbanduhren trug, wenn das überhaupt wichtig ist.

Ich zweifle, ob das Tragen von dreizehn oder vierzehn Armbanduhren auf der Länge des Unterarms besonders wichtig ist.

Nun ja, und eine Zeit lang auch von goldenen Taschenuhren, an einer Schnur um meinen Hals.

Tatsächlich trug jemand einen Wecker genau auf dieselbe Weise. In einem Roman, den ich einmal gelesen habe.

Ich würde sagen, es war in *Die Fälschung der Welt* von William Gaddis, außer dass ich nicht glaube, *Die Fälschung der Welt* von William Gaddis je gelesen zu haben.

Sowieso denke ich eher an Taddeo Gaddi, auch wenn Taddeo Gaddi ein Maler und kein Schriftsteller war.

Was habe ich mit diesen Uhren gemacht, frage ich mich.

Sie getragen.

Nun ja. Aber jede, davon noch dazu mit einem eigenen Klingeln.

Was ich normalerweise getan habe, war, die Wecker so zu stellen, dass jede einzelne Uhr zu einer anderen Zeit klingeln würde.

Ich tat das für eine Weile. Den ganzen Tag, jede Stunde, klingelte eine andere Uhr.

Am Abend stellte ich alle vierzehn wieder neu. Außer dass ich sie in jenem Fall so stellen würde, dass sie gleichzeitig klingelten.

Dies war, bevor ich gelernt hatte, mich an die Morgendämmerung zu halten. Zweifellos.

Sie haben das eh selten getan. Gleichzeitig klingeln, meine ich.

Selbst wenn das der Fall zu sein schien, lernte man auf die zu warten, die gerade noch nicht zu klingeln begonnen hatten.

Wenn ich sage, sie klingelten, meine ich, sie surrten. In Wahrheit.

In einer Stadt namens Corinth, in Mississippi, die nicht nah am Fluss Mississippi liegt, entledigte ich mich der Uhren, das Auto geparkt auf einer schmalen Brücke.

Ich glaube, es war Corinth. Ich würde einen Atlas brauchen, um mich zu vergewissern.

Wirklich, es gibt einen Atlas in diesem Haus. Irgendwo. Vielleicht in einem der Zimmer, in die hineinzugehen ich aufgehört habe.

Einen ganzen Tag lang saß ich im Auto und wartete, bis jede Uhr an der Reihe war, zu klingeln.

Und ließ dann jede, wenn sie klingelte, ins Wasser fallen. Was für ein Gewässer es auch immer gewesen sein mag.

Eine oder zwei klingelten nicht. Was ich getan habe, war, ich stellte sie nochmals und schlief im Auto und wurde dann jene, als sie frühmorgens klingelten, los.

Die noch immer klingelten wie der ganze Rest, als ich sie wegwarf.

Um die Wahrheit zu sagen, ich habe das in einer Straße irgendwo in Pennsylvania getan. Der Name der Stadt war Lititz, Pennsylvania.

Das alles war, einige Zeit bevor ich die Tennisbälle die Spanische Treppe in Rom hinunterrollen ließ. Nebenbei bemerkt.

Ich stelle die Verbindung zwischen dem Loswerden der Uhren und dem Hinunterrollen der Tennisbälle über die Spanische Treppe her, weil ich sicher bin, dass das Loswerden der Uhren sich auch ereignete, bevor ich die Katze gesehen habe, was gleichfalls in Rom war.

Wenn ich sage, ich habe eine Katze gesehen, meine ich, ich glaubte, eine gesehen zu haben. Natürlich.

Und der Grund dafür, warum ich sicher bin, dass das in Rom passierte, ist, weil es im Kolosseum passierte, das unbestreitbar in dieser Stadt ist.

Wo ich glaubte, die Katze gesehen zu haben, war bei einem der Bogengänge im Kolosseum, ziemlich weit oben.

Wie ich mich fühlte. Inmitten all dieses Schauens.

Und so in den Supermarkt hastete, um Katzenfutter in Dosen zu holen.

Ebenso schnell, wie ich begriff, dass ich die Katze nicht mehr ausfindig machen könnte, wäre das gewesen.

Und dann jeden Morgen eine Woche lang kistenweise Dosen öffnete und herumging, um sie auf den Steinbänken zu verteilen.

So viele Dosen, wie es Römer gegeben haben muss, die Christen anschauten. Praktisch.

Aber als Nächstes mutmaßte, dass die Katze aus Furcht möglicherweise nur in der Nacht wieder auftauchen könnte, und noch einen anderen Generator zusammenbastelte, und sogar Flutlichter.

Obwohl ich selbstverständlich gar nicht sagen konnte, ob die Katze hinter meinem Rücken am Essen geknabbert hatte, da die meisten Dosen von Anfang an nicht ganz voll gewesen zu sein schienen.

Dennoch hielt ich es fraglos für wert nachzuschauen, mehrmals jeden Tag.

Wie ich die Katze nannte, war Nero.

Hier, Nero, habe ich gerufen.

Nun, ich vermute, ich könnte auch Julius Cäsar und Herodot und Pontius Pilatus ausprobiert haben, zu verschiedenen Zeitpunkten.

Herodot mag eine Zeitverschwendung gewesen sein, für eine Katze in Rom, jetzt, wenn ich daran denke.

Zweifellos sind die Dosen auf jeden Fall noch da, aufgereiht auf all jenen Bänken.

Der Regen wird sie inzwischen gänzlich geleert haben. Sicherlich.

Zweifellos gab es keine Katze im Kolosseum.

Obwohl ich die Katze auch Calpurnia nannte, nach einer Weile, als mir einfiel, dass ich auf immer sichergehen sollte.

Zweifellos gab es auch keine Möwe.

Es ist die Möwe, die mich zu diesem Strand brachte, über den ich gerade spreche.

Hoch, hoch oben, vor den Wolken, kaum mehr als ein kleines Fleckerl, aber dann im Sturzflug aufs Meer zu.

Ich werde aufrichtig sein. In Rom, als ich dachte, ich habe die Katze gesehen, war ich unleugbar wahnsinnig. Und so dachte ich, ich habe die Katze gesehen.

Hier, als ich dachte, die Möwe gesehen zu haben, war ich nicht wahnsinnig. So wusste ich, dass ich die Möwe nicht gesehen hatte.

Hin und wieder brennen Dinge. Ich meine nicht nur, wenn

ich sie selber angezündet habe, sondern auf Grund natürlichen Zufalls. Und so werden manchmal allerlei Überbleibsel über große Entfernungen hinweg verweht oder schweben in erstaunliche Höhen hinauf.

Daran hatte ich mich endlich gewöhnt.

Dennoch hätte ich es gewaltig vorgezogen, zu glauben, eine Möwe gesehen zu haben.

In der Tat war es sehr viel wahrscheinlicher der Gedanke an Sonnenuntergänge, der mich zurück zu diesem Strand brachte.

Nun, oder das Geräusch des Meeres.

Nachdem ich letztendlich entschieden hatte, ich könnte genauso gut aufhören mit dem Schauen.

Habe ich erwähnt, dass ich in Damaskus, Syrien, oder in Bethlehem, oder in Troy, New York, geschaut habe?

Einmal, in der Nähe vom Comer See, bei einer Steintreppe, die mich irgendwie an die Spanische Treppe erinnerte, warf ich etwas Kleingeld, das in meinem Jeep gelegen hatte, in ein öffentliches Telefon, in der Absicht, nach Giovanni Keats zu fragen.

Ich hatte keine Ahnung, ob Keats je den Comer See besucht hatte. In Wirklichkeit.

Einige Wochen fuhr ich in Mexiko auch einen Jeep. Und war so in der Lage, direkt den Hang hinauf zu manövrieren, anstatt die Straße zu nehmen, jedes Mal, wenn ich zum Friedhof fuhr.

Wie viele verschiedene Fahrzeuge habe ich gebraucht, seitdem das alles angefangen hat?, frage ich mich plötzlich.

Nun, mehr als man hätte im Kopf behalten können, allein nach Cuernavaca hin oder zurück, sicher. Und mit dem Zwang, sie bei so vielen Hindernissen wechseln zu müssen, ganz abgesehen davon, wenn einem das Benzin ausging.

Mit Hindernissen meine ich ganz allgemein andere Autos,

natürlich. An was für ärgerlichen Orten sie einfach stehengeblieben sind.

Und obendrein, wie ich mir närrischerweise immer die Mühe machte, auch noch mein ganzes Gepäck hinüberzutragen, in jenen Tagen.

Ausgenommen, wenn ich gezwungen war, eine ganz erhebliche Strecke vom einen zum anderen Fahrzeug zu Fuß zu gehen. Selbstverständlich.

Aber selbst dann habe ich mich immer wieder mit genauso viel Zeug belastet. Im Nu.

Hier habe ich drei Jeanswickelröcke, und einige Baumwollpullover.

Das meiste davon liegt im Moment auf dem Gebüsch zum Trocknen in der Sonne.

Ich fahre jetzt auch nur noch selten.

Tatsache ist, die Kleidungsstücke draußen bei der Quelle sind seit einigen Tagen trocken.

Im Herbst, nachdem die Blätter gefallen sind, könnte ich in der Lage sein, sie von genau da aus, wo ich in diesem Augenblick sitze, zu sehen. Möglicherweise.

Die Katze im Kolosseum war rostbraun. Übrigens. Die Möwe war die gemeine Möwe.

In Wirklichkeit war es Asche, erstaunlich hoch hinauf getragen und geschaukelt von den Winden.

Jeder letzte einzelne jener Röcke und Pullover ist ausgebleicht, weil ich sie fast immer vergesse, da draußen. Genauso.

Ich trage Unterhosen, aber nur, weil die Sitzfläche dieses Stuhls kein Polster hat.

Auch habe ich gerade Schwarzbeeren aus der Küche hereingebracht.

War es wirklich eine andere Person, die ich so dringend entdecken wollte, bei all jenem Schauen, oder war es nur meine eigene Einsamkeit, die ich nicht ertragen konnte?

Beim Wandern durch dieses unendliche Nichts.

Bisweilen, wenn ich nicht wahnsinnig war, wurde ich poetisch stattdessen.

Ehrlich, ich erlaubte mir, über Dinge auf solche Weise nachzudenken.

Das ewige Schweigen dieser unendlichen Räume macht mich schaudern. Beispielsweise auch so dachte ich über sie nach.

Sozusagen dachte ich so über sie nach.

Wirklich, ich unterstrich diesen Satz in einem Buch namens *Pensées,* als ich auf der Universität war.

Zweifellos unterstrich ich den Satz über das Wandern durch ein endloses Nichts im Buch von jemand anderem. Ebenfalls.

Die Katze, die Pintoricchio in das Gemälde der webenden Penelope hineingesetzt hat, könnte grau gewesen sein, habe ich so ein Gefühl.

Einst träumte mir von Ruhm.

Im Allgemeinen, selbst dann, war ich einsam.

Heute, später, werde ich möglicherweise masturbieren.

Ich meine nicht heute, da es schon morgen ist.

Nun ja, es ist insofern schon morgen, als ich einen Sonnenuntergang betrachtete und eine Nacht geschlafen habe, seitdem ich angefangen habe, diese Seiten zu tippen. Womit ich gestern anfing.

Vielleicht hätte ich das anmerken sollen.

Als der Wald sich mit Schatten zu füllen begann und diese Ecke dunkler wurde, ging ich in die Küche und aß mehr Schwarzbeeren, und dann ging ich nach oben.

Der gestrige Sonnenuntergang war ein Abstrakter-Expressionisten-Sonnenuntergang. Es ist ungefähr eine Woche her, seit ich das letzte Mal einen Turner hatte.

Ich masturbiere nicht oft. Obwohl, zuzeiten tu ich es, fast ohne es wahrzunehmen.

Bei den Dünen vielleicht. Einfach im Sitzen, eingelullt von der Brandung.

Eine Ebbe. Das ist alles.

Ich habe den Verdacht, dass ich es auch beim Fahren getan habe. Allerdings.

Ich bin mir recht sicher, dass ich auf einer Straße in La Mancha masturbiert habe, einmal.

In der Nähe eines Schlosses, das ich sah und immer wieder sah, dem ich aber nie irgendwie näher zu kommen schien.

Es gab eine Erklärung dafür, dass ich dem Schloss irgendwie nicht näher kam.

Die Erklärung dafür ist, dass das Schloss auf einem Hügel gebaut war, und dass die Straße in einem Kreis um den Fuß des Hügels, auf dem das Schloss gebaut war, verlief.

Sehr wahrscheinlich hätte man ewig um dieses Schloss hoch oben in der Luft herumfahren und es nie wirklich erreichen können.

Bevor ich je eines gesehen habe, hätte ich vermutet, dass Luftschlösser bloß eine Redewendung war.

Es gibt Schlösser.

In der Nähe eines Ortes namens Savona, der nicht in Spanien ist, sondern in Italien, kam ich von der Straße ab. Einmal.

Ein Teil der Böschung war weggebrochen. Ich meine an der Küste, von der ich hier spreche, so dass, wenn man über die Böschung hinausgerät, man ins Wasser fällt.

Anstatt ein Schloss zu betrachten, habe ich das Wasser betrachtet. Zweifellos.

Tatsache ist, das Auto überschlug sich.

Nur meine Schulter tat weh, einige Augenblicke danach.

Nun, genau die Schulter, die jetzt arthritisch ist, wenn man es recht bedenkt. Ich hatte das bisher noch nicht in Verbindung miteinander gebracht.

Vielleicht gibt es keine Verbindung.

Auf jeden Fall begann sich das Auto mit Wasser zu füllen.

Interessanterweise habe ich mich nicht im Geringsten geängstigt. Oder vielleicht war es die Erkenntnis, mich nicht schwer verletzt zu haben, die mich beruhigte.

Dennoch verstand ich, dass es unter diesen Umständen eine vernünftige Idee sein würde, die Tür zu öffnen, um hinauszukommen.

Ich war nicht in der Lage, meine Tür zu öffnen.

Während der ganzen Zeit bin ich am Dach des Autos gewesen. Nebenbei bemerkt.

Ich meine an der Innenseite des Daches, offensichtlich. Und die Fußmatte aus Gummi war auf mich hinaufgefallen.

Ich erinnere mich nicht, was für ein Auto ich zu der Zeit fuhr.

Nun, mit dem fuhr ich in jedem Fall eh nicht länger.

Was ich getan habe, war, ich versuchte, hinüber zur gegenüberliegenden Tür zu kriechen.

Das Wasser kam nur bis hinauf zu den Riemen meiner Sandalen.

Dennoch hat mich das ganze Erlebnis sehr erschreckt.

Ich bin mir bewusst, dass ich gerade gesagt habe, es hätte mich nicht im Geringsten geängstigt.

Was tatsächlich passiert war, war, dass es mich nicht ängstigte, bis es vorbei war.

Sobald ich zur Böschung zurückgeklettert war und sehen konnte, wo das Auto kopfüber im Wasser war, hat es mich ziemlich geängstigt.

Ich kann nicht mit Gewissheit sagen, dass ich masturbierte, als ich die fehlende Böschung übersah.

Oder ob ich auf Savona zugefahren bin oder schon an Savona vorbeigefahren war.

Ziemlich gewiss ist, dass ich dabei war, nach Italien hineinzufahren, und nicht aus Italien heraus, da beim Hineinfahren nach Italien entlang dieser Küste das Meer rechter Hand sein müsste, was genau so war, als ich hineingefahren bin.

Selbst wenn ich keinerlei Erinnerung daran habe, dass ich, aus dieser Richtung kommend, von der ich spreche, je nach Italien hineingefahren bin.

Zweifellos ist es teilweise das Alter, das solche Unterscheidungen verwischt.

Wenn man es recht bedenkt, könnte ich wirklich gut jenseits der Fünfzig sein.

Der Spiegel wiederum ist keine echte Hilfe. Man würde irgendeinen Maßstab brauchen, oder ein Vergleichsfeld.

Es gab einen winzigen, eine Art Taschenspiegel auf demselben Tisch neben dem Bett meiner Mutter, in jenen letzten Wochen.

Du wirst nie wissen, wie viel es mir bedeutet hat, dass du eine Künstlerin bist, Kate, sagte sie eines Abends.

Es gibt keine Malutensilien in diesem Haus.

In Wirklichkeit gab es ein Gemälde an der Wand, als ich gekommen bin. Genau oberhalb und auf der Seite, wo diese Schreibmaschine steht. Tatsächlich.

Ein Gemälde genau dieses Hauses, obwohl es mich einige Tage gekostet hat, das zu erkennen.

Nicht weil es keine zufriedenstellende Darstellung war, sondern weil ich das Haus zufällig noch nicht von diesem Blickwinkel aus betrachtet hatte. Bis dahin.

Ich habe es erst so gesehen, als ich das Gemälde schon in ein anderes Zimmer gebracht hatte.

Dennoch glaubte ich, dass es ein Gemälde dieses Hauses war.

Nachdem ich zu dem Schluss gekommen war, dass es das war oder dass es das zu sein schien, ging ich nicht in das andere Zimmer zurück, um mein Urteil zu verifizieren.

Ich gehe selten in diese Zimmer und halte deren Türen geschlossen.

Daran, dass ich sie geschlossen habe, war nichts Außergewöhnliches. Vielleicht habe ich sie nur geschlossen, weil es mir nicht danach war, darin zu kehren.

Blätter wehen herein und flauschige Pappelsamen.

Dieses Zimmer ist recht groß. An zwei Seiten des Hauses ist eine Terrasse angebaut, so dass sie sowohl dem Wald wie auch den Dünen zugekehrt ist.

Zwei der fünf geschlossenen Türen sind oben.

Nicht dazugezählt das Badezimmer, wo der Spiegel ist.

Tatsächlich könnten auch noch weitere Gemälde in diesen anderen Zimmern sein. Ich könnte nachschauen.

Es gibt keine Gemälde in den geschlossenen Zimmern. Oder zumindest nicht in den drei geschlossenen Zimmern, die unten sind.

Obwohl ich gerade das Gemälde des Hauses an seinen Platz zurückgehängt habe.

Es ist angenehm, etwas Kunst um sich herum zu haben.

Im Wohnzimmer meiner Mutter in Bayonne, New Jersey, gab es mehrere meiner eigenen Gemälde. Zwei davon waren Porträts, von ihr und von meinem Vater.

Ich habe nie den Mut aufgebracht, sie zu fragen, ob sie wünschte, dass ich diesen Spiegel entferne.

Eines Nachmittags war der Spiegel nicht mehr da. Allerdings.

Um die Wahrheit zu sagen, ich machte selten Porträts.

Jene meiner Mutter und meines Vaters sind jetzt im Metropolitan Museum, in einer der großen Gemäldegalerien im ersten Stock.

Nun, all meine Gemälde sind jetzt in diesen Galerien im Metropolitan Museum.

Was ich machte, war, ich stellte sie zwischen verschiedene

Gemälde der ständigen Sammlung, wo immer genügend Platz an der Wand war.

Einige wenige überlappten diese anderen aber nur an ihren unteren Ecken. Im Allgemeinen.

Sehr wahrscheinlich haben sich meine seitdem etwas verzogen. Freilich.

Weil sie so viele Jahre angelehnt waren, statt aufgehängt, eben.

Na ja, und ein Teil davon war auch nie gerahmt worden.

Dann wiederum, wenn ich von allen meinen Gemälden spreche, spreche ich nur von den Gemälden, die ich nicht verkauft habe. Natürlich.

Obwohl, tatsächlich waren auch einige wenige in Gruppenausstellungen oder ausgeliehen.

Tatsache ist, eines davon sah ich aus reinem Zufall, als ich in Rom war.

In Wirklichkeit hatte ich das fast vergessen. Und dann, im Fenster einer städtischen Galerie in einer Straße in der Nähe der Via Vittorio Veneto, war da mein Name auf einem Plakat.

Um die Wahrheit zu sagen, es war Louise Nevelsons Name, der mir zuerst ins Auge stach. Aber trotzdem.

Nur einen Tag danach saß ich in einem rechtsgesteuerten Auto mit englischen Nummernschildern und sah zu, wie sich die Piazza Novona mit Schnee bedeckte, was sicherlich selten sein muss.

In der Frührenaissance, obgleich auch in Rom, machten sich Brunelleschi und Donatello mit einem solchen Eifer daran, die Ruinen auszumessen, dass die Leute glaubten, sie wären wahnsinnig.

Danach aber kehrte Brunelleschi nach Hause zurück, nach Florenz, und errichtete den größten Dom seit der Antike.

Nun. Das ist einer der Gründe, weswegen die Renaissance so genannt wurde. Offensichtlich.

Es war Giotto, der den schönen Campanile direkt neben diese Kathedrale gebaut hat.

Als man ihn einmal bat, ein Muster seiner Arbeit vorzulegen, legte Giotto einen Kreis vor.

Nun, der Witz ist, dass es ein perfekter Kreis war.

Und dass Giotto ihn freihändig gemalt hatte.

Als mein Vater starb, weniger als ein Jahr nach meiner Mutter, stieß ich auf denselben winzigen Spiegel in einer Schublade voll mit alten Schnappschüssen.

Echter Schnee fällt in Rom nicht öfter als ungefähr alle siebzig Jahre. Tatsächlich.

Also ungefähr so oft, wie auch der Arno über seine Ufer tritt, in Florenz. Obwohl es da vielleicht keine Verbindung gibt.

Dennoch ist es nicht unmöglich, dass Leute wie Leonardo da Vinci oder Andrea del Sarto oder Taddeo Gaddi ihr ganzes Leben verbracht haben, ohne je Schneebälle werfende Jungen gesehen zu haben.

Wären sie etwas später geboren worden, hätten sie zumindest Breughels Gemälde sehen können, auf denen Burschen das tun.

Außerdem glaube ich die Geschichte über Giotto und den Kreis, übrigens. Bestimmte Geschichten zu glauben ist befriedigend.

Auch glaube ich, einmal William Gaddis getroffen zu haben. Er sah nicht italienisch aus.

Hingegen glaube ich nicht ein Wort von dem, was ich einige Zeilen vorher über Leonardo da Vinci und Andrea del Sarto und Taddeo Gaddi geschrieben habe. Dass sie nie Schnee gesehen haben. Was lächerlich war.

Auch kann ich mich nicht mehr daran erinnern, ob ich auf das Plakat mit meinem Namen stieß, bevor oder nachdem ich die Katze beim Kolosseum gesehen habe.

Die Katze im Kolosseum war orange, sollte ich darauf nicht hingewiesen haben, und hatte ein Auge verloren.

Tatsächlich war sie kaum die allerschönste Katze, auch wenn ich noch so begierig war, sie wiederzusehen.

Simon hatte einmal eine Katze. Für die wir uns anscheinend nie zu einem Namen durchringen konnten.

Katze riefen wir sie bloß.

Hier, wenn der Schnee kommt, schreiben die Bäume eine seltsame Kalligrafie auf das Weiß. Der Himmel selbst ist oft weiß, und die Dünen sind verborgen und der Strand ist ebenfalls weiß bis hinunter zum Wasser.

Sozusagen gleicht dann fast alles, was ich sehen kann, dieser meiner Neun-Fuß-Leinwand, mit ihren undurchsichtigen vier weißen Schichten Gipsgrund.

Hin und wieder mache ich Feuer den Strand entlang. Allerdings.

Ja, im Herbst oder Anfang Frühling neige ich am ehesten dazu, das zu tun.

Einmal riss ich danach aus einem Buch die Seiten heraus und zündete auch diese an, warf jede einzelne Seite in den Wind, um zu sehen, ob die Brise sie zum Fliegen bringen würde.

Die meisten Seiten fielen gleich neben mir nieder.

Das Buch war ein Leben Brahms', das schief in einem der Regale stand und das die Feuchtigkeit für immer verzogen hatte. Auch wenn es von vornherein auf außergewöhnlich billigem Papier gedruckt worden war.

Wenn ich sage, dass ich manchmal Musik höre in meinem Kopf, übrigens, dann weiß ich sogar oft, wessen Stimme ich höre, wenn es sich um Vokalmusik handelt.

Ich erinnere mich nicht, wer es gestern in der *Alt-Rhapsodie* war. Allerdings.

Ich hatte das Leben Brahms' nicht gelesen. Aber ich glaube, es gibt ein Buch in diesem Haus, das ich tatsächlich gelesen habe, seit ich herkam.

Tatsache ist, man könnte sagen zwei Bücher, da es eine zweibändige Ausgabe der antiken griechischen Dramen war.

Obwohl, wo ich dieses Buch wirklich gelesen habe, war in dem anderen Haus, weiter den Strand hinunter, das ich niederbrannte. Das einzige Buch, in das ich in diesem Haus hineingeschaut habe, ist ein Atlas, um nachzusehen, wo Savona ist.

Tatsache, ich habe das vor kaum zehn Minuten getan, als ich entschied, das Gemälde des Hauses wieder hier herauszubringen.

Von dem ich jetzt nicht sicher sein kann, ob es ein Gemälde des Hauses ist oder eines Hauses, das einfach diesem Haus sehr ähnelt.

Der Atlas war in einem Regal direkt dahinter, wo das Gemälde gelehnt hatte.

Und direkt neben einem Leben Brahms', das auf außergewöhnlich billigem Papier gedruckt wurde und auf solch eine Weise schief stand, dass es nun dauerhaft verzogen ist.

Vermutlich war es überhaupt ein anderes Buch, aus dem ich die Seiten herausriss und anzündete, um eine Möwe nachzuahmen.

Wenn es nicht eh zwei Leben Brahms' in diesem Haus gab, beide auf billigem Papier gedruckt und beide durch Feuchtigkeit ruiniert.

Kathleen Ferrier ist es, die die *Alt-Rhapsodie* sang.

Ich nehme an, ich muss nicht erklären, dass jede Version jedweder Musik, die in meinen Kopf kommt, die Version sein würde, mit der ich einmal am vertrautesten war.

In Soho war meine Aufnahme der *Alt-Rhapsodie* eine alte Aufnahme, mit Kathleen Ferrier.

Und jetzt kratzt dieses Stück Klebeband wieder am Fenster im Nebenzimmer und klingt wieder wie eine Katze.

Man gibt einer Möwe keinen Namen.

Einmal, als ich mir selbst zuhörte beim lauten Lesen der griechischen Dramen, haben bestimmte Zeilen geklungen, als ob sie unter dem Einfluss von William Shakespeare geschrieben worden wären.

Man müsste ja recht verwirrt gewesen sein, um zu fragen, wie Euripides und Aischylos Shakespeare gelesen haben könnten.

Ich erinnerte mich an eine Anekdote über irgendeinen anderen griechischen Autor, der bemerkt hatte, dass, wenn er sich eines Lebens nach dem Tode sicher sein könne, er sich mit Freuden erhängen würde, um Euripides zu sehen. Im Grunde schien das unwichtig zu sein. Allerdings.

Endlich fiel mir ein, dass der Übersetzer ohne Zweifel Shakespeare gelesen hatte.

Normalerweise würde ich das für keine erinnerungswürdige Einsicht halten, wäre da nicht die Tatsache, dass ich ansonsten unbestreitbar wahnsinnig war zu der Zeit, als ich die Dramen las.

Tatsache ist, ich begreife erst jetzt, dass ich vielleicht überhaupt nicht gekocht habe, als ich das andere Haus niederbrannte, sondern es vielleicht genauso gut angezündet haben könnte, als ich die Seiten aus den *Troerinnen* ins Feuer fallen ließ, nachdem ich deren Rückseite zu Ende gelesen hatte.

Hingegen habe ich keine Ahnung, warum ich behauptet haben könnte, dass es ein Leben Brahms' war, das ich angezündet habe, draußen am Strand, wenn ich nicht zehn Minuten früher das Leben Brahms' bemerkt hätte, neben dem Atlas, hinter dem Gemälde.

Bestimmte Fragen scheinen unbeantwortbar.

Wie noch dazu die, was mein Vater gedacht haben mag, als er alte Schnappschüsse anschaute und danach in den Spiegel sah, der neben dem Bett meiner Mutter gewesen war. Oder ob man je beim Schloss angekommen wäre oder nicht, wäre man derselben Straße ununterbrochen gefolgt.

Nun, in diesem Fall zweifellos gab es letztendlich eine jähe Unterbrechung.

Zum Schloss musste ein Wegweiser gelautet haben.

In einem Jeep hätte man direkt den Hügel hinaufmanövrieren können, anstatt der Straße zu folgen.

Inzwischen vergeht ja kaum eine Minute beim Besichtigen von Schlössern in La Mancha, ohne dass man an Don Quixote erinnert wird. Selbstverständlich.

Genauso wenig wie man in Toledo keine Zeit verbringen kann, ohne an El Greco erinnert zu werden, selbst wenn es sich herausstellt, dass El Greco kein Spanier war.

Allzu oft wird über ihn gesprochen, als wäre er doch einer.

Die berühmten spanischen Künstler wie Velázquez oder Zurbarán oder El Greco, dergleichen bekommt man zu hören.

Kaum je hört man, dass über ihn als Grieche gesprochen wird. Andererseits.

Die berühmten griechischen Künstler wie Phidias oder Theophanes der Grieche oder El Greco, dergleichen bekommt man fast nie zu hören.

Dennoch ist es nicht unvorstellbar, dass El Greco sogar direkt von einigen dieser anderen Griechen abstammte, wenn man innehält und darüber nachdenkt.

Sicherlich wäre es leicht gewesen, den Überblick zu verlieren, im Laufe so vieler Jahre. Aber wer kann schon sagen, dass es nicht sogar weiter zurückgehen mag, auf jemanden wie Achill, warum nicht?

Ich bin mir fast sicher, dass Helena zumindest ein Kind hatte. Auf jeden Fall.

Nun scheint das Gemälde das dieses Hauses zu sein.

Tatsächlich scheint auch jemand genau an dem Fenster

oben zu sein, von dem aus ich immer den Sonnenuntergang beobachte.

Ich hatte sie vorher überhaupt nicht bemerkt. Vorher.

Wenn es eine sie ist. Der Pinselstrich ist ziemlich abstrakt, an dieser Stelle, so dass da kaum mehr als eine Andeutung von irgendjemandem ist. Wirklich.

Dennoch ist es interessant, plötzlich zu spekulieren, wer wohl an meinem Schlafzimmerfenster lauert, während ich hier genau darunter tippe.

Nun, gleichzeitig an der Wand gerade oberhalb und etwas seitlich.

Alles lediglich sozusagen. Selbstverständlich.

Obwohl ich gerade jetzt auch meine Augen geschlossen habe und außerdem sagen könnte, dass gerade jetzt die Person nicht nur oben und an der Wand war, sondern ebenso in meinem Kopf.

Wenn ich jetzt dort hinausginge, von wo aus ich das Fenster sehen kann, und dasselbe noch einmal täte, könnte die Anordnung nicht viel komplizierter werden.

Was das betrifft, habe ich erst jetzt etwas anderes in dem Gemälde bemerkt.

Die Tür, die ich im Allgemeinen benutze, wenn ich von der Terrasse vorne kommend aus und ein gehe, ist offen.

Vor noch nicht einmal zwei Minuten habe ich genau diese Tür geschlossen.

Offensichtlich ändert keine meiner Handlungen, wie diese hier, irgendetwas in dem Gemälde.

Trotzdem habe ich gerade wieder meine Augen geschlossen, um zu sehen, ob ich mir das Gemälde mit der zur Terrasse hin geschlossenen Tür vorstellen könnte.

Ich war nicht in der Lage, die Tür zur Terrasse zu schließen, in der Version des Gemäldes in meinem Kopf.

Hätte ich irgendwelche Farben, könnte ich sie selbst im

Gemälde geschlossen malen, sollte mich das ernsthaft zu stören anfangen.

Es gibt keine Malutensilien in diesem Haus.

Fraglos hätten einst alle möglichen Arten solcher Utensilien hier sein müssen. Allerdings.

Nun ja, ausgenommen jene, die sie zu den Dünen getragen hat, wo sonst würde die Malerin sie hingebracht haben?

Jetzt habe ich den Maler auch zu einer sie gemacht. Zweifellos wegen meines anhaltenden Gefühls, es sei eine sie am Fenster.

Aber in jedem Fall kann man noch immer annehmen, dass es zusätzliche Malutensilien geben muss im Inneren des Hauses auf dem Gemälde, auch wenn man auf dem Gemälde selbst nichts davon sehen kann.

Tatsache ist, dass es ebenso möglich sein könnte, dass es weitere Menschen im Inneren des Hauses gibt, zusätzlich zu der Frau an meinem Fenster:

Dann wiederum könnten die anderen sehr wahrscheinlich am Strand sein, da es auf der Leinwand ein später Sommernachmittag ist, obwohl nicht später als vier Uhr nachmittags.

So dass man als Nächstes gezwungen ist, sich zu fragen, warum die Frau am Fenster nicht selbst an den Strand gegangen ist. Was das betrifft.

Obwohl ich nach reiflicher Überlegung entschieden habe, dass die Frau genauso gut ein Kind sein kann.

So dass sie vielleicht zur Strafe zu Hause bleiben musste, nachdem sie sich schlecht benommen hatte.

Oder vielleicht war sie sogar krank.

Möglicherweise ist niemand am Fenster auf der Leinwand.

Um vier Uhr nachmittags will ich versuchen zu schätzen, wo genau in den Dünen die Malerin ihren Blickwinkel wählte, um dann zu sehen, wie die Schatten fallen, da oben.

Selbst wenn ich gezwungen wäre, zu schätzen, wann es vier Uhr nachmittags ist, da es auch keine Uhren oder Armbanduhren in diesem Haus gibt.

Alles, was man zu tun haben wird, ist, die echten Schatten am Haus mit den gemalten Schatten im Gemälde zu vergleichen. Allerdings.

Obwohl vielleicht die echten Schatten am Fenster, wenn ich hinausgehe, nichts auflösen werden, in Hinsicht auf das Gemälde.

Vielleicht werde ich nicht hinausgehen.

Einmal glaubte ich, jemanden an einem echten Fenster gesehen zu haben, wenn ich schon einmal beim Thema bin.

Das war in Athen, und während ich noch immer schaute, was es zu einem ziemlichen Ereignis machte.

Nun. Und sogar noch zu einem größeren als die Katze im Kolosseum, eher noch.

Tatsache ist, man konnte auch die Akropolis sehen, von demselben Fenster aus, von dem die Rede ist.

Was in einer Straße voller Tavernen war.

Dennoch, wenn die Sonne den Stand erreicht hatte, den Phidias als Blickwinkel gewählt hatte, schien es fast, als ob der Parthenon glühte.

Wirklich, die beste Zeit, das zu sehen, ist im Allgemeinen ebenso um vier Uhr nachmittags.

Zweifellos machten die Tavernen, von denen aus man das sehen konnte, ein besseres Geschäft als die Tavernen, von denen aus man das nicht konnte, tatsächlich, auch wenn sie alle in derselben Straße waren.

Außer, selbstverständlich, wenn Letztere von Stammkunden besucht wurden, die lange genug in Athen gelebt hatten und müde geworden waren, das zu sehen.

So etwas kann passieren. Wie im Fall Guy de Maupassants, der jeden Tag im Eiffelturm seinen Mittagstisch einnahm.

Nun, eben aus dem Grund, dass das der einzige Ort in Paris war, von dem aus er ihn nicht anschauen musste.

Ich habe beim besten Willen keine Ahnung, woher ich das weiß. Genauso wenig habe ich irgendeine Ahnung, woher ich weiß, dass Guy de Maupassant gerne ruderte.

Wenn ich sage, dass Guy de Maupassant jeden Tag im Eiffelturm seinen Mittagstisch einnahm, damit er ihn nicht anschauen musste, meinte ich, dass es der Eiffelturm war, den er nicht anschauen wollte, natürlich, und nicht seinen Mittagstisch.

Die Sprache ist in solchen Fällen häufig ungenau, habe ich herausgefunden.

Obgleich ich ein eigenes Ruderboot habe. Wie sich zufällig zeigt.

Hin und wieder rudere ich eine gute Strecke hinaus.

Jenseits der Brecher erledigt die Strömung die meiste Arbeit.

Das Zurückrudern aber kann schwierig sein, wenn man sich zu weit hinaustragen lässt.

In Wirklichkeit ist das Ruderboot mein zweites Ruderboot.

Das erste Ruderboot ist verschwunden.

Zweifellos habe ich es nicht weit genug auf den Strand laufen lassen. Eines Morgens, oder möglicherweise eines Nachmittags, war es einfach weg.

Einige Tage danach ging ich weiter als je zuvor den Strand entlang, aber es ist nicht ans Ufer gekommen.

Es wäre selbstverständlich kaum das einzige umhertreibende Boot, sollte es noch immer umhertreiben.

Na ja, wie diese Ketsch in der Ägäis, zunächst einmal.

Manchmal möchte ich gerne glauben, dass sie inzwischen ganz über den Ozean getragen wurde, allerdings. Bis zu den Kanarischen Inseln etwa, oder bis Cádiz, an der Küste Spaniens.

Nun, oder, und wer könnte bestreiten, dass sie nicht sogar nach Scyros hätte gelangen können?

Ich erinnere mich nicht an den Namen der Straße mit all jenen Tavernen.

Möglicherweise habe ich eh nie die Namen irgendeiner dieser Straßen in Athen gewusst, da ich nicht ein Wort Griechisch spreche.

Wenn ich sage, nicht ein Wort Griechisch sprechen, meine ich auch kein einziges lesen. Offensichtlich.

Man möchte den Griechen sicherlich gerne einen gewissen Einfallsreichtum in dieser Hinsicht zusprechen. Allerdings.

Penelopeallee wäre eine annehmbare Möglichkeit, zum Beispiel, oder Kassandrastraße. Zumindest einen Aristotelesboulevard muss es gegeben haben, sicherlich. Oder einen Herodotplatz.

Warum habe ich angedeutet, dass es Phidias war, der den Parthenon gebaut hat, wenn es jemand namens Iktinos gewesen ist.

Obwohl ich häufig Sätze in Büchern unterstrich, die ich gar nicht lesen musste, war ich auf der Universität ganz gut. Wirklich.

So dass man sogar im Allgemeinen die Grundrisse solcher Strukturen identifizieren konnte, bei den Abschlussprüfungen.

Aber an welches Gedicht denke ich denn jetzt, an Singvögel süß im Grase, verkauft in Geschäften den Leuten zum Fraße?

Verkauft in den Geschäften, geht es, auf der Blödheitsstraße?

Ich glaube nicht, auf einer dieser Seiten zuvor je Kassandra erwähnt zu haben, wenn man es recht bedenkt. Lasst mich die Straße mit den Tavernen Kassandrastraße nennen.

Kassandra ist bestimmt ein angemessener Name für eine Straße, in der ich glaubte, auf jeden Fall jemanden an einem Fenster gesehen zu haben.

Nun, und insbesondere jemanden, der daran lauert.

Oder ist es einfach der Gedanke, dass jemand an meinem Fenster auf dem Gemälde lauert, der mich diesen Bezug herstellen lässt.

Dennoch, Herumlauern an solch einem Fenster, das ist genau das Bild, das man geneigt ist, sich von Kassandra zu machen, nachdem Agamemnon sie als eines seiner Beutestücke aus Troja zurückgebracht hatte. In der Tat.

Auch während Klytämnestra Hallo sagt zu Agamemnon und ein schönes heißes Bad vorschlägt, neigt man dazu, sich auf diese Art und Weise dieses Bild von ihr zu machen.

Nun, aber auch von Kassandra, die immer in der Lage ist, Dinge zu sehen, selbstverständlich. So dass sie, selbst ohne ein Fenster zum Lauern, bald von jenen Schwertern neben der Badewanne gewusst hätte.

Nicht dass irgendjemand jemals gelernt hat, je einem Wort, das Kassandra jemals gesagt hat, Aufmerksamkeit zu schenken. Allerdings.

Nun, diese ihre Wahnsinnstrancezustände.

Auch hätte es keine Straße in Athen gegeben, die schließlich nach ihr benannt wäre, offensichtlich. Genauso wenig wie es eine gegeben hätte, die nach Hektor benannt ist, oder nach Paris.

Dann wiederum ist es nicht unmöglich, dass die Gefühle der Menschen sich ändern könnten, nach so vielen Jahren.

An der Kreuzung Kassandrastraße und El-Greco-Weg, nachmittags um vier, sah ich jemanden an einem Fenster, lauernd.

Es war niemand an dem Fenster, das ein Fenster eines Geschäfts für Künstlerbedarf war.

Es war eine kleine aufgezogene Leinwand, beschichtet mit Gipsgrund, die mein eigenes Spiegelbild aufblitzen ließ, als ich vorüberging.

Dennoch, wie ich mich fast fühlte. Inmitten all dieses Schauens.

Jedoch, Tatsache ist, wo ich mein eigenes Spiegelbild gesehen haben mag, könnte gut im Fenster einer Buchhandlung gewesen sein.

Auf jeden Fall lagen die zwei Geschäfte nebeneinander. Es war das mit den Büchern, worin ich beschloss, hineinzugehen.

Alle Bücher im Geschäft waren auf Griechisch. Natürlich.

Möglicherweise waren einige wenige davon sogar Bücher, die ich wirklich gelesen habe, auf Englisch, obwohl ich natürlich keine Ahnung hätte haben können, welche.

Möglicherweise war eines davon sogar eine griechische Ausgabe der Stücke William Shakespeares. Von einem Übersetzer, der unter dem Einfluss Euripides' gestanden hat.

Gipsgrund hat so ein blödes Aussehen, als Wort, wenn man es tippt.

Es hätte geholfen, das Verziehen meiner Leinwände zu verhindern, wenn ich nicht Löcher in jene Oberlichter geschossen hätte. Offensichtlich.

Wäre der Rauch nicht abgezogen, die Winter im Metropolitan wären schwierig gewesen. Allerdings.

Es kann einen traurig machen, wenn man sich selbst hinein in ein Geschäft voller Bücher lässt und unfähig ist, auch nur ein einziges davon zu erkennen.

Die Buchhandlung in der Straße unter der Akropolis machte mich traurig.

Obwohl ich jetzt eine kategorische Entscheidung getroffen habe, dass das Gemälde kein Gemälde dieses Hauses ist.

Ganz gewiss, es ist ein Gemälde des anderen Hauses, weiter den Strand hinunter, das gebrannt hat.

Um die Wahrheit zu sagen, ich kann mir das andere Haus überhaupt nicht mehr in Erinnerung rufen.

Obwohl vielleicht dieses Haus und jenes Haus identisch waren. Oder zumindest recht ähnlich. Auf jeden Fall.

Häuser am Strand sind oft so, weil sie von Leuten mit im Wesentlichen ähnlichem Geschmack gebaut wurden.

Tatsache ist jedoch, ich kann nicht absolut sicher sein, dass das Gemälde überhaupt noch an der Wand neben mir ist, da ich es nicht mehr anschaue.

Recht wahrscheinlich habe ich es zurückgebracht in das Zimmer mit dem Atlas und dem Leben Brahms'. Ich habe einen dringenden Verdacht, dass mir in den Sinn kam, das zu tun.

Das Gemälde ist an der Wand.

Und zumindest haben wir verifiziert, dass es nicht das Leben Brahms' gewesen ist, dessen Seiten ich ebenfalls angezündet habe, draußen am Strand.

Wenn nicht, wie ich bereits angedeutet habe, jemand in diesem Haus zwei Leben Brahms' besessen hatte, beide auf billigem Papier gedruckt und beide von der Feuchtigkeit ruiniert.

Oder zwei Leute hatten sie besessen, was vielleicht wahrscheinlicher ist.

Vielleicht zwei Leute, die sich nicht besonders gut verstanden haben, tatsächlich. Aber beide trotzdem an Brahms interessiert waren.

Vielleicht war eine von jenen die Malerin, nun ja, und die andere die Person im Fenster, warum nicht?

Vielleicht wollte die Malerin, als Landschaftsmalerin, die andere Person überhaupt nicht malen, in Wirklichkeit. Aber vielleicht bestand die andere Person darauf, aus dem Fenster zu schauen, während die Malerin an der Arbeit war.

Sehr gut möglich, dass es das war, weswegen die beiden zunächst übereinander verärgert waren.

Hätte die Malerin ihre Augen geschlossen oder sich einfach geweigert, zu schauen, wäre die andere Person trotzdem am Fenster gewesen?

Man könnte genauso gut fragen, ob das Haus selbst da gewesen wäre?

Und warum habe ich mir die Mühe gemacht, meine eigenen Augen wieder zu schließen?

Noch immer fühle ich die Schreibmaschine, natürlich. Und höre die Tasten.

Ebenso kann ich die Sitzfläche dieses Stuhles fühlen, durch meine Unterhosen hindurch.

Hätte die Malerin das draußen bei den Dünen getan, hätte sie die Brise gefühlt. Und ein Gespür für Sonnenschein bekommen.

Nun ja, und sie hätte die Brandung gehört.

Gestern, als ich Kirsten Flagstad die *Alt-Rhapsodie* singen hörte, was genau hörte ich da?

Im Winter, wenn der Schnee alles bedeckt, so dass nur diese seltsame Kalligrafie der Skelette dieser Bäume übrigbleibt, ist es ein bisschen, wie wenn man die Augen schließt.

Bestimmt ist die Wirklichkeit verändert.

Eines Morgens wachst du auf, und jede Farbe hat aufgehört zu existieren.

Alles, was man in der Lage ist, dann zu sehen, ist wie diese meine Neun-Fuß-Leinwand mit ihren undurchsichtigen vier weißen Schichten aus Gips und Leim.

Ich habe das gesagt.

Dennoch, es ist beinahe, als ob man die ganze Welt malen könnte, und auf jedwede gewünschte Art und Weise.

Den Pinselstrich abstrakt werden lassen an einem Fenster, oder nicht.

Aber es war vielleicht Kassandra, die ich zunächst zu porträtieren beabsichtigte, auf jenen fünfundvierzig Quadratfuß, und gar nicht Elektra.

Selbst wenn eine Stelle, die ich immer gemocht habe, ist, als Orest schließlich zurückkommt nach so vielen Jahren und Elektra ihren eigenen Bruder nicht erkennt.

Was willst du, fremder Mann? Ich glaube, das ist es, was Elektra zu ihm sagt.

Nun, es ist die Oper, an die ich jetzt denke, vermute ich.

An der Kreuzung von Richard-Strauß-Allee und Johannes-Brahms-Straße, um vier Uhr nachmittags, hat irgendjemand meinen Namen gerufen.

Du? Kannst du das sein?

Man stelle sich vor. Und genau hier, von allen möglichen Orten.

Es war nur der Parthenon, so schön in der Nachmittagssonne, da bin ich mir ziemlich sicher, der eine Saite berührt hat.

In Griechenland, in keinem geringeren Land, woher alle Künste und alle Geschichten gekommen sind.

Dennoch, eine Zeit lang wollte ich fast weinen.

Vielleicht habe ich doch geweint, an diesem einen Nachmittag.

Obwohl es vielleicht auch Müdigkeit war, hinter dem Schleier des Wahnsinns, der mich beschützt hatte und der an diesem Nachmittag entschwunden ist.

Eines Nachmittags siehst du den Parthenon, und mit diesem einen Blick ist dein Wahnsinn augenblicklich entschwunden.

Weinend gehst du die Straßen entlang, deren Namen du nicht kennst, und jemand ruft nach dir.

Ich rannte in eine Gasse, die in Wirklichkeit eine Sackgasse war.

Sicherlich bist du das!

Ich hatte auch eine Waffe. Meine Pistole, von den Oberlichtern.

Nun, als ich am Schauen war, trug ich diese fast immer bei mir.

Schauen. Verzweifelt, wie ich gesagt habe.

Aber dennoch, ohne zu wissen, wen genau man finden würde.

Ich kam nicht vor Einbruch der Dämmerung aus der Sackgasse heraus.

Und sah mein eigenes Spiegelbild hinter dem Fenster eines Geschäfts für Künstlerbedarf dort aufblitzen, auf einer kleinen aufgezogenen Leinwand.

Um die Wahrheit zu sagen, ein Buch im Geschäft neben diesem war sogar auf Englisch.

Das war ein Vogelkundebuch für Süd-Connecticut und die Long-Island-Meerenge.

Ich schlief in dem Auto, das ich zu dieser Zeit benutzt habe. Es war ein VW-Bus, voller Musikinstrumente.

Kathleen Ferrier ist sehr wahrscheinlich sogar schon gestorben gewesen, bevor ich diese alte Aufnahme erworben hatte, glaube ich jetzt.

Ich habe vergessen, was auch immer ich zu sagen beabsichtigt haben könnte, als ich das erwähnte. Allerdings.

Schleier des Wahnsinns, was für eine schrecklich prätentiöse Redewendung, die ich da geschrieben habe. Außerdem.

Am nächsten Morgen bin ich gegen den Uhrzeigersinn gefahren, durch die Berge, in Richtung Sparta, das ich besichtigen wollte, bevor ich Griechenland verließ.

Ohne daran zu denken, in das Vogelbuch hineinzuschauen, was es über Möwen hätte sagen können.

Auf halbem Weg nach Sparta bekam ich meine Periode.

Mein Leben lang hat meine Periode es immer hingekriegt, mich zu überraschen.

Und das, obwohl ich einige Tage vorher im Allgemeinen

ziemlich daneben war, was ich fast ausschließlich auf andere Ursachen zurückgeführt habe.

Also war es zweifellos nicht der Parthenon, der mich schließlich zum Weinen gebracht hat.

Oder gar notwendigerweise mein bisweilen entschwindender Wahnsinn.

Offensichtlich war der andere schon dabei, sich zu zeigen.

Und so rief jemand meinen Namen.

Ich menstruiere heute noch immer gelegentlich, wenn auch unregelmäßig.

Oder aber ich mache Flecken. Viele Wochen lang.

Aber dann passiert es manchmal monatelang gar nicht.

Natürlich ist nichts in der *Ilias* oder in irgendeinem Drama über irgendeine, die menstruiert.

Oder in der *Odyssee*. Also hat das zweifellos doch keine Frau geschrieben.

Bevor ich verheiratet war, hat meine Mutter entdeckt, dass Terry und ich miteinander schliefen.

Gab es irgendjemanden vor Terry? Das war eine der ersten Fragen, die mir meine Mutter damals stellte.

Ich sagte ihr, dass es den gab.

Weiß Terry das?

Ich sagte dazu ebenfalls ja.

Oh, du junge Närrin, hat meine Mutter gesagt.

Mit den vergehenden Jahren habe ich oft eine tiefe Traurigkeit empfunden, über einen Großteil des Lebens, das meine Mutter gelebt hat.

Aber was weiß unsereins schon jemals wirklich.

Ich kann mir keinen Grund denken, warum mich das an die Zeit erinnern sollte, als ich die Haupttreppe des Metropolitan hinunterfiel, weil ich meine Periode hatte und mir den Knöchel gebrochen habe.

In Wirklichkeit war er vielleicht gar nicht gebrochen, sondern nur verstaucht.

Am nächsten Morgen war er trotzdem zu seiner zweifachen Größe angeschwollen.

In einem Augenblick war ich halb oben auf der Treppe, und im nächsten Augenblick fantasierte ich, Ikarus zu sein.

Was ich getan habe, war, ich habe dieses Ungetüm von Leinwand getragen, das außergewöhnlich unhandlich war.

Man trägt ein solches Ungetüm, indem man die Verstrebungen zwischen den Keilrahmen anpackt, an der Rückseite, was bedeutet, man hat überhaupt keine Möglichkeit zu sehen, wohin man geht.

Dennoch, ich habe geglaubt, es bewerkstelligen zu können. Bis zu dem Zeitpunkt, an dem mir die ganze Konstruktion davonsegelte.

Möglicherweise war es ein Windstoß, der das bewirkte, weil es viel mehr zerbrochene Fenster im Museum gab als die, die ich absichtlich zerbrochen hatte, zu dieser Zeit.

Vermutlich war es tatsächlich ein Windstoß von unten, da das, was die Leinwand zu tun schien, war, sich vor mir zu erheben. Und dann noch etwas höher zu steigen.

Unglaublicherweise war sie kurz danach unter mir. Allerdings.

Der Schmerz war entsetzlich.

Ich bin dabei, mir in die Hosen zu machen, war, was ich zuerst gedacht habe, allerdings. Und ich habe nicht einmal Unterhosen an, unter diesem Wickelrock.

Um die Wahrheit zu sagen, wann ich das wirklich gedacht habe, war zwei Sekunden früher.

Und hatte so selbstverständlich die Art und Weise, wie ich da stand, geändert, um meine Oberschenkel zusammenzupressen.

Und vergaß im selben Augenblick, dass ich gerade eine

fünfundvierzig Quadratfuß große Leinwand trug, an Keilrahmen aufgezogen, eine Steintreppe hinauf.

Im Rückblick erscheint es sogar nicht unwahrscheinlich, dass es schließlich gar keinen Windstoß gegeben hat.

Und natürlich war das alles auch ohne jedwede Vorwarnung eingetreten.

Obwohl ich mich zweifellos schon einige Tage ziemlich danebengefühlt habe, was ich unweigerlich auf andere Ursachen schob.

Das Museum besaß selbstverständlich Krücken, und sogar Rollstühle, für gerade solche Notfälle.

Nun denn, vielleicht nicht genau für gerade solche.

Diese befanden sich alle im Erdgeschoss, jedenfalls, zusammen mit anderen Erste-Hilfe-Artikeln.

Es wäre für mich sehr viel einfacher gewesen, die Treppen ganz hinaufzukriechen anstatt hinunter.

Das meiste meiner Ausrüstung war sowieso da unten, allerdings. Ich glaube, ich erwähnte, in jenen Tagen noch immer eine Ausrüstung besessen zu haben.

Wie sich herausstellte, bin ich in kürzester Zeit erstaunlich geschickt geworden im Umgang mit meinem Rollstuhl.

Jagte von einem Ende des Erdgeschosses zum anderen, wenn mich die Stimmung packte. Tatsächlich.

Von den griechischen und römischen Altertümern zu den ägyptischen, oder schwupp! Und hier, um den Tempel von Dendur herum.

Oft sogar mit Musik von Berlioz oder Igor Strawinsky, um mir Gesellschaft zu leisten.

Hin und wieder tut mir derselbe Knöchel weh.

Dies meistens nur in Verbindung mit dem Wetter. Wirklich.

Ich kann mich beim besten Willen nicht erinnern, wozu ich versucht habe, diese Leinwand die Treppe hinaufzubekommen. Andererseits.

Um darauf zu malen, wäre eine begründete Hypothese.

Dann wiederum, nachdem ich für Monate nicht darauf gemalt hatte, hatte ich vielleicht den Wunsch, sie irgendwohin zu tun, wo ich nicht ununterbrochen daran erinnert werden würde, dass ich es nicht getan hatte.

Eine Leinwand, neun Fuß mal fünf Fuß, ist eine kaum zu ignorierende Gedächtnisstütze.

Zweifellos hatte ich etwas im Sinn gehabt. Auf jeden Fall.

Im Lieferwagen hier ist ein Tonbandgerät, jetzt, da ich darüber nachdenke.

Allem Anschein nach aber gibt es keine Bänder. Allerdings.

Einmal, beim Wechseln der Fahrzeuge neben einigen Tennisplätzen bei Bayonne, in Frankreich, habe ich den Zündschlüssel umgedreht und hörte plötzlich die *Vier ernsten Gesänge* von Brahms.

Doch möglicherweise denke ich an die *Vier letzten Lieder*, von Richard Strauss.

In keinem Fall war es Kathleen Ferrier, die gesungen hat.

In Wirklichkeit hat ein ziemlich großer Anteil der Fahrzeuge, die einem unterkommen, Tonbandgeräte, viele davon noch eingeschaltet.

Selten wäre es mir eingefallen, dem irgendeine Aufmerksamkeit zu schenken. Allerdings.

Offensichtlich würde einen in solchen Momenten hauptsächlich interessieren, ob die vorhandene Batterie noch immer funktionierte.

Vorausgesetzt, man hätte schon eruiert, dass im Gefährt ein Schlüssel war, und Benzin.

Kirsten Flagstad sang, in Bayonne. Was tatsächlich Bordeaux war.

Um die Wahrheit zu sagen, man freute sich schon genug darüber, dass ein Auto sich überhaupt bewegt hat, so dass man eine Strecke weit gefahren ist, bevor man bemerkte, ob ein Kassettengerät spielte oder nicht.

Oder wenigstens geklärt hatte, welche Hindernisse es zunächst notwendig gemacht hatten, das Gefährt zu wechseln.

Oft verursachten Brücken solch einen Wechsel. Ein einziges lästiges Auto kann eine Durchschnittsbrücke unpassierbar machen.

Einige Jahre habe ich mir noch die Mühe gemacht, mein Gepäck von einem Gefährt zum anderen hinüberzutragen. Auf bestimmten Fahrten dachte ich sogar daran, einen Handkarren mitzunehmen.

Als ich im Metropolitan lebte, habe ich am Ende sogar etliche meiner Zufahrtsstraßen geräumt.

Nun, oder benutzte manchmal einen Landrover und kam oder ging direkt über den Rasen im Central Park.

Kein Problem gibt es mehr in Bezug auf den Namen meines Ehemannes, nebenbei bemerkt. Auch wenn ich ihn nach unserer Trennung, nach Simons Tod, nie mehr wiedergesehen habe.

Tatsache ist, es gibt einen Handkarren im Keller dieses Hauses.

Es ist nicht mein eigener, da ich nur noch selten solche Vorrichtungen gebrauche. Er war vielmehr schon da, als ich kam.

Da sind auch acht oder neun Bücherkisten im Keller, zusätzlich zu den vielen Büchern in den verschiedenen Zimmern hier oben.

Der Handkarren ist arg verrostet, wie die Fahrräder es auch sind.

Das Kellergeschoss ist sogar noch feuchter als der Rest des Hauses. Ich lasse jene Türe geschlossen.

Der Eingang zum Keller ist hinten am Haus und unter einer Befestigung aus Sand, so dass man ihn im Gemälde nicht sieht.

Der gewählte Blickwinkel auf dem Gemälde ist draußen von vorne, sollte ich das nicht angedeutet haben.

Es sind auch mehrere Baseballbälle im Keller, auf einem Sims.

Es gibt auch einen Rasenmäher, wenn auch nur ein außerordentlich kleines Stück Gras, auf einer Seite des Hauses, von dem ich mir vorstellen kann, dass es jemals gemäht worden ist.

Andererseits, dieses Stück scheint im Gemälde dennoch sichtbar zu sein.

Jetzt kann ich sehen, dass es tatsächlich gemäht worden war, als die Malerin es malte.

Die Dinge, derer man erst später gewahr wird.

Was mich daran erinnert, dass ich jetzt überzeugt bin, dass der Satz, der mir gestern in den Kopf gekommen ist, oder vorgestern, über das Wandern durch ein unendliches Nichts, von Friedrich Nietzsche geschrieben worden ist.

Auch wenn ich gleichermaßen überzeugt bin, nie ein einziges von Nietzsche geschriebenes Wort gelesen zu haben.

Ich glaube doch, einmal *Sturmhöhe* gelesen zu haben, allerdings, was ich erwähne, weil alles, was ich daran erinnern zu können scheine, ist, dass Leute ununterbrochen in Fenster hinein- oder aus Fenstern herausschauen.

Das Buch mit dem Titel *Gedanken* wurde von Pascal geschrieben. Nebenbei bemerkt.

Ich glaube auch, nicht angedeutet zu haben, dass dies noch ein Tag ist, an dem ich tippe, weswegen ich zögerlich war, ob das Zitieren Friedrich Nietzsches gestern oder vorgestern stattgefunden hatte.

Ich habe mir keinerlei Notizen gemacht, wo ich aufgehört habe, und habe einfach jenes Blatt in der Maschine gelassen.

Möglicherweise habe ich an dem Punkt aufgehört, wo ich zu den Baseballbällen im Keller gekommen bin, da das Thema Baseball mich eh immer gelangweilt hat.

Nachher habe ich einen Spaziergang am Strand gemacht, bis zum anderen Haus, das gebrannt hat.

Der gestrige Sonnenuntergang war ein Vincent-van-Gogh-Sonnenuntergang, mit einem gehörigen Anteil Angst darin.

Vielleicht denke ich nur an Pinselstriche.

Ich habe mich mehr als einmal gefragt, warum die Bücher im Keller nicht oben bei den anderen sind. Wirklich.

Da gibt es Platz. Viele Regale hier oben sind halb leer.

Obwohl, zweifellos, wenn ich sage, sie sind halb leer, sollte ich in Wirklichkeit sagen, sie sind halb voll, da sie vermutlich völlig leer waren, bevor sie jemand halb voll gemacht hat.

Dann wiederum ist es nicht unmöglich, dass sie einmal ganz voll waren und erst halb leer wurden, als jemand die Hälfte der Bücher in den Keller räumte.

Ich finde die zweite Möglichkeit weniger wahrscheinlich als die erste, obwohl sie nicht völlig abseitig ist.

In beiden Fällen ist der gegenwärtige Zustand der Regale eine Erklärung dafür, warum so viele Bücher in dem Haus gekippt sind oder schief stehen. Und so dauerhaft verzogen.

Baseball als das Gras echt war ist wirklich der Name eines davon, glaube ich.

In dem Fall wird man zumindest halbwegs neugierig gemacht auf die Bedeutung des Titels, muss ich zugeben.

Weniger als übermäßig neugierig, Baseball bleibt Baseball, aber wenigstens halbwegs neugierig.

Tatsache ist, ich werde vielleicht mein eigenes Gras mähen, das unleugbar echt ist, auch wenn es übermäßig zugewuchert ist.

Ich kann das Gras nicht mähen. Nicht mit dem Rasenmäher, der ebenso arg verrostet ist wie der Handkarren und die Fahrräder.

In Wirklichkeit habe ich andere Fahrräder.

Zweifellos ist eines neben dem Lieferwagen. Ein anderes mag an der Tankstelle sein, in der Stadt.

Da war ein Fahrrad in der Sackgasse unterhalb der Akropolis, wenn man es recht bedenkt.

Vielleicht sind die Bücher im Keller Duplikate.

Wie also die zwei Leben Brahms'. Selbst wenn allem Anschein nach jene beiden oben gewesen sind.

Da ist niemand am Fenster im Gemälde des Hauses. Nebenbei bemerkt.

Ich bin jetzt zu dem Schluss gekommen, dass das, was ich für eine Person gehalten habe, ein Schatten ist.

Wenn es kein Schatten ist, ist es vielleicht ein Vorhang.

Tatsächlich könnte es wirklich nicht mehr als ein Versuch sein, Tiefe anzudeuten, innerhalb des Zimmers.

Obwohl sozusagen alles, was wirklich ist in dem Fenster, gebranntes Siena ist. Und etwas Ockergelb.

Tatsächlich ist da auch kein Fenster, wieder sozusagen, sondern nur ein Umriss.

So dass die paar Spekulationen, die ich über die Person am Fenster gemacht haben mag, deshalb jetzt bedeutungslos zu sein scheinen. Offensichtlich.

Außer natürlich, ich werde nachher wiederum überzeugt werden, dass es jemanden am Fenster gibt.

Ich habe das schlecht ausgedrückt.

Was ich sagen wollte, war, dass ich möglicherweise aufs Neue davon überzeugt werden könnte, dass jemand am Fenster ist, kaum jedoch, dass jemand, der beim Fenster war, weggegangen ist, aber vielleicht zurückkäme.

In jedem Fall bleibt es eine Tatsache, dass keine veränderte Wahrnehmung meinerseits, wie diese hier, irgendetwas in dem Gemälde ändert.

So dass vielleicht meine früheren Spekulationen doch gültig bleiben.

Ich habe eine sehr geringe Ahnung, was ich damit meine.

Man kann kaum spekulieren über eine Person, wenn keine Person da ist, über die zu spekulieren wäre.

Dennoch ist es nicht zu leugnen, dass man solche Spekulationen doch gemacht hat.

Vor zwei Tagen, als ich Kathleen Ferrier hörte, was genau habe ich da gehört?

Gestern, als ich über eine Person am Fenster in dem Gemälde spekuliert habe, worüber genau habe ich spekuliert?

Ich habe gerade das Gemälde zurückgetan in das Zimmer mit dem Atlas und dem Leben Brahms'.

Tatsache ist, ich habe jetzt auch noch eine Nacht geschlafen.

Ich erwähne das diesmal nur, weil man sozusagen jetzt sagen könnte, dass es ziemlich rasch übermorgen geworden ist.

Bestimmte Fragen scheinen noch immer unbeantwortbar zu sein. Allerdings.

Wie zum Beispiel, wenn ich zu dem Schluss gekommen bin, dass da nichts im Gemälde ist außer Umrisse, komme ich ebenso zu dem Schluss, dass da nichts auf diesen Seiten ist außer Buchstaben des Alphabets?

Wenn man nur das griechische Alphabet lesen könnte, was würde dann auf diesen Seiten sein?

Zweifellos fuhr ich in Russland an St. Petersburg direkt vorbei, ohne zu wissen, dass es St. Petersburg war.

Tatsache ist, Anna Karenina könnte genauso gut daran vorbeigefahren sein, ohne zu wissen, dass es St. Petersburg war.

Beim Anblick eines Wegweisers, auf dem Stalingrad steht, was hätte sich Anna Karenina dabei wohl gedacht?

Insbesondere, da auf dem Wegweiser wahrscheinlich eher Leningrad gestanden hat?

Ich habe jetzt offensichtlich den Faden vollkommen verloren.

Einmal hat Robert Rauschenberg den Großteil einer Zeichnung Willem de Koonings verwischt und hat sie dann Verwischte De-Kooning-Zeichnung genannt.

Ich bin auch keineswegs sicher, womit das zusammenhängt, aber ich vermute, es hängt mit mehr Dingen zusammen, als ich früher einmal dachte, dass es das tun würde.

Robert Rauschenberg kam wirklich eines Nachmittags in mein Loft in Soho. Ich erinnere nicht, dass er irgendetwas verwischt hat.

Der Grund dafür, dass eines meiner Fahrräder an der Tankstelle ist, ist, dass ich manchmal beschließe, nach Hause zu gehen, nachdem ich irgendwohin gefahren bin.

Obwohl, wozu ich mich wirklich an diesem Tag entschloss, war, Petroleum zurückzubringen, mit dem es schwierig war, Fahrrad zu fahren.

Ich sage war, anstelle von ist schwierig, da ich kein Petroleum mehr trage, seit ich jene Lampen nicht mehr verwende.

Ich hörte auf, sie zu verwenden, nachdem ich die eine, die das andere Haus in Brand gesetzt hat, umgeworfen hatte, obwohl ich dies zweifellos erwähnt habe.

In dem einen Augenblick habe ich den Docht nachgezogen, und im nächsten stand das ganze Schlafzimmer in Flammen.

Diese Strandhäuser sind ganz aus Holz, selbstverständlich. Alles, was ich tun konnte, war, bei den Dünen sitzen und es brennen sehen.

Fast die ganze Nacht war der ganze Himmel homerisch.

Das war in derselben Nacht, in der mein Ruderboot verschwunden ist, in der Tat, auch wenn das vielleicht nebensächlich ist.

Man schenkt einem vermissten Boot kaum Aufmerksamkeit, wenn das eigene Haus gerade am Niederbrennen ist.

Dennoch, es war nicht länger da am Strand.

Manchmal möchte ich glauben, dass es inzwischen den

ganzen Weg über den Ozean hinweggetragen worden ist, um die Wahrheit zu sagen.

Bis zur Insel Lesbos, etwa. Oder sogar nach Ithaka.

Gewisse Gegenstände, die hier häufig an der Küste angeschwemmt werden, könnten gut genauso weit in die entgegengesetzte Richtung getragen worden sein. Tatsächlich.

So wie mein Stock, zum Beispiel, den ich manchmal auf einen Spaziergang mitnehme.

Zweifellos diente der Stock früher einmal irgendeinem anderen Zweck, als einfach auf Spaziergängen mitgenommen zu werden, man kann nicht länger erraten, welch anderem Zweck, allerdings wegen der Art und Weise, wie die Wellen ihn glattgeschliffen haben.

Hin und wieder habe ich den Stock auch verwendet, um damit in den Sand zu schreiben. Wirklich.

Tatsächlich habe ich sogar Griechisch geschrieben.

Nun, oder etwas, was wie Griechisch ausschaute, obwohl ich es wirklich bloß erfunden habe.

Um die Wahrheit zu sagen, was ich geschrieben habe, waren Botschaften wie die, die ich manchmal auf die Straße schrieb.

Jemand lebt an diesem Strand, lauteten die Botschaften.

Offensichtlich spielte es zu diesem Zeitpunkt keine Rolle, dass die Botschaften nur in einer erfundenen Schrift waren, die niemand lesen konnte.

In Wirklichkeit ist nichts von dem, was ich schrieb, jemals noch da gewesen, wenn ich zurückgegangen bin, stets wurde es fortgespült.

Dennoch, wenn ich zu dem Schluss gekommen bin, dass nichts im Gemälde ist außer Umrisse, komme ich ebenso zu dem Schluss, dass es nicht einmal erfundene Schrift im Sand war, sondern nur Rillen meines Stocks.

Zweifellos war der Stock ursprünglich nicht interessanter als der Stiel eines Teppichkehrers.

Einmal, als ich ihn beiseitelegte, um ein Stück Treibholz den Strand entlangzuschleppen, hatte ich befürchtet, ihn verloren zu haben.

Als ich zurückschaute, stand er aufrecht, dort, wo ich die Voraussicht gehabt habe, ihn hinzustellen, ohne wirklich darauf zu achten.

Dann wiederum ist es durchaus möglich, dass mir die Frage des Verlusts erst in den Sinn gekommen ist, als ich schon dabei war, zurückzuschauen, was bedeutet, dass der Stock schon nicht verlorengegangen war, als ich mir Sorgen gemacht habe, er hätte es sein können.

Ich bin nicht sonderlich glücklich über diese neue Gewohnheit, von Dingen zu sprechen, bei denen ich eine sehr geringe Ahnung habe, was ich damit zu sagen meine. Um die Wahrheit zu sagen.

Es war jemand namens Ralph Hodgson, der das Gedicht über die Vögel schrieb, die den Leuten in den Geschäften zum Essen verkauft wurden.

Ich erinnere mich nicht, je irgendein anderes Gedicht von Ralph Hodgson gelesen zu haben.

Ich erinnere mich, dass Leonardo da Vinci solche Vögel zu kaufen pflegte, allerdings, in Florenz, und sie dann aus ihren Käfigen herausgelassen hat.

Und dass Helena von Troja doch eine Tochter gehabt hat, die Hermione hieß.

Und dass Leonardo sich eine Methode ausgedacht hat, um zu verhindern, dass der Arno über seine Ufer tritt, der offensichtlich niemand Beachtung geschenkt hat.

Was das betrifft, hat Leonardo mindestens einmal auch Schnee in eines seiner Gemälde hineingetan, auch wenn ich mich nicht erinnere, ob Andrea del Sarto oder Taddeo Gaddi das je getan haben.

Außerdem hatten die Schüler Rembrandts die Angewohnheit, Goldmünzen auf den Boden seines Ateliers zu malen und sie so echt ausschauen zu lassen, dass Rembrandt sich bücken würde, um sie aufzuklauben, auch wenn ich unsicher bin, inwiefern mich dies wiederum an Robert Rauschenberg erinnert.

Ich habe immer ernste Zweifel gehegt, dass Helena der Grund für jenen Krieg gewesen ist. Nebenbei bemerkt.

Ein einziges Mädchen aus Sparta. Schließlich.

Tatsache ist, die ganze Angelegenheit war unleugbar eine Geschäftssache. Ganze zehn Jahre, nur um zu sehen, wer wem Zoll zahlen würde, um in der Lage zu sein, eine Wasserstraße nutzen zu dürfen.

Ein anderer Dichter namens Rupert Brooke starb in den Dardanellen, während des Ersten Weltkrieges, selbst wenn ich nicht glaube, mich daran erinnert zu haben, als ich die Dardanellen aufgesucht habe, womit ich den Hellespont meine.

Dennoch, ich finde es außergewöhnlich, dass junge Männer dort gestorben sind, in einem Krieg, der so lange her ist, und dann am selben Ort gestorben sind, dreitausend Jahre später.

Und bei abermaliger Überlegung sind die goldenen Münzen, die Rembrandts Schüler auf den Boden seines Ateliers gemalt haben, genau das, worüber ich gesprochen habe, als ich über Robert Rauschenberg gesprochen habe.

Oder vielmehr, worüber ich gesprochen habe, als ich über die Person gesprochen habe, die nicht am Fenster in dem Gemälde dieses Hauses ist.

Die Münzen sind nur Münzen gewesen, bis Rembrandt sich darüberbeugte.

Was mich nicht davon abhielt, einen Generator und Flutlichtscheinwerfer im Kolosseum aufzustellen. Allerdings.

Oder davon, so gewieft zu sein, die Katze Calpurnia zu rufen, nachdem ich keine Antwort auf Nero oder Caligula bekommen hatte.

Dennoch, wenn Rembrandt eine Katze gehabt hätte, würde sie einfach an den Münzen vorbeispaziert sein, ohne nur einen Blick darauf zu werfen.

Woraus nicht hervorgeht, dass Rembrandts Katze intelligenter als Rembrandt war.

Wie oft auch immer sie ihn reingelegt haben, es passierte immer wieder, dass Rembrandt das immer wieder getan hat, übrigens, wie oft auch immer sie ihm Streiche gespielt haben.

Die Welt ist voller Geschichten über Schüler, die ihren Lehrern Streiche spielen. Selbstverständlich.

Leonardo spielte einmal Verocchio einen Streich, indem er einen Teil der Leinwand so schön ausfüllte, dass Verocchio sich entschied, eine andere Arbeit zu ergreifen.

Man tut sich schwer, an Aristoteles zu denken, wie er Plato Streiche spielt. Andererseits.

Oder gar an Aristoteles zu denken, wie er Stunden gibt.

Man kann es leicht fertigbringen, sich Helena vorzustellen, wie sie das tut, allerdings. Man kann sogar sehen, wie sie an einem Bleistift kaut.

Angenommen, die Griechen hätten Bleistifte gehabt. Natürlich.

Tatsächlich betrieb sogar Archimedes manchmal seine Geometrie, indem er in den Sand schrieb. Mit einem Stock.

Ich akzeptiere die Tatsache, dass es zweifellos nicht derselbe Stock ist.

Auch wenn er gut jahrelang hätte umhertreiben können. Hin und zurück, unzählige Male. Tatsächlich.

Helena hat Hermione zu Hause zurückgelassen, als sie Menelaos verlassen hat und mit Paris durchgebrannt ist, was eine Sache ist, von der man sich wünscht, sie hätte sie nicht getan.

Doch es nicht auszuschließen ist, dass den alten Schriftstellern nicht völlig zu trauen ist bei solchen Themen, waren es doch meistens Männer.

Was man sich wirklich wünscht, ist, dass Sappho einige Dramen geschrieben hätte.

Obwohl es tatsächlich immerhin andere Versionen gibt. Sowieso.

Wie in dem Gemälde von Tiepolo, zum Beispiel, das Helena zeigt. Wie sie mit Gewalt fortgeschleppt wird.

Der Raub der Helena, tatsächlich, so hat Tiepolo das Gemälde genannt.

Sich ein Bild von Medea zu machen, an einem Bleistift kauend, ist etwas schwerer.

Vielleicht mit sieben oder acht. Danach würde sie Germaine Greer gewesen sein.

Ich kann mich beim besten Willen nicht erinnern, wann es war, dass ich das letzte Mal an Germaine Greer gedacht habe. Möglicherweise sind da einige ihrer Bücher in diesem Haus. Allerdings.

Obwohl ich mir noch immer nicht vorstellen kann, was dieser andere Titel bedeuten könnte, der mit dem Gras, das nicht mehr echt ist.

Vielleicht war mein Stock einmal ein Baseballschläger.

Vielleicht spielten Rembrandts Schüler einmal Baseball.

Kassandra wurde auch vergewaltigt, selbstverständlich, nach dem Fall Trojas.

Zweifellos gibt es keinen Weg, zu verifizieren, ob El Greco von Hermione abstammt, allerdings, nach so gut wie dreitausend Jahren.

Gegen Ende seines Lebens handhabte Tizian seine Farben genauso oft mit seinen Fingern wie mit einem Pinsel, was sicherlich nicht die Technik war, die Giovanni Bellini ihn gelehrt hatte.

Natürlich konnte ich nicht wissen, ob die Katze im Kolosseum hinter meinem Rücken etwas genascht hatte, da die meisten Dosen zunächst weniger als voll gewesen zu sein schienen.

Zweifellos war auch Brahms einmal ein Schüler.

Auch wenn er, als er erst zwölf war, schon in einem Tanzsaal Klavier gespielt hat, der sehr wahrscheinlich ein Haus für Prostituierte gewesen ist.

Tatsächlich ist Brahms für den Rest seines Lebens zu Prostituierten gegangen.

Dennoch ist es doch nicht unmöglich, sich ein Bild von Brahms zu machen, beim Üben von Tonleitern.

Nun, und da er doch erst zwölf war, sind die Prostituierten vielleicht Tanzmädchen gewesen.

Wie Jane Avril, zum Beispiel.

Ich habe keine Ahnung, ob Brahms je Paris besucht hat, während Jane Avril dort tanzte.

Dennoch, aus irgendeinem Grunde empfinde ich es als angenehm, an Brahms zu denken als einen, der eine Affäre mit Jane Avril hatte.

Oder wenigstens mit Cléopatre oder Gazelle oder Mlle. Églantine, die einige der anderen Tänzerinnen in Paris zu dieser Zeit gewesen sind.

Wie man sich an bestimmte Dinge erinnert, ist mir schleierhaft.

Vielleicht war Guy de Maupassant gerade am Rudern, als Brahms Paris besucht hat.

Einmal hat Bertrand Russell seinen Schüler Ludwig Wittgenstein mitgenommen, um Alfred North Whitehead beim Rudern zuzuschauen, in Cambridge. Wittgenstein wurde sehr wütend über Bertrand Russell, weil dieser ihn dazu gebracht hat, seinen Tag zu vergeuden.

Zusätzlich dazu, dass man sich an Dinge erinnert, von denen man nicht weiß, wie man sie erinnert, scheint man auch

Dinge zu erinnern, von denen man keine Ahnung hat, woher man sie jemals wusste.

Obwohl vielleicht Toulouse-Lautrec einst meinen Stock in seiner Hand hatte, auch wenn Archimedes das wohl nicht getan hat, da er mit einem Spazierstock herumging.

Dann wiederum brachte einer der Päpste die Leute dazu, das meiste, das Sappho geschrieben hat, zu verbrennen.

Zweifellos war mein Knöchel nur verstaucht. Obwohl er zu seiner doppelten Normalgröße angeschwollen war.

Könnte jener T.E. Shaw ein Baseballspieler gewesen sein, vielleicht?

Und was habe ich gesagt, das mich jetzt wieder über Achilles nachdenken ließ?

Jetzt ist vielleicht in jedem Fall nicht das richtige Wort.

Womit ich meine, dass ich unbestreitbar über Achill nachgedacht habe in dem Augenblick, als ich diesen Satz zu tippen begonnen habe, aber nicht länger über ihn nachgedacht habe zu dem Zeitpunkt, an dem ich ihn beendet hatte.

Man erlaubt sich selbst, solche Sätze zu beenden, selbstverständlich. Auch wenn man zu dem Zeitpunkt, an dem man es hingekriegt hat zu zeigen, dass man über eine Sache nachdenkt, man in Wirklichkeit angefangen hat, über eine andere nachzudenken.

Was passiert ist, nachdem ich begonnen hatte, über Achilles zu schreiben, war, dass ich mitten im Satz anfing, über eine Katze nachzudenken. Stattdessen.

Die Katze, uber die ich anstelle dessen nachzudenken begonnen habe, war die Katze vor dem zerbrochenen Fenster in dem Zimmer neben dem, an dem das Klebeband häufig kratzt, bei einer Brise.

Was besagen soll, dass ich auch in Wirklichkeit nicht über eine Katze nachdachte, da doch keine Katze da war außer insofern, als das Kratzen mich an eine erinnert.

Wie auch keine Münzen am Boden von Rembrandts Atelier lagen, außer dass die Anordnung der Farbteilchen Rembrandt an sie erinnert hat.

Wie weder eine Person am Fenster im Gemälde dieses Hauses war noch ist.

Was diese Sache betrifft, gibt es nicht einmal ein Haus im Gemälde dieses Hauses, sollte man die Sache so weit treiben wollen.

Bestimmte Sachen scheinen bestimmte Entfernungen weit getragen zu werden, ob man das will oder nicht. Bedauerlicherweise.

Obwohl vielleicht dies genau das Thema jenes anderen Buches ist, wenn man es recht bedenkt. Ganz wahrscheinlich ist das, was ich für ein Buch über Baseball gehalten habe, in Wirklichkeit irgendeine Art gelehrte Spekulation darüber, ob kein Gras da war, wo Leute Baseball gespielt haben, außer insofern, als die Leute, die Baseball spielten, geglaubt haben, dass da welches war.

Ebenso wenig hätte man auf den ersten Blick hin kaum erwartet, dass *Sturmhöhe* ein Buch über Fenster ist.

Doch bleibt es eine Tatsache, dass es einmal wirklich echtes Gras gegeben hat, das auf der Seite dieses Hauses gemäht worden ist.

Wie sogleich verifiziert werden kann mit einem Blick auf dasselbe Gemälde.

Obwohl ich mir jetzt sehr wahrscheinlich selbst widerspreche.

In jedem Fall hat das Klebeband jetzt aufgehört zu kratzen.

Und an eine Katze denke ich auch nicht mehr.

Dann wiederum hätte ich sicherlich an eine denken müssen, während ich diesen Satz getippt habe, auch wenn der Satz just das Gegenteil sagt.

Man kann sicherlich nicht einen Satz tippen und sagen, dass man nicht an etwas denkt, ohne an genau das zu denken, von dem man sagt, man denke gerade nicht daran.

Ich glaube, ich habe dies erst jetzt vermerkt. Oder etwas sehr Ähnliches.

Möglicherweise sollte ich das Thema fallenlassen.

Wirklich, alles, woran ich in Bezug auf Achill gedacht habe, war seine Ferse.

Obwohl ich in keiner Weise hinke, sollte ich möglicherweise diesen Eindruck vermittelt haben.

Und mittlerweile bin ich jetzt auch neugierig auf das Klebeband selbst, da ich mich beim besten Willen nicht erinnern kann, es angebracht zu haben.

Fraglos habe ich es angebracht, allerdings, da ich mich sehr deutlich erinnern kann, wann die Fensterscheibe zu Bruch gegangen ist.

Ach, du liebe Zeit, der Wind hat gerade eines der Fenster in einem der Zimmer unten zerbrochen, kann ich mich sogar erinnern, gedacht zu haben.

Das wäre gerade gewesen, nachdem ich das Glas gehört hatte. Natürlich.

Und in einer windigen Nacht.

Dennoch kann ich mich beim besten Willen nicht erinnern, diese Fensterscheibe repariert zu haben.

Ich bin tatsächlich so gut wie sicher, dass ich nie ein Klebeband in diesem Haus hatte.

Das letzte Mal, dass ich mich erinnern kann, irgendwo irgendein Klebeband gesehen zu haben, war an dem Nachmittag, an dem ich den VW-Bus voll mit Erste-Hilfe-Artikeln ins Mittelmeer hineingelenkt habe.

Wie es sich herausstellte, war im Bus auch ein Tonbandgerät, obwohl das selbstverständlich keineswegs mit der Sorte von Band in Verbindung steht, von dem ich spreche.

Das Tonbandgerät im Bus spielte gerade *Die Jahreszeiten* von Vivaldi.

Selbst als ich die Böschung wieder hinaufgeklettert war, spielte das Gerät noch weiter. In meinem umgekippten Auto, das sich mit Meer füllte.

Was es tatsächlich spielte, war *Les Troyens*, von Berlioz.

Darin lag ein besonderes Interesse für mich, tatsächlich, war ich doch nicht lange zuvor in Hisarlik gewesen. Eine Zeit lang saß ich auf der Böschung und hörte zu.

Obwohl ich, um die Wahrheit zu sagen, in der Zwischenzeit noch in Rom gewesen bin. Und in Rimini und Perugia und Venedig.

So dass vielleicht das Tonbandgerät irgendetwas ganz anderes spielte.

Um nichts in meinem Leben kann ich mich erinnern, wozu ich versucht habe, dieses Ungetüm von Leinwand die Treppe hinaufzubekommen.

Auch wenn die Frage sich bald genug als irrelevant erwies, bedenkt man die Art und Weise, wie ich es nicht hinaufbekommen habe.

Und was habe ich gesagt, das mich jetzt über Brahms' Mutter nachdenken lässt?

In diesem Fall kann ich eine wohlbegründete Vermutung anstellen, weil die arme Frau ein verkrüppeltes Bein hatte.

Beim besten Willen würde ich nicht geglaubt haben, dass das Leben Brahms' das Buch gewesen ist, das ich in diesem Haus gelesen hatte.

Erwiesenermaßen fällt nicht jede Frage in die Kategorie der Fragen, die unbeantwortbar zu bleiben scheinen. Allerdings.

Doch was mich jetzt überraschen muss, ist, dass ich mir die Mühe gemacht habe, ein Buch zu lesen, das so schlimm beschädigt oder auf solch billigem Papier gedruckt war.

So viele Bücher in diesem Haus sind in deutlich besserem Zustand, auch wenn sie alle Spuren von Feuchtigkeit zeigen.

So wie zum Beispiel der Atlas. Obwohl der Atlas den Vorteil gehabt hat, eher flach zu liegen als schief zu stehen. Im Allgemeinen.

Tatsächlich habe ich ihn wieder so hingelegt, vor nicht einmal zwei Tagen, nachdem ich mir ins Gedächtnis rufen wollte, wo Lititz, Pennsylvania, und Ithaca, New York, sein könnten.

Das Buch über Baseball hat übrigens einen grünen Umschlag, was vielleicht angemessen ist.

Hingegen scheint kein einziges Buch über Kunst in diesem Haus zu sein.

Mein Grund, dies anzumerken, ist kein persönlicher. Eher finde ich es ungewöhnlich, einfach, weil eine andere Malerin einmal hier gelebt zu haben scheint.

Die andere Malerin könnte vielleicht wiederum nur ein Gast gewesen sein. In welchem Fall das Gemälde des Hauses auch als eine Art Geschenk angefertigt worden sein könnte, zum Dank für ihren Besuch.

Wenn ich das hier andeute, vergesse ich selbstverständlich die verschiedenen anderen Gemälde in bestimmten Zimmern hier, in die ich nicht gehe und deren Türen geschlossen sind. Möglicherweise sind jene anderen Gemälde ebenso von derselben Malerin.

Tatsächlich bin ich sicher, dass sie das sind, obwohl ich keines davon angeschaut habe, seit ich die Zimmer geschlossen habe, was ich vor einiger Zeit getan habe.

Die einzige der geschlossenen Türen, die ich noch öffne, ist die zu dem Zimmer, wo der Atlas und das Leben Brahms' sind, und das ist erst kürzlich passiert.

Es ist kaum eine anspruchsvolle These, festzustellen, dass diese drei Bilder an den Wänden des gleichen Hauses von ein und derselben Malerin gemalt worden sind. Allerdings.

Insbesondere, da alle drei Gemälde von Häusern am oder nah am Strand sind, was, wie ich mich jetzt erinnert habe, die anderen zwei auch sind.

Obgleich ich natürlich über ein noch feineres Rüstzeug als andere verfüge, um solch eine Feststellung zu machen, sollte das notwendig werden.

In jedem Fall ist, was mir jetzt in den Sinn kommt, dass die Malerin zweifellos doch kein Gast in diesem Haus war, sondern höchstwahrscheinlich jemand, der in der Nähe lebte. Das würde viel eher erklären, warum drei Bilder von ihr in einem Haus sind, in dem es eine übermäßige Anzahl von Büchern gibt, aber kein einziges davon über Kunst.

So vertraut mit dem Hauptmotiv der Malerin waren die Leute, die in diesem Haus gelebt haben, dass sie vermutlich erfreut gewesen waren, solche Bilder auszustellen.

Für dieses Arrangement wäre keinerlei ästhetisches Verständnis nötig gewesen.

Was das betrifft, enthalten vielleicht alle Häuser entlang dieses Strandes oder viele davon Arbeiten derselben Malerin.

Vielleicht enthielt sogar genau das Haus, das ich bis auf den Grund niederbrannte, solche Arbeiten, selbst wenn es diese offensichtlich nicht länger enthalten würde und längst kein Haus mehr ist.

Nun, es ist noch immer ein Haus.

Selbst wenn nicht viel Bemerkenswertes davon übrig ist, bin ich noch immer geneigt, an es als ein Haus zu denken, wenn ich auf meinen Spaziergängen an ihm vorbeigehe.

Da ist das Haus, das ich bis auf den Grund niedergebrannt habe, denke ich. Oder, bald werde ich zu dem Haus kommen, das ich bis auf den Grund niedergebrannt habe.

Keines der drei Gemälde in diesem Haus ist signiert. Übrigens.

Wirklich, ich erinnere mich nicht, nachgeschaut zu haben,

aber ich bin sicher, dass nachschauen etwas ist, was ich getan hätte.

Sogar in Museen ist es etwas, was ich oft mache.

Ich habe das sogar mit Gemälden gemacht, mit denen ich jahrelang vertraut gewesen bin.

Ich tue das kaum, weil ich glaube, dass irgendein Fehler in der Zuschreibung des Gemälde sein könnte.

Tatsächlich habe ich keine Ahnung, warum ich es tue.

Modigliani signierte häufig die Arbeit anderer Maler. Damit sie Gemälde verkaufen konnten, die sie anders nicht hätten verkaufen können.

Zweifellos hätte ich nicht sagen sollen häufig. Zweifellos hat Modigliani das nur ein paar Mal getan.

Trotzdem war es freundlich von Modigliani, da eine gewisse Anzahl seiner Freunde kaum genug zu essen hatten.

Tatsächlich hat Modigliani selbst oft nicht gut gegessen, obwohl das im Wesentlichen darauf zurückzuführen ist, dass er stattdessen getrunken hat.

Einmal, in der Villa Borghese, in Rom, habe ich einen Spiegel signiert. Ich habe das in der Damentoilette getan, mit einem Lippenstift.

Was ich signierte, war ein Bildnis meiner selbst natürlich.

Sollte irgendjemand anders in den Spiegel geschaut haben, wäre meine Signatur jedoch unter dem Bildnis der anderen Person gewesen.

Zweifellos hätte ich es nicht signiert, wäre da noch irgendjemand anders zu sehen gewesen. Obwohl der Name, den ich tatsächlich daruntersetzte, Giotto war.

In diesem Haus gibt es nur einen Spiegel. Übrigens.

Was dieser Spiegel widerspiegelt, ist auch ein Bildnis meiner selbst. Selbstverständlich.

Obwohl tatsächlich, was er auch hin und wieder widergespiegelt hat, ist auch ein Bildnis meiner Mutter.

Was passieren wird, ist, ich werde einen Blick in den Spiegel werfen und für einen Augenblick meine Mutter sehen, die auf mich zurückblickt.

Natürlich werde ich mich selbst während jenes Augenblicks sehen.

Mit anderen Worten, alles, was ich wirklich sehe, ist das Bildnis meiner Mutter in meinem eigenen.

Ich nehme an, eine solche Illusion ist ziemlich gewöhnlich, und kommt mit dem Alter.

Was besagen soll, dass es nicht einmal Illusion ist, Vererbung ist Vererbung.

Dennoch, es ist eines der Dinge, die zu denken geben.

Selbst wenn es mir auch in den Sinn gekommen ist, zu begreifen, dass ich inzwischen vielleicht fast so alt bin, wie meine Mutter es damals war.

Meine Mutter war erst achtundfünfzig.

Obwohl sie genau fünfzig war, als ich ihr Porträt gemalt habe.

Nun, es war dieser Geburtstag, für den ich es gemalt habe.

Obwohl ich selten Porträts machte.

Es gab Zeiten, da habe ich es bereut, nie ein Porträt von Simon gemacht zu haben. Allerdings.

Zu anderen Zeiten glaubte ich nicht, ich hätte mir gewünscht, solch eine Erinnerung zu besitzen.

Und vielleicht war es ihr Hochzeitstag, für den ich die Porträts meiner Mutter und meines Vaters gemalt habe.

Tatsächlich war es ihr dreißigster Hochzeitstag.

Ich habe beide Porträts nach Diapositiven gemalt, das Geschenk sollte eine Überraschung sein.

Das hat es notwendig gemacht, Theatervorhänge in meinem Atelier aufzuhängen, um so eine dunkle Ecke einzurichten, in der ich vom Diaprojektor Gebrauch machen konnte.

Im Allgemeinen schien ich mehr Zeit damit zu verbringen, in die Dunkelheit hinein- oder aus ihr herauszugehen, als wirklich zu malen.

Um die Wahrheit zu sagen, womit ich im Allgemeinen den größten Teil der Zeit verbrachte, war sitzen, wann immer ich gemalt habe.

Manchmal kann man endlos sitzen, bevor man aufsteht, um einer Leinwand einen einzigen Pinselstrich hinzuzufügen.

Leonardo war bekannt dafür, durch halb Mailand zu gehen, um das zu tun, mit dem *Letzten Abendmahl*, auch wenn jeder andere geglaubt hätte, es sei fertig gewesen.

Was *Das letzte Abendmahl* nicht vor dem Zerfall bewahrte, zu Leonardos Lebenszeit, allerdings, wegen eines törichten Experiments, das er ausprobierte, mit Tempera, auf dem Verputz.

Sozusagen könnte man sogar sagen, dass *Das letzte Abendmahl* schon am Zerfallen war, während es noch gemalt wurde.

Aus irgendeinem Grund hat mich der Gedanke daran immer traurig gemacht.

Oft war ich auch überrascht, dass so viele Menschen nicht zu wissen schienen, dass *Das letzte Abendmahl* ein Gemälde eines Pessachmahles ist.

Ich habe doch nicht in Mailand haltgemacht, in jedem Fall, auf dem Weg von Venedig nach Savona.

Was das betrifft, hatte ich kaum beabsichtigt, in Savona haltzumachen.

Eine Böschung ist abgerutscht. Ich habe keine Ahnung, wie lange die Böschung schon am Zerfallen gewesen war, bevor ich dorthin gekommen bin.

Leonardo hat rückwärts in seine Notizbücher geschrieben, von rechts nach links, so dass sie, um gelesen zu werden, vor einen Spiegel gehalten werden mussten.

Sozusagen wäre das Abbild von Leonardos Notizbüchern echter als die Notizbücher selbst.

Leonardo war auch linkshändig. Und Vegetarier. Und unehelich.

Die Diapositive, die ich von meiner Mutter und meinem Vater gemacht habe, existieren noch immer. Vermutlich.

Vermutlich existieren auch von Simon alte Diapositive.

Ich vermute, es entbehrt nicht einer gewissen Ironie, dass ich so viel über Leonardo weiß und doch nicht weiß, ob die Diapositive, die ich von meiner Mutter und meinem Vater gemacht habe, oder irgendwelche von meinem kleinen Buben noch existieren.

Oder, wenn sie existieren, wo.

Aus der Zeit gefallen.

Ich habe Schnappschüsse von Simon, selbstverständlich. Eine Zeit lang war einer davon in einem Rahmen auf dem Tisch neben meinem Bett.

Aber recht plötzlich habe ich keine Lust mehr weiterzumachen mit diesem Tippen. Vorerst.

Ich habe nicht getippt, seit vielleicht drei Stunden.

Alles, was ich zu tun vorhatte, wirklich, war zur Quelle zu gehen, um Wasser zu holen. Aber nachdem ich den Krug gefüllt hatte, habe ich mich entschieden, einen Spaziergang in die Stadt zu machen.

Der Krug ist in Wirklichkeit ein Marmeladenglas. Auf dem Nachhauseweg vergaß ich, dass ich ihn zurückgelassen habe, und so werde ich zurück hinausgehen müssen.

Das ist wirklich keine schwierige Aufgabe. Und es weht eine frische Brise.

In der Stadt habe ich in dem Hafenbecken Boote angeschaut.

Während ich dort war, habe ich auch begriffen, dass es eine Erklärung dafür gibt, warum so viele Menschen vergessen, dass *Das letzte Abendmahl* ein Gemälde eines Pessachmahles ist. Zweifellos.

Die Erklärung dafür ist, dass sie wirklich vergessen, dass jeder in dem Gemälde Jude ist.

Für eine längere Periode in der Villa Borghese stand ich gegenüber einer Giebel-Schnitzerei, die Kassandra zeigt, wie sie vergewaltigt wird. Ihr Haar ist wunderbar wild, für anonymen Stein.

Kassandra und Helena, beide, haben den Trojanern gesagt, dass Griechen in dem hölzernen Pferd sind. Keiner von beiden hat man Beachtung geschenkt. Natürlich.

Durchaus möglich, dass ich die Hafenbecken vorher noch nicht erwähnt habe. Möglicherweise gibt es mehrere, in der Nähe.

Sehr wenige Boote scheinen noch seetüchtig zu sein.

Doch habe ich auch selten noch irgendwelche Anwandlungen in dieser Hinsicht.

Einmal jedoch bin ich nach Byzanz gesegelt. Womit ich Istanbul meine.

Doch wie ich mich wirklich fortbewegt habe, nach dem Überqueren der Beringstraße, war mittels verschiedener Autos, quer durch Sibirien. Als Nächstes der Wolga folgend nach Süden, bis ich mich auf den Weg nach Troja machte.

Bis Konstantinopel nur noch ein wenig abseits meines Weges lag.

Hin und wieder habe ich es bereut, dass ich nicht nach Moskau und Leningrad weiterfuhr, andererseits. Insbesondere, da ich nie in der Eremitage gewesen bin.

Und, um die Wahrheit zu sagen, ich bin überhaupt nie gesegelt, wenn man es recht bedenkt.

Jedes Boot, das ich benutzt habe, hatte einen Motor.

Das schließt kaum meine Ruderboote ein. Natürlich.

Mit denen ich selten mehr getan habe, als darin dahinzutreiben.

Obwohl ich ernsthaft über die Idee nachdachte, über die

Brecher hinauszurudern in der Nacht, in der mein Haus niederbrannte, wirklich, als es mir schlagartig eingefallen war, mich zu fragen, von wie weit draußen die Flammen zu sehen wären.

Zweifellos wäre ich nicht annähernd weit genug hinausgerudert, auch wenn ich es getan hätte, da man sicherlich über den Horizont selbst hätte hinaus rudern müssen.

Was das betrifft, hätte man wirklich so weit hinausrudern können, dass die Flammen überhaupt außer Sichtweite waren und doch ihr Glühen noch gegen die Wolken zu sehen war.

Was besagen soll, dass man dann das Feuer umgedreht gesehen hätte. Sozusagen.

Und nicht einmal das Feuer, sondern nur ein Abbild des Feuers.

Möglicherweise waren keine Wolken am Himmel. Allerdings.

Und in jedem Fall hatte ich eh kein Ruderboot mehr.

Jetzt schaue ich, jedes Mal, wenn ich zum Strand gehe, nach, um mich zu vergewissern, dass das neue Ruderboot an seinem Platz ist.

Tatsächlich habe ich vor wenigen Augenblicken nachgeschaut, als ich aus der Stadt gekommen bin.

Vielleicht habe ich nicht erwähnt, dass ich aus der Stadt zurückgekommen bin auf dem Weg über den Strand, anstelle des Weges, den ich auf dem Hinweg genommen hatte, über die Straße.

Das würde erklären, warum ich mich nicht daran erinnerte, meinen Krug mit hereinzunehmen, den ich an der Quelle gelassen hatte.

Häufig neige ich dazu, an mein Marmeladenglas als einen Krug zu denken. Zweifellos nur, weil ein Krug eher etwas hat, das man zu einer Quelle tragen möchte.

Doch vielleicht ist ein anderer Grund, weswegen ich mich nicht erinnert habe, der, dass ich mich irgendwie müde fühle.

In Wirklichkeit fühle ich mich nicht müde. Wie ich mich fühle, ist nicht ganz ich selbst.

Nun, was ich vielleicht wahrheitsgemäßer fühle, ist eine Art Depression. Die ganze Sache ist ziemlich abstrakt, an diesem Punkt.

Auf jeden Fall, ich habe mich schon zweifellos so gefühlt, als ich zu tippen aufgehört habe. Zweifellos hatte meine Entscheidung, mit dem Tippen aufzuhören, viel damit zu tun, dass ich mich so fühlte.

Ich habe schon vergessen, was ich getippt hatte, als ich mich so zu fühlen angefangen habe.

Offensichtlich könnte ich nachschauen. Mit Sicherheit kann dieser Teil nicht viele Zeilen vor der Zeile sein, die ich in diesem Augenblick tippe.

Bei weiterer Überlegung werde ich nicht nachschauen. Falls da etwas war, was ich getippt habe, das dazu beigetragen hat, dass ich mich so fühlte, würde es zweifellos noch einmal dazu beitragen.

Ich fühle mich nicht oft so. Tatsächlich.

Meistens fühle ich mich ziemlich wohl, den Umständen entsprechend.

Dennoch, dieses andere kann passieren.

Es wird vorübergehen. In der Zwischenzeit gibt es wenig, was man dagegen tun kann.

Angst ist die Grundbefindlichkeit des Daseins, wie irgendjemand einmal gesagt hat oder fraglos gesagt haben sollte.

Jedoch, um die Wahrheit zu sagen, ich hätte geglaubt, ich hätte mich der meisten solcher Gefühle zu der Zeit entledigt, als ich mich des größten Teils des anderen Gepäcks entledigte.

Wenn der Winter da ist, wird es hier sein.

Selbst wenn es scheint, dass man sich nie des Gepäcks im Kopf entledigen könnte. Andererseits.

So wie die Geburtstage von Leuten wie Pablo Picasso oder Dylan Thomas, zum Beispiel, die ich, wovon ich überzeugt bin, noch immer aufsagen könnte, wenn ich wollte.

Oder den Namen Sor Juana Inés de la Cruz, auch wenn man noch immer keine Ahnung hat, wer sie gewesen sein mag.

Auch weiß ich nicht, wer Marina Zwetajewa gewesen sein mag, obwohl mir in diesem Fall der Name zumindest bis vor einer Stunde, als ich an dem Hafenbecken war, nicht in den Sinn kam.

Offensichtlich dachte ich über die andere Art Marina nach.

In Wirklichkeit war es Helen Frankenthalers Name, der meinen Blick fesselte, auf diesem Plakat nicht weit entfernt von der Via Vittorio Veneto. Ich erinnere mich nicht, je in einer Ausstellung mit Georgia O'Keefe gewesen zu sein.

Obwohl es vielleicht tatsächlich Kierkegaard war, der das sagte, über die Angst als die Grundbefindlichkeit des Daseins.

Wenn es nicht Kierkegaard war, war es Martin Heidegger.

In jedem Fall vermute ich, dass es etwas Ironisches hat, raten zu können, ob etwas von Kierkegaard oder von Martin Heidegger gesagt wurde, wenn ich doch überzeugt bin, dass ich nie ein einziges geschriebenes Wort von Kierkegaard oder Martin Heidegger gelesen habe.

Ein guter Teil des eigenen Gepäcks schien nicht einmal der eigene zu sein, wie ich vielleicht woanders angedeutet habe.

Auch Anna Achmatowa habe ich nie gelesen, obwohl sie zweifellos auf irgendeine Weise mit Marina Zwetajewa verbunden ist.

Dann wiederum ist es nicht unmöglich, dass es in diesem Haus Bücher von all diesen Leuten gibt.

Ich habe Führer zu mehreren Nationalparks gesehen. Wie

auch einen über die Vögel der südlichen Ägäis und der Kykladen.

Es gibt eine Erklärung dafür, dass der Atlas meistens flach liegt, übrigens, anstatt schief zu stehen.

Die Erklärung ist einfach, dass der Atlas zu groß ist für die Regale.

Und in jedem Fall habe ich gerade jetzt kategorisch entschieden, wo es war, dass ich das Leben Brahms' gelesen habe.

Wo ich das Leben Brahms' gelesen habe, das war in London, in einer Buchhandlung nahe Hampstead Heath, an dem Morgen, als ich fast von einem Auto angefahren worden bin.

Ich glaube, ich habe erwähnt, fast von einem Auto angefahren worden zu sein, das eine Anhöhe hinuntergerollt kam.

Vielleicht bin ich nicht fast von einem Auto angefahren worden. Dennoch, in einem Augenblick las ich das Leben Brahms', und einen Augenblick später, wusch, ist das furchterregende Ding genau an mir vorbeigefahren.

Stellen Sie sich vor, wie mich das erschreckt hat und wie ich mich fühlte.

Nur einen Tag vorher hatte ich in einem rechtsgesteuerten Fahrzeug gesessen und eine Straße namens Maiden Lane, nahe Covent Garden, beobachtet, wie sie sich mit Schnee füllte, was sicher selten sein muss.

Natürlich war das Auto, das den Hügel herunterkam, auch rechtsgesteuert, da es ja noch in London war.

Der Grund, warum ich dies betone, ist einfach auch deswegen, weil jene Seite des Autos die Seite war, die mir am nächsten war, und natürlich war meine erste Reaktion zu schauen, wer um Himmels willen am Steuer sein könnte.

Natürlich war niemand am Steuer.

Dennoch, mein Zustand des Erschrecktseins hielt ganz schön lange an.

Fraglos hielt er noch an, während ich im Begriff war, zu

kapieren, dass das, was das Auto als Nächstes tun würde, war, in das Auto hineinzukrachen, mit dem ich selbst gefahren bin, und dass ich in zweiter Spur geparkt hatte, in einer gewissen Entfernung weiter unten.

Stattdessen krachte es in etwas völlig anderes hinein.

Tatsache ist, es ist überhaupt in nichts hineingekracht, was ich gesehen habe, fuhr aber schnurstracks weiter hügelabwärts und außer Sichtweite.

Wenn ich sage, es ist in etwas anderes hineingekracht, dann nehme ich an, dass sicherlich andere Hindernisse in seinem Weg waren, früher oder später.

Bestimmt hätte es mit einem Straßenschild zusammenstoßen müssen, oder möglicherweise sogar mit einem englischen Haus, wenn es nicht doch in ein anderes Auto hineingekracht ist.

Wenn man es recht bedenkt, habe ich das Geräusch des Hineinkrachens auch nicht gehört.

Dann wiederum ist es schon möglich, dass ich nicht wirklich hingehört habe, bei der gesamten Dauer jenes Zustandes des Erschrecktseins.

All das, was ich wahrheitsgemäß tat, war, kontinuierlich vor der Buchhandlung zu stehen, die neben einem mexikanischen Restaurant war.

Das Restaurant hatte Reproduktionen von Bildern von David Alfaro Siqueiros in seinem Fenster.

Das fragliche Auto war ein Londoner Taxi gewesen. Nebenbei bemerkt.

Bis zum heutigen Tage habe ich keine Ahnung, was es dazu gebracht haben mag, die Anhöhe hinunterzurollen, an dem Morgen, an dem es passierte, dass ich der Gegend einen Besuch abstattete.

Zweifellos ist etwas, das es zuvor zurückgehalten hatte, schließlich doch zusammengekracht.

Zweifellos sind unzählige andere Fahrzeuge unzählige andere Anhöhen hinuntergerollt, tatsächlich, während all jener Jahre.

Es ist durchaus möglich, dass eine bestimmte Anzahl davon gerade in ebendiesem Augenblick das sogar tut.

Man hat keine Ahnung, wie viele an der Zahl, aber eine bestimmte Anzahl. Sicherlich.

Dann sind wiederum die Reifen vieler Autos platt geworden, was sich unbestreitbar darauf ausgewirkt hat.

Aber wie dem auch sei, schließlich entfernte ich mich etwas von meinem eigenen Auto, um zu sehen, in welches der verschiedenen möglichen Hindernisse das Taxi hineingekracht war.

Ich sah das Taxi aber nirgendwo.

Die Anhöhe machte eine Biegung. Wie sich herausstellte.

Dennoch, sicherlich wäre ich schließlich dort vorbeigekommen, hätte ich die Angelegenheit verfolgen wollen.

Und natürlich in der Annahme, dass ich nicht ein anderes zertrümmertes Taxi für das Taxi, das ich suchte, gehalten habe.

Woran ich interessierter gewesen zu sein schien in dem Augenblick, indes, war das mexikanische Restaurant, das ich früher nicht bemerkt hatte.

Obwohl der Grund, warum ich ins Restaurant ging, in Wirklichkeit eine Flasche Tequila war.

Nun denn, all das ist innerhalb der Periode passiert, in der ich noch immer schaute, sollte ich das vorher nicht angedeutet haben. So dass mit Sicherheit ein Getränk erlaubt war.

Außerdem erinnerte ich mich auch zweifellos, auf dieselbe Weise von dieser Ketsch erschreckt worden zu sein, angesichts des Berges Ida.

Was mich im Rückblick wirklich bei der Ketsch überrascht, ist, dass dieser Spinnaker nicht schon vor Jahren zerfetzt worden ist.

Obwohl möglicherweise die Ketsch vielleicht irgendwo festlag und erst vor kurzem angefangen hat, umherzutreiben.

Wie das Taxi erst zu rollen angefangen hat an demselben Morgen, an dem ich bei der Buchhandlung angehalten und das Leben Brahms' gelesen habe.

Ich bin in die Buchhandlung gegangen, ohne auch nur im Entferntesten an das Leben Brahms' zu denken. Übrigens. Alles, was ich getan habe, war, das erste Buch in die Hand zu nehmen, das mir vor Augen kam, weil es auf dem Ladentisch lag.

Und das tatsächlich überhaupt kein Leben Brahms' war, sondern eine Musikgeschichte. Für Kinder.

Die aber beim Kapitel über Brahms aufgeschlagen war.

Das Buch war in einer außergewöhnlich großen Schrift gedruckt. Noch dazu konnte das Kapitel über Brahms eh nicht länger als sechs Seiten gewesen sein.

Fraglos wäre auch nichts über tanzende Mädchen darin gewesen.

Dennoch, hätte ich mich nicht entschieden, das Kapitel zu lesen, wäre ich bestimmt irgendwo anders gewesen zu der Zeit, als das Taxi den Hügel hinuntergerollt ist.

Stattdessen, da war ich, gezwungen zu denken, du lieber Himmel, hier kommt ein Auto, und im nächsten Augenblick, oh, nun, es ist ja gar kein Auto.

Mit dem letzten Gedanken meinte ich nur, dass es kein Auto mit jemandem am Steuer war. Offensichtlich.

Natürlich findet man nie ein Taxi, wenn man eins braucht.

Dann wiederum, dies alles inmitten all jenes Schauens. Gleichwohl.

Ganz zu schweigen von all jener Angst.

Obwohl mir tatsächlich gerade heute ein Taxi aufgefallen ist, beim Hafenbecken.

Genau dieses Taxi ist an derselben Stelle gewesen, seitdem ich an diesen Strand gekommen bin. Allerdings.

Wegkommen wird es auch nicht, mit seinen vier platten Reifen, in diesem Fall.

Tatsächlich stecken seine Räder noch dazu tief im Sand.

Die Reifen am Lieferwagen sind gut. Doch diese überprüfe ich natürlich.

Unter dem Sitz ist eine Luftpumpe. Für jeden Fall.

Dann wiederum, vermute ich jetzt, dass ich vielleicht versäumt habe, die Batterie aufzuladen. Eine Zeit lang.

Gerade bin ich hinaus zum Lieferwagen gegangen.

Wohin ich wirklich ging, war zur Quelle, neben der der Lieferwagen ist. Ich ging wegen des Kruges, wie ich mein Marmeladenglas nenne.

Bevor ich es zurückgebracht habe, habe ich es ausgeleert und wieder gefüllt, da das Wasser wieder warm geworden war, vom Stehen in der Sonne.

Das Wasser an der Quelle selbst ist immer kühl. Allerdings.

Ich habe auch Flieder hereingebracht.

Es ist Joan Baez, glaube ich, der ich gerne ausrichten lassen würde, dass man sich jetzt hinknien und aus der Loire trinken kann oder dem Po oder dem Mississippi.

Im Winter, wenn der Schnee kommt und die Bäume ihre seltsame Kalligrafie auf das Weiß schreiben, ist mein Pfad zur Quelle manchmal die einzig andere Markierung.

Nun, und auch in die entgegengesetzte Richtung des Pfades, dem ich über die Dünen zum Strand folge.

Obgleich ich gänzlich den dritten Pfad vergesse, genau hinter den Dünen, noch einer, der zu sehen ist zu solchen Zeiten.

Dieser dritte Pfad ist der Pfad zu dem Haus hin, das ich gerade zerlege.

Vielleicht habe ich nicht erwähnt, das ich ein Haus zerlege.

Ich zerlege ein Haus.

Es ist eine ermüdende Arbeit, aber notwendig.

Ich mache kein Großprojekt daraus, andererseits. Im Wesentlichen handhabe ich es auf ungefähr die gleiche Weise, wie ich die Frage meines Treibholzes handhabe.

Vielleicht habe ich nicht erwähnt, wie ich die Frage meines Treibholzes handhabe.

Alles, was ich tue, im Wesentlichen, ist, dass ich hin und wieder an dem Haus vorbeigehe und ein Brett mir ins Auge fällt und ich das Brett abmontiere und es nach Hause trage.

Angenommen, ich trage nicht schon Treibholz. Offensichtlich.

In Wirklichkeit gab es bereits genügend Feuerholz hier, für meinen ersten Winter.

Nun, es gab fast genug Feuerholz hier. Später verbrannte ich bestimmte Stücke des Mobiliars.

Alle waren aus den Zimmern, die ich nicht mehr benutze, wie es sich herausstellt, und deren Türen geschlossen sind.

Jetzt, wo ich daran denke, ist es durchaus möglich, dass ich sogar deshalb diese Türen geschlossen habe, obwohl ich mir nicht vorstellen kann, warum ich diesen Zusammenhang nicht schon vorher hergestellt habe.

Auf jeden Fall enthält das Haus, das ich zerlege, fast gar kein Mobiliar. Tatsächlich ist es recht unsolide gebaut.

Das einzige Werkzeug, das ich für all diese Arbeit gebraucht habe, ist eine Querstange, die ich unter dem Sitz im Lieferwagen herausgenommen habe.

Nun, da ist auch die Säge, auf die ich im Haus selbst gestoßen bin.

Dann wiederum denke ich an die Säge nicht wirklich als ein Werkzeug zum Zerlegen. Eher denke ich daran als ein Werkzeug, um aus zerlegtem Holz Brennholz zu machen, nachdem es schon zerlegt worden ist.

Obwohl vielleicht dieser Unterschied lediglich ein semantischer ist.

In jedem Fall habe ich keine Ahnung, warum das Haus wohl so unsolide gebaut worden ist.

Man kann nur raten, dass es vielleicht eher gebaut worden ist, um vermietet zu werden, als um darin zu leben, was manchmal der Fall ist mit Häusern am Strand.

Die Welt ist alles, was der Fall ist.

Ich habe keine Ahnung, was ich mit dem Satz meine, den ich gerade getippt habe. Nebenbei bemerkt.

Aus irgendeinem Grund scheint es so, als hätte ich ihn den ganzen Tag über in meinem Kopf gehabt, allerdings, obwohl ohne die geringste Idee, woher er gekommen sein könnte.

Solche Dinge können passieren. Eines Morgens, es ist nicht lange her, war alles, woran ich denken konnte, das Wort *bricolage*, das, ich nehme an, französisch ist, obwohl ich nicht ein einziges Wort Französisch kann.

Nun, vielleicht habe ich überhaupt nicht daran gedacht, im üblichen Sinn von denken.

Dennoch, wenn ich an den Strand ging, um spazieren zu gehen, oder Muscheln aufklaubte, was ich manchmal tue, muss ich mir das Wort *bricolage* hunderte Male selbst vorgesagt haben.

Schließlich hörte ich auf, es zu sagen. So ist das, was ich heute sagte, dass die Welt alles ist, was der Fall ist. Stattdessen.

Oje.

In der Zwischenzeit frage ich mich auch, ob man die Lektüre von sechs Seiten einer Musikgeschichte, die für Kinder geschrieben und in außerordentlich großer Schrift gedruckt worden ist, wirklich für die Lektüre eines Lebens Brahms' halten kann?

Oder habe ich doch auch bestimmte zusätzliche Seiten des echteren Lebens Brahms', wie bestimmte Seiten über tanzende Mädchen, gelesen, als ich sie gerade anzündete, um eine Seemöwe nachzuahmen?

Nicht wissend, dass es ein zweites Exemplar desselben Buches, mit noch allen Seiten drinnen, hier im Haus, noch immer, gibt?

Zweifellos sind das unzusammenhängende Verworrenheiten. Obgleich unzusammenhängende Verworrenheiten hin und wieder bekannt dafür geworden sind, als die Grundbefindlichkeit des Daseins zu gelten. Vermutet man.

Die Welt ist alles, was der Fall ist.

Hm.

Aber ich habe noch einen Zusammenhang gerade hergestellt, an den ich vorher auch nie gedacht hatte.

Wird das Haus, das ich zerlege, das zweite Haus an diesem Strand werden, das ich niedergebrannt habe?

Vorausgesetzt, dass ich jenes Haus Brett für Brett verbrenne, und dies wird ganz schön lang dauern, bis ich es so weit zerlegt habe, dass ich es für bis auf den Grund niedergebrannt halten kann, scheint trotzdem die Tatsache, dass ich genau das tue, unbestreitbar zu sein.

Eines Tages wird auch jenes Haus so ausschauen, als ob Robert Rauschenberg sich daran zu schaffen gemacht hätte.

Dort ist das Haus, das ich Brett für Brett zerlegt und bis auf den Grund ausradiert habe, werde ich beim Vorbeigehen denken.

Zweifellos werde ich dann auch noch ein anderes Haus ausradiert haben.

Natürlich habe ich solche Dinge wie gemauerte Kamine ausgelassen, wenn ich über Häuser als Häuser, die noch immer Häuser sind, gesprochen habe, selbst wenn sie nicht mehr Häuser sind. Nebenbei bemerkt.

Nun ja, und die Installationen.

Tatsache ist, man kann noch immer eine an Rohren hängende Toilette sehen, im zweiten Stock des Hauses, in dem ich die Petroleumlampe umgeworfen habe.

Auch wenn es schon lange keinen zweiten Stock mehr gibt.

Es gibt eine Toilette im zweiten Stock des Hauses, das ich bis auf den Grund niedergebrannt habe, werde ich etwas wahrheitsgemäßer denken, beim Vorbeigehen. Oder, bald werde ich zu der Toilette im zweiten Stock des Hauses kommen, das ich bis auf den Grund niedergebrannt habe.

In Soho, ganz am Anfang, erinnere ich mich jetzt, habe ich das in Flaschen abgefüllte Wasser immer in den Spülkasten ausgeleert, so, als ob es immer noch möglich gewesen wäre, zu spülen.

Jede Menge von Gewohnheiten waren kaum totzukriegen, auf diese Weise. Eine Zeit lang fuhr ich fort, meinen Führerschein und andere Ausweispapiere mit mir herumzutragen. In ähnlicher Weise.

Natürlich werde ich aufgehört haben, den Pfad zum Strand zu nehmen, wenn es hier alles tief mit Schnee bedeckt sein wird. Andererseits.

Das besagt, dass ich manchmal noch immer Gebrauch mache von einem Badezimmer, selbst wenn das in diesem Fall darin besteht, ein Brett vom Badezimmerboden weggenommen zu haben.

Vielleicht habe ich nicht erwähnt, dass ich ein Brett vom Badezimmerboden weggenommen habe.

Ich habe ein Brett vom Badezimmerboden weggenommen.

Sozusagen könnte man zweifellos sagen, dass ich dabei bin, auch dieses Haus zu zerlegen.

Obwohl ich kaum genau dieses Brett verbrannt habe, das tatsächlich normalerweise hinten an derselben Stelle ist, von wo ich es weggenommen habe.

So oft, wie es notwendig zu sein schien, habe ich einen Teil der Böschung draußen weggeschaufelt.

Zweifellos hatte ich eine ähnliche sanitäre Anlage eingerichtet in dem Haus, das ich bis auf den Grund niedergebrannt habe, in der Nacht, in der auch mein Ruderboot verschwunden ist.

Tatsächlich ist mein Ruderboot doch nicht in der Nacht verschwunden, in der ich dieses Haus bis auf den Grund niedergebrannt habe.

Erst in dieser Nacht habe ich das Verschwinden des Ruderboots bemerkt, was etwas völlig anderes ist.

Sehr wahrscheinlich ist das Ruderboot schon tagelang weg gewesen, da ich zu jener Zeit kaum damit angefangen habe, so auf es aufzupassen, wie ich es jetzt tue.

Ich werde mir nicht die Mühe machen, wieder darauf hinzuweisen, wie ungenau die Sprache häufig ist. In solchen Fällen.

Eines Morgens war ich ähnlich überzeugt, dass auch alle siebzehn meiner Uhren verschwunden waren, jetzt, wo ich darüber nachdenke.

Was passierte, ist, dass ich in einem Auto neben dem Pont Neuf aufwachte, in Paris, und begriff, dass ich die Wecker nicht gehört habe.

Warum bin ich von der durch die Windschutzscheibe hereinscheinenden Sonne geweckt worden, fragte ich mich, anstatt vom gleichzeitigen Summen meiner siebzehn Wecker.

Es war einige Augenblicke, bevor ich mich daran erinnert hatte, dass ich mich auf einer ganz anderen Brücke der Uhren entledigt hatte, einige Zeit vorher, ich glaube in Bethlehem, Pennsylvania.

Obwohl ich es interessant finde, dass ich fast immer einen Unterschied machen kann zwischen den Perioden, in denen ich wahnsinnig war, und den Perioden, in denen ich es nicht war, wenn man es recht bedenkt.

Wie zum Beispiel, als ich bestimmte Bücher laut gelesen habe, wie ich es mit Aischylos und Euripides getan habe, als ich im Louvre lebte, was immer ein eindeutiges Zeichen gewesen ist.

Der Louvre ist praktisch gleich neben dem Pont Neuf. Nebenbei bemerkt.

Der Umkehrschluss dieser Feststellung ist genauso wahr. Offensichtlich.

In jedem Fall lebte ich zweifellos noch nicht im Louvre, an dem Morgen, als ich im Auto aufgewacht bin, praktisch gleich am Louvre.

Sicherlich würde ich keinen Grund gehabt haben, in einem Auto zu schlafen, wenn ich schon mit dem Verbrennen von Artefakten und Bilderrahmen im Museum selbst angefangen hatte, was ich schließlich fraglos getan habe.

Nun, wie halt den Rahmen von Leonardos *La Gioconda*, zum Beispiel, dessen alter Firnis dem Rauch einen strengen Geruch gab.

Obwohl mich die Sonne wirklich viel öfter geweckt hat als dieses eine Mal, um die Wahrheit zu sagen.

Häufig beobachtete ich die untergehende Sonne von Autos aus. Ebenso.

Letzteres war insbesondere in Russland der Fall, selbstverständlich, wo ich fortwährend Richtung Westen fuhr, Tag für Tag für Tag.

Fast jedes dieser Bücher, die ich über das alte Troja gelesen habe, war ein Buch, das ich laut gelesen habe, wenn man es recht bedenkt.

Aus irgendeinem Grund war eine Stelle, die ich immer mochte, die, wo Odysseus so tat, als sei er selbst wahnsinnig, damit man ihn nicht zwingen konnte, in den Krieg zu ziehen.

Wie er das tat, war, indem er Salz in die Erde säte, während er pflügte.

Bis jemand so gerissen war, Odysseus' kleinen Jungen in die Furchen zu legen, allerdings, und natürlich pflügte er nicht über seinen kleinen Jungen drüber.

Tiepolo hat dies auch gemalt, glaube ich. *Der Wahnsinn des Odysseus* nannte er es.

Tatsächlich bin ich ziemlich sicher, dass das Gemälde im selben Museum wie *Der Raub der Helena* ist, selbst wenn ich mich nicht erinnern kann, welches Museum das ist.

Möglicherweise sollte ich darauf hinweisen, dass Odysseus und Ulysses dieselbe Person waren. Aus irgendeinem Grund haben die Römer seinen Namen geändert.

Nun, zweifellos haben sie das aus demselben Grund getan, weswegen die Spanier El Grecos Namen geändert haben. Selbst wenn Odysseus kaum so schwierig auszusprechen scheint wie Domenikos Theotocopoulos.

La Gioconda ist ein anderer Name für die *Mona Lisa*. Selbstverständlich.

In der *Odyssee*, während er auf Odysseus' Heimkehr wartet, geht derselbe kleine Bub Helena und Menelaos besuchen, in Sparta, und Helena hat eine prächtig strahlende Würde.

Dann wiederum kann der kleine Bub gar nicht mehr so klein gewesen sein, nach zehn Jahren Krieg und weiteren zehn, in denen Odysseus als Tourist unterwegs war.

Es sind genau die zwanzig Jahre, während derer, wie gesagt wird, Penelope ihre Zeit mit Weben verbracht hat, natürlich, wenn man wünscht, das zu glauben.

Ich, meinerseits, bezweifle, dass ich ein Wort davon glaube.

Penelope und Helena waren Cousinen, übrigens.

Was man halt so weiß.

Nun, das macht sie auch zur Cousine Klytämnestras, selbstverständlich, da Helena und Klytämnestra Schwestern gewesen sind.

Obwohl, woran ich gerade jetzt denke, ist die Szene, in der Odysseus sich selbst an den Mast des Schiffes gefesselt hat, so dass er dem Gesang der Sirenen lauschen kann, aber dableibt.

Aus irgendeinem Grund erinnert mich diese Geschichte

an etwas, auch wenn ich mich nicht erinnere, woran sie mich erinnert.

Telemachos ist der Name des kleinen Buben, übrigens. Obwohl ich glaube, das vor ganz schön vielen Seiten schon erwähnt zu haben.

Der Name des Freundes, um den Achill weint, ist Patroklos, den ausgelassen zu haben ich ziemlich sicher bin. Andererseits.

Mein letzter Liebhaber hieß Lucien. Ich finde es interessant, dass ich keinen einzigen Namen eines meiner Liebhaber auf auch nur einer dieser Seiten untergebracht habe.

Möglicherweise sind jene Gemälde von Tiepolo in der Eremitage, in der ich mehrere Tage verbracht habe, bevor ich mich nach Hause aufmachte, quer durch Russland in die entgegengesetzte Richtung.

Tatsache ist, sie sind in Mailand, wo ich sie an genau dem Tag gesehen habe, an dem mich *Das letzte Abendmahl* so traurig gemacht hat.

Wo ich die Sonnenuntergänge auf dieser Rückreise angeschaut habe, natürlich, war meistens in meinem Rückspiegel.

Das würde sie eher zu Bildern von Sonnenuntergängen als zu Sonnenuntergängen gemacht haben, wenn man es recht bedenkt, und die linke Seite zur rechten, oder vice versa, obwohl man zweifellos diesen Sonnenuntergängen gegenüber weniger aufmerksam war, als man es den Notizbüchern Michelangelos gegenüber gewesen wäre.

Zweifellos interessierte es mich viel mehr, wachsam nach Anna Karenina Ausschau zu halten, da ich zu dieser Zeit natürlich noch Ausschau hielt.

Habe ich erwähnt, dass ich auch in Amsterdam, New York, oder in Syracuse, oder in Toledo, Ohio, Ausschau gehalten habe?

Inzwischen habe ich keine Ahnung mehr, warum mich Rückspiegel daran erinnern sollen, dass ich eine bestimmte Depression fühlte, gestern.

Tatsächlich habe ich vielleicht versäumt, darauf hinzuweisen, dass das gestern war.

Der Sonnenuntergang des letzten Abends barg eine gewisse Stille, als ob Piero della Francesca die Farbe gemacht hätte.

Wodurch ich heute Morgen aufgewacht bin, war der Flieder, den ich im ganzen Haus einatmete.

Später habe ich mich mit dem Wasser gewaschen, das ich von der Quelle hereingebracht hatte.

Ich trage noch immer die Unterhosen, die ich gestern getragen habe. Allerdings.

Das kommt daher, dass ich, obwohl ich zweimal zur Quelle gegangen bin, zweimal direkt an meiner Wäsche, die auf den Büschen ausgebreitet ist, vorbeigegangen bin.

Um die Wahrheit zu sagen, fühle ich noch immer einen Hauch derselben Depression, ebenso.

Vielleicht war es der winzige Taschenspiegel, der sich neben dem Bett meiner Mutter befunden hatte, woran ich gestern dachte, obwohl ich mich nicht erinnere, gestern daran gedacht zu haben.

Man muss unterscheiden zwischen dieser Art Depression und der Depression, die ich gewöhnlich fühlte, während ich noch immer heftig Ausschau hielt, nebenbei bemerkt, wobei Letztere viel entschiedener eine Art Angst gewesen ist.

Obwohl ich glaube, das vermerkt zu haben.

Eines Tages schien ich endlich mit dem Schauen aufgehört zu haben. Auf jeden Fall.

Vielleicht war es an der Kreuzung Anna-Achmatowa-Straße und Rodion-Romanowitsch-Raskolnikow-Gasse.

Zweifellos war es auch ungefähr zur gleichen Zeit, dass ich aufgehört habe, laut zu lesen, ebenso. Oder in jedem Fall sicherlich Seiten herauszureißen, nachdem ich mit ihren Rückseiten fertig gewesen bin, um sie ins Feuer fallen zu lassen.

Was ich später getan habe, mit den Seiten aus dem Leben Brahms', war, jene in die Brise zu schleudern, in der Hoffnung, die Asche könne fliegen.

In Cádiz, wo er einst seine Gedichte schrieb, während er für eine gewisse Periode nahe am Wasser wohnte, hatte Marco Antonio Montes de Oca eine Möwe, die jeden Morgen an sein Fenster kam, um gefüttert zu werden.

Es war in der Tat Lucien, der mir das sagte. Lucien war auch einst mit William Gaddis bekannt, glaube ich.

Obwohl es vielleicht William Gaddis war, der für eine gewisse Periode nahe am Wasser in Cádiz wohnte und eine Lieblingsmöwe hatte.

Die Katze im Kolosseum war schwarz, ich bin fast ganz sicher, und hielt eine Pfote so hoch, als ob sie sich verletzt hätte.

Nichts, was ich in diesen Augenblicken schreibe, sollte bewirken, dass ich mich fortgesetzt niedergeschlagen fühle, ich glaube nicht.

Obwohl ich vielleicht gerade abgelenkt genug von diesen Unterhosen bin, um dies zu einem Störfaktor werden zu lassen.

Ich bin gerade hinausgegangen, um frische Unterhosen zu holen.

Was ich genauer getan habe, war, mich umzuziehen da draußen. Es ist immer etwas Angenehmes und Vergnügliches dabei, in die Kleidungsstücke hineinzuschlüpfen, die noch warm von der Sonne sind.

Das wird vielleicht erklären, warum ich wieder alles andere auf dem Gebüsch gelassen habe. Tatsächlich.

Dann wiederum könnte einiges davon gut auf unbestimmte Zeit dort verbleiben, da ich im Allgemeinen gar nichts anhabe, im Sommer.

Einmal habe ich wirklich gewisse Stücke draußen gelassen, die gefroren sind, als ein früher Frost mich überrascht hat.

Als ich mich daran erinnerte, sie holen zu gehen, war ich in der Lage, mehrere meiner Jeanswickelröcke aufrecht auf den Boden zu stellen.

Rockskulpturen, dafür könnte man sie gehalten haben.

Und es kann überhaupt keinen Zweifel geben, dass ich mich schon zu dieser Zeit meiner Angst entledigt hatte, da ich sogar in der Lage war, die Idee amüsant zu finden.

Offensichtlich hatte ich an einem Tag geschaut und am anderen nicht, wie ich gesagt habe.

Obwohl es sehr wahrscheinlich kaum so einfach auch nicht war.

Zweifellos hatte ich nicht einmal bemerkt, dass etwas sich verändert hatte, eine Zeit lang.

Eine Zeit lang habe ich jeden Abend die untergehende Sonne ohne Angst betrachtet, ist vielleicht, woran ich mich schließlich eines Abends zu denken erinnerte.

Oder das ewige Schweigen der unendlichen Räume lässt mich nicht mehr fühlen wie Pascal.

Ich bezweifle sehr ernsthaft, dass ich das gedacht habe.

Skulptur ist die Kunst des Wegnehmens überflüssigen Materials, sagte Leonardo einst, falls das überhaupt wichtig ist?

Obwohl es nicht Leonardo war, der es sagte, sondern Michelangelo.

Und bei nochmaliger reiflicher Überlegung glaube ich, dass Leonardo am Ende keinen Schnee in eines seiner Gemälde getan hat. Einige weißliche Steine im Nebel waren es gewesen, an die ich gedacht hatte.

Höchstwahrscheinlich hat Tiepolo auch keines dieser beiden Gemälde gemalt, jetzt, wo ich darüber nachdenke, obwohl ich in diesem Fall bloß meine, dass er eine große Anzahl Assistenten in seiner Werkstatt hatte und so vielleicht nicht mehr als Vorstudien gemacht haben könnte.

Obwohl er tatsächlich auch ein Gemälde Agamemnons gemalt oder nicht gemalt hat, wie er gerade die arme Iphigenie opfert, um Wind für die griechischen Schiffe aufzubringen.

Malen ist nicht mein Geschäft, ist noch etwas, was Michelangelo einmal gesagt hat. Er sagte das, als ein Papst ihm gesagt hat, dass die Sixtinische Kapelle angenehmer aussehen könnte mit einigen Bildern oben an der Decke.

Vielleicht war das derselbe Papst, der Michelangelo einmal aus Respekt seinen Stuhl angeboten hat. Das war ein sehr bedeutender Augenblick in der Geschichte der Kunst, da nichts dergleichen einem Künstler je zuvor widerfahren war.

Ich diene dem, der mich bezahlt, ist etwas, das Leonardo anstelle Michelangelos gesagt hat, andererseits. Zweifellos gibt es eine Sichtweise, diesem Augenblick ebenso seine besondere Bedeutung in der Geschichte der Kunst beizumessen.

In der Tat hat Tintoretto einmal damit gedroht, einen Kritiker mit einem Gewehr zu erschießen, was viele Künstler vielleicht als einen bedeutsameren Augenblick empfunden haben könnten als jene beiden zusammengenommen.

Und möglicherweise war es nur einer der Medici, der Michelangelo sich niedersetzen ließ. Dennoch würde man erfreut sein, wenn der Papst nicht derselbe Papst gewesen wäre, der die Leute dazu gebracht hat, Sapphos Gedichte zu verbrennen.

Wenn ich feststelle, dass irgendetwas von alledem getan oder gesagt worden ist, meine ich wahrheitsgemäßer eher, dass es angeblich getan oder gesagt wurde. Natürlich.

So wie Giotto gleichfalls angeblich einmal einen vollkommenen Kreis freihändig gemalt hat.

Obwohl es passiert, dass ich das mit dem Kreis grundsätzlich glaube, sind die meisten solcher Geschichten eh harmlos genug, um sie auf jeden Fall zu glauben.

Nun, und ich sehe auch keinen Grund, nicht zu glauben, dass Piero di Cosimo sich unter einem Tisch versteckte, wenn es geblitzt hat. Oder dass Hugo van der Goes nicht in der Lage war, religiöse Gemälde in einer Kirche zu malen, wenn nicht die Mönche Psalmen gesungen haben, um ihn davon abzuhalten, den ganzen Tag zu weinen.

Piero di Cosimo sollte, nebenbei bemerkt, nicht mit dem gestrigen Sonnenuntergang durcheinandergebracht werden, der ein Piero della Francesca war, noch sollte Hugo van der Goes mit Rogier van der Weyden durcheinandergebracht werden, dessen *Kreuzabnahme* im Prado so schlecht beleuchtet ist.

Nun, auch nicht mit Vincent van Gogh, dessen Sonnenuntergang einige Tage vor Pieros gewesen ist.

Welche Schostakowitsch-Symphonie ist es denn, in der man praktisch die Panzer vom Fließband kommen hören kann?

In jedem Fall scheint jede dieser Geschichten vermutlich darauf hinauszulaufen, dass viel mehr Menschen auf dieser Welt als man selbst unfähig waren, sich eines gewissen Gepäcks zu entledigen.

Sicherlich ist durch halb Neapel zu gehen, um einer Wand einen Pinselstrich hinzuzufügen, selbst eine Art Gepäck.

Sich ein Ohr abzuschneiden ist zweifellos auch eine, wiewohl paradoxerweise.

Nun, wie auch jeden Tag auf dem Eiffelturm zu Mittag zu essen. Oder eben am Fenster zu lauern.

Nichtsdestotrotz, was in meinem Fall übrigzubleiben scheint, ist, dass ich an einem Tag Gepäck hatte und an einem Tag nicht.

Obwohl es sehr wahrscheinlich auch kaum so einfach gewesen ist.

Gerätschaften wurde ich los. Dinge.

Hingegen kann ich mir nun sogar die letzten vier Ziffern

von Luciens Telefonnummer von vor all diesen Jahren ins Gedächtnis rufen.

Oder die verschiedenen Gerüchte über Achill und Patroklos aufsagen, die mehr als nur gute Freunde gewesen sind.

Tatsächlich habe ich gerade sogar Friedrich Nietzsche zitiert.

Wirklich, überhaupt habe ich vor fast einer Stunde Friedrich Nietzsche zitiert, der in Wirklichkeit Pascal war.

Wo ich wieder gewesen bin, war an der Quelle. Dieses Mal habe ich beschlossen, dass ich genauso gut alles hereinbringen kann.

Ich bin auch nicht länger niedergeschlagen, übrigens, und verstehe jetzt, dass ich es sowieso nicht gewesen war, sondern nur etwas daneben.

Was besagen soll, dass ich jene frischen Unterhosen vielleicht fünfzehn Minuten früher angezogen hatte, als ich das hätte tun sollen, und mich nun noch einmal umziehen musste, weil ich gerade meine Periode bekommen habe.

Ich habe nicht die Absicht, zurückzuschauen, um nachzuschauen, was ich über unzusammenhängende Verworrenheiten geschrieben habe, wie sie hin und wieder zur Grundbefindlichkeit des Daseins werden. Oder wie bestimmte unbeantwortbare Fragen beantwortbar werden.

Ach ja.

Auf jeden Fall ist alles, was gewaschen worden ist, jetzt oben in meinem Schlafzimmer.

Für einen oder zwei Augenblicke habe ich aus dem rückwärtigen Fenster geschaut, bevor ich wieder heruntergekommen bin.

Ich schaue nicht oft aus jenem, das nicht dasjenige ist, von dem aus ich die Sonne untergehen sehe.

Was ich anschaute, war das andere Haus, das tief im Wald in einiger Entfernung von hier ist.

Ich glaube nicht, je das andere Haus erwähnt zu haben.

Was ich erwähnt haben könnte, sind Häuser im Allgemeinen, entlang dem Strand, aber solch eine Verallgemeinerung hätte dieses Haus nicht eingeschlossen, da dieses Haus gar nicht nahe am Wasser ist.

Alles, was man von diesem oberen rückwärtigen Fenster aus davon sehen kann, ist eine Ecke seines Daches.

Tatsächlich habe ich das andere Haus gar nicht wahrgenommen, als ich zum ersten Mal zu diesem gekommen bin.

Als ich es wahrgenommen habe, habe ich verstanden, dass es auch eine Straße geben müsste, die von irgendwoher zu ihm führt. Selbstverständlich.

Aber ich konnte die Straße beim besten Willen nicht ausfindig machen. Und das die längste Zeit.

Als ich nach ihr suchte, fuhr ich zuerst mit dem Lieferwagen die Straße entlang, die in die Stadt führt, und bog an jeder Straße, an der ich vorbeikam, ab.

Jede einzelne dieser Straßen führte zu einem Haus, das am Strand war, allerdings, und, wie ich gesagt habe, liegt dieses Haus nicht am Strand.

Ich sollte vielleicht hinzufügen, dass, wenn ich sage, ich folgte der Straße, die man zur Stadt nimmt, man sozusagen sagen kann, dass ich das überhaupt nicht getan habe.

Da die Straße zur Stadt natürlich auch die Straße von der Stadt weg ist und in dieser entgegengesetzten Richtung das Haus von meinem oberen rückwärtigen Fenster aus gesehen werden kann.

Möglicherweise brauchte ich diesen Unterschied nicht wirklich zu machen.

Auf jeden Fall fing mein Unvermögen, die Straße ausfindig zu machen, schließlich an, eine völlig neue Art Verworrenheit in meinem Dasein darzustellen.

Fraglos muss es eine Straße geben, die zu jenem Haus führt, sagte ich mir mehr als einmal.

Dennoch habe ich, wie oft ich auch immer hin und her gefahren bin, sie nicht ausfindig machen können.

Eines Morgens habe ich schließlich beschlossen, daraus ein Großprojekt zu machen, obwohl ich überzeugt gewesen bin, solchen Dingen wie Großprojekten ein Ende gemacht zu haben.

Heute werde ich, komme, was wolle, die Straße, die zu jenem Haus führt, ausfindig machen, habe ich schließlich entschieden.

Wie ich bisher Ausschau gehalten habe, war vom Lieferwagen aus, wie ich gesagt habe. Wie ich mich entschieden habe, es an jenem Morgen zu tun, war, direkt durch den Wald zu dem Haus zu gehen.

Und natürlich werde ich mittels desselben Verfahrens auch direkt zu der Straße gehen können, was ich ja offensichtlich jetzt im Sinn hatte.

In der Tat hatte ich durch dieses ganze Vorhaben gerade genug Zerstreuung, so dass mich die Logik dieser Idee erfreute.

Tatsächlich, was ich mir selbst zusätzlich sagte, war, sobald ich das Haus erreiche, werde ich gleich der Straße folgen, wo immer sie herauskommt, und werde so jede Spur des Geheimnisses gänzlich beseitigt haben.

Diese Straße kam bei der Straße heraus, die von der Stadt wegführt.

Nun ja, wenn ich sage kam, meine ich offensichtlich kommt, da die Straße natürlich genau dort bleibt, wo sie die ganze Zeit gewesen war.

Der umgefallene Baum bleibt natürlich ebenso genau dort, wo er die ganze Zeit gewesen war.

Du lieber Himmel. Und wie lange habe ich mir selbst erlaubt, mich darüber zu ärgern, dass ich die Straße nicht ausfindig machen konnte?

Sicherlich war ich an diesem umgefallenen Baum nicht weniger als sechs oder acht Mal vorbeigefahren.

Und mittlerweile hatte ich kaum das Problem gelöst, als mir schon klar war, dass ich nicht mehr das geringste Interesse an der Straße hatte. Selbstverständlich.

Auch habe ich nicht sehr viel Interesse am Haus, um die Wahrheit zu sagen.

Außer vielleicht als etwas, von dem man die Ecke des Daches anstarrt, bei bestimmten Gelegenheiten, wie ich es gerade getan habe.

Es ist wahrscheinlich, dass ich jetzt wochenlang bluten werde, übrigens. Oder zumindest so lange Flecken mache.

Das ist zweifellos eine Sache der Hormone, und der Wechseljahre.

Meine Hände scheinen darauf hinzuweisen, dass es Zeit dafür ist. Als Malerin lernt man solche Sachen, wie die Rücken der Hände zu lesen.

Selbst wenn ich doch selten Porträts gemacht habe.

Jenes andere Haus ist ziemlich gewöhnlich. Nebenbei bemerkt.

Nun, außer dass es das einzige Haus in der näheren Umgebung ist, das für Leute gebaut worden ist, deren Vorliebe ein Blick auf den Wald ist statt eines Blicks aufs Meer. Offensichtlich.

Ich bilde mir ein, ich kann eine solche Vorliebe verstehen. Es ist kaum meine eigene, aber ich bilde mir ein, ich kann sie verstehen.

Dann wiederum würde man wenig mehr bekommen als einen Verweis auf den Sonnenuntergang, höchstens, dort drüben, sogar von den oberen Fenstern.

Nun, ich habe geschaut. Was etwas ist, das man tun könnte.

Obwohl, wonach ich in Wahrheit geschaut habe, war zu schauen, ob man von dort mein eigenes Haus sehen könne.

Das ist etwas, das man ebenso tun könnte.

Man kann dieses Haus nicht von jenem aus sehen.

Offensichtlich ist das ein Ergebnis von nichts anderem als der Platzierung von Fenstern. Dennoch könnte man es auch leicht zu einer Art Verworrenheit werden lassen, sollte man dazu neigen.

In der Tat, warum in aller Welt sollte man in der Lage sein, ein Haus von einem anderen aus zu sehen, aber nicht vice versa? Sicherlich gibt es keinen Unterschied in der Entfernung zwischen diesem und jenem Haus, und jenem und diesem Haus?

Einmal, im Rijksmuseum, habe ich neue Lautsprecher für meinen Plattenspieler hineingebracht. Was die Gebrauchsanleitung mir gebot, war, sicherzustellen, dass die beiden Lautsprecher gleich weit entfernt voneinander waren.

Sicherlich, man musste sich fragen, was die Person, die die Anweisung geschrieben hat, damit zu meinen geglaubt haben könnte.

Nun, oder die Person, die die Anweisung aus dem Japanischen übersetzt hatte.

Wo auch immer man sie hingetan hat, wie könnte es irgendeine Möglichkeit geben, dass irgendwelche zwei Gegenstände in irgendeiner Entfernung voneinander sein könnten außer gleich weit entfernt?

Selbst wenn es irgendeine wundersame Art und Weise gäbe, die mich befähigte, dieses Haus zu verrücken, zum Beispiel, würde es sicherlich dennoch damit enden, dass das andere Haus genau gleich weit entfernt sein würde wie das andere von diesem.

Obwohl in diesem Fall dieses zumindest da hätte landen können, wo es endlich vom anderen aus zu sehen wäre.

Tatsache ist, einmal habe ich wirklich dieses Haus von jenem aus gesehen, sowieso, jetzt, wo ich daran denke.

Was passiert ist, war, dass ich ein Feuer in meinem Kanonenofen brennen hatte, an einem Nachmittag, als ich mich entschieden habe, einen Spaziergang durch den Wald zu machen.

Beim Zurückschauen konnte ich den Rauch über den Bäumen sehen.

Da ist mein Haus, das war es, was ich dachte, als ich schaute.

Ich habe die Beharrlichkeit dieser Denkweise vorher vermerkt, glaube ich.

Zweifellos hätte ich denselben Gedanken ausgedrückt in der Nacht, als mein früheres Haus sich in wenig mehr als ein umgedrehtes Glühen auf den Wolken verwandelte, in der Tat, hätte ich nur ein Ruderboot gehabt, in dem ich ihn damals hätte ausdrücken können.

Vielleicht fallen all solche Gedanken sehr gut in dieselbe Kategorie wie der Gedanke, dass da jemand in einem Gemälde an einem Fenster ist, wenn da niemand an einem Fenster in einem Gemälde ist, da ich verifiziert zu haben schien, dass Gemälde im Wesentlichen auch nie sind, was man denkt, das sie sind.

Dann wiederum ist es vielleicht fraglich, dass ich irgendetwas dergleichen verifiziert habe.

Denkt man in solchen Kategorien weiter, könnte man genauso gut fragen, ob ich wirklich jemals zum anderen Haus gegangen bin.

Unbestreitbar bin ich zum anderen Haus gegangen, denn ich kann mich deutlich an das Plakat erinnern, das an der Wand des Wohnzimmers angeheftet war.

Das Plakat zeigt Jane Avril und drei andere Pariser Tänzerinnen. Tatsächlich zählt es alle Namen der Tänzerinnen auf, einschließlich ihren.

Die anderen Namen, die das Plakat aufzählt, sind Cléopatre und Gazelle und Mlle. Églantine.

Nun, ich habe eine ungefähre Erinnerung daran, dass ich darüber vielleicht sogar schon vorher gesprochen habe.

Andererseits gibt es keine Möglichkeit zu sagen, ob das Plakat gemalt worden ist, bevor oder nachdem Toulouse-Lautrec vielleicht meinen Stock in der Hand hatte?

Und auch in Jane Avrils Ausdruck gibt es keinerlei Hinweise auf ihre Affäre mit Brahms. Wie es sich zeigt.

Dennoch, man erinnert sich an andere Gemälde von ihr, auf denen sie mehr als empfindsam genug erscheint, um ihn angezogen zu haben.

Bedauerlicherweise gibt es im anderen Haus kein Leben Brahms', in dem ich hätte nachschlagen können.

Das Leben Beethovens wäre keine Hilfe gewesen, darf man vermuten.

Der Titel des Lebens Beethovens im anderen Haus ist *Beethoven*. Nebenbei bemerkt.

Der Titel des Lebens Brahms', in das ich einmal geschaut habe, soweit ich mich erinnern kann, war *Ein Leben Brahms'*.

Nun, zweifellos könnte ich das leicht verifizieren, da ja ein zweites Exemplar des Lebens Brahms' noch zugänglich ist genau da, wo ich bin.

Dann wiederum ist man jetzt vielleicht gezwungen, sich zu fragen, ob der Titel des Lebens Brahms' *Ein Leben Brahms'* bleiben würde, wenn nicht eben noch das zweite Exemplar zur Hand wäre?

In anderen Worten, wenn kein einziges Exemplar von *Anna Karenina* irgendwo mehr zugänglich wäre, wäre sein Titel noch immer *Anna Karenina*?

Ich bin vielleicht weniger als gewiss, was ich mit jener Frage meine.

Dennoch, es erschiene unleugbar, dass ich mehr als einmal über ein Leben Brahms' nachgedacht habe, wenn ich kein Leben Brahms' gesehen habe.

Was das betrifft, ich habe mehr als einmal über *Die Fälschung der Welt* von William Gaddis nachgedacht, obwohl ich kein Exemplar der *Fälschung der Welt* seit den letzten zwölf bis fünfzehn Jahren gesehen habe.

Ich habe sogar an William Gaddis selbst gedacht, wenn ich William Gaddis auch seit zwölf oder fünfzehn Jahren nicht gesehen habe.

Tatsächlich könnte es sein, dass ich William Gaddis nie gesehen habe.

Außerdem habe ich auch an T.E. Shaw gedacht und weiß nicht einmal, wer T.E. Shaw war.

Obwohl ich mich letztendlich erinnert habe, dass Marco Antonio Montes de Oca Gedichte geschrieben hat, vielleicht kann ich zumindest sicher annehmen, dass Sor Joana Inés de la Cruz das auch getan hat.

Aber woran ich jetzt wirklich denke, aus irgendeinem Grund, ist die Szene in *Die Troerinnen*, wo die griechischen Soldaten Hektors armen kleinen Jungen über die Stadtmauern werfen, so dass er nicht heranwachsen wird, um Rache für seinen Vater und für Troja zu nehmen.

Gott, was die Männer so getan haben.

Irene Papas war eine wirkungsvolle Helena in dem Film *Die Troerinnen*. Allerdings.

Katherine Hepburn war eine ebenso wirkungsvolle Hekuba.

Hekuba war Hektors Mutter. Nun, was besagen soll, sie war auch die Großmutter des kleinen Jungen. Selbstverständlich.

Man stelle sich nur vor, wie Katherine Hepburn sich gefühlt haben muss.

Sehr wahrscheinlich hätte man ewig direkt an dem umgefallenen Baum vorbeifahren können, nehme ich an, ohne je die Straße bemerkt zu haben. Vor allem, da die Straße auf einmal auch eine scharfe Biegung machte.

Obwohl ich mich jetzt erinnere, dass ich ein paar bestimmte andere Filme auch angeschaut habe, bevor der Projektor, den ich in mein Loft gebracht hatte, seinen Geist aufgab.

Peter O'Toole, der die Rolle des Lawrence von Arabien spielt, könnte einer davon gewesen sein.

Marlon Brando als Zapata war möglichweise noch einer.

Mittlerweile habe ich gerade ein Gericht mit Sardinen gegessen.

Die meisten Sachen in Dosen scheinen noch immer genießbar, nebenbei bemerkt. Es sind nur die in Papier eingepackten Nahrungsmittel, denen zu trauen ich aufgehört habe.

Obwohl ich für zwei frische Spiegeleier fast alles geben würde.

Im Ernst, wofür ich fast alles geben würde, aufrichtig gesagt, wäre zu verstehen, wie es mein Kopf manchmal schafft, so herumzuspringen, wie er es tut.

Zum Beispiel denke ich jetzt wieder über dieses Schloss in la Mancha nach.

Und aus welchem irdischen Grund ich mich wohl gerade daran erinnere, dass es Odysseus war, der herausgefunden hat, wo Achill war, als Achill sich unter den Frauen versteckte, so dass sie ihn nicht zwingen konnten, kämpfen zu gehen.

Zugegeben, das, was Odysseus zweifellos fühlte, war, dass, wenn er selbst zu gehen hatte, jeder andere auch hätte gehen sollen.

Aber dennoch.

Tatsächlich war ich gerade dabei, hinzuzufügen, dass dies eine andere Episode war, die Tiepolo gemalt hat, oder nicht, aber es war van Dyck, der dies gemalt hat.

Selbst wenn van Dyck selten etwas anderes als Porträts gemacht hat.

In jedem Fall, ein Aspekt der Dinge, dessen sich Odysseus vermutlich nicht bewusst war, war, dass Achill eine der Frauen geschwängert hatte.

Man fragt sich auch, ob Patroklos sich dessen je bewusst war.

Zum Schloss, muss ein Wegweiser gelautet haben.

Und etwas anderes, das ich glaube, gesehen zu haben, rein zufällig, war ein interessanter russischer Film über Andrei Rubljow und Theophanes den Griechen.

Die zwei russische Maler waren.

Auch wenn Theophanes nicht wirklich Russe war. Offensichtlich.

Nichts davon hat irgendetwas mit der Tatsache zu tun, dass es kein Leben Brahms' im anderen Haus gibt, stelle ich mir vor, was immer sein Titel gewesen wäre, wenn es eines gäbe.

Zusätzlich zum Leben Beethovens, das *Beethoven* heißt, gibt es auch ein Buch, das *Baseball als das Gras echt war* heißt.

Wie ich angedeutet habe, gibt es kein Exemplar des gleichen Buches in diesem Haus.

Ich habe beschlossen, dass dies schließlich keine gelehrte Spekulation in der Art Kierkegaards oder Martin Heideggers ist. Nebenbei bemerkt.

Obwohl es sehr wahrscheinlich etwas ist, was mit Meteorologie zu tun haben könnte. Woran ich denke, in dieser Hinsicht, ist die Frage der Jahreszeit, in welcher Baseball vermutlich gespielt wurde.

In diesem Fall scheint das Buch erstaunlich schlecht lektoriert worden zu sein, allerdings, *Baseball wenn das Gras echt ist* war sicherlich der Titel, der beabsichtigt war.

In der Tat, *Baseball wenn das Gras wächst* wäre noch angemessener gewesen.

Wessen man sich zweifellos sicher sein kann, andererseits, ist, dass der Autor ein Freund der Leute gewesen wäre, die in beiden dieser Häuser lebten. Oder vielleicht lebte er sogar in der Nähe.

Sicherlich hätte nicht jeder einzelne der zwei verschiedenen Leute in zwei so nahe gelegenen Häusern Geld für dasselbe Buch über Baseball ausgegeben.

Dann wiederum, hätte es in jedem Haus ein Exemplar der *Sturmhöhe* gegeben, hätte ich womöglich nicht darüber spekuliert, dass in beiden Häusern jemand Emily Brontë gekannt hätte.

Oder dass Emily Brontë einst an diesem Strand gelebt hatte.

Übrigens, es gibt eine Erklärung dafür, dass ich allgemein von Kierkegaard als Kierkegaard spreche, aber von Heidegger als Martin Heidegger.

Die Erklärung dafür ist, dass Kierkegaards erster Name Søren war, und beim Tippen müsste ich immer wieder zurückgehen, um den Schrägstrich einzufügen.

Es scheint keinen Weg zu geben, die zwei Punkte über Brontë zu vermeiden. Allerdings.

Auf jeden Fall interessiert mich keines der wenigen anderen Bücher, die ich dort drüben bemerkt habe, besonders.

Obwohl ich vielleicht die einbändige Auswahl der griechischen Dramen vergesse, die eine Ausgabe ist, die ich vorher nie gesehen habe.

Hingegen ist mein Verlangen, etwas aufzuschlagen, das *Der Ursprung der Tischsitten* heißt, nicht viel größer, als das Buch über Gras zu lesen.

Noch eines all dieser Unsinnsthemen heißt wirklich *Der Eiffelturm*.

Natürlich gibt es nichts in irgendeinem der Dramen über irgendeine, die menstruiert.

Obwohl, wenn man es recht bedenkt, kann man oft mehr als eine bloße Vermutung anstellen in Bezug auf etwas Derartiges, trotz des Schweigens.

Man hat dann ein ziemlich feines Gespür dafür, wann Kassandra ihre Periode haben könnte, zum Beispiel. Kassandra fühlt sich wieder daneben, kann man sich sogar vorstellen, könnten Troilus oder manch anderer Trojaner hin und wieder gesagt haben.

Dann wiederum könnte auch Helena ihre haben, selbst wenn sie noch immer diese strahlende Würde besitzt. Als Helena, die sie eben ist.

Meine eigene macht im Allgemeinen mein Gesicht aufgedunsen.

Man ist fast ganz sicher, dass Sappho bei all dem nie um die Sache herumgeredet hätte. Andererseits.

Was gut erklären könnte, warum bestimmte ihrer Gedichte als Füllung für Mumien verwendet wurden, noch bevor die Klosterbrüder die übriggebliebenen in die Hände bekommen haben.

Ich schwöre, Stücke von Sapphos verlorenem Werk sind in Streifen geschnitten in toten Ägyptern gefunden worden.

Habe ich erwähnt, dass Sapphos Vater Skamandros hieß, nach dem Fluss bei Hisarlik, den ich mir einmal anschauen gegangen bin. Übrigens.

Ich deute keineswegs an, dass daran irgendetwas Bedeutendes ist, es kommt mir lediglich wie eine gut einzuflechtende Tatsache vor.

Einmal, in der National Portrait Gallery in London, als ich Branwell Brontës Gruppenporträt seiner drei Schwestern anschaute, habe ich beschlossen, dass Emily Brontë genauso aussah, wie Sappho ausgesehen haben muss.

Selbst wenn die beiden kaum unterschiedlicher hätten sein können, selbstverständlich, schon weil Emily Brontë aller

Wahrscheinlichkeit nach nicht einmal einen einzigen Liebhaber gehabt hat.

Was vermutlich eine Erklärung ist, weshalb so viele Leute in der *Sturmhöhe* ständig in Fenster hinein- und aus Fenstern herausschauen. Tatsächlich.

Oder in sie hinein- oder aus ihnen herausklettern, sogar.

Dennoch hat mich der Gedanke an diese Lebensweise immer traurig gemacht.

Aber was weiß unsereins denn schon jemals wirklich?

Der Name von Hektors kleinem Jungen war Astyanax. Übrigens.

Tatsache ist, dass das nur ein Spitzname gewesen war. Wie er wirklich hieß, war Skamandrius.

Ich habe auch nicht den Wunsch, irgendetwas in Hinblick auf diese zufällige Übereinstimmung anzudeuten.

Jedoch scheinen manche solcher Zusammenhänge andauernd aufzutauchen, allerdings. Vor ein paar Tagen, zum Beispiel, als ich vermerkt habe, dass Aristoteles einmal Platos Schüler gewesen war, erinnerte ich mich auch daran, dass Alexander der Große später der des Aristoteles gewesen ist.

Woran mich das erinnert hat, war, dass Helenas Liebhaber Paris in Wirklichkeit Alexandros hieß. Und dass Kassandra oft Alexandra genannt wurde.

Es schien völlig witzlos, überhaupt irgendetwas davon zu erwähnen. Selbst wenn Alexander der Große immer ein Exemplar der *Ilias* gleich neben seinem Bett liegen hatte und wirklich geglaubt hat, dass er direkt von Achill abstammte.

Oder dass Achill einmal beinahe im Skamander ertrunken ist.

Obwohl ich mich auch jetzt daran erinnert habe, dass Jane Avril gleichfalls ein bestimmtes Buch gleich neben ihrem Bett liegen hatte, selbst wenn ich vergessen habe, welches Buch.

Und jetzt erinnere ich darüber hinaus, dass es wiederum Odysseus war, der die anderen Griechen überzeugt hat, dass sie keine männlichen Überlebenden in Troja lassen sollten.

Gott, was die Männer so getan haben.

Das habe ich gerade gesagt, ich weiß.

Dennoch, was mich in diesem Fall besonders betrübt, ist, wie schnell Odysseus jenen Pflug vergessen hatte, und seinen eigenen kleinen Jungen.

Zumindest kann man sich darüber freuen, dass auch Sappho ein eigenes Kind hatte. Nun, eine Tochter, wie Helena.

Was besagen soll, dass manch einer der späteren Griechen genauso gut direkt von Sappho hätte abstammen können, selbst wenn man die Spur sicherlich verloren hätte, nach einer bestimmten Anzahl von Jahren.

Aber wer kann bestreiten, dass die Linie nicht bis hinunter sogar zu jemandem wie Irene Papas geführt haben könnte?

Platos eigener Lehrer war selbstverständlich Sokrates, falls ich das nicht gesagt habe.

Mittlerweile habe ich plötzlich den Verdacht, dass der Titel von jenem Leben Brahms' wohl auch *Das Leben Brahms'* hätte sein können, und also doch nicht *Ein Leben Brahms'*.

Unleugbar wäre das Leben Brahms' angemessener gewesen, da der Mann nur ein Leben gehabt hat.

Was vielleicht die Möglichkeit außer Acht lässt, dass es einfach *Brahms* hätte heißen können.

Oder dass auch ein Leben Schostakowitschs im anderen Haus ist, mit dem Titel *Schostakowitsch, eine Biografie*.

Da ist gar kein Plakat, das Jane Avril und drei andere Pariser Tänzerinnen zeigt, an der Wohnzimmerwand im anderen Haus. Übrigens.

Das Plakat ist am Boden des Wohnzimmers im anderen Haus.

Nach so vielen Diskussionen beschloss ich, als ich gestern

hinausging, um spazieren zu gehen, lieber durch den Wald als am Strand entlang zu gehen.

Was auch besagen soll, dass es wieder Morgen ist. Und was, wie ich mir vorstelle, keine weitere Erklärung braucht, an diesem Punkt.

Außer um vielleicht zu vermerken, dass alles noch immer ganz fliederfarben ist.

Was ich doch erwähnen möchte, allerdings, ist, dass das Plakat unbestreitbar vor einiger Zeit heruntergefallen ist, da es mit Blättern bedeckt war. Und mit flauschigen Pappelsamen.

Der Grund, warum ich dies erwähnen möchte, ist, dass während all dieser Zeit das Plakat in meinem Kopf noch immer an der Wand war.

Tatsächlich, die genaue Art und Weise, mit der ich verifizieren konnte, dass ich jemals sogar beim anderen Haus gewesen war, einige Seiten vorher, war zu sagen, dass ich mich deutlich erinnern könne an das Plakat.

An der Wand.

Wo war das Plakat, als es an der Wand in meinem Kopf war, aber nicht an der Wand im anderen Haus?

Wo war mein Haus, als alles, was ich sah, Rauch war, aber dachte, da ist mein Haus?

Eine ganze Menge davon fängt fast an, mir Sorgen zu machen. Um die Wahrheit zu sagen.

Ich habe keine Ahnung, welche Menge, aber eine ganze Menge.

In Wirklichkeit war ich gut an der Universität, obwohl ich häufig Sätze unterstrichen habe in Büchern, die nicht auf der Leseliste standen.

Man ist jetzt gezwungen, sich zu fragen, ob es von mehr Weitblick gezeugt hätte, Sätze bei Kierkegaard oder Martin Heidegger zu unterstreichen. Allerdings.

Oder ob einige genau dieser Fragen vielleicht schon zu der

Zeit beantwortet worden sind, als Alexander der Große im Unterricht die Hand hob.

Vielleicht waren es die gleichen Fragen, über die Ludwig Wittgenstein viel lieber nachgedacht hätte, nachzudenken, an jenem Nachmittag, da Bertrand Russell ihn zwang, seine Zeit zu vergeuden und Guy de Maupassant beim Rudern zuzuschauen. Tatsächlich.

Obwohl, wenn man es recht bedenkt, habe ich einmal irgendwo gelesen, dass Ludwig Wittgenstein selbst nie ein einziges Wort von Aristoteles gelesen hatte.

Tatsächlich habe ich mehr als einmal Trost daraus geschöpft, dies zu wissen, weil es so viele Leute gibt, von denen man selbst noch nie ein Wort gelesen hat.

Wie Ludwig Wittgenstein.

Selbst wenn einem immer gesagt worden ist, dass Wittgenstein sowieso zu schwer zu lesen ist.

Und, um die Wahrheit zu sagen, habe ich schließlich doch einmal einen Satz von ihm gelesen, den ich nicht im Geringsten schwierig fand.

Tatsächlich wurde mir das, was er sagte, sehr lieb.

Man braucht nicht viel Geld, um ein hübsches Geschenk zu kaufen, aber man braucht viel Zeit, war der Satz.

Bei meiner Ehre, Wittgenstein hat das einmal gesagt.

Dennoch, wenn er gestern die Panzer gehört hätte, die in Tschaikowskys sechster Symphonie vom Fließband rollen, was genau hätte Wittgenstein gehört?

Als die Leute zum ersten Mal Brahms' erste Symphonie gehört haben, war alles, was die meisten von ihnen sagen konnten, dass es sich sehr nach Beethovens Neunter Symphonie anhörte.

Jeder Esel kann das sehen, war, was Brahms geantwortet hat.

Ich glaube, ich hätte Brahms gemocht.

Nun ja, und es hätte mir gewiss gefallen, Ludwig Wittgenstein zu sagen, wie lieb mir sein Satz ist.

Dann wiederum hege ich ernsthafte Zweifel daran, dass ich John Ruskin gemocht hätte, selbst wenn ich keine Ahnung habe, was ich gesagt habe, das mich jetzt an John Ruskin hat denken lassen.

Nun, es war zweifellos, weil Ruskin noch eine weitere Pflichtlektüre war, die ich mir geschenkt habe.

Und was ich in Wahrheit gerade fühle in Hinblick auf John Ruskin, ist, dass er mir leidtut.

Weil der Trottel so viele Jahre mit dem Betrachten so vieler alter Statuen beschäftigt war, dass er in seiner Hochzeitsnacht schier fast einen Schock erlitten hätte, weil ihm nämlich niemand je gesagt hatte, dass lebendige Frauen Schamhaare haben.

Normalerweise wäre die Person, die einem unter solchen Umständen leidtun könnte, Mrs Ruskin. Doch sie war vernünftig genug gewesen, bald mit John Everett Millais durchzubrennen.

Wenn ich anmerke, dass sie vernünftig war, übrigens, meine ich das nicht nur, weil sie durchgebrannt ist, sondern weil sie es mit Millais tat, der ein Wunderkind gewesen war. Was besagen soll, dass er nach unbekleideten Modellen gemalt hatte, seit er elf war.

Sappho soll Musik gelehrt haben. Nebenbei bemerkt.

Nun, und Achill spielte auch ein Instrument.

Ich freue mich, jene beiden Dinge zu wissen.

Obwohl ich zusätzlich weiß, dass Achill in Troja eine Mätresse namens Briseis hatte. Manches davon fängt an, ein bisschen verwirrend zu werden. Schließlich.

Es ist wirklich zu schade, dass John Ruskin nicht mit Robert Rauschenberg befreundet war, der sich vermutlich einen Weg hätte ausdenken können, die Dinge zurechtzurücken.

Ludwig hat so ein blödes Aussehen, als Name, wenn man ihn tippt.

Zweifellos hätte ich mich damit zufriedengegeben, eine Biografie, die ich selbst geschrieben hätte, auch einfach *Beethoven* zu nennen.

Obwohl ich, während ich im anderen Haus war, hätte nachschauen können, ob irgendeine der Fassungen in jener einbändigen Auswahl der Dramen von dem Übersetzer war, der Euripides klingen ließ, als ob er unter dem Einfluss William Shakespeares gestanden hätte, wie ich mir jetzt verspätet getan zu haben wünsche.

Trotz alledem hat man ein ziemlich feines Gespür dafür, wann Medea ihre Periode hat. Übrigens.

Und wenn es stimmt, dass Odysseus zwanzig Jahre lang von Ithaka weg war, hätte Penelope ihre ungefähr zweihundertfünfzig Mal gehabt.

Ich habe kaum vor, mich weiter darüber auszulassen, selbst wenn man sich hin und wieder darin verliert.

Besonders, während man hier mit einem verquollenen Gesicht sitzt.

Aber alles, was mir gerade einfällt, dreht sich wieder um jenes verräterische Schweigen, was sicherlich zu bestätigen scheint, dass Samuel Butlers Annahme falsch war, wenn er meinte, eine Frau habe die *Odyssee* geschrieben.

Wie merkwürdig. Selbst als ich schon angefangen hatte, diesen Satz zu tippen, hätte ich geschworen, dass ich noch immer keine Ahnung hatte, wer es war, von wem diese Theorie stammte.

Doch jetzt erinnere ich mich auch, dass der Übersetzer, der zu oft Shakespeare gelesen hat, Gilbert Murray hieß.

Darüber hinaus habe ich keine Ahnung, wer Samuel Butler war, allerdings, es sei denn, es war derselbe Samuel Butler, der *Der Weg allen Fleisches* geschrieben hat.

Obwohl wiederum alles, was ich über *Der Weg allen Fleisches* weiß, ist, dass es mich sehr freuen würde zu hören, dass Ludwig Wittgenstein nicht ein Wort davon gelesen hat.

Gilbert Murray war, wie man mittlerweile annehmen kann, jemand, der griechische Dramen übersetzt hat.

Wenn er nicht gerade Shakespeare las.

Rubens hat auch eine Fassung gemalt von Achill, wie er sich unter den Frauen versteckt. Nebenbei bemerkt.

Von ihm gibt es auch eine Zeichnung von Achill, der Hektor tötet, mit einem Speer durch die Kehle.

Eines der Dinge, die die Leute gemeinhin an Rubens bewunderten, selbst wenn sie sich dessen nicht immer bewusst waren, war die Art und Weise, wie jeder in seinen Gemälden immer jeden anderen berührt.

Nun, das schließt kaum die Art und Weise ein, wie Achill Hektor berührt. Offensichtlich.

Inzwischen habe ich möglicherweise vielleicht einen Fehler gemacht, vorher, als ich sagte, dass, wo Rupert Brooke während des Ersten Weltkriegs starb, am Hellespont gewesen ist, womit ich die Dardanellen meine.

Wo ich glaube, dass er wirklich gestorben ist, war auf der Insel Scyros, selbst wenn diese nur ein kleines bisschen südlich in der Ägäis liegt.

Ich bringe das nur auf, weil Scyros dieselbe Insel war, auf der Achill all jenes Verstecken gespielt hat.

Abermals, allerdings, gebe ich keineswegs zu verstehen, dass solche Zusammenhänge irgendetwas bedeuten.

Selbst wenn das Kind der Frau auf Scyros, die Achill geschwängert hatte, aufwuchs, um genau der Soldat zu werden, der Hektors kleinen Jungen über die Mauern geworfen hat.

Und später der Ehemann von Helenas Tochter Hermione wurde.

Was mich in beiden Fällen immer noch darüber im Dunkel lässt, wie ich dazu komme, etwas über Samuel Butler zu wissen.

Obwohl ich zweifellos über ihn in einer Fußnote gelesen habe, in einem der Bücher über die Griechen, denen ich meine Aufmerksamkeit schenkte.

In jedem Fall schenkte ich ihnen fraglos genug Aufmerksamkeit, um sicher zu sein, dass Achills Sohn bei weitem zu jung gewesen wäre, um in Troja zu sein, als er es hätte sollen. Und dass Hermione praktisch alt genug gewesen wäre, seine Mutter zu sein.

Dann wiederum lese ich fast nie Fußnoten.

Obwohl ich einmal doch ein reizendes Gedicht von Rupert Brooke las, über die alternde Helena.

In Wirklichkeit hat das Gedicht sie zu einer Nervensäge gemacht.

Außer Briseis ist der Name noch einer Mätresse, an die ich mich erinnere, Jeanne Hébuterne, die ein Kind von Modigliani hatte. Obwohl jene spezifische Geschichte eine der traurigsten ist, die ich kenne.

Was passierte, war, dass Jeanne Hébuterne aus dem Fenster gesprungen ist, am Morgen nach Modiglianis Tod.

Als sie wieder schwanger war.

Was die Frauen alles so getan haben, ebenso, will man da fast hinzufügen.

Aber was weiß unsereins denn schon jemals wirklich? Allerdings.

Und zumindest das Wort Mätresse ist letztendlich aus der Mode gekommen.

Mittlerweile nehme ich an, die Fußnote besagte, dass Samuel Butler, der Autor von *Der Weg allen Fleisches,* angedeutet habe, die *Odyssee* sei von einer Frau geschrieben worden.

Obwohl da zweifellos etwas mehr dahintersteckte als das, da man mit ziemlicher Gewissheit annehmen kann, dass

Homer nach dreitausend Jahren nicht einfach so von einem Mann in eine Frau verwandelt wird, ohne irgendeine interessante Erklärung dafür anzuführen.

Ich habe keine Ahnung, was diese Erklärung hätte sein können. Allerdings.

Selbst wenn unzählige Leute oft darauf bestanden haben, dass es sowieso niemals irgendeinen Homer gegeben hat, sondern nur verschiedene Barden.

Und auch keine Bleistifte, damals, was ein Grund für dieses Daraufbestehen sein könnte.

Dann wiederum war die Fußnote vielleicht in irgendeinem Buch, das gar nichts mit den Griechen zu tun hatte.

Viele Bücher enthalten häufig Dinge, die mit anderen Dingen zusammenhängen, von denen man nie erwartet hätte, dass sie zusammenhängen.

Sogar auf genau diesen Seiten hier, die ich gerade selbst schreibe, zum Beispiel, hätte man kaum erwartet, dass T. E. Shaw mit irgendetwas in Zusammenhang gebracht würde, selbst wenn ich mich erst in dieser Sekunde erinnert habe, dass ein weiteres Buch im anderen Haus eine Übersetzung ist, die jemand mit genau diesem Namen besorgt hat.

Wovon es eine Übersetzung ist, ist die *Odyssee*. Tatsächlich.

Dann wiederum, anzudeuten, dass ich jetzt ungefähr so viel über T. E. Shaw weiß wie über Gilbert Murray, ist vielleicht nicht unbedingt die beeindruckendste Art und Weise, mein Argument zu verdeutlichen.

In jedem Fall hing zweifellos die Fußnote keineswegs mit der Oper über Medea zusammen, selbst wenn mir das jetzt gerade durch den Kopf geht.

Einmal, in Florenz, als ich in einem Landrover mit Rechtssteuerung saß und die Piazza unterhalb Brunelleschis Kuppel sich mit Schnee füllen sah, was sicherlich selten sein muss, hörte ich Maria Callas das singen.

Ich hatte nur wenige Augenblicke zuvor die Fahrzeuge gewechselt, nachdem ich einige Koffer über eine der Arnobrücken getragen und so nicht einmal sofort bemerkt hatte, dass das neue Kassettengerät eingeschaltet war.

Medea wurde von Luigi Cherubini geschrieben, möchte ich erwähnen.

Im Wesentlichen tue ich das, weil Luigi Cherubini jemand ist, den ich oft mit Vincenzo Bellini durcheinanderbringe, der *Norma* geschrieben hat, eine andere Oper, die Maria Callas häufig sang.

Obwohl ich manchmal wiederum Vincenzo Bellini mit Giovanni Bellini durcheinanderbringe, auch wenn Giovanni Bellini einer der Maler ist, die ich immer zutiefst bewundert habe.

Nun, selbst Albrecht Dürer, den ich fast im gleichen Ausmaß bewundere, sagte einmal, dass Bellini noch immer der beste lebende Maler war.

Ich sage noch immer, weil Dürer Venedig ja zu einer Zeit besucht hat, als Bellini schon recht alt war.

Andererseits muss dies gewesen sein, bevor Dürer selbst praktisch so wahnsinnig geworden war wie Piero di Cosimo, vermutlich. Oder wie Hugo van der Goes.

Nun, oder wie Friedrich Nietzsche, da mir trotz allem auch einmal einer der Sätze Friedrich Nietzsches sehr lieb war.

Tatsache ist, noch eine andere Person, von der ein Satz mir einmal lieb war, könnte fraglos dieser Liste hier angefügt werden, ich meine Pascal, der sich stets weigerte, auf einem Stuhl zu sitzen, wenn nicht auf jeder Seite ein weiterer Stuhl stand, weil er fürchtete, in den Raum zu fallen.

Tatsächlich muss ich mich jetzt fragen, ob ich nicht auch jene zwei Sätze durcheinandergebracht habe, und dass es Pascal gewesen ist, der den übers Wandern durch ein unendliches Nichts geschrieben hat.

Übrigens habe ich keine Erklärung, warum ich allgemein von Pascal als Pascal spreche, aber von Friedrich Nietzsche als Friedrich Nietzsche. Übrigens.

Die Frage der zwei Punkte über Dürer scheint mir grundsätzlich die gleiche zu sein wie die der zwei Punkte über Brontë. Allerdings.

In jedem Fall hätte diese Bemerkung über Giovanni Bellini natürlich auch gemacht werden müssen, bevor Dürer an einem Fieber starb, das er sich in einem holländischen Sumpf zugezogen hat, wohin er gegangen war, um sich einen gestrandeten Wal anzuschauen.

Obwohl sie umgekehrt zweifellos gemacht wurde, lange nachdem Bellini selbst Andrea Mantegnas Schwager geworden war.

Jetzt gebe ich vielleicht an.

Aber wo ich wirklich Maria Callas beim Singen von *Medea* zugehört habe, wenn ich es mir recht überlege, war in einem VW-Bus voller Ansichtskarten, nahe einer Stadt namens Savona, die in einiger Entfernung von Florenz liegt, aber auch in Italien.

Ich hatte das Tonbandgerät im Bus eben auch nicht bemerkt, weil es nicht gespielt hatte, während ich fuhr.

Erst als der Bus über eine Böschung fuhr und sich im Mittelmeer überschlug, hat es angefangen zu spielen.

Ich konnte mir nicht erklären, warum es das getan hat.

Auch jetzt kann ich es nicht.

Tatsache ist, dass das Tonbandgerät auch nicht sofort zu spielen angefangen hat, als der Bus sich überschlug.

In Wirklichkeit war ich schon draußen und stand bis zur Taille im Mittelmeer, bevor es angefangen hat.

Ich war gerade dabei zu versuchen, etwas von dem Schmutz aus meinem Haar herauszubekommen, den die Badematte hinterlassen hatte, als sie auf mich drauffiel.

Während ich das tat, kapierte ich, dass ich mich an der Schulter verletzt hatte.

Zweifellos fing ich erst an, Maria Callas zu hören, als ich sicher war, dass ich mich tatsächlich nicht schlimm an der Schulter verletzt hatte.

Was besagen soll, dass sie vielleicht schon davor gesungen hatte. Am Ende.

Gütiger Himmel, ich bin mit einem Auto gefahren, das jetzt umgedreht im Mittelmeer liegt, und ich bin kaum verletzt, dachte ich, was sicherlich noch etwas ist, das mich wahrscheinlich zusätzlich davon abgehalten hat, sie rascher zu hören.

Außerdem war ich zweifellos verstört darüber, wie nass ich war.

Vielleicht habe ich noch nicht erwähnt, wie nass ich geworden bin.

Nun, ich habe zweifellos lediglich angenommen, dass es unnötig war, das zu erwähnen, da ich schon erwähnt habe, bis zum Hintern im Mittelmeer gewesen zu sein.

Auch dass ich nie zuvor auf allen vieren auf der Innenseite eines Autodaches gewesen bin, war zweifellos noch etwas, was ich gedacht habe.

Obwohl ich vielleicht da auch schon den Wegweiser bemerkt hatte, auf dem Savona stand.

Ich habe keine Erinnerung daran, ob der Wegweiser darauf hinwies, dass Savona vor oder hinter mir war. Allerdings.

Tatsache ist, ich habe auch keine Erinnerung daran, jemals durch eine Stadt dieses Namens gefahren zu sein, sei es in dem Fahrzeug, das über die Böschung fuhr, oder sei es in demjenigen, das ich anschließend dagegen eintauschte.

Wäre ich in dem Fahrzeug, das über die Böschung fuhr, durch Savona gefahren, hätte ich schon da gewesen sein müssen. Natürlich.

Dann wiederum hätte, wenn man bedenkt, wie lange die

Böschung anscheinend schon am Zerfallen war, vielleicht irgendeine alte Umleitung ganz um Savona herum gewesen sein müssen.

Im Allgemeinen zog ich es jedoch vor, Umleitungen zu vermeiden.

Was nur besagen soll, dass mein Orientierungssinn manchmal nicht unbedingt exzellent ist.

Hätte ich zum Beispiel die Wahl gehabt, entweder sofort auf eine Straße, die von der Böschung wegführte, abzubiegen oder zu Fuß geradeaus weiterzugehen, bis es allem Anschein nach sicher gewesen wäre, ich wäre zu Fuß gegangen.

Obwohl tatsächlich ein identischer VW-Bus keinen Steinwurf entfernt war, von wo ich stand.

Dieser war voll mit Fußballausrüstung.

Ein Teil der Ausrüstung erwies sich schließlich als Trikots mit dem Namen Savona auf ihren Vorderseiten.

Nass, wie ich war, was ich erwähnt habe, zog ich eines davon an.

Tatsächlich legte ich einige andere aus demselben Grund auf den Sitz.

Nicht dass ich selbstverständlich ohne eigene zusätzliche Kleidung bis zu dieser Stelle gefahren wäre. Ich war ja noch immer im Besitz von Gepäck, in jenen Tagen.

Da lag es alles, kopfüber im Mittelmeer.

Zusammen mit den Ansichtskarten.

Die meisten Karten zeigten identische Ansichten der Villa Borghese in Rom. Übrigens.

Obwohl einige wenige auch die Via Vittorio Veneto zeigten, die fast direkt unterhalb der Villa Borghese ist.

Der Umkehrschluss dieser Feststellung ist gleichermaßen wahr. Offensichtlich.

Modigliani war erst fünfunddreißig. Nebenbei bemerkt.

Jetzt, wo ich darüber nachdenke, kann es wohl sein, dass

ich jenes Fußballtrikot sogar auf dem ganzen Weg nach Paris getragen habe.

Zweifellos habe ich nicht mehr auf den anderen Hemden gesessen, nachdem der Rest meiner eigenen Kleidung trocken war. Allerdings.

Tatsache ist, ich wartete, bis die Sachen teilweise getrocknet waren, bis ich losfuhr.

Was ich tat, während ich wartete, war, meinen Jeanswickelrock und mein Baumwollhemd und meine Unterhosen auszuziehen und sie in der Sonne liegen zu lassen und dann das Trikot anzuziehen, auf dem Savona stand.

Während ich wartete, hörte ich auch weiterhin Maria Callas zu, wie sie *Medea* sang.

Das Trikot war viel zu groß, übrigens, und hing fast bis zu meinen Knien.

Dennoch, aus irgendeinem Grund jedoch trug ich es gerne.

Tatsächlich war auf dem Hemd auch eine Zahl, obwohl ich vergessen habe, welche Zahl.

Zweifellos war das so, weil die Zahl auf dem Rücken war.

Savona stand auf dem Trikot quer über meinen Brüsten.

Obwohl, wo das wirklich stand, war von unterhalb eines Arms hinüber zum anderen, weil das Trikot um so vieles zu groß war.

Nichts davon beantwortet die Frage, ob ich durch Savona gefahren bin oder nicht. Zwischenzeitig.

Die Tatsache, dass ich mich nicht daran erinnere, ist keinesfalls eine Bestätigung dafür, dass ich es nicht tat, glaube ich.

Man kann durch unzählige Städte fahren, ohne die Namen jener Städte zu kennen.

Nun ja, insbesondere in Russland, wie ich vielleicht bereits sogar gesagt habe, wo sogar Fjodor Dostojewski an St. Petersburg hätte vorbeifahren können, ohne zu wissen, dass es St. Petersburg war.

Was das betrifft, hatte ich selber einmal in Korinth, in Griechenland, halten wollen, aber erst einige Zeit später entdeckt, dass ich schon durch Korinth und darüber hinaus gefahren war.

Das war an einem Morgen, als ich gegen den Uhrzeigersinn gefahren bin, im Gebirge, von Athen nach Sparta, wie sich zeigte.

Was besagen soll, dass es genau an diesem Morgen war, nachdem ich geglaubt hatte, dass jemand meinen Namen gerufen hatte, unterhalb der Akropolis, nicht so weit weg von der Kreuzung Katherine-Hepburn-Boulevard und Archimedesstraße.

Wie ich mich fast fühlte, inmitten all dieses Schauens.

Es war nur der Parthenon, allerdings, so schön in der Nachmittagssonne, der eine Saite berührt hat.

Dennoch, eine Zeit lang hätte ich fast weinen wollen.

Schaute dann aber in einen Führer über die Vögel von Süd-Connecticut und Long Island Sound, um herauszufinden, was er mir über Möwen sagen konnte.

Warum ich in Korinth den Wunsch hatte, anzuhalten, war tatsächlich wegen Medea selbst, auch wenn die Oper damit zu dieser Zeit nichts zu tun hatte.

Obwohl man in jedem Fall bezweifeln darf, dass es dort noch irgendein Zeugnis für die Gräber ihrer kleinen Jungen gibt.

Dann wiederum hat es sehr wahrscheinlich eine Apotheke oder ein Kino namens Savona gegeben, zumindest, und ich hatte darauf nicht geachtet.

Obwohl ich jetzt fast absolut sicher bin, dass die Zahl auf dem Rücken des Trikots eine Sieben war.

Oder eine Siebzehn.

Tatsächlich war es eine Zwölf.

Einmal war ich hundertprozentig sicher, dass ich in einer

Stadt namens Lititz, in Pennsylvania war, ohne überhaupt irgendeinen echten Grund zu haben, sicher sein zu können.

Tatsache ist, ich war nur Augenblicke vorher ähnlich sicher gewesen, dass ich in Lancaster, Pennsylvania, war, bis ein Name auf einer Apotheke oder einem Kino auf etwas anderes hinwies.

Selbst dann war mir aber auch klar, dass es leicht eine Apotheke in Lancaster namens Apotheke Lititz geben könnte, genauso wie es ein Kino in Savona namens Das Rimini geben könnte. Oder Das Perugia.

Nichtsdestoweniger war ich hundertprozentig sicher, dass ich in Lititz, Pennsylvania, war.

Ich glaube auch, dass ich noch immer dasselbe Fußballtrikot hin und wieder in der Tate Gallery, in London, getragen habe, an kühlen Morgen, wenn ich Wasser von der Themse herbeitrug.

Oder wenn ich mich an Turners eigenen Wasserbildern erfreute.

Jedoch behielt ich keines der zusätzlichen Trikots, als ich jenen speziellen VW-Bus stehenließ, was ich allerdings erst so verspätet als gedankenlos erkennen muss.

Offensichtlich, da ich dieses eine Trikot so gerne trug, hätte mir der gesunde Menschenverstand raten sollen, einige der anderen zu behalten.

Andererseits hatte ich zweifellos keine Ahnung, dass ich dafür eine solche Vorliebe entwickeln würde, zu dieser Zeit.

Was das betrifft, hätte es genauso leicht sein können, dass ich gewartet habe, bis meine eigenen Kleider ganz getrocknet waren, in welchem Fall ich aber wohl nie solche innigen Gefühle für das Trikot entwickelt hätte.

Was hätte mich davon abhalten können, Maria Callas *Medea* singen zu hören, sogar mit überhaupt nichts am Leib, während ich wartete?

In Wirklichkeit war es recht warm, wie ich mich erinnere.

Aber jetzt, du lieber Himmel.

Offensichtlich wäre es kaum Maria Callas gewesen, die mit nichts am Leib gesungen hat, sondern bloß ich, die so zugehört hat.

Welche Lächerlichkeit doch die Sprache immer wieder beharrlich zur Sprache bringt.

Und jedenfalls hatte ich das Trikot schon angezogen.

Und hatte übrigens auch lange genug zugehört, um zu erkennen, dass das, was Maria Callas sang, nicht *Medea* von Luigi Cherubini war, sondern *Lucia di Lammermoor* von Gaetano Donizetti.

Es war die berühmte Wahnsinnsszene in Letzterer, die mich dies schließlich erkennen ließ.

Gaetano Donizetti ist noch eine andere Person, die ich ansonsten mit Vincenzo Bellini hätte verwechseln können. Oder mit Gentile Bellini, Giovanni Bellinis Bruder, der ja auch Andrea Mantegnas Schwager war.

Nun, ich habe ihn verwechselt. Mit Luigi Cherubini.

Musik ist nicht mein Geschäft.

Obwohl, wenn Maria Callas diese spezielle Szene singt, hat es mir immer einen Schauer über den Rücken gejagt.

Als Vincent van Gogh wahnsinnig war, hat er wirklich einmal versucht, seine Farben zu essen.

Nun, und Maupassant, der etwas viel Schrecklicheres als das gegessen hat, der arme Kerl.

Diese Liste wird erschreckend länger.

Selbst Turner hatte, auf seine Weise, eine solche Phobie, die darin bestand, dass kein anderer ihm jemals beim Arbeiten zusehen durfte.

Tatsächlich sagt man von Euripides, er habe in einer Höhle gelebt, aus demselben Grund.

Obwohl Gustave Flaubert einst Maupassant einen Brief

schrieb, in dem er ihm riet, nicht zu viel Zeit mit Rudern zu verbringen.

Ich schwöre, Flaubert hat das einmal geschrieben.

Tatsächlich riet er ihm in diesem Brief ebenso, nicht so viel Zeit mit Prostituierten zu verbringen.

Wenn er gewollt hätte, hätte Flaubert den gleichen Brief an Brahms schreiben können, wenn man es recht bedenkt, obwohl es keine Aufzeichnungen darüber gibt.

In Wirklichkeit hätte er sogar nur einen Teil des gleichen Briefes an Brahms schreiben können, und den ersten Teil an Alfred North Whitehead.

Als Gertrude Stein zum ersten Mal Alfred North Whitehead begegnet ist, sagte sie, dass eine kleine Glocke in ihrem Kopf geläutet habe, die ihr mitteilte, dass er ein Genie war.

Das einzige Mal, dass Gertrude Stein diese Glocke noch einmal gehört hat, war, als sie Picasso zum ersten Mal getroffen hat.

Allerdings ist es im Allgemeinen zweifellos schwieriger als dies, wirklich zu beurteilen, wer wahnsinnig ist und wer nicht.

In St. Petersburg, als er schließlich herausgefunden hatte, wie er dorthin kam, glaubte Dostojewski anscheinend, dass überhaupt jeder, den man trifft, in diese Kategorie gehörte, das ist jedenfalls der Eindruck, den man bekommt.

Die Menschen sind so notwendig wahnsinnig, dass nicht wahnsinnig zu sein zu einer anderen Form des Wahnsinns zählen würde, ein Satz mehr, den ich, wie ich mich jetzt erinnere, einmal unterstrichen habe.

Wo ich diesen unterstrichen habe, war in demselben Buch, in dem ich einen der anderen unterstrichen habe, und welches auch das Buch war, das Jane Avril genau neben ihrem Bett aufbewahrte. Tatsächlich.

Nämlich die *Pensées* von Pascal.

Ich glaube, ich hätte Jane Avril gern gehabt.

Nun, und es hätte mir bestimmt gefallen, Pascal zu sagen, wie lieb mir seine zwei Sätze sind.

Machen Sie sich bitte nicht die Mühe aufzustehen, hätte ich sogar begeistert gesagt.

In Wirklichkeit war Euripides am Ende dazu gezwungen, ins Exil zu gehen.

Das war nicht, weil er nicht genug Abgeschiedenheit in seiner Höhle hatte, allerdings, sondern wegen etwas, das er gesagt hatte, was bestimmten Leuten missfiel.

Aristoteles musste auch ins Exil gehen.

Was das betrifft, musste Sokrates Gift nehmen.

Man kann erschrecken, wenn man sich erinnert, dass all diese Dinge in Griechenland geschehen sind, woher alle Künste und alle Freiheiten kommen. Stelle ich mir vor.

Obwohl mehrere der Fresken Andrea Mantegnas während des Zweiten Weltkriegs von Bomben zerstört wurden, und das war in Italien.

Dennoch scheinen viele Arten von Listen länger zu werden.

Der fünfundzwanzigste Oktober, das war Picassos Geburtstag.

Selbst wenn ich keineswegs sagen kann, wann jemals der fünfundzwanzigste Oktober ist.

Oder irgendein anderes Datum.

Simons war der dreizehnte Juli.

In jedem Fall glaube ich nicht, dass ich Maria Callas überhaupt noch einmal gehört habe, seit jenem Tag.

Nun, ich habe sowieso in letzter Zeit kaum die Fahrzeuge gewechselt.

Dann wiederum habe ich Joan Baez gehört. Und Kathleen Ferrier. Und Kirsten Flagstad.

Wie ich diese Leute gehört habe, ist ziemlich genau so, wie Gertrude Stein ihre kleine Glocke gehört hat, im Prinzip.

Wo ich jedoch auch Kirsten Flagstad gehört habe, war auf einem Tonbandgerät bei den Tennisplätzen.

Vielleicht habe ich die Tennisplätze nicht erwähnt.

Die Tennisplätze sind neben der Straße, die zur Stadt führt. Warum ich sie nicht erwähnt habe, ist, dass ich keinen Grund hatte, sie zu erwähnen.

Auch hätte ich keinerlei Grund, sie jetzt zu erwähnen, würde ich mich nicht zu Kirsten Flagstad äußern.

Was geschah, war, dass ich eines Nachmittags beschloss, Tennis zu spielen.

Ich beschloss nicht, Tennis zu spielen.

Was ich zu tun beschloss, war, einige Tennisbälle zu schlagen.

Die Tennisbälle, die zu schlagen ich beschloss, waren nicht die gleichen Tennisbälle, die ich einmal die Spanische Treppe hinunterrollen ließ, übrigens. In einem kleinen Schuppen neben den Tennisplätzen war es, wo ich diese entdeckt habe.

Die Tennisbälle, die ich die Spanische Treppe hinunterrollen ließ, waren in einem Karton hinten in einem Jeep gewesen, glaube ich.

Diese Tennisbälle waren in Dosen. Wären sie nicht in Dosen gewesen, da bin ich recht sicher, hätten sie ihre Sprungkraft längst verloren, und ich hätte sicher nicht beschlossen, irgendeinen von ihnen zu schlagen, um es gleich zu sagen.

Man kann kaum Tennisbälle schlagen, die ihre Sprungkraft verloren haben, was ich sogar schon begriffen hatte, als mir der Gedanke zum ersten Mal in den Sinn kam.

Es gab noch Schläger im Schuppen. An den meisten waren die Saiten locker geworden, aber ich suchte einen aus, an dem sie weniger locker geworden waren als an den anderen.

Vielleicht eine Stunde lang machte ich Dosen auf und schlug Tennisbälle über eines der Netze.

Da waren keine Netze, diese hatte das Wetter einige Zeit vorher ebenso ruiniert.

Nun ja, Überreste von Netzen.

Man tut so, als wären sie mehr als Überreste.

Oder dass eines von ihnen mehr ist als das, was alles ist, was man braucht, um Tennisbälle darüberzuschlagen.

Viele der Tennisbälle sprangen nicht sehr gut, obwohl sie in Dosen gewesen waren.

Oder vielleicht war es wegen des Grases, das durch den Belag des Platzes hindurchwuchs.

Um die Wahrheit zu sagen, ich war nie besonders gut im Tennis gewesen. In jedem Fall.

Tatsächlich hatte ich so gut wie nie Tennis gespielt.

Die ganzen Bälle liegen noch am Rand der Straße, nebenbei bemerkt. Häufig bemerke ich sie, wenn ich in die Stadt gehe oder zurückkomme.

Nun, erst gestern habe ich sie bemerkt.

Da sind die Tennisbälle, die ich an jenem Nachmittag schlug, war, was ich dachte.

Glücklicherweise ist dies nicht dasselbe wie Rauch bemerken und dabei denken, da ist mein Haus, weil, was ich in solchen Augenblicken bemerke, immer wirkliche Tennisbälle sind.

Man findet es angenehm, sich wenigstens zeitweise dessen sicher zu sein, wovon man spricht.

Ich habe Kirsten Flagstad nicht vergessen.

Nachdem ich aufgehört hatte, die Tennisbälle zu schlagen, war ich ziemlich verschwitzt.

Mehrere Fahrzeuge waren in der Nähe geparkt.

Oft funktioniert in bestimmten Fahrzeugen die Klimaanlage noch.

Wäre ich am Strand gewesen, wäre ich in den Ozean gegangen.

Weil ich nicht am Strand war, startete ich eines der Fahrzeuge.

Kirsten Flagstad sang *Vier letzte Lieder* von Strauss.

So etwas geschieht. Man dreht einen Schlüssel in einem Zündschloss, denkt dabei nur daran, das Fahrzeug zu starten, oder in diesem Fall die Klimaanlage zu starten, und man bemerkt überhaupt nicht, dass der Kassettenrecorder eingeschaltet ist.

Ich bin oft verblüfft darüber gewesen, warum sie *Vier letzte Lieder* genannt wurden, nebenbei gesagt.

Nun, zweifellos wurden sie *Vier letzte Lieder* genannt, weil es das war, was sie waren.

Dennoch kann man sich kaum einen Komponisten vorstellen, der sich hinsetzt und sagt, jetzt gleich werde ich meine letzten vier Lieder schreiben.

Oder sich gar hinlegt und das sagt.

Obwohl das vielleicht nicht unmöglich ist. Man findet es recht unwahrscheinlich, aber vielleicht ist es nicht unmöglich.

In jedem Fall war es vielleicht Kathleen Ferrier, die gesungen hat.

Und die Lieder können die *Vier ernsten Gesänge* von Brahms gewesen sein.

Seit *Lucia di Lammermoor* habe ich es abgelehnt, voreilige Entscheidungen über solche Angelegenheiten zu treffen.

Brahms ist nie mein Lieblingskomponist gewesen. Übrigens.

Zugegeben, Brahms ist unzählige Male auf diesen Seiten erwähnt worden.

Obwohl tatsächlich nicht wirklich Brahms unzählige Male erwähnt worden ist.

Was häufiger erwähnt wurde, ist ein Leben Brahms', das vielleicht *Brahms – ein Leben*, oder *Brahms – das Leben*, oder möglicherweise *Brahms* heißt.

Neben anderen Alternativen.

Tatsächlich, was wirklich erwähnt worden ist, sind etliche Leben Brahms'.

Die Leben Beethovens und Tschaikowskys sind ebenso erwähnt worden.

Wie auch eine Geschichte der Musik, geschrieben für Kinder und gedruckt in einer außerordentlich großen Schrift.

Zusätzlich habe ich erwähnt, Igor Strawinsky zugehört zu haben, während ich von einem Ende des Hauptgeschosses des Metropolitan Museum zum anderen in meinem Rollstuhl dahingejagt bin.

All dies ist reiner Zufall gewesen.

Die Tatsache, dass ich auch ein Buch über Baseball erwähnt habe, soll sicherlich nicht dahingehend ausgelegt werden, als wollte ich andeuten, dass ich auch nur die geringste Begeisterung für Baseball hege.

Um die Wahrheit zu sagen, ich glaube nicht, einen Lieblingskomponisten zu haben.

Merkwürdigerweise allerdings war alles, was ich während einer nicht allzu lange zurückliegenden Periode überhaupt in der Lage war, zu hören, waren *Die Jahreszeiten* von Vivaldi.

Auch selbst wenn ich mir sicher war, dass ich etwas anderes im Sinn hatte, waren es *Die Jahreszeiten*, die ich immer wieder gehört hatte.

Solche Dinge können passieren.

Sie können genauso schnell mit der Kunst passieren.

Hin und wieder bin ich überzeugt, an ein bestimmtes Gemälde zu denken, zum Beispiel, und was mir in den Kopf kommt, ist ein ganz anderes Gemälde.

Neulich in der Früh ist mir dies mit der *Kreuzabnahme* von Rogier van der Weyden passiert.

Genau in diesem Augenblick kann ich das Gemälde sehen.

Zweifellos ist das nur natürlich, da ich gerade wieder daran denke.

Selbst wenn ich, was das betrifft, nicht daran gedacht hätte, hätte ich sicherlich damit anfangen müssen, als ich jene letzten Sätze getippt habe.

Nichtsdestoweniger, als ich neulich in der Früh daran dachte, sah ich *Die Kreuzabnahme* überhaupt nicht.

Was ich sah, war jenes Jan-Vermeer-Gemälde einer jungen Frau, die an einem Tisch, im Metropolitan Museum, eingeschlafen ist.

Jetzt geht das wieder los.

Offensichtlich schläft die junge Frau genauso wenig an einem Tisch im Metropolitan Museum, wie Maria Callas unbekleidet an jener Böschung nahe Savona stand.

Die junge Frau schläft in einem Gemälde im Metropolitan Museum.

Auch an diesem Satz ist etwas falsch. Selbstverständlich.

Weil da sowieso keine junge Frau ist, sondern nur ihre Darstellung.

Weshalb ich wieder grundsätzlich entzückt bin, die Tennisbälle zu sehen.

Aber alles, was ich zu sagen angefangen hatte, in jedem Fall, war, dass ich überhaupt nicht an dieses spezielle Gemälde gedacht hatte, selbst wenn das das Gemälde war, das mir in den Kopf kam.

Obwohl das, was ich im Besonderen versuchte herauszubringen war, warum ich weiter ständig *Die Jahreszeiten* von Vivaldi hörte, selbst wenn ich etwa an *Les Troyens* von Berlioz dachte. Oder an die *Alt-Rhapsodie*.

Was das betrifft, warum sehe ich jetzt plötzlich ein Interieur von Jan Steen, wenn ich hätte schwören können, an ein Gemälde von Rogier van der Weyden gedacht zu haben, und an noch ein anderes von Jan Vermeer?

Alle Musik Vivaldis, einschließlich *Die Jahreszeiten*, war viele Jahre nach seinem Tod völlig in Vergessenheit geraten. Übrigens.

Nun, und Vermeer ist noch länger vernachlässigt worden.

Tatsächlich kaufte niemand je ein einziges Gemälde von Vermeer, als er noch lebte.

Auch Vivaldi hatte rotes Haar.

Wie Odysseus.

Was man alles so weiß.

Selbst wenn ich, umgekehrt, mir kein einziges Detail zu Jan Steen ins Gedächtnis rufen kann.

Oder dass alles, was ich kategorisch über Rogier van der Weyden behaupten kann, ist, dass man das Original der *Kreuzabnahme* immer noch nicht so sehen kann, wie es verlangt, gesehen zu werden.

Obwohl die Fenster in der Nähe geputzt worden sind.

Oder selbst wenn ich gerade erst jetzt begreife, dass vermutlich jeder darin so jüdisch ist wie jeder im *Letzten Abendmahl.*

Da ist niemand in dem Gemälde, das *Die Kreuzabnahme* von Roger van der Weyden heißt, woran auch immer irgendeiner von ihnen glauben mag.

Umrisse haben keine Religion.

Und zweifellos war es jemand anderer, später dann, der entschied, sie *Vier letzte Lieder* zu nennen.

Mein Lieblingskomponist ist tatsächlich Bach, den ich nicht glaube auf all diesen Seiten je erwähnt zu haben.

Ich habe gerade etwas anderes begriffen.

Auf dem Vordersitz des Fahrzeuges, dessen Klimaanlage ich eingeschaltet habe, nachdem ich vom Schlagen der Tennisbälle nassgeschwitzt war, gab es eine Taschenbuchausgabe von *Der Weg allen Fleisches* von Samuel Butler.

Was vermutlich die Frage beantwortet, wie ich auf die Fußnote gekommen bin, die besagt, Samuel Butler habe behauptet, dass es eine Frau gewesen sei, die die *Odyssee* geschrieben hat.

Oder vielleicht enthielt das Buch eine Art Vorwort, das das Leben Samuel Butlers behandelt und diese Tatsache erwähnt hat.

Ich bin mir übrigens mehr als sicher, dass ich nie ein Leben Samuel Butlers gelesen habe, selbst in der Form eines Vorwortes nicht, weil ich nämlich noch weniger über Samuel Butler weiß als über *Der Weg allen Fleisches*, das nie gelesen zu haben ich mir genauso sicher bin.

Und zweifellos hätte ich sowieso kaum in dieses Buch hineingeschaut an diesem speziellen Nachmittag.

Sicherlich würde ich meine Aufmerksamkeit stattdessen lieber dem Kassettengerät gewidmet haben, und sei es nur, weil ich kurz zuvor die Seiten eines Lebens Brahms' angezündet hatte, bei dem Versuch, Seemöwen nachzuahmen.

Selbst wenn es noch ein weiteres Leben Brahms' irgendwo in diesem Haus gibt.

Ich habe keine Ahnung, warum ich irgendwo gesagt habe, wenn ich doch genau weiß, wo.

Das Leben Brahms' ist genau in dem Zimmer, in das ich das Gemälde dieses Hauses gestellt habe, das bis vor wenigen Tagen an der Wand über und neben dieser Schreibmaschine gewesen war.

Die Tür zu diesem Zimmer ist geschlossen.

Die Seeluft hat zu diesem Zerfall beigetragen.

Hm. Es scheint, als hätte ich etwas ausgelassen, gerade eben.

Oh. Alles, was ich hatte sagen wollen, da bin ich ziemlich sicher, war, dass das Leben Brahms' schief steht und arg verzogen ist.

Zweifellos war ich für einen Augenblick abgelenkt und glaubte dann, ich hätte jenen Teil schon eingefügt.

In der Tat zündete ich mir gerade eine Zigarette an.

Seeluft würde auch zum Zerfall des Tennisschlägers beigetragen haben, wenn man es recht bedenkt.

Dann wiederum findet man heraus, dass die Saiten eines Tennisschlägers im Allgemeinen sowieso locker werden.

Wenn ich sage findet heraus, meine ich fand heraus. Selbstverständlich.

Tatsächlich schien man häufig allerhand ähnliche Informationen über Themen herauszufinden, an denen man ein weniger als tiefgründiges Interesse hatte.

Es ist sogar nicht unwahrscheinlich, dass ich bestimmte Baseballspieler beim Namen nennen könnte, sollte ich dies wollen.

Ich kann mir nicht vorstellen, so etwas zu wollen.

Babe Ruth und Lou Gehrig.

Sam Usual.

Wirklich, etliche Männer in meinem Leben waren völlig hingerissen von Baseball.

Als meine Mutter im Sterben lag, hat mein Vater endlos Baseballspiele angeschaut.

Nun, vielleicht habe ich das damals verstanden.

Sicherlich verstand ich es, als er eines Abends den winzigen Taschenspiegel neben ihrem Bett wegnahm.

Man findet es schwierig, sich Bach vorzustellen, wie er von Baseball hingerissen ist. Andererseits.

Obwohl sie vielleicht Baseball zu Bachs Zeiten noch gar nicht erfunden hatten.

Dann eben Vincent van Gogh.

Der Schwarze, für Brooklyn. Na ja, und der andere Schwarze.

Und Stan Usual, meinte ich vielleicht.

Nichts davon hat die Frage beantwortet, wie man ein Musikstück im Sinn haben und ein gänzlich anderes Musikstück hören kann. Inzwischen.

Wenn ich sage, man kann ein ganz anderes Musikstück hören, nebenbei bemerkt, meine ich kaum, dass man das Musikstück ganz hören wird. Was ich meine, ist, dass man eine ganz andere Komposition hört. Offensichtlich.

Möglicherweise brauchte ich diese Erklärung gar nicht zu geben.

Auf jeden Fall, was jetzt in meinem Kopf ist, ist dieses Gemälde von Jan Vermeer.

Obwohl, worüber ich nachdenke, der Satz ist, den ich gerade ein paar Seiten vorher getippt habe, in dem ich gesagt habe, dass die junge Frau im Metropolitan Museum schläft.

Fraglos, dort, wo die junge Frau schläft, ist Delft, das in Holland liegt und das ist, wo Jan Vermeer gemalt hat.

Nun, tatsächlich wurde er gemeinhin Jan Vermeer von Delft genannt.

Nichtsdestoweniger ist mir jetzt eingefallen, dass es zweifellos doch eine Sichtweise gibt, in der das Mädchen außerdem im Metropolitan Museum schläft.

Wenn nicht das Gemälde selbst aus irgendeinem Grund nicht mehr im Museum ist, was man ernsthaft bezweifeln kann.

Selbst wenn ich den Rahmen gebraucht hätte, hätte ich das Gemälde zurück an seinen Platz genagelt.

Ich nahm mir immer Zeit, das zu tun, übrigens. Egal wie frostig es gerade war.

Einmal, in der National Gallery, ist mir eine Leinwand von Carel Fabritius gerissen, aber nicht so arg, als dass ich nicht in der Lage gewesen wäre, sie zu wachsen und an der Rückseite zu kleben.

Aber wie dem auch sei, wenn ich ernsthaft bezweifeln kann, dass das andere Gemälde nicht im Metropolitan Museum ist, dann ist es eine Tatsache, dass die junge Frau im Metropolitan Museum schläft.

Wie es ebenso eine Tatsache ist, dass in dem Gemälde von

Rogier van der Weyden Jesus am Kalvarienberg vom Kreuz abgenommen wird, dass er aber ebenso im Obergeschoss des Prados, in Madrid, abgenommen wird.

Genau neben den Fenstern, die ich geputzt habe.

Ich sehe nicht, wie eine jener Behauptungen zu widerlegen wäre. Selbst wenn, wie ich andeutete, mit der ersten etwas falsch zu sein schien, als ich sie vorhin getippt habe.

Das ist nicht etwas, worüber ich mich aufzuregen beabsichtige, obwohl ich völlig verstehe, dass man sich aufregen könnte.

Nun, vielleicht habe ich schon gesagt, dass ich mich wirklich aufrege.

Obwohl ich jetzt gerade einen Salat gegessen habe.

Während ich den Salat gegessen habe, dachte ich über van Gogh nach, wieder wahnsinnig.

Herr im Himmel.

Van Gogh war nicht ein zweites Mal wahnsinnig. Ich war es, die wieder über ihn nachdachte.

Und in jedem Fall war es van Gogh, der versucht hat, seine Farben zu essen, woran genau ich noch einmal dachte.

Vielleicht war es die Tatsache, dass ich selbst gegessen habe, die mich daran erinnert hat, obwohl das, was ich selbst gegessen habe, verschiedene Salatsorten gewesen sind, zusammen mit Pilzen.

Als Friedrich Nietzsche wahnsinnig war, fing er einmal an zu weinen, weil jemand ein Pferd geschlagen hat.

Und Jackie Robinson war wer?, für Brooklyn.

Hieß nicht auch jemand Campy?

In Wirklichkeit gab es auch in van Goghs Leben Prostituierte, obwohl ich auch von keiner Quelle weiß, die besagt, dass Gustave Flaubert an van Gogh geschrieben hätte.

Ich gedenke kaum, der Sache mit den Prostituierten irgendein besonderes Gewicht zu geben, übrigens, selbst wenn es vielleicht manchmal so scheinen mag.

Bestimmte Sachen tauchen einfach auf, da sie mit dem Thema in Verbindung stehen, mit dem ich mich gerade beschäftige.

Verschwitzt zu sein, nachdem man Tennisbälle geschlagen hat, scheint kaum in Verbindung mit dem Thema Richard Strauss zu stehen, wie er ins Bett geht, um zu sterben, beispielsweise, obwohl es nachweislich in Verbindung mit diesem Thema steht.

Tatsächlich steht sogar ein so triviales Detail, wie dass Guy de Maupassant sein Mittagessen jeden Tag im Eiffelturm einnahm, sehr wahrscheinlich in Verbindung mit irgendetwas, genauso zwangsläufig.

Selbst wenn ich vergesse, dass ich gerade mein eigenes Mittagessen eingenommen habe oder dass Guy de Maupassant sogar noch wahnsinniger als van Gogh gewesen ist.

Tatsächlich wäre ich fast gewillt zu wetten, dass es irgendeinen Weg gibt, Maupassant sogar in Verbindung mit dem Fußballtrikot zu bringen, das den Namen Savona auf der Vorderseite hat, sollte man einer solchen Frage nachgehen wollen.

Ich kann mir nicht vorstellen, warum irgendjemand einer solchen Frage nachgehen wollen sollte.

Und ich habe sowieso nie wirklich gewusst, was es auf sich hatte mit dem Tragen dieses Fußballtrikots.

Obwohl jetzt Maupassants Rudern mir auch wieder in den Sinn kommt.

Hätte ich das Trikot behalten, hätte ich es zweifellos beim Rudern meines eigenen Bootes getragen.

Tatsächlich ist es vielleicht bedauerlich, dass ich nicht sämtliche Trikots behalten habe, in diesem Fall hätte ich jedes Mal beim Rudern ein anderes Trikot tragen können.

Was ich interessant finde an dieser Idee, ist, dass es von vorne immer so ausgeschaut hätte, als ob ich dasselbe Trikot tragen würde.

Savona hätte es immer gelautet.

Von unterhalb eines Arms hinüber zum anderen.

Sicherlich wären die Zahlen auf dem Rücken eines jeden Trikots unterschiedlich gewesen, allerdings.

So dass ich möglicherweise meine Rückennummern sogar der Reihenfolge nach hätte wechseln können.

Obwohl ich vielleicht die Frage der Größen übersehe.

Zweifellos wären viele der anderen sogar größer gewesen als das, das ich trug und das eh schon zu groß gewesen ist.

Man macht sich kaum auf, nach Savona zurückzukehren, um das zu überprüfen.

Und in jedem Fall habe ich praktisch nie ein Trikot getragen, beim Rudern.

Sehr wahrscheinlich habe ich auch gar nichts angehabt an dem Tag, an dem ich Tennis gespielt habe. Um die Wahrheit zu sagen.

Ich habe noch immer meine Periode. Nebenbei bemerkt.

Meine Periode zu haben ist eine weitere Sache, der ich kein besonderes Gewicht zu geben beabsichtige.

In diesem Fall ist es bloß etwas, das halt zu passieren pflegt.

Obwohl ich aus den Augen verloren habe, wie lange das jetzt her ist. Wirklich.

Zweifellos könnte ich das, was ich geschrieben habe, durchblättern und versuchen, das auszurechnen. Aber ich bin ziemlich gewiss, dass ich nicht alle diese Tage verzeichnet habe.

Manchmal verzeichne ich sie und manchmal nicht.

In letzter Zeit habe ich oft lediglich aufgehört zu tippen und dann wieder angefangen, ohne hinzuzufügen, dass es morgen ist.

Ich habe auch nicht hinzugefügt, dass ich den Flieder weggeworfen habe, was immerhin gestern war.

Und wenn ich zurückgeblättert hätte, wäre ich zweifellos abgelenkt gewesen von anderen Dingen, die ich geschrieben habe.

Tatsächlich habe ich, ganz ohne zurückzublättern, sondern beim bloßen Darandenken, es zu tun, mich jetzt daran erinnert, dass eine Prostituierte, mit der van Gogh einmal gelebt hat, Sien hieß.

Etwas, das ich zweifellos an irgendeiner Stelle doch hinzufügte, ist, dass ich einmal eine ganze Menge über Maler gewusst habe.

Nun, ich wusste eine ganze Menge über viele Maler aus demselben Grund, wie etwa Menelaos sicherlich eine ganze Menge über Paris gewusst haben muss.

Selbst wenn es so aussieht, als hätte ich Rogier van der Weyden und Jan Steen übersprungen.

Allerdings scheine ich auch zu wissen, dass Bach elf Kinder hatte.

Oder vielleicht waren es zwanzig Kinder.

Andererseits kann es Vermeer gewesen sein, der elf Kinder hatte.

Obwohl, was ich möglicherweise im Kopf habe, die Tatsache ist, dass Vermeer nur zwanzig Gemälde hinterlassen hat.

Leonardo hinterließ weniger als das, vielleicht nur fünfzehn.

Nicht eine dieser Zahlen mag korrekt sein.

Fünfzehn Gemälde scheinen nicht sehr viele zu sein, insbesondere, wenn mehrere davon nicht einmal fertig sind.

Oder am Zerfallen.

Dann wiederum ist es vielleicht ziemlich viel, wenn man Leonardo ist.

Vermeer hinterließ vierzig Gemälde.

Brahms hatte überhaupt keine Kinder, war aber bekannt dafür, Süßigkeiten in seiner Hosentasche mit sich herumzutragen, um sie den Kindern anderer Leute zu schenken, wenn er Leute besuchte, die Kinder hatten.

Und wenigstens haben wir schließlich die Frage gelöst, welches Leben Brahms' es war, das ich gelesen habe.

Sicherlich würde eine für Kinder geschriebene und in außergewöhnlich großer Schrift gedruckte Musikgeschichte der Tatsache Nachdruck verleihen, dass jemand, über den in genau diesem Buch geschrieben wird, bekannt dafür war, Süßigkeiten in seiner Hosentasche mit sich herumzutragen, um sie Kindern zu schenken, wenn er Leute besuchte, die Kinder hatten.

Selbst wenn Brahms dies nicht sehr oft getan hat, wäre es sicherlich dort nachdrücklich betont worden.

Tatsächlich ist es sogar nicht unmöglich, dass Brahms kaum je Süßigkeiten in seiner Hosentasche mit sich herumtrug, um sie Kindern zu schenken.

Es ist sehr gut möglich, dass Brahms dies sogar nicht öfter als einmal in seinem Leben getan hat und die ganze Legende auf dieser einzigen Begebenheit basierte.

Helena selbst brannte einmal in ihrem Leben mit einem Liebhaber durch, und dreitausend Jahre lang würde niemand sie das vergessen lassen.

Hier habt ihr was Süßes, Kinder, sagte Brahms zweifellos einmal.

Brahms schenkte Kindern Süßigkeiten, hat irgendjemand geschrieben.

Die letzte Behauptung ist keinesfalls unwahr. Genauso wenig, wie es unwahr ist, dass Helena untreu gewesen ist.

Obwohl, wenn man es recht bedenkt, wer kann schon sagen, ob Brahms überhaupt Kinder ausstehen konnte?

Oder sie sogar ganz und gar nicht ausstehen konnte.

Tatsächlich mag recht wahrscheinlich der einzige Grund gewesen sein, weswegen Brahms ihnen jemals Süßigkeiten schenkte, und sei es dieses eine Mal, weil er wollte, dass sie endlich alle verschwinden.

Wirklich, Leonardo hatte ebenso keine Kinder, obwohl in

seinem Fall nichts in Zusammenhang mit Süßigkeiten, weder in dem einen noch in dem anderen Sinn, überliefert zu sein scheint.

Dennoch, so weit zur Entstehung von Legenden.

So viel zur Beantwortung der Frage, welches Leben Brahms' es gewesen ist, das ich gelesen habe, ebenso, da das, woran ich mich auch gerade jetzt erinnere, die Affäre ist, die Brahms vielleicht mit Clara Schumann hatte.

Ich sage vielleicht, da es scheint, dass niemand auch dies je gänzlich vollständig beantwortet hat.

Sicherlich hätte es keinen diesbezüglichen Wink in der für Kinder geschriebenen Musikgeschichte gegeben. Übrigens.

Zweifellos, was van Gogh wollte, war, Sien zu bessern, als er sie einlud, mit ihm zu leben.

Das war, bevor er sich sein Ohr abgeschnitten hat, glaube ich.

Beim Lesen über van Gogh bekommt man oft den Eindruck, dass er die erste Person gewesen sein muss, die Hallo gesagt hat zu Dostojewski, in St. Petersburg.

Wirklich, es berührt mich recht angenehm, an Brahms zu denken und seine Affäre mit Clara Schumann.

Einmal, als ich ein Mädchen war, sah ich einen Film über Musik in Wien, mit dem Titel *Liebeslied.*

Alles, an das ich mich von diesem Film erinnere, ist, dass alle abwechselnd Klavier gespielt haben.

Aber auch, dass Katherine Hepburn die Rolle Clara Schumanns verkörperte.

So ist es vielleicht der Gedanke, dass Brahms eine Affäre mit jemandem wie Katherine Hepburn hatte, der mich so angenehm berührt.

Besonders weil seine Affäre mit Jane Avril nicht lange gehalten hat.

Und selbst wenn ich keine Ahnung habe, was ich gerade

gesagt habe, hat mich das jetzt daran erinnert, dass Bach fast blind war, bevor er gestorben ist.

Das kam vom Abschreiben zu vieler Partituren spätnachts, falls ich mich recht erinnere.

Homer war auch blind. Selbstverständlich.

Obwohl das möglicherweise nur etwas war, das immer gesagt wurde, insoweit es um Homer ging.

Ich glaube schon erwähnt zu haben, das es keine Bleistifte gegeben hat, damals.

Was besagen soll, dass die Leute deshalb sagten, Homer sei blind gewesen, weil sie in Wirklichkeit nicht sagen wollten, dass er nicht wusste, wie man schreibt.

Emily Brontë war noch eine Person, die keine Kinder hatte.

Nun, zweifellos wäre es außerordentlich interessant gewesen, wenn sie welche gehabt hätte, bei der großen Wahrscheinlichkeit, dass sie nicht ein einziges Mal einen Liebhaber hatte.

Dennoch würde es mir vielleicht schwerfallen, an eine andere Person zu denken, von der ich lieber abstammen würde, als von Emily Brontë.

Ausgenommen Sappho. Selbstverständlich.

Nun, oder Helena.

Um die Wahrheit zu sagen, ich habe mir vielleicht sogar eingebildet, dass ich Helena *war*. Einst.

Das wäre wohl in Hisarlik gewesen, als ich über die Ebene schaute, die einst einmal Troja war, und eine Zeit lang träumte, dass die griechischen Schiffe dort noch am Strand lägen.

Oder dass man sogar die abendlichen, entlang der Küste angezündeten Wachtfeuer sehen könnte.

Nun, es wäre eine recht harmlose Sache gewesen, sich das einzubilden.

Selbst wenn Troja selbst erstaunlich klein war. Praktisch nicht viel mehr als ein gewöhnlicher Häuserblock und ein paar Stockwerke hoch.

Obwohl, wie ich mich jetzt erinnere, auch alles in William Shakespeares Haus in Stratford-upon-Avon erstaunlich winzig war. Als ob damals dort nur imaginäre Leute gelebt hätten.

Oder vielleicht ist es nur die Vergangenheit selbst, die immer kleiner ist, als man geglaubt hatte.

Ich wünsche wirklich, der letzte Satz hätte einige Bedeutung, da er mich bestimmt für einen Moment beinahe beeindruckt hat.

Es ist sehr viel Traurigkeit in der *Ilias* in jedem Fall. Übrigens.

Nun, all der Tod. Bis zum Hals stecken sie drinnen, und im Verderben, so viele, so oft.

Aber auch, weil das alles so lange her ist, und für immer vorbei.

Auf dem Weg zu einigen seiner eigenen Eroberungen machte Alexander der Große einmal halt in Troja, um einen Kranz auf Achilles' Grab zu legen.

Wobei jener ältere Krieg so viel näher am Damals als am Jetzt zu sein scheint. Selbstverständlich.

Dennoch, sogar zu Alexanders Zeit waren es fast tausend Jahre.

Das kann ich mir fast nicht vorstellen, wenn man es recht bedenkt.

Auch Julius Cäsar hat einen Kranz auf Achilles' Grab gelegt. Obwohl das nur ungefähr dreihundert Jahre nach Alexander gewesen ist.

Wenn ich nur sage, dann heißt das, ich bilde mir ein, meine ich, dass das praktisch so nahe beieinander war wie zum Beispiel Shakespeare und heute.

Wobei ich jetzt unzweifelhaft das gänzlich aus den Augen verloren habe, was ich mir vorzustellen versucht habe.

Bertrand Russell wurde fünfzehn Jahre vor Rupert Brooke geboren und war mehr als fünfzig Jahre nach Brookes Tod auf

Scyros immer noch am Leben, falls das vielleicht mit irgendetwas zusammenhängt.

Wenn ich vorher nicht erwähnt habe, dass ich in Stratford-upon-Avon gewesen bin, nebenbei bemerkt, dann nur deshalb, weil ich es für selbstverständlich halte, dass jeder, der nach London fährt, früher oder später auch nach Stratford-upon-Avon fahren wird.

London und Stratford-upon-Avon bleiben auch immer gleich weit voneinander entfernt. Wie sich zeigt.

Was immer die Leute, die die Anleitungen auf Japanisch geschrieben haben, wie die Lautsprecher des Plattenspielers aufzustellen sind, gedacht haben mögen.

Und inzwischen scheint es, dass ich noch einen weiteren Tag habe vergehen lassen, ohne auch dies hinzuzufügen.

Tatsächlich habe ich überhaupt nicht hier gesessen, gestern.

Aus irgendeinem Grund war, wonach mir gestern der Sinn stand, etwas zu zerlegen.

Obwohl ich danach eine Fahrt mit dem Lieferwagen gemacht habe, bis zum Müllplatz.

Die Reifen vom Lieferwagen werden allmählich ein bisschen schlapp.

Habe ich schon gesagt, dass an bestimmten Morgen, wenn die Blätter taufeucht sind, einige von ihnen dort, wo das früheste Sonnenlicht glitzert, Juwelen gleichen?

Das ist, was ich manchmal anstelle einer rosenfingrigen Morgenröte gesagt habe. Möglicherweise.

Möglicherweise ist die Gegend um den Müllplatz noch eine Sache, die ich vorher noch nie erwähnt habe, ebenso.

Es gibt auch kaum einen Grund, das zu tun, ist er doch nicht außergewöhnlicher als ein Loch im Boden.

Es ist ein recht großes Loch. Aber dennoch.

Man folgt einem Wegweiser, um dorthin zu kommen.

Zum Müllplatz, lautet der Wegweiser.

Sozusagen folgt man dem Wegweiser.

Was man wirklich folgt, ist einer Straße. Selbstverständlich.

Möglicherweise habe ich diese Erklärung nicht zu geben brauchen.

Mein eigener Müll ist immer so wenig, dass ich ihn am Strand vergraben kann. Übrigens.

Ich tue das beim Spazierengehen, vielleicht bei jedem dritten Mal.

Und zweifellos muss man nicht erwähnen, dass jeder Müll, der einmal in dem Loch beseitigt wurde, schon lange zerfallen ist.

So dass das Loch bloß ein Loch ist, wie ich gesagt habe.

Obwohl es in der Nähe einen riesigen Haufen zerbrochener Flaschen gibt.

Das ist vielleicht ein bisschen außergewöhnlich. Schließlich.

Bestimmt sind die Flaschen außergewöhnlich hübsch in ihren verschiedenen Farben.

Auch glitzern sie viel spektakulärer, als es meine nassen Morgenblätter tun.

Tatsächlich, der ganze Berg ist manchmal wie eine Art glitzernder Skulptur.

Michelangelo hätte nicht so gedacht, aber ich denke so.

Skulptur ist die Kunst, überflüssiges Material wegzunehmen, sagte Michelangelo einmal.

Hingegen sagte er auch, dass Malerei die Kunst ist, Dinge hinzuzufügen.

Obwohl er zweifellos auch nicht gedacht hätte, dass der Haufen hingeworfener Flaschen einem Gemälde ähnelt.

Dabei ist er jedoch einem Gemälde van Goghs nicht hundertprozentig unähnlich. Wenn man es recht bedenkt.

Falls man nur einen kurzen Blick darauf wirft, ähnelt es sogar stark einem Gemälde von van Gogh.

Es sind alle diese Wirbel bei van Gogh, an die ich zweifellos denke. Solche wie zum Beispiel die in seinem Gemälde, das *Die Sternennacht* heißt.

Tatsächlich hätte sich van Gogh sehr wahrscheinlich entschieden, solche Flaschen nachts zu malen.

In der Annahme, natürlich, dass es einen Mond gab.

El Greco malte auch gerne nachts, aber nur drinnen. Und in jedem Fall ist es ernsthaft zu bezweifeln, dass ein Müllplatz El Greco sonderlich inspiriert hätte.

Wirklich, die Flaschen hätten auch wirkungsvoll bei Feuerschein gemalt werden können. Ebenfalls.

Selbst wenn es ein ganz schön großes Feuer sein müsste.

Übrigens, hin und wieder habe ich Feuer gemacht, am Strand entlang.

Das ist immer eine angenehme Ablenkung.

Das schließt auch nicht die anderen Feuer ein, die ich am Strand entlang gemacht habe. Solche wie die aus ganzen Häusern.

Zweifellos ist es meistens an einem unerwartet kühlen Sommerabend gewesen, als ich diese gemacht habe.

Oder an den ersten Abenden, an denen man spürt, dass der Winter fast zu Ende geht.

Auf dem Sand werden muntere Schatten sein, die herumtanzen und verwehen.

Oder bei Schnee werden die Flammen eine seltsame Kalligrafie auf das Weiß schreiben.

Beim besten Willen, ich kann mich nicht erinnern, was ich alles versucht habe, um diese Neun-Fuß-Leinwand die Haupttreppe des Metropolitan Museum hinaufzubekommen.

Zweifellos war mein Knöchel nur verstaucht. Obwohl er auf seine doppelte Größe angeschwollen war.

Man kommt nie dahinter, was es mit dem Beobachten von Feuer auf sich hat.

Obwohl, wo ich vermutlich schließlich mein nächstes machen sollte, ist am Müllplatz.

El Greco hat nicht viel Interesse gezeigt für Michelangelo als Maler. Nebenbei bemerkt.

Was das betrifft, hat auch Picasso nicht viel Interesse gezeigt für ihn.

Sehr vieles von Michelangelo hat Picasso an Daumier erinnert. Tatsächlich.

Man darf bezweifeln, dass Alfred North Whiteheads kleine Glocke geläutet hätte, wenn er Picasso das sagen gehört hätte.

Daumier war noch jemand, der erblindete. Übrigens.

Nun, so wie Degas. Und Monet.

Und Piero della Francesca.

Piero della Francesca jedoch ist wiederum nicht zu verwechseln mit Piero di Cosimo, welcher derjenige gewesen ist, der sich stets unter einem Tisch versteckte, wenn es donnerte.

Tatsächlich hatte der andere Piero eine noch schlimmere Phobie als Turner, in Hinsicht darauf, dass auch ihm niemand jemals beim Arbeiten zusehen durfte.

Und kochte häufig bis zu fünfzig Eier auf einmal, im selben Topf, in dem er seinen Grundierleim kochte, um sich so nicht den Kopf übers Essen zerbrechen zu müssen.

Als Maurice Utrillo wahnsinnig war, hat er einmal versucht, Selbstmord zu begehen, indem er immer wieder seinen Kopf gegen eine Wand in einem Gefängnis schlug.

Und in derselben Periode, in der er versuchte, Sien zu bessern, war van Gogh bekannt dafür, all seine Kleidung den Armen zu geben. Oder vor Kirchen zu weinen anzufangen.

Obwohl Piero di Cosimo doch einen Schüler hatte, der sich als Andrea del Sarto herausstellte.

Also war er zweifellos zumindest manchmal freundlich genug, um mit ihm ein paar Eier zu teilen.

Bemüh dich nicht, aufzustehen, sagte seinerseits Andrea sicher, wenn es zur Mittagessenszeit stürmte.

Was Sien mit van Gogh teilte, war ihre Geschlechtskrankheit.

Turner wuchs als Sohn eines Friseurs auf. In einer Straße namens Maiden Lane, nahe Covent Garden.

Utrillos Vater könnte Renoir gewesen sein.

Obwohl er genauso gut hätte Degas gewesen sein können.

Suzanne Valadon, die Utrillos Mutter war, wusste es offensichtlich nie.

Ob Renoir oder Degas es wussten, sagten sie offensichtlich nie.

Andrea del Sarto hat so einen poetischen Klang für einen Namen, wenn man ihn liest.

Obwohl es in Wirklichkeit nur bedeutet, dass sein eigener Vater ein Schneider war.

Andrea senza errori wurde er auch genannt. Das bedeutet, dass er nie einen einzigen Fehler gemacht hat, wenn er zeichnete.

Natürlich musste ich auch das nachschauen, wann immer es gewesen sein mag, dass ich es mir eingeprägt habe.

Es macht mich traurig, auch zu wissen, dass Andrea während einer Pestepidemie starb, arm und kaum beachtet.

Obwohl auch Tizian während einer Pestepidemie starb. Wenn in seinem Fall auch im Alter von neunundneunzig Jahren.

Jackson Pollock ist mit seinem Auto in einen Baum gekracht, von dem Ort, wo ich in diesem Augenblick sitze, nicht mehr als zehn Minuten mit dem Lieferwagen entfernt, am elften August 1956.

Ich vergesse Pollocks Geburtstag, andererseits. Obwohl es zweifellos nichts ist, was ich je wusste.

Ich habe auch Renoirs Arthritis vergessen.

Meine eigene Schulter hat mir überhaupt keine Probleme bereitet in letzter Zeit. Allerdings.

Gauguin war noch ein Maler, der Syphilis hatte.

Selbst wenn er, hätte er in der Renaissance gelebt, der Zunft der Apotheker hätte angehören müssen.

Wie alle Maler. Weil sie Farben mischten.

Bei meiner Ehre, so funktionierten die Dinge damals.

So hieß die Drogerie in Savona, die ich festzuhalten vergaß, möglicherweise doch nicht Savona-Drogerie, sondern war nach Gauguin benannt.

In Madrid habe ich einmal in einem Hotel gewohnt, dass nach Zurbarán benannt war.

Wenn es nicht vielleicht nach Goya benannt war.

Und in Pamplona war.

Obwohl das, was ich wirklich wissen möchte, ist, warum mich irgendetwas von dem jetzt an Seemöwen denken lässt.

Aha. Möwen sind Müllfresser. Selbstverständlich.

Wenn ich sage, sind, meine ich natürlich, sind gewesen.

Was aber in jedem Fall nur andeuten sollte, dass sicherlich einmal viele Seemöwen beim Müllplatz gewesen sind.

Man hat keine Ahnung, wie viele, aber sicherlich beachtlich viele.

Zweifellos war auch anderes Getier dort ein und aus gegangen.

Wie Hunde und Katzen, kann man sich vorstellen.

Dann wiederum hätten vielleicht selbst große Hunde diesen vielen Seemöwen nicht über den Weg getraut.

Katzen hätten es bestimmt nicht.

Außer, selbstverständlich, es hätte eine beachtliche Anzahl Katzen gegeben, die im Wesentlichen ungefähr der beachtlichen Anzahl der Möwen entsprochen haben würde, was man ernsthaft bezweifelt.

Alles, woran ich wirklich gedacht hatte, war eine Hauskatze, oder zwei, die man über Nacht vor die Tür gesetzt hat.

Einmal, als ich in Corinth, New York, am Malen war, habe ich meine eigene Katze jede Nacht vor die Tür gesetzt.

Ich erinnere mich daran, da die Katze eine Stadtkatze war und nie zuvor vor die Tür gesetzt worden war. Jede Nacht, wochenlang, habe ich mir Sorgen um die Katze gemacht.

Tatsächlich fühlte ich mich auch ziemlich schuldig, selbst wenn ich nie ganz sicher war, was es war, weswegen ich mich ziemlich schuldig fühlte.

Sicherlich wird es eine Katze, die ihr ganzes Leben in ein Loft in Soho eingesperrt gewesen ist, angenehm finden, nachts draußen zu sein, versuchte ich, mich zu überzeugen.

Möglicherweise wird sie sogar andere Katzen finden und sich ihnen anschließen, was sie gleichfalls vorher nie getan hat, legte ich mir außerdem zurecht.

Trotzdem hielt mein Zustand des Sich-recht-schuldig-Fühlens sehr lange an.

Selbst nachdem ich sicher war, dass die Katze immer zurückkommen würde, so dass es oft sogar Mittag wurde, bevor ich überhaupt daran dachte, nachzuschauen, hielt mein Zustand des Sich-recht-schuldig-Fühlens an.

Häufig vermutete ich, dass die Katze kaum mehr getan hatte, als die ganze Nacht unter der Veranda zu schlafen, in jedem Fall.

Ich habe auch nicht die geringste Ahnung, was dies mit dem Müllplatz zu tun haben könnte, da ich mich an keinen Müllplatz erinnere, in dem Sommer, als ich in Corinth, New York, gemalt habe.

Der Müll dieses Sommers wurde an der Tür abgeholt.

Ebenso gibt es keine Verbindung zwischen der Katze, über

die ich spreche, und der Katze, die ich im Kolosseum gesehen habe. Übrigens.

Die Katze, die ich im Kolosseum gesehen habe, war grau und schien gerade mit irgendetwas zu spielen, so etwas wie Garn.

Meine eigene Katze war rostbraun und im Wesentlichen träge.

Es gibt auch offensichtlich keine Verbindung zwischen meiner rostbraunen Katze und der Katze, die am zerbrochenen Fenster hier kratzt.

Auch wenn ich mich beim besten Willen nicht erinnern kann, dieses Klebeband angebracht zu haben.

Möglicherweise war im Kolosseum auch keine Katze.

Wenn man sich ganz fest wünscht, eine Katze zu sehen, wird man zweifellos eine sehen.

Obwohl dort möglicherweise eine Katze war. Möglicherweise waren es nur die Flutlichter, wenn ich Flutlichter aufgestellt hatte, die sie misstrauisch machten.

Natürlich hätte ich auch nicht in Erfahrung bringen können, ob sie irgendetwas hinter meinem Rücken genascht hat, da die meisten Dosen, die ich aufgestellt hatte, in kürzester Zeit vom Regen halb geleert waren.

Bevor ich je eines gesehen habe, würde ich angenommen haben, dass auch Luftschlösser nur so eine Redewendung war.

War es wirklich eine andere Person, die ich so dringend entdecken wollte, bei all dem Schauen, oder war es nur meine Einsamkeit, die ich nicht aushalten konnte?

In jedem Fall sind Leute, die andauernd in Fenster hinein- und aus Fenstern herausschauen, zweifellos schließlich doch gar kein so lächerliches Thema für ein Buch.

Obwohl selbst Emily Brontë einmal auf ihren Hund so wütend war, dass sie ihn bewusstlos schlug, einfach weil er auf ihr Bett gesprungen war, obwohl sie ihm verboten hatte, auf ihr Bett zu springen, was eine Sache ist, von der man nicht wünscht, dass Emily Brontë sie getan hat.

Selbst wenn es, wie ich vielleicht schon gesagt habe, auch Sachen gibt, die Emily Brontë nicht getan hat und von denen man wünschte, sie hätte sie getan.

Obwohl das vielleicht niemanden etwas angeht, wie mir letztendlich einfällt.

Und mittlerweile scheine ich den Namen meiner rostbraunen Katze vollständig vergessen zu haben.

Obwohl ich, da bin ich ziemlich sicher, die Katze im Kolosseum Pintoricchio genannt habe, nach einem weniger bedeutenden Maler aus Perugia, der einige Fresken in der Sixtinischen Kapelle malte, einige Zeit bevor Michelangelo die Stellen hinzufügte, die ausschauen wie Daumier.

Möglicherweise werde ich mir einen Namen ausdenken, auch für die Katze draußen vor meinem zerbrochenen Fenster.

Dann wiederum sollte ich vielleicht auch darauf hinweisen, dass es keine Verbindung gibt zwischen irgendeiner dieser Katzen und der Katze, die Simon einmal hatte, in Cuernavaca, und bei der wir uns anscheinend überhaupt nie für einen Namen entscheiden konnten.

Katze war alles, wie wir sie je genannt haben.

Nun, und darüber hinaus hat auch keine etwas mit der Katze zu tun, die intelligent genug war, die Goldmünzen zu ignorieren, die Rembrandts Studenten auf den Boden seines Ateliers gemalt hatten.

Doch während ich das feststelle, zeigt es sich, dass ich damit gleichzeitig schließlich die Frage nach dem Namen meiner rostbraunen Katze beantwortet habe.

Tatsächlich, jetzt, da es mir wieder eingefallen ist, hätte es mir nicht anschaulicher einfallen können.

In Corinth, beispielsweise, wenn ich mich erinnert habe,

die Katze hereinzulassen, habe ich praktisch jeden Tag Guten Morgen zu ihr gesagt.

Guten Morgen, Rembrandt, genau so sagte ich es jeden Morgen.

Rostbraun als eine Farbe, die man automatisch mit Rembrandt assoziiert, das ist der Ursprung davon gewesen. Natürlich.

Selbst wenn Rostbraun vielleicht keine Farbe ist.

In jedem Fall ist es sicherlich nicht eine Farbe, die irgendetwas mit Malerei zu tun hat, obwohl es zugegebenermaßen eine Farbe sein kann, die etwas mit Tagesdecken zu tun haben kann. Oder mit Polsterung.

Obwohl sie kein Gemälde ist, kann eine Katze auch rostbraun sein.

Und rostbraun zu sein eignet sich gut dafür, Rembrandt genannt zu werden.

Was tatsächlich keine geringere Autorität als Willem de Kooning für einen vollkommen passenden Namen gehalten hat, eines Nachmittags, als ebendiese Katze auf seinen Schoß kletterte.

Vielleicht habe ich nicht erwähnt, dass meine rostbraune Katze auf Willem de Koonings Schoß kletterte.

Die Katze hat das an einem Nachmittag getan, als Willem de Kooning mich in meinem Loft in Soho besuchte.

Ich habe das Datum dieses Besuchs vergessen, ich glaube aber, es war nicht lange nach dem Nachmittag, an dem Robert Rauschenberg mich auch besucht hat und ich hastig meine Zeichnungen versteckt habe.

Dann wiederum hatte der Grund, weswegen Willem de Kooning den Namen der Katze gutgeheißen hat, in Wirklichkeit vielleicht weniger damit zu tun, dass die Katze rostbraun war, als damit, dass Rembrandt Niederländer war, wenn man innehält, um darüber nachzudenken.

De Kooning, selbst Niederländer, hätte sich natürlich auf gewisse Weise mit Rembrandt verbunden gefühlt.

Damit sind kaum verwandtschaftliche Verbindungen gemeint, selbstverständlich, da man sicherlich davon gewusst hätte, wenn irgendwelche existiert hätten.

Willem de Kooning stammt von Rembrandt ab, hätte man gehört.

Dann wiederum, wer kann schon behaupten, dass er nicht von jemandem hätte abstammen können, der zumindest einmal Rembrandt getroffen hatte, andererseits, oder von jemandem, der sogar ein Schüler von Rembrandt gewesen ist?

Sicherlich wäre es leicht gewesen, die Spur zu verlieren, nach so vielen Jahren.

Wie viele Leute hätten jemals geglaubt, dass Maria Callas' Spur bis zu Hermione zurückverfolgt werden könnte, zum Beispiel?

Wirklich, etwas wie dies hätte noch wahrscheinlicher sein können, wenn der Schüler, von dem de Kooning abstammte, selbst nie berühmt geworden wäre, was im Allgemeinen sowieso das ist, was meistens passiert.

Viele Schüler scheitern nicht nur daran, berühmt zu werden, tatsächlich, sondern wenden sich schließlich sogar einer ganz anderen Arbeit zu.

Warum hätte de Kooning nicht von einem Schüler Rembrandts abstammen können, der entschieden hatte, dass er keine Zukunft als Maler hat, und stattdessen, sagen wir, Bäcker wurde.

Früher oder später hätten die Nachkommen des Mannes sicherlich keine Ahnung, dass irgendjemand in der Familie je ein Schüler Rembrandts gewesen ist.

Man kann sich vorstellen, dass gesagt wurde, Vater war ein Schüler Rembrandts, bevor wir die Konditorei aufgemacht haben. Oder sogar, Großvater war ein Schüler Rembrandts.

Bestimmt wäre es längst nicht mehr weitergesagt worden, schon lange bevor Willem de Kooning selbst am Leben war. Allerdings.

Tatsächlich war Claude Lorrain wirklich ein Konditor, der sich entschieden hat, Maler zu werden, und man könnte wetten, dass kaum einer seiner Nachkommen den Mann hätte nennen können, der ihn backen lehrte.

Dann wiederum, was ich über Schüler gesagt habe, ist nicht notwendigerweise immer der Fall, wie sich zeigt.

Lediglich drei von jenen, die auf diesen Seiten erwähnt wurden, nämlich Sokrates' Schüler Plato und Platos Schüler Aristoteles und Aristoteles' Schüler Alexander sind mit Gewissheit berühmt geworden.

Selbst wenn man manchmal innehält, um sich zu fragen, wie genau Aristoteles Alexander genannt haben mag. In jenen Tagen.

An diesem Morgen nehmen wir uns Geografie vor. Würdest du freundlicherweise zur Landkarte gehen und zeigen, wo Persepolis ist, Alexander der Große?

Wer will uns jetzt die Passage in der *Ilias* vortragen, in der Achill Hektors Körper durch den Staub schleift, ist das deine Hand, die da aufzeigt, Alex?

Aber wie dem auch sei, außerdem fällt mir auf, dass Andrea del Sarto ein weiterer berühmter Schüler ist, der erst vor kurzem erwähnt wurde.

Nun ja, und ein Schüler Bertrand Russells auch nicht, vor nicht allzu langer Zeit.

Tatsache ist, dass viel mehr Schüler, als man vermutet hat, genauso berühmt wie ihre Lehrer werden können.

Oder sogar berühmter.

Ghiberti hatte einen Schüler namens Donatello, zum Beispiel.

Und Cimabue machte einmal einen Jungen zu seinem

Schüler, den er gefunden hat, als dieser Schafe auf einer Weide zeichnete, und der Junge entpuppte sich als Giotto.

Tatsächlich hatte Giovanni Bellini einen Schüler namens Tizian, und noch einen anderen namens Giorgone.

Obwohl, um die Wahrheit zu sagen, gewisse Lehrer waren darüber nie wirklich allzu glücklich.

Nachdem Tizian gleich berühmt wie Giovanni Bellini geworden war, nahm er einen eigenen Schüler auf, den er aber dann hinauswarf, als es danach ausschaute, dass der Schüler ebenso berühmt werden könnte wie er.

Was Tintoretto aber sowieso getan hat.

Ich glaube im Übrigen die Geschichte über Giotto und die Schafe. Nebenbei bemerkt.

Es hat den Anschein, als würde ich mich plötzlich erinnern, dass Rogier van der Weyden einen Schüler namens Hans Memling hatte, selbst wenn ich kategorisch geschworen hätte, nichts dergleichen über Rogier van der Weyden zu wissen.

Auf jeden Fall bin ich sicher, Willem de Kooning hätte es gefallen, beinahe von einem jeden dieser Schüler abzustammen.

Nun, zweifellos hätte es ihm ebenfalls gefallen, von Vincent van Gogh abzustammen, selbst wenn er weniger als fünfzehn Jahre, nachdem van Gogh sich erschossen hat, geboren wurde.

Ich bin nicht ganz sicher, wie der zweite Teil dieses Satzes mit dem Anfangsteil verbunden ist.

Vielleicht war, worüber ich nachdachte, einfach, dass van Gogh auch Niederländer gewesen ist.

Eines der Dinge, das die Leute üblicherweise an van Gogh bewunderten, selbst wenn ihnen das gar nicht bewusst war, war die Art und Weise, wie es ihm gelungen ist, dass sogar ein Stuhl Angst in sich zu haben schien. Oder ein paar Schuhe.

Cézanne sagte einmal, dass er wie ein Wahnsinniger gemalt hat. Andererseits.

Dennoch, ich sollte vielleicht der Katze, die an meinen zerbrochenen Fenstern kratzt, den Namen van Gogh geben.

Oder Vincent.

Man gibt einem Stück Klebeband keinen Namen.

Da ist das Stück Klebeband, das an meinem Fenster kratzt. Da ist Vincent, der an meinem Fenster kratzt.

Nun, es ist nicht unmöglich. Ich vermute, es ist nicht sehr wahrscheinlich, aber es ist nicht unmöglich.

Guten Morgen, Vincent.

Van Gogh hat nur ein Gemälde zeit seines Lebens verkauft, übrigens.

Obwohl ihm das zumindest einen Vorsprung von einem Gemälde vor Jan Vermeer verschafft.

Hingegen habe ich keine Ahnung, wie viele Jan Steen verkauft hat.

Ich weiß, dass Botticelli am Ende seines Lebens erlahmt ist und von der Wohlfahrt leben musste.

Frans Hals hat von der Wohlfahrt leben müssen. Ebenfalls.

Nun, und wieder Daumier.

Paolo Uccello war auch noch einer, der arm und kaum beachtet gestorben ist.

Wie auch Piero, der sich aber nicht unter Tischen versteckt hat.

So viele Listen werden beständig länger und machen einen traurig.

Sogar wenn das Werk selbst bestehen bleibt. Selbstverständlich.

Oder macht es irgendwie noch trauriger, an das Werk zu denken und diese Dinge zu wissen?

Selbst Rembrandt ging bankrott. Am Ende.

Das war in Amsterdam, was ich anmerke, weil es nur ein paar Straßen entfernt von dort war, wo Spinoza exkommuniziert wurde, und just in genau demselben Monat.

Ich nehme an, es ist klar, dass ich das kaum weiß, weil ich irgendetwas über Spinoza weiß.

Ganz gewiss war es eine Fußnote, die ich einmal gelesen habe.

Obwohl, was ich erst in diesem Augenblick begreife, ist, warum Rembrandt immer so leicht von diesen Münzen genarrt wurde. Selbstverständlich.

Bestimmt würde ich mich, falls ich bankrottgehen würde, ebenfalls weiterhin bücken, um jede Münze, die ich bemerkte, aufzuklauben.

Unter diesen Umständen würde man wohl aufhören, sich zu erinnern, dass die eigenen Schüler solche Täuschungen früher schon einmal ausgeheckt hatten.

Barmherziger Himmel, da ist eine Goldmünze, würde man sicherlich denken. Genau hier, auf dem Boden meines Ateliers.

Hoffen wir, dass sie nicht irgend so einem Störenfried gehört, der herbeigerannt kommt, um einen Anspruch auf sie zu erheben, würde man genauso schnell denken.

Zweifellos fanden das Rembrandts Schüler endlos amüsant.

Nun, fraglos taten sie das, ansonsten hätten sie ihm schwerlich ständig denselben Streich gespielt.

Zweifellos hat kein einziger von ihnen jemals auch nur einen einzigen Gedanken an Rembrandts Probleme verschwendet, nämlich genau den fraglichen Bankrott.

Ich finde das traurig, auf seine Weise, selbst wenn es nie einen Weg gegeben hat, Schuljungen daran zu hindern, Schuljungen zu sein.

Sehr wahrscheinlich hat auch van Dyck Rubens Streiche gespielt. Oder Giulio Romano Raphael.

Obwohl, im Falle Rembrandts könnte es wenigstens erklären, warum seine Schüler im Allgemeinen daran scheiterten, berühmt zu werden, oder sogar eine ganz andere Arbeit ergriffen, wo sie doch allesamt so gefühllos waren.

Tatsächlich war es meinerseits zweifelsohne gleichermaßen gefühllos, anzudeuten, dass Willem de Kooning von irgendjemandem aus so einem Haufen hätte abstammen können.

Ich hatte es einfach versäumt, weit genug nachzudenken, als ich solch eine Andeutung gemacht habe.

Hoppla.

Carel Fabritius war ein Schüler von Rembrandt.

Zugegeben, Carel Fabritius war kaum so berühmt wie Rembrandt selbst. Dennoch war er sicherlich berühmt genug, so dass Willem de Kooning schließlich zweifellos nichts dagegen hätte haben können, von ihm abzustammen.

Tatsache ist, ich glaube, dass ich selbst sogar Carel Fabritius zumindest einmal erwähnt habe, in dem einen oder anderen Zusammenhang.

Ich nehme an, alles, was man jetzt noch tun kann, ist, um Willem de Koonings willen hoffen, dass Carel Fabritius nicht einer der Schüler war, die diesen gemeinen Streich gespielt haben.

Nun, vermutlich wäre er sowieso nicht in der Lage gewesen, jemals Rembrandts bester Schüler zu werden, wenn er seine Zeit auf diese Weise verschwendet hätte.

Dann wiederum ist es recht wahrscheinlich, dass er als Bester der einzige Schüler war, der Zeit zu verschwenden hatte.

Recht wahrscheinlich, dass, wann immer Rembrandt eine Aufgabe stellte, es immer Carel Fabritius war, der sie als Erster fertig hatte und sich dann dem Unfug hingab, während alle anderen sich noch immer abmühten, aufzuholen.

Viele Fragen der Kunstgeschichte bleiben auf diese Weise unergründbar. Bedauerlicherweise.

Tatsache ist, Carel Fabritius kann auch einen eigenen Schüler gehabt haben, namens Jan Vermeer, aber niemand war je in der Lage, das mit Gewissheit zu bestätigen.

Allerdings ist Carel Fabritius in Delft gestorben, was ein Faktor war, der zu solch einer Spekulation führte.

Ich habe auf Vermeers eigene Verbindung zu Delft woanders hingewiesen, glaube ich.

Aber, worauf ich auch hingewiesen habe, ist, dass praktisch zweihundert Jahre hätten vergehen müssen, bevor irgendjemand genügend Interesse an Vermeer aufgebracht hätte, um solche Sachen zu untersuchen, und folglich wäre ein Großteil davon schon vergessen gewesen.

Nun, ich habe auch mehr als einmal vermerkt, wie leicht das passieren kann.

Eine Sache, die man eben halt so weiß, ist, dass Vermeer ein weiterer Maler gewesen ist, der bankrottging. Allerdings.

Obwohl in Wirklichkeit seine Frau diejenige war, die das tat, nicht lange nach Vermeers Tod.

Tatsächlich schuldete sie ihrem Bäcker eine beträchtliche Summe.

Dieser Bäcker war auch in Delft, selbstverständlich, so dass man bereitwillig annimmt, dass es nicht derselbe Bäcker war, der einmal ein Schüler Rembrandts gewesen war.

Dann wiederum ist dies schließlich vielleicht keine so sichere Annahme.

Wer würde bestreiten, dass, wäre Carel Fabritius kürzlich von der einen Stadt in die andere gezogen, sein alter Klassenkamerad das nicht auch so hätte machen können.

Wobei zudem zwei von Vermeers Gemälden einst genau diesem Bäcker gegeben wurden, als eine Art Sicherheit.

Sicherlich wäre ein gewöhnlicher Bäcker wenig erfreut gewesen über so ein Arrangement, und speziell im Fall eines Kunden, der in seinem ganzen Leben kein einziges Gemälde verkauft hat.

Es sei denn, der Bäcker war in der Tat jemand, der selbst etwas von Kunst verstand.

Oder jedenfalls genug verstand, um Rat bei jemandem einzuholen, der noch immer derselben Arbeit nachging.

Sag mir, Fabritius, was soll ich mit diesem Schüler von dir machen, der ständig Gebäck für seine elf Kinder kauft? Wie lange muss ich warten, bis irgendeines dieser Gemälde irgendetwas wert sein wird?

Bedauerlicherweise scheint es keinerlei Aufzeichnung über Carel Fabritius' Antwort zu geben.

Ebenso wenig wie, in Wirklichkeit, über die Verbindung zwischen Rembrandt und Spinoza, die, wie es mir einfällt, ich nicht beabsichtigte, in der Luft hängen zu lassen.

Selbst wenn es keine Verbindung zwischen Rembrandt und Spinoza gegeben hat.

Die einzige Verbindung zwischen Rembrandt und Spinoza war, dass beide mit Amsterdam verbunden waren.

Obwohl, andererseits hat Rembrandt vielleicht ein Porträt Spinozas gemalt.

Die Leute haben oft eine sogenannte wohlbegründete Vermutung angestellt, dass er ein solches Porträt gemalt hat. In jedem Fall.

Die meisten Personen in Rembrandts Porträts sind niemals identifiziert worden. Gewiss.

So dass alles, was die Leute im Prinzip getan haben, war, Vermutungen anzustellen, dass genauso gut eines davon Spinoza hätte zeigen können.

Letztendlich ist dies eine weitere jener Fragen in der Kunstgeschichte, die immer unergründbar bleiben mussten. Allerdings.

Andererseits ist es wahrscheinlich realistisch, anzunehmen, dass Rembrandt und Spinoza sicherlich zumindest auf der Straße aneinander vorübergegangen sind, hin und wieder.

Oder sogar recht häufig aufeinandergetroffen sind, und

sei es nur in dem einen oder anderen Geschäft in der Nachbarschaft.

Und bestimmt hätten sie dann auch Höflichkeiten ausgetauscht, nach einiger Zeit.

Guten Morgen, Rembrandt. Auch Ihnen einen Guten Morgen, Spinoza.

Es hat mir außerordentlich leidgetan, von Ihrem Bankrott zu hören, Rembrandt. Es hat mir außerordentlich leidgetan, von Ihrer Exkommunikation zu hören, Spinoza.

Wünsche einen guten Tag, Rembrandt. Ihnen ebenfalls, Spinoza.

All dies wäre auf Niederländisch gesagt worden. Übrigens.

Ich erwähne das nur, weil es bekannt ist, dass Rembrandt außer Niederländisch keine andere Sprache konnte.

Selbst wenn Spinoza Latein bevorzugt hätte. Oder Jüdisch.

Wenn man es recht bedenkt, hat Willem de Kooning vielleicht auch mit meiner Katze Niederländisch gesprochen, an diesem Nachmittag.

Obwohl, woran ich mich jetzt bei der Katze wirklich erinnere, ist, dass sie auch auf einige andere Schöße kletterte, neben dem von de Kooning, wie sich zeigt.

Tatsache ist, sie kletterte einmal auf William Gaddis' Schoß, bei einer Gelegenheit, zu der Lucien William Gaddis in mein Loft mitbrachte.

Ich glaube, es gab eine Gelegenheit, zu der Lucien William Gaddis in mein Loft mitgebracht hat.

In jedem Fall bin ich fast sicher, dass er einmal jemanden mitgebracht hat, der mich dazu brachte, an Taddeo Gaddi zu denken.

Taddeo Gaddi ist kaum eine Figur, an die man ansonsten häufig zu denken gebracht wird, da er ein relativ unbedeutender Maler war.

Man wird viel häufiger dazu gebracht, an Carel Fabritius zu denken als an Taddeo Gaddi. Zum Beispiel.

Selbst wenn man selten dazu gebracht wird, überhaupt an einen von beiden zu denken.

Außer man ist vielleicht gerade dabei, in der National Gallery ein Gemälde des Ersteren leicht zu beschädigen.

Welches eben eine Ansicht von Delft war. Tatsächlich.

Nun ja, Ruhm an sich ist im Wesentlichen in jedem Fall relativ. Selbstverständlich.

Ein Künstler namens Torrigiano war einmal sehr viel berühmter als viele andere Künstler, aus keinem anderen Grund, als dass er Michelangelos Nase gebrochen hatte.

Nun, oder frag Vermeer.

Und, um die Wahrheit zu sagen, war William Gaddis selbst kaum sonderlich berühmt, selbst wenn er einen Roman mit dem Titel *Die Fälschung der Welt* geschrieben hat, von dem eine Unzahl von Leuten recht positiv sprach.

Zweifellos hätte ich selbst recht positiv über ihn gesprochen, hätte ich ihn gelesen, wo ich doch mitgekriegt habe, dass es ein Roman über einen Mann war, der einen Wecker um seinen Hals trug.

Obwohl, woran ich versuche, mich jetzt zu erinnern, ist, ob ich William Gaddis vielleicht gefragt habe, ob ihm selbst bewusst war, dass es einen Maler namens Taddeo Gaddi gegeben hatte.

Wie ich angedeutet habe, wären bestimmt viele Leute sich dessen nicht bewusst gewesen.

Dann wiederum, wenn man William Gaddis hieße, wäre man zweifellos sich dessen bewusst durchs Leben gegangen.

Tatsächlich haben die Leute wahrscheinlich William Gaddis jahrelang zur Weißglut gebracht mit der Frage, ob er sich bewusst sei, dass es einen Maler namens Taddeo Gaddi gegeben habe.

Möglicherweise war ich gescheit genug, ihn nicht zu fragen.

Tatsächlich hoffe ich, ihn nicht einmal gefragt zu haben, ob er wüsste, dass Taddeo Gaddi ein Schüler Giottos gewesen ist.

Nun, zweifellos hätte ich das nicht gefragt, da ich ja bis zu dem Augenblick, in dem ich anfing, diesen Satz zu tippen, nicht einmal gewusst habe, dass ich mich daran erinnere.

Und in jedem Fall ist die Katze womöglich doch nicht auf William Gaddis' Schoß geklettert.

Je mehr ich darüber nachdenke, umso mehr scheine ich mich daran zu erinnern, dass Rembrandt selten in die Nähe von Fremden ging.

Selbst wenn er und William Gaddis die ganze Zeit gleich weit entfernt voneinander geblieben wären. Selbstverständlich.

Nun, wie jede andere Katze und jede andere Person.

Oder selbst wie die Katze, die ich im Kolosseum sah, und jede dieser Futterdosen, die ich hinausgestellt habe, ebenso.

Selbst wenn es dort so viele Dosen gab, wie es Römer gegeben haben muss, die sich die Christen anschauten. Praktisch.

Tatsächlich wäre jeder Christ und jeder Löwe auch gleich weit entfernt voneinander geblieben.

Außer wenn die Löwen Erstere gefressen hätten. Natürlich.

Obwohl ich mir jetzt wirklich auch eine weitere Ausnahme von dieser Regel denken kann.

Ich selbst und die Katze, die gegenwärtig wieder an meinem zerbrochenen Fenster kratzt, könnten beide normalerweise auch als gleich weit voneinander entfernt angenommen werden.

Es sei denn, das Klebeband hört gerade zu kratzen auf, dann ist da keine Katze.

Und man kann sicherlich nicht gleich weit von etwas entfernt sein, das nicht existiert, genauso wenig wie etwas, das nicht existiert, gleich weit entfernt sein kann von irgendetwas, von dem auch immer es mutmaßlich gleich weit entfernt sein soll.

Oder kann jeder Trottel das begreifen?

Es ist einfacher, über die Katze als nicht existierend nachzudenken als über Vincent als nicht existierend.

Und mittlerweile freut es mich aus irgendeinem Grund außerordentlich, mich an das über Taddeo Gaddi und Giotto erinnert zu haben.

Nun, und außerdem gibt es auch etwas her für eine interessante Verbindung von Cimabue über Giotto zu Taddeo Gaddi.

Wie die Verbindung von Perugio über Raphael zu Giulio Romano.

Selbst wenn ich vielleicht nicht erwähnt habe, dass Raphael ein Schüler Peruginos gewesen war. Oder was das betrifft, dass Perugino wiederum ein Schüler des Piero gewesen war, der sich nicht unter Tischen versteckt hat, was alles sogar weit über das hinaus miteinander verbindet.

Tatsächlich habe ich jetzt plötzlich die ganze Frage, von wem Willem de Kooning abstammte, gelöst.

Willem de Kooning stammte von niemandem ab, es war Willem de Koonings Lehrer.

Himmel. Oder sollte ich vielleicht aufgeben, mich mit dem Korrigieren solchen Unsinns abzuplagen, und einfach meine Sprache herauskommen lassen, wie immer es ihr beliebt?

Tatsächlich, sogar bevor ich soeben geschrieben habe, dass Willem de Kooning von niemandem abstammte, was offensichtlich kaum das war, was ich meinte, habe ich zufällig wieder über *Les Troyens* nachgedacht.

Was ich über *Les Troyens* geschrieben hätte, wenn ich innegehalten hätte, um es einzufügen, war, dass niemand je einem Wort Kassandras, das sie in der Oper sagt, mehr Aufmerksamkeit schenkt als dem, was sie in den Dramen sagt.

Außer dass, wenn niemand jemals einem Wort Kassandras Aufmerksamkeit schenkt, wie kann dann irgendjemand überhaupt wissen, dass niemand ihr jemals Aufmerksamkeit schenkt?

Ich vermute, dass ich das jetzt schlecht ausgedrückt habe. Ebenfalls.

Bestimmte Dinge sind manchmal fast unmöglich auszudrücken. Allerdings.

Einmal, als ich in der siebten Klasse war, hat uns der Lehrer Archimedes' Paradox von Achill und der Schildkröte berichtet.

Das Paradox ging so, dass wenn Achill versucht hat, die Schildkröte zu fangen, die Schildkröte aber einen Vorsprung hatte, weshalb Achill sie nie einholen konnte.

Und zwar, weil in dem Moment, in dem Achill die Strecke des Vorsprungs wettgemacht hatte, die Schildkröte natürlich eine weitere Strecke vorangekommen wäre. Und selbst wenn jede neue Wegstrecke, die die Schildkröte vorankäme, ständig kleiner und kleiner werden würde, läge Achill noch immer um diese neue Strecke hinter ihr zurück.

Jetzt wusste ich, dass Achill jene Schildkröte bestimmt einholen könnte.

Selbst wenn Achill nur den winzigsten Bruchteil hinter ihr war, allerdings, und die Schildkröte bloß den winzigsten Bruchteil darüber hinauskommen konnte, zeigt uns der Lehrer an der Tafel, dass es immer noch mehr Bruchteile geben würde.

Dies brachte mich zuletzt fast zum Weinen.

So weiß ich jetzt, dass niemand jemals einem Wort, das Kassandra in der Oper sagt, Aufmerksamkeit schenkte, aber ebenso weiß ich, dass ich es dadurch weiß, da ich dem Aufmerksamkeit geschenkt habe.

Philosophie ist nicht mein Geschäft.

Und tatsächlich war es nicht Archimedes' Paradox, sondern Zenons.

Archimedes wurde in irgendeinem Krieg bei Syrakus von Soldaten getötet, während er seine Geometrie in den Sand hineinschrieb. Mit einem Stock.

Oder habe ich jetzt soeben wieder von vorne angefangen?

Oh, nun, ich vermute, es ist nicht hundertprozentig unmöglich, dass Archimedes mit demselben Stock getötet wurde, mit dem er, wie ich zu sagen versuchte, geschrieben hat.

Ich habe Willem de Koonings Lehrer nicht vergessen.

Was ich über Willem de Koonings Lehrer schreiben wollte, war allerdings nicht, dass ich plötzlich begriffen hatte, von wem er abstammte, sondern, mit wem er eine Verbindung hatte.

So wie bei der Verbindung von Rembrandt über Carel Fabritius zu Vermeer. Offensichtlich.

Außer dass, worüber ich jetzt nachdenke, die Person ist, die die nächste in der Abfolge war, als Schüler Vermeers. Und dann die Person, die ein Schüler vom Schüler Vermeers war.

Und danach die ganze Linie weiter, bis der vorletzte Schüler eines Schülers einen eigenen Schüler namens Willem de Kooning hatte.

Sicherlich ist dies viel wahrscheinlicher, als dass Willem de Kooning selbst von dem Mann abstammte, der Claude Lorrain lehrte, wie man Gebäck macht?

Ralph Hodgson wurde fünfzehn Jahre vor Rupert Brooke geboren und lebte fast fünfzig Jahre nach Brookes Tod noch immer auf derselben Insel, wo Achill eine der Frauen geschwängert hatte.

Und als Bertrand Russell über neunzig Jahre alt war, konnte er sich noch immer daran erinnern, gehört zu haben, wie sein Großvater sagte, dass er sich noch an den Tod George Washingtons erinnere.

Also in der Tat angenommen, eines Tages, als Willem de Kooning ein Schüler war, sagte ihm sein Lehrer etwas.

Angenommen, dies war etwas recht Einfaches, so etwa wie, dass Rostbraun kein Name sei, den man einer Farbe gibt.

Aber auch angenommen, dass, als Willem de Koonings Lehrer das sagte, hat er wirklich etwas wiederholt, was ihm gesagt worden war, als er selbst ein Schüler war.

Und so fort.

Wer wird also bestreiten, dass Rembrandt nicht eines Tages neben Carel Fabritius' Staffelei hätte stehen können, und Carel Fabritius sagte, er male jetzt etwas in Rostbraun, und Rembrandt sagte, dass Rostbraun eine Farbe für einen Bettüberwurf ist?

Also war sozusagen Willem de Kooning in Wirklichkeit ein Schüler Rembrandts.

Womit kaum unterstellt werden soll, dass es Willem de Kooning war, der die Goldmünzen auf den Boden von Rembrandts Atelier gemalt hat. Selbstverständlich.

Doch wer wird außerdem bestreiten, dass er jene Prüfung nicht sogar noch schneller beendet haben könnte, als Carel Fabritius es getan hat?

Wenn man es recht bedenkt, allerdings, warum ist es nicht möglich, dass all dies sogar noch weiter zurückgehen könnte?

Warum könnte es nicht genauso gut Cimabue gewesen sein, der gegenüber Giotto die Bettüberwürfe erwähnte, zum Beispiel, sogar lange bevor Gilbert Stuart es gegenüber George Washington beiläufig erwähnt hat?

Damit soll jedoch kaum unterstellt werden, dass Willem de Kooning irgendwo in der Nähe war, als Giotto freihändig den vollkommenen Kreis gezeichnet hat. Selbstverständlich.

Es sei denn, andererseits, ich fasse plötzlich den Entschluss, mir vorzustellen, dass er es war.

Genau diese Art der Vorstellung ist das Privileg des Künstlers. Offensichtlich.

Nun, das ist, was Künstler *tun*.

Es gibt ein berühmtes Gemälde in der National Gallery, das Penelope beim Weben zeigt, und niemand hielt den Maler davon ab, jeden aus Ithaka in Kleidung zu stecken, die die Leute praktisch erst dreitausend Jahre später, in der Renaissance, getragen haben.

Tatsächlich hat Leonardo selbst Ähnliches getan, als er den Tisch im *Letzten Abendmahl* viel zu klein machte für all die jüdischen Leute, die daran essen sollten.

Oder Michelangelo, als er überflüssiges Material von seinem *David* wegnahm, aber Hände und Füße zu groß beließ.

Ich habe mich jetzt entschlossen, mir Willem de Kooning in Giottos Atelier vorzustellen.

Tatsächlich trägt Giotto Kleidung der Renaissance, aber Willem de Kooning eine Art Pullover.

In Wirklichkeit habe ich gerade aus dem Pullover ein Fußballtrikot gemacht. Mit dem Wort Savona quer über der Vorderseite.

Giotto und Willem de Kooning sind beide gleich weit voneinander entfernt. Natürlich.

Nun, und von dem Kreis.

Tatsächlich sind alle Punkte des Kreisumfangs ebenfalls gleich weit entfernt vom Kreismittelpunkt, wie Zenon bewiesen hat.

Und jetzt sind auch Cimabue und Rembrandt und Carel Fabritius und Jan Vermeer im Atelier.

Es ist nichts Erstaunliches an meiner Fähigkeit, alles Mögliche zusammenzubringen, selbstverständlich, obwohl es auf bestimmte Weise vielleicht interessant ist.

Besonders interessant dabei ist, dass ich nicht die geringste Ahnung habe, wie Giotto und Cimabue und Jan Vermeer aussehen.

Im Fall von Rembrandt und Carel Fabritius habe ich Selbstporträts gesehen. Auch wenn es mir nicht notwendig erscheint, mir auszumalen, welches jener vielen, die es von Rembrandt gibt, im Augenblick passt.

Willem de Kooning ist auch ein Spezialfall, da er doch einmal in meinem Loft zu Besuch gewesen ist.

Tatsache ist, ich habe jetzt auch meine rostbraune Katze in Giottos Atelier getan.

Auch wenn Rostbraun traditionellerweise kein Name ist, den heutzutage irgendjemand einer Farbe geben würde.

Ich glaube, ich werde die Katze, die an meinem zerbrochenen Fenster kratzt, auch hinzufügen.

Beide Katzen sind jetzt in Giottos Atelier.

Ich vermute, ich würde es vorziehen, dass Rembrandt nicht herausfindet, wie die erste dieser Katzen genannt wird. Allerdings.

Obwohl Willem de Kooning der Name dieser einen ja bekannt ist.

Ich habe keinen Schimmer, ob Willem de Kooning den Namen der Katze Rembrandt gegenüber erwähnen würde.

Selbst wenn ich es bin, die sich Willem de Kooning und Rembrandt in demselben Atelier vorstellt, scheine ich keinerlei Kontrolle darüber zu haben.

Dann wiederum ist es schon gut möglich, dass Willem de Kooning sich sowieso nicht an den Namen der Katze erinnert, da es schon einige Jahre her ist, seit die Katze auf seinen oder William Gaddis' Schoß geklettert sein mag. Oder auch nicht.

Jetzt ist Vincent van Gogh in Giottos Atelier.

Das wäre Vincent van Gogh der Maler, natürlich, da Vincent van Gogh die Katze schon dort ist.

Das Ohr des neueren Vincent ist bandagiert.

Ich habe gerade entschieden, El Greco auch ins Atelier hineinzusetzen.

Weswegen vielleicht jetzt alles leicht in die Länge gezogen erscheint, oder sogar astigmatisch.

Die Nummer auf der Rückseite von Willem de Koonings Fußballtrikot scheint eine Elf zu sein. Allerdings. Wenn es nicht eine Siebzehn ist.

Tatsächlich schaut Willem de Kooning jetzt ziemlich aus wie Jackson Pollock.

Ich habe mir auch gerade überlegt, Rembrandt dazu zu bringen, sich so zu bücken, als ob er etwas vom Boden aufheben würde, und Carel Fabritius dazu zu bringen, das außerordentlich lustig zu finden, aber ich bin mir nicht sicher, ob das passiert ist.

Das Ganze wird allmählich wirklich ein Wirrwarr. Um die Wahrheit zu sagen.

Besonders jetzt, wo noch Schafe dabei sind.

Dennoch, eine jede dieser Figuren ist unbestreitbar gleich weit entfernt von allen anderen.

Nun, wie ich selbst es wiederum von einer jeden bin. Einer nach der anderen.

Obwohl ich vielleicht von keiner einzigen davon gleich weit entfernt bin. Wenn man es recht bedenkt, da sie alle nur in meinem Kopf sind.

Was wieder ein bisschen wie mit den Christen wäre, nachdem sie von den Löwen gefressen worden waren. Zweifellos.

Dann wiederum ist es zweifellos überhaupt nicht so.

Mittlerweile ist die Künstlerin, die das Gemälde genau dieses Hauses gemalt hat, mir in den Kopf gekommen, anstatt all dessen, und in diesem Augenblick weiß ich nicht nur nicht, wie sie ausschaut, sondern weiß nicht einmal ihren Namen.

Was das betrifft, ist ihr Gemälde jetzt ebenfalls in meinem Kopf, obwohl ich seit einer Woche oder länger nicht einen Gedanken daran verschwendet habe.

Der Grund, weswegen ich daran seit einer Woche oder länger nicht einen Gedanken verschwendet habe, wie sich zeigt, liegt darin, dass es in dem Zimmer mit dem Leben von

Brahms und dem Atlas hängt und zu dem die Tür geschlossen ist.

Was mir jetzt das Leben Brahms' und den Atlas ebenso in den Kopf gebracht hat.

Obwohl die nächste Frage, die sich mir aufdrängt, die ist, was passieren könnte, wenn ich entscheiden sollte, Brahms selbst in meinem Kopf zu haben.

Wäre es der echte Brahms oder der Brahms aus dem Leben Brahms'?

Und welcher von ihnen schrieb dann die *Alt-Rhapsodie*?

Oder habe ich vielleicht keine Ahnung, was in aller Welt ich mit dieser Unterscheidung meine?

Zumindest ist mir plötzlich aufgegangen, dass der Achill aus der siebten Klasse, der die Schildkröte nicht einholen konnte, derselbe Achill ist, über den ich diese ganze Zeit geschrieben habe.

Nun, es ist mir so einfach noch nicht in den Sinn gekommen, das ist alles.

Auch wenn ich jetzt begreife, dass das bedeutet, dass die Schildkröte auch schneller war als Hektor, da Achill zuletzt Hektor eingeholt hat, obwohl Hektor rannte und rannte.

Dann wiederum bezweifle ich, dass die Schildkröte dieselbe Schildkröte war, von der es heißt, ein Adler habe sie auf Aischylos' kahlen Kopf fallen lassen, was, wie es heißt, die Art und Weise ist, wie Aischylos gestorben sein soll.

Es gibt eine Erklärung, warum der Adler das getan haben könnte. Übrigens.

Die Erklärung besteht darin, dass der Adler vermutlich den Panzer der Schildkröte knacken wollte und glaubte, Aischylos' kahler Kopf wäre ein Felsen.

Mein Ehrenwort, es heißt, so war es, wie Aischylos starb.

Als Aischylos all das über diese blutige Angelegenheit im Bad mit Agamemnon und Klytämnestra und dem Netz schrieb, nebenbei gesagt, hat er eine schrecklich traurige Szene hinzugefügt, in der Kassandra darauf wartet, selbst zu sterben.

Worüber Kassandra nachdenkt, ist, wie schön alles gewesen ist, als sie ein kleines Mädchen war, in Troja, und dasaß und spielte.

An den Ufern des Skamander.

Das ist noch etwas, was Künstler so tun.

Dann wiederum wurde Kassandra überhaupt nicht nach Griechenland gebracht, in *Les Troyens*.

Was Berlioz stattdessen tut, ist, dass er sie sich selbst töten lässt, als Troja fällt.

Vielleicht wurde Hector Berlioz auch nach ebendiesem Hektor benannt, wenn man es recht bedenkt.

Ich erinnere mich nicht an irgendetwas in der Oper in Zusammenhang mit irgendjemandem, der an Fenstern lauert. Andererseits.

Obwohl es Herodot war, der die Zeile schrieb, dass der ganze Krieg wegen eines einzigen Mädchens aus Sparta stattgefunden hätte, woran ich mich, glaube ich, vor recht vielen Tagen einmal versucht habe zu erinnern.

Raphael und Giulio Romano waren übrigens zwei weitere Künstler, die Versionen der entführten Helena malten, sowie Rubens und van Dyck Versionen von Achill malten, wie er sich unter den Frauen versteckt.

Ich finde es interessant, wenn Lehrer und Schüler das tun.

Obwohl Rubens manchmal nicht sehr viel glücklicher mit van Dyck war als Tizian mit Tintoretto. In Wirklichkeit.

Selbst wenn er van Dyck nicht hinausgeworfen hat, was er getan hat, war, ihn immer nur Gesichter machen lassen, so dass er selbst der Beste bei den Stellen bleiben konnte, wo jeder immer jeden anderen berührt.

Rubens konnte auch fünf Sprachen, was ich nur erwähne, weil ich erwähnt habe, dass Rembrandt nur eine konnte.

Habe ich gesagt, dass ich einen Arm voll roter Rosen hereingebracht habe, heute in der Früh?

Oder dass Utrillo wirklich bestimmte Gemälde malte, indem er Szenen kopierte, die er auf Ansichtskarten gefunden hat?

Es mag sein, dass mich in der Zwischenzeit die Frage nach Dingen, die ausschließlich im eigenen Kopf existieren, noch immer leicht beunruhigt. Um die Wahrheit zu sagen.

Das ist im Wesentlichen so, weil es mir gerade in den Sinn gekommen ist, dass das Feuer, das ich vielleicht am Müllplatz machen werde, um es auf den zerbrochenen Flaschen glitzern zu sehen, noch etwas ist, was nur in meinem Kopf existiert.

Außer dass es in diesem Fall etwas ist, das in meinem Kopf existiert, obwohl ich das Feuer noch gar nicht gemacht habe.

Außerdem, was wirklich in meinem Kopf ist, ist auch nicht das Feuer, sondern van Goghs Gemälde vom Feuer.

Was besagen soll, das Gemälde van Goghs, das man sieht, wenn man ein ganz klein bisschen blinzelt. Mit all diesen Wirbeln, wie in *Die Sternennacht*.

Und sogar mit Angst darin.

Wenn auch ein gewisser Teil dieser Angst einfach der Wahrscheinlichkeit geschuldet sein mag, dass sich das Gemälde eh nicht verkaufen würde. Selbstverständlich.

Obwohl, was jetzt tatsächlich plötzlich passiert ist, ist, dass ich in Wirklichkeit nicht das Gemälde selbst sehe, sondern eine Reproduktion des Gemäldes.

Darüber hinaus hat die Reproduktion sogar eine Bildunterschrift, die besagt, dass das Gemälde *Die zerbrochenen Flaschen* heißt.

Und in den Uffizien ist.

Nun, offenkundig gibt es in den Uffizien kein Gemälde van Goghs, das *Die zerbrochenen Flaschen* heißt.

Es ist tatsächlich nirgendwo ein Gemälde van Goghs, das

Die zerbrochenen Flaschen heißt, nicht einmal in meinem Kopf, da, wie ich gesagt habe, was in meinem Kopf ist, nur eine Reproduktion des Gemäldes ist.

Ich vermute, ich gerate allmählich durcheinander.

Alles, was ich sagen wollte, glaube ich, ist, dass ich ein Gemälde sehe, das van Gogh nicht gemalt hat und das jetzt eine Reproduktion dieses Gemäldes wurde und das ohnehin ein Feuer ist, das ich selbst nicht gemacht habe.

Obwohl, was ich gänzlich ausgelassen habe, ist, dass das Gemälde auch nicht in Wirklichkeit das Feuer ist, sondern eine Spiegelung des Feuers.

Also, in anderen Worten, was ich letztendlich sehe, ist nicht nur ein Gemälde, das kein echtes Gemälde ist, sondern nur eine Reproduktion, die zudem ein Gemälde eines Feuers ist, das kein echtes Feuer ist, sondern nur eine Spiegelung.

Obendrein ist es selbst kaum eine echte Reproduktion, da sie nur in meinem Kopf ist, wie eben aus demselben Grund die Spiegelung keine echte Spiegelung ist.

Kein Wunder, dass Cézanne einmal sagte, van Gogh male wie ein Wahnsinniger.

In dem Fall ist das Nächste, was ich fragen werde, ob meine Rosen noch immer rot sein werden, wenn es dunkel wird.

Bei abermaliger Überlegung werde ich nicht fragen, ob meine Rosen noch immer rot sein werden, wenn es dunkel wird.

Oder gar, ob Cézanne je mit irgendjemandem über van Gogh persönlich gesprochen hat, bevor er das sagte.

Was natürlich seine Einsicht nicht mehr so denkwürdig machen würde, wenn er es hätte.

Ich meine, wenn Gauguin Cézanne irgendwo in einer Ecke beiseitegenommen hätte und dieses oder jenes gemurmelt hätte, zum Beispiel.

Oder wenn Dostojewski das hätte.

Der Hund, der nicht von Emily Brontës Bett fernzuhalten war, hieß Keeper. Übrigens.

Und, wie Euripides gestorben sein soll, war, dass er von Hunden zerfleischt wurde, so heißt es, obwohl ich das nur erwähne, weil ich Aischylos und den Adler erwähnt habe.

Aber woran mich dies erinnert, ist, wie Helena einer alten Legende nach starb, nämlich dass sie an einem Baum erhängt wurde. Von eifersüchtigen Frauen.

Dann wiederum besteht eine andere Geschichte darauf, dass sie und Achill ein Liebespaar wurden und für immer auf einer Zauberinsel lebten.

Obwohl die gleiche Geschichte manchmal über Medea und Achill berichtet wird.

Nun, zweifellos sind beide Geschichten aufgekommen, weil die Leute so betrübt waren von der Vorstellung, dass Achill im Hades zurückgelassen wird, wie in der *Odyssee*, als Odysseus ihn dort besucht.

Das passiert selbstverständlich erst, nachdem Achill von Paris getötet worden ist, indem er von einem Pfeil in die Ferse getroffen wird.

Tatsächlich war Paris zu diesem Zeitpunkt ebenfalls zum Berg Ida gegangen, um zu sterben, wegen eines weiteren Pfeils.

Selbst wenn man gezwungen ist, Bücher von Leuten mit Namen wie Diktys von Kreta oder Dares der Phrygier oder Quintus von Smyrna zu lesen, um solche Sachen zu lernen, da die *Ilias* nicht so weit geht.

Ich ließ die Blätter dieser Bücher ins Feuer fallen, nachdem ich jedes Mal auch die Rückseite gelesen hatte, wie ich mich erinnere.

Das ist im Louvre gewesen, der vielleicht drei Brücken entfernt von dem Pont Neuf ist.

Einmal, im selben Winter, signierte ich einen Spiegel. In einer der Frauentoiletten, mit einem Lippenstift.

Was ich signiert habe, war ein Bildnis meiner selbst. Natürlich.

Sollte irgendjemand anderer hineingeschaut haben, wo meine Unterschrift gewesen ist, wäre sie unter dem Bildnis der anderen Person gewesen. Allerdings.

Selbst im späten Frühling kann man von den Ruinen von Hisarlik aus noch immer Schnee auf Paris' Gebirge sehen.

Es gibt ein Gemälde im Louvre von Helena und Paris, nebenbei bemerkt, von Jacques Louis David, das vielleicht die einzige überzeugende Darstellung Helenas ist, die ich je gesehen habe.

Tatsache ist, das Gemälde selbst ist ziemlich albern, weil Helena all ihre Kleider anhat, während Paris nur Sandalen und einen Hut trägt.

Dennoch, da ist eine Wehmut in Helenas Gesicht, die darauf hindeutet, dass sie über ganz schön viele Sachen nachgedacht hat.

Ich bin recht angetan von dem Gedanken, dass Helena über ganz schön viele Sachen nachgedacht hat.

Zweifellos hätte ich diesen Spiegel nie signiert, wäre da noch irgendjemand anderer gewesen, der hätte hineinschauen können. Andererseits.

Obwohl der Name, den ich hinschrieb, in Wirklichkeit Jeanne Hébuterne war.

Ich mache noch immer manchmal Flecken. Übrigens.

Jetzt schon neun oder zehn Tage lang, schätze ich.

Ich scheine versäumt zu haben, auf das Vergehen einer ganzen Menge Letzterer hinzuweisen. Wie sich gerade herausstellt.

Auch wenn das nichts mit dem Fleckenmachen zu tun hat, etwas, das, wie ich gesagt habe, kaum unüblich ist.

Ebenso wenig wie es unüblich wäre, mehrere Monate zu warten, ohne meine Periode überhaupt zu bekommen.

Dennoch musste ich wieder an die Quelle gehen, um frische Unterhosen zu waschen.

Oje.

Natürlich habe ich nicht frische Unterhosen gewaschen. Natürlich waren die Unterhosen nicht frisch, bis ich sie gewaschen hatte.

In jedem Fall habe ich alles auch wieder einmal draußen gelassen, da es immer etwas Angenehmes ist, in Wäsche hineinzuschlüpfen, die noch warm von der Sonne ist.

Hingegen bin ich nicht sonderlich glücklich über diese neue Gewohnheit, die Tage so häufig zu überspringen, um die Wahrheit zu sagen, auch wenn ich gar nicht sicher bin, warum.

Obwohl es möglicherweise etwas zu tun hat mit der Frage, über die ich gestern geschrieben habe.

Wobei ich vielleicht einen oder zwei Tage vor gestern meine.

Auch bin ich nicht sicher, ob ich mich an die Frage sehr deutlich erinnere.

Oder vielleicht habe ich sie nicht so gut definiert.

Obwohl zweifellos alles, was ich im Sinn habe, ist, dass, wenn so viele Dinge nur in meinem Kopf zu existieren scheinen, es sich in dem Moment herausstellt, wo ich hier sitze, dass sie auf diesen Seiten ebenso existieren.

Vermutlich existieren sie auf diesen Seiten.

Wenn jemand, der nur Russisch verstehen könnte, diese Seiten anschauen sollte, habe ich keine Ahnung, was auf diesen Seiten existieren würde.

Da ich selbst nicht ein Wort Russisch spreche, allerdings, glaube ich, kategorisch erklären zu können, dass die Dinge, die nur in meinem Kopf existiert hatten, jetzt ebenso auf diesen Seiten existieren.

Nun, einige solcher Dinge.

Man kann schwerlich alles, was im Kopf existiert, niederschreiben.

Oder gar auch nur anfangen, sich dessen bewusst zu werden. Offensichtlich.

Tatsächlich habe ich keinen Zweifel daran, dass ich mehr als einmal Dinge geschrieben habe, die ich nicht einmal erinnerte, zu erinnern, bis ich sie schrieb.

Nun, ich habe dazu schon eine Anmerkung gemacht.

Jedoch gibt es tatsächlich auch bestimmte Dinge, die man erinnert beim Schreiben, die man nicht erinnerte, erinnert zu haben, aber eben auch nicht niederschreibt.

Zum Beispiel als ich über die Tatsache schrieb, dass Rembrandt und Spinoza zur selben Zeit in Amsterdam gelebt haben, was ich durch eine Fußnote erfahren hatte, erinnerte mich plötzlich eine gänzlich andere Fußnote daran, dass, als El Greco in Toledo lebte, solche Leute wie die hl. Teresa und der hl. Johannes vom Kreuz dort auch gelebt hatten.

Obwohl ich mich daran erinnerte, allerdings, habe ich es nicht niedergeschrieben.

Im Wesentlichen mag meine Begründung, dies nicht zu tun, gewesen sein, dass ich weder über die hl. Teresa noch über den hl. Johannes vom Kreuz eine einzige Sache weiß.

Außer, offensichtlich, dass beide in Toledo waren, als El Greco in Toledo war.

Obwohl an dem, was ich da sage, mehr dahinter ist als dies.

Eine weitere Person, die in Toledo lebte, als El Greco in Toledo lebte, war Cervantes, außer dass ich eine andere Art von Begründung hatte, Cervantes jetzt gerade nicht zur Sprache zu bringen, gerade jetzt, als ich die hl. Teresa und den hl. Johannes vom Kreuz zur Sprache brachte.

Als ich die hl. Teresa und den hl. Johannes vom Kreuz zur Sprache brachte, war, wie ich sagte, weil ich über sie in Zusammenhang mit El Greco nachdachte, gerade als ich über Rembrandt in Zusammenhang mit Spinoza nachdachte.

Allerdings, wie ich auch sagte, war die Tatsache, dass El Greco die hl. Teresa und den hl. Johannes vom Kreuz gekannt haben mag, etwas, was ich nicht erinnerte, zu erinnern, bis zu genau dem Moment, in dem ich schrieb, was ich über Rembrandt und Spinoza schrieb.

Die Tatsache, dass El Greco auch Cervantes gekannt haben mag, ist andererseits etwas, das ich nicht erinnerte, zu erinnern, bis ich schließlich so viele Seiten später schrieb, was ich erinnert hatte, aber nicht früher zu El Greco niedergeschrieben habe.

Das ist gar nicht so kompliziert, obwohl es so scheinen mag.

Alles, was es in Wirklichkeit bedeutet, ist, dass, sogar wenn man etwas erinnert, das man nicht erinnerte zu erinnern, mag man dennoch nicht mehr als die Oberfläche angekratzt haben im Hinblick auf die Dinge, die man nicht erinnert zu erinnern.

Obwohl ich tatsächlich glaube, auch Cervantes vorher erinnert zu haben, selbst wenn es in jenem Fall nur in Verbindung mit jenem Schloss gewesen sein mag.

Dann wiederum war es vielleicht Don Quixote, den ich erinnerte, weil das Schloss in la Mancha gewesen ist.

Der Titel des Buches über Don Quixote ist *Don Quixote de la Mancha.* Selbstverständlich.

Alles, was El Greco und Cervantes in Toledo zueinander gesagt haben mögen, wäre vermutlich in derselben Sprache wie der Titel gesagt worden.

Selbst wenn El Greco Griechisch bevorzugt haben mag, oder was auch immer für eine Sprache sie auf Kreta sprachen, wo er in Wirklichkeit tatsächlich herkam.

Dies alles selbstverständlich in der Annahme, dass, selbst

wenn El Greco und Cervantes sich nicht sehr gut gekannt haben, sie zumindest begonnen hätten, sich im Vorübergehen zuzunicken. Nach einer Weile.

Und natürlich Freundlichkeiten auszutauschen als Nächstes.

Buenos días, Cervantes.

Buenos días a usted, Theotocopoulos.

Nun, und zweifellos hätten sie ähnliche Freundlichkeiten schließlich auch mit der hl. Teresa und dem hl. Johannes vom Kreuz ausgetauscht.

Möglicherweise hätte das alles in dem einen oder anderen Geschäft in der Nähe stattgefunden, etwa beim Apotheker um die Ecke. Beispielsweise.

Selbst wenn man bezweifeln darf, dass die zwei Letzteren bereits Heilige genannt wurden. Natürlich.

Nun, oder auch, dass der hl. Johannes vom Kreuz schon damals vom Kreuz genannt worden wäre.

Buenos días, heilige Teresa, oder *buenos días*, Johannes vom Kreuz, ist sicherlich in jedem Fall ein wenig ungeschickt in einer Drogerie.

Oder beim Warten in der Schlange am Zigarettenkiosk. Bestimmt.

Dennoch bleiben alle diese Leute immer gleich weit entfernt voneinander wie jeder in Taddeo Gaddis Atelier. Selbstverständlich.

Außer dass sie jetzt unbestreitbar auch von mir gleich weit entfernt sind, weil sie sich auf diesen Seiten befinden im Gegensatz zu nur in meinem Kopf.

Denke ich.

So dass, selbst wenn ich unerwarteterweise über jemand anderen nachdenken sollte, über den ich sehr lange Zeit nicht nachgedacht hatte, so wie, oh, sagen wir Artemisia Gentileschi, dieselbe Regel gelten würde.

Obwohl etwas, das ich auch übrigens gerade begriffen habe, ist, dass ich wahrscheinlich unrecht hatte, vor kurzem, als ich sagte, es war Zenon, der das andere Gesetz bewiesen hat, über die Hypotenuse eines Kreises.

Möglicherweise war es Archimedes, der das bewiesen hat. Oder Galileo.

Obwohl, was mich jetzt wahrhaftiger überrascht, ist, dass ich diese vielen Seiten habe schreiben können, ohne jemals Artemisia Gentileschi erwähnt zu haben.

Oder dass irgendeine Künstlerin das könnte.

Tatsächlich ist Artemisia vielleicht die eine Person, die man Heilige nennen würde, an einem Zigarettenkiosk oder sonst wo, ohne sich im Geringsten ungeschickt vorzukommen.

Sie wurde auch vergewaltigt. Natürlich.

Mit nur fünfzehn Jahren.

Aber, Himmel, was für eine Malerin. Trotz einer solchen Welt, der sie sich stellen musste, vor so vielen Jahren.

Obwohl sie gefoltert worden ist, um ihr Wort auf die Probe zu stellen, als die Vergewaltigung vor Gericht kam.

Obwohl einer der Päpste selbstverständlich auch Galileo dazu gebracht hat, jedes Wort, dass er gesagt hatte, zurückzunehmen.

Inzwischen befinden sich meine Periode und ich noch immer in gar keinem Abstand voneinander. Vermutlich.

Nun, oder der Schmerz in meiner linken Schulter und ich. Genauso.

Vielleicht habe ich den Schmerz in meiner rechten Schulter nicht erwähnt.

Ich habe ihn erwähnt.

Wenn ich das allerdings bis jetzt gemacht habe, wäre es nur eine Sache mehr gewesen, die ich erinnerte, da ich ihn recht lange nicht wirklich gespürt habe, in letzter Zeit.

Was besagen soll, er wäre noch ein weiteres Beispiel von

etwas gewesen, das nur in meinem Kopf existiert hat oder auf den Seiten, auf denen ich über ihn geschrieben habe.

Obwohl es jetzt den Anschein hat, als ob er nicht nur an jenen beiden Stellen existiert, sondern auch wieder in meiner Schulter.

Selbst wenn ich irgendwie verblüfft darüber bin, wie es sein kann, dass ein Schmerz an zwei anderen Stellen ebenso existieren kann wie auch dort, wo er in Wirklichkeit wehtut.

Man scheint gerade eine ganze Menge Anstrengung aufgewendet zu haben, um genau diese Wahrscheinlichkeit zu bestätigen. Allerdings.

In jedem Fall bin ich heute Morgen damit aufgewacht.

Das kann passieren. Es passiert nicht häufig, aber es kann passieren.

Im Wesentlichen glaube ich, dass der Schmerz arthritisch ist.

Dann wiederum bin ich manchmal versucht gewesen, ihn mit dem Nachmittag in Zusammenhang zu bringen, an dem ich den Landrover voller Ansichtskarten ins Mittelmeer hineinfuhr, obwohl ich nicht glaube, mich zu der Zeit arg verletzt zu haben.

Viele der Postkarten im Landrover zeigten Reproduktionen bestimmter bekannter Gemälde. Nebenbei gesagt.

Größtenteils von Maurice Utrillo.

Irgendwie habe ich das Gefühl, ich würde gerne etwas dazu anmerken, aber was immer diese Anmerkung auch sein mag, sie entweicht mir immer.

Obwohl bei nochmaliger Überlegung mag die andere Frage schließlich auch überhaupt nichts mit meiner Arthritis oder mit der Begebenheit in der Nähe von Savona zu tun haben.

Oder zumindest in diesem gegenwärtigen Fall.

Ich äußere diese andere Vermutung, weil es durchaus möglich ist, dass ich mir bestimmte Muskeln gezerrt habe, gestern.

Wie ich das gestern vielleicht getan habe, war, indem ich den verrosteten Rasenmäher verrückt habe, als ich unten im Keller war.

Vielleicht habe ich nicht erwähnt, dass ich unten im Keller gewesen bin.

Ich war unten im Keller. Gestern.

Natürlich habe ich andere Sachen getan, als nur den rostigen Rasenmäher zu verrücken. Man geht kaum nach unten in den Keller, in den man ansonsten eh selten geht, um einfach nur einen verrosteten Rasenmäher zu verrücken.

Den Rasenmäher zu verrücken bleibt die anstrengendste Sache, die ich getan habe, während ich dort unten war. Allerdings.

Ich habe keines der Fahrräder verrückt, oder den Handkarren.

Ich glaube, ich habe erwähnt, dass es mehrere Fahrräder im Keller gibt, ebenso einen Handkarren.

Es gibt auch etliche Baseballbälle, auf einem Sims.

Ich habe auch keinen der Baseballbälle verrückt, obwohl ich recht sicher bin, dass man sich kaum die Schulter verletzen würde, indem man jene verrückt.

Tatsächlich war es albern von mir, gesagt zu haben, dass ich die Baseballbälle nicht verrückt habe.

Dann wiederum, vielleicht hatte auch das Verrücken des Rasenmähers nicht wirklich irgendetwas mit irgendetwas zu tun.

Der Keller dieses Hauses ist äußerst feucht, sogar zu dieser Jahreszeit, wie ich vielleicht schon erwähnt habe.

Man kann die Feuchtigkeit riechen. Tatsächlich.

Und, um die Wahrheit zu sagen, war ich ganz schön lang unten.

So dass vielleicht der Schmerz schließlich doch arthritisch ist und es die Feuchtigkeit im Keller war, die dies verschlimmert hat.

Obwohl andererseits könnte die ganze Sache wiederum wirklich an der Quelle angefangen haben, als ich meine Unterhosen gewaschen habe, an dem Tag, an dem ich überhaupt noch keinen einzigen Gedanken an den Keller verschwendet hatte.

Auf jeden Fall glaubt man, dass es am besten ist, all diese Möglichkeiten durchzugehen, wenn es eine Verletzung betrifft.

Mittlerweile ist der Weg, über den man den Keller erreicht, eine sandige Böschung, hinten am Haus, was ich nicht erinnere, erwähnt zu haben oder nicht.

Der Grund, warum ich es jetzt erwähne, ist, dass ich beim Zurückkommen von der Quelle diesem Teil des Hauses gegenübergestanden habe, was zweifellos der Grund gewesen ist, weshalb mir überhaupt der Keller in den Sinn gekommen ist.

Selbst wenn ich genau diesem Teil des Hauses etliche Male gegenübergestanden habe, ohne überhaupt daran zu denken, in den Keller hinunterzugehen.

So dass ich, um die Wahrheit zu sagen, auch keine wirkliche Ahnung habe, warum ich gestern dort hinunterging. Wenn man es genau bedenkt.

Was ich gemacht habe, nachdem ich halt dort hingekommen bin, war, nach den acht oder neun Bücherkisten zu schauen.

Was man macht, nachdem man halt irgendwo hingekommen ist, hat oft sehr wenig damit zu tun, warum man dort hingekommen ist. Allerdings.

So dass ich vielleicht überhaupt keinen irgendwie gearteten Grund hatte, gestern in den Keller gegangen zu sein.

Obwohl ich glaube, die acht oder neun Bücherkisten erwähnt zu haben.

Dies sind die acht oder neun Bücherkisten, bei denen es mich mehr als einmal verblüfft hat, dass sie im Keller statt im Haus sind, besonders, weil hier oben genug Platz für sie ist.

Tatsächlich sind viele Regale hier oben halb leer.

Obwohl zweifellos, wenn ich sage, sie sind halb leer, sollte ich wirklich sagen, dass sie halb voll sind, da sie vermutlich vollkommen leer waren, bevor sie jemand halb gefüllt hat.

Dann wiederum ist es nicht unmöglich, dass sie einmal ganz gefüllt waren und nur halb leer wurden, als jemand die Hälfte der Bücher in den Keller räumte.

Ich finde die zweite Möglichkeit weniger wahrscheinlich als die erste, obwohl sie nicht gänzlich unvorstellbar ist.

In jedem Fall ist der gegenwärtige Zustand der Regale sogar eine Erklärung dafür, warum so viele der Bücher in dem Haus so arg beschädigt sind.

Wie das Leben Rupert Brookes, zum Beispiel. Oder die Gedichte Anna Achmatowas oder die Marina Zwetajewas.

Vielleicht, wenn da mehr Bücher in den Regalen wären, so dass nicht so viele von ihnen schief ständen, hätte die Meeresluft weniger Gelegenheit gehabt, so viele von ihnen zu ruinieren, wie sie es getan hat.

Die Person, die die restlichen Bücher im Keller ließ, scheint daran nicht gedacht zu haben.

Dennoch, vielleicht gab es irgendeinen ebenso wichtigen Grund dafür, die restlichen Bücher dort zu lassen.

Vielleicht war es meine Neugier aus genau diesem Grund, die mich schlussendlich gestern in den Keller hinuntergehen ließ, um schließlich nach den acht oder neun Bücherkisten zu schauen. Tatsächlich.

Selbst wenn ich die acht oder neun Bücherkisten nicht wirklich angeschaut habe.

Was ich angeschaut habe, war eine der acht oder neun Kisten.

Obwohl ich tatsächlich auch keine Ahnung habe, warum ich ständig über acht oder neun Bücherkisten spreche.

Es gibt elf Bücherkisten im Keller.

Man ist in vielen solchen Situationen imstande, diese Art ungefährer Schätzung zu machen. Selbstverständlich.

Und die einem tatsächlich eine ganze Zeit im Kopf bleiben wird, selbst wenn man es besser weiß.

Nun, wie ich es gerade veranschaulicht habe.

All die Bücher im Keller haben deren eigenen, besonderen Geruch von Feuchtigkeit. Übrigens.

Ich habe keine Ahnung, wie man ihn beschreiben sollte, aber es ist ein Geruch von Feuchtigkeit, den nur Bücher haben.

Oder jedenfalls war dies unbestreitbar der Fall mit den Büchern in der einen Kiste, die ich schon zuvor aufgemacht hatte, die dieselbe war, die ich gestern wieder aufgemacht habe.

Möglicherweise habe ich nicht erwähnt, eine der Kisten vorher aufgemacht zu haben.

Jedoch würde man kaum von elf Kisten im Keller eines Hauses am Strand sprechen, die Bücher enthalten, ohne nicht wenigstens eine der Kisten aufgemacht zu haben, um dies herauszufinden. Allerdings.

Tatsache ist, man sollte zweifellos alle elf Kisten aufgemacht haben, bevor man von ihnen in dieser Weise spricht.

Also operiere ich auf der Basis einer sehr begrenzten Beweislage. In Wirklichkeit.

Obwohl, um die Wahrheit zu sagen, mich die ganze Frage nie sehr eingehend interessiert hat.

Tatsächlich mag das Verrücken des rostigen Rasenmähers, um ebendieselbe einzelne Kiste wieder aufzumachen, kaum mehr gewesen sein als eine Art Zeitvertreib, gestern.

Einmal hatte ich mich unten im Keller wiedergefunden,

ohne jedweden Grund, mich dort zu befinden, wie ich angedeutet habe.

Wäre ich in einer anderen Geistesverfassung gewesen, hätte ich die Baseballbälle womöglich am Ende auch verrückt.

Und in welchem Fall sich meine Schulter sehr wahrscheinlich auch nicht so anfühlen würde, wie sie es tut.

Ich habe wirklich dieses Mal die Bücher durchgeschaut, allerdings, was ich bei der anderen Gelegenheit, als ich die Kiste aufgemacht habe, nicht getan hatte.

Nun, das andere Mal hatte ich jedenfalls den Rasenmäher nicht zuerst verrückt, so dass es schwierig gewesen wäre, die Bücher durchzuschauen, auch wenn ich es gewollt hätte.

Alles, was ich bei jener Gelegenheit machen wollte, war, herauszufinden, was die Kiste enthielt. Allerdings.

Gestern habe ich die Bücher aus der Kiste genommen.

Mit nur einer Ausnahme war jedes einzelne davon in einer Fremdsprache.

Die meisten waren auf Deutsch, tatsächlich, obwohl nicht alle.

Das eine Buch, das nicht auf Deutsch oder in einer anderen Fremdsprache war, war eine Ausgabe der *Troerinnen* von Euripides, das aus dem Griechischen ins Englische übersetzt worden war.

Von Gilbert Murray.

Ich glaube, die Person, die es übersetzt hat, war Gilbert Murray.

Ich bin mir jetzt tatsächlich nicht sicher, dass ich nachgeschaut habe.

Es stellt sich heraus, dass viele der griechischen Stücke von Gilbert Murray übersetzt worden sind. Allerdings.

Tatsächlich vermute ich, dass ich dieses Thema sogar schon einmal erörtert habe.

Dann wiederum ist es vielleicht überraschend, dass ich

der Übersetzung schließlich nicht mehr Aufmerksamkeit geschenkt habe, ist es doch das einzige Buch aus der Kiste, das zu lesen ich imstande gewesen wäre.

Obwohl, in Wirklichkeit kann ich auch Spanisch lesen.

Oder vielleicht sollte ich sagen, ich war einmal imstande, Spanisch zu lesen, da ich es jahrelang nicht mehr versucht habe.

Und, um die Wahrheit zu sagen, ich habe Spanisch nie sehr gut lesen können, als ich es gelesen habe.

Zwei der Bücher aus der Kiste waren auf Spanisch.

Eines davon war eine Übersetzung von *Der Weg allen Fleisches*.

Tatsächlich hatte ich ganz erhebliche Schwierigkeiten, jenes wiederzuerkennen. Wenn man es recht bedenkt.

Im Wesentlichen war das deshalb, weil das Wort *carne* im Titel verwendet wurde, und eine Zeit lang dachte ich an *carne* in der Bedeutung von Geschnetzeltem.

Bestimmt scheint *Der Weg allen Geschnetzelten* nicht die Art Titel zu sein, den irgendjemand einem Buch geben würde.

Die Schwierigkeit hielt nur so lange an, bis ich bemerkte, dass Samuel Butler das Buch geschrieben hat. Allerdings.

Natürlich darf man ernsthaft bezweifeln, dass irgendjemand, von dem man glaubte, er hätte schon ein Buch mit dem Titel *Der Weg allen Fleisches* geschrieben, ein weiteres Buch mit dem Titel *Der Weg allen Geschnetzelten* geschrieben hätte.

Oder dass auch das Gegenteil dieser Feststellung besonders wahrscheinlich wäre.

Dennoch, ich muss zugeben, dass ich doch kurz verwirrt war.

Das andere Buch auf Spanisch war keine Übersetzung, sondern war in dieser Sprache geschrieben. Es war ein Gedichtband von Sor Juana Inés de la Cruz.

Nun, Sor Juana Inés de la Cruz ist noch eine weitere Person, die ich vermutlich erwähnt habe.

Mein Grund für diese Vermutung ist, dass Sor Juana Inés de la Cruz Mexikanerin war und ich recht sicher bin, darüber gesprochen zu haben, dass ich einmal in Mexiko gelebt habe.

Wenn man in Mexiko lebt, wird man mit den Namen bestimmter mexikanischer Dichter vertraut, selbst wenn man die Sprache, in der sie geschrieben haben, nicht gut lesen kann.

Wenn man eine Sprache nicht sehr gut lesen kann, kann man Gedichte in jener Sprache im Allgemeinen sogar noch weniger gut lesen. Das ist eine Tatsache.

Obwohl ich glaube, dass ich manchmal eine Anstrengung gemacht habe, bestimmte Gedichte von Marco Antonio Montes de Oca zu lesen, selbst wenn der Hauptgrund dafür nur der gewesen sein mag, dass ich so angetan war von seinem Namen.

Auf jeden Fall hat er einen unvergesslichen Klang, wenn man ihn laut ausspricht.

Marco Antonio Montes de Oca.

Berge der Gans, das ist es, was die zweite Hälfte davon merkwürdigerweise zu bedeuten scheint. Andererseits.

Obwohl Sor Juana Inés de la Cruz auch einen eigenen Klang hat.

Sor Juana Inés de la Cruz. Schwester Juana Inés vom Kreuz lautet hier die Übersetzung. Offensichtlich.

Der Teil mit der Schwester macht sie auch zu einer Nonne, selbstverständlich. Auch wenn ich bis zu genau diesem Moment nicht an den anderen Zusammenhang gedacht habe.

Was besagen soll, der Zusammenhang zwischen Sor Juana Inés vom Kreuz und dem hl. Johannes vom Kreuz.

Nun, möglicherweise gibt es einen Zusammenhang. Dann wiederum, möglicherweise wurden alle möglichen Leute, die etwas mit der katholischen Kirche zu tun hatten, vom Kreuz genannt, und es ist nichts anderes als eine Koinzidenz, dass ich plötzlich an zwei von ihnen gedacht habe.

Zweifellos, wenn ich mich mehr für solche Sachen interessieren würde, hätte ich über eine Unzahl von ihnen nachgedacht.

Was das betrifft, habe ich keine Ahnung, was von dem, was ich gesagt habe, mich jetzt auch wieder an Artemisia Gentileschi hat denken lassen.

Selbst wenn, wie ich auf ein paar Seiten vorher sagte, ich überrascht war, dass ich so viele Seiten habe schreiben können, ohne schon lange vorher über sie nachgedacht zu haben.

Nun, Artemisia ist vielleicht die einzige Person, für die sich fast jede Künstlerin mit Freuden erhängt hätte, um sie zu sehen, wenn man sich eines Lebens nach dem Tode hätte sicher sein können.

Selbst wenn niemand sie je schreiben und lesen gelehrt hat.

Oder waren die Gemälde selbst vielleicht genug, wenn man Artemisia war?

Das war eine lächerliche Frage.

Dennoch, es ist vielleicht ein Hinweis darauf, was man von Artemisia Gentileschi hält.

Dame des Pinsels.

Obwohl ich beim besten Willen jetzt keine Ahnung habe, warum ich mich gerade auch noch daran erinnert habe, dass Galileo eine weitere Person war, die erblindete.

Im Falle Galileis ist das daher gekommen, dass er zu oft durch sein Teleskop in die Sonne geschaut hat, oder so ähnlich, sagt man.

Aber wie um Himmels willen hat mich dies wiederum an die gesprungene alte längliche Glasplatte erinnert, die ich als Palette verwendet habe, all die Jahre über in Soho, und die vorher auf dem Kaffeetisch meiner Tante Esther gelegen hat?

Oder dass sie wirklich eine Krankheit nach einem dieser Baseballspieler benannt haben?

Man würde bestimmt fast alles geben, um zu verstehen, wie es der Kopf manchmal fertigbringt, auf die Weise umherzuspringen, wie er es tut.

Esther kam von der Seite der Familie meines Vaters. In Wirklichkeit.

Ich habe gerade einen Souchong-Tee gemacht.

Bevor ich zurück zur Schreibmaschine gekommen bin, bin ich hinaufgegangen und habe den gerahmten Schnappschuss aus der Schublade in dem Tisch neben meinem Bett genommen, nur für einen Moment.

Ich habe ihn nicht zurück auf den Tisch gelegt. Allerdings.

Es gab auch kein Buch von Marco Antonio Montes de Oca in der Kiste, sollte ich ebendiesen Eindruck vermittelt haben.

Andererseits gab es nicht weniger als sieben Bücher von Martin Heidegger.

Ich bin selbstverständlich nicht in der Lage, auch nur einen dieser Titel zu nennen, ohne in den Keller zurückzukehren und das Deutsch abzuschreiben, womit mich abzuplagen aber bestimmt witzlos wäre.

Wenn ich sage, es wäre witzlos, meine ich natürlich, dass ich trotzdem in jedem Fall noch immer kein Wort Deutsch verstünde.

Ein Wort, das allerdings meine Aufmerksamkeit bestimmt auf sich zog, war das Wort *Dasein*, da es praktisch auf jeder Seite, die ich aufschlug, zu erscheinen schien.

Martin Heidegger selbst bleibt jemand, über den ich nicht mehr weiß, als ich über Sor Juana Inés de la Cruz weiß. Allerdings.

Außer dass ich jetzt weiß, dass er bestimmt eine Schwäche für das Wort *Dasein* hatte. Offensichtlich.

Dann wiederum neigt man, was ich glaube, schon gesagt zu haben, häufig dazu, beim Lesen auf einen Namen wie den Martin Heideggers zu stoßen, selbst wenn man kaum dazu neigt, irgendwelche Bücher von Martin Heidegger selbst zu lesen.

Zumindest wäre dies vermutlich der Fall, wenn man überhaupt jemals etwas liest, was ich, wie ich auch sagte, aufgehört habe zu tun.

Tatsächlich kann ich mich an das letzte Buch, das ich gelesen habe, nicht erinnern, selbst wenn ich gelegentlich den Eindruck vermittelt haben mag, es wäre ein Leben Brahms' gewesen.

In Betracht all dessen glaube ich noch immer nicht, dass es irgendwelche Beweise dafür gibt, dass ich ein Leben Brahms' gelesen habe. Allerdings.

Tatsache ist, dass es mir erst in diesem Moment aufgegangen ist, dass ich jede Einzelheit, die ich über Brahms weiß, beim Lesen der Rückseiten von Schallplattenhüllen gelernt haben könnte.

Möglicherweise habe ich vorher nicht erwähnt, dass ich die Rückseiten der Schallplattenhüllen gelesen habe.

Das ist etwas, was man so tut. Allerdings.

Nun, oder getan hat auf jeden Fall, da jetzt ziemlich endgültig festgestellt werden kann, dass ich in etwa so viele Jahre keine Rückseite einer Schallplattenhülle gelesen habe, wie ich kein Buch gelesen habe.

Tatsächlich gibt es in diesem Haus keine Schallplatten.

Nun, es gibt auch keinen Plattenspieler, wenn man es genau bedenkt.

Das mag mich wirklich überrascht haben, als ich zum ersten Mal ins Haus kam, obwohl es nichts ist, woran ich irgendwie gedacht habe, bis ich nun vielleicht das erste Mal doch daran gedacht habe.

Nun, wie ich ferner sagte, habe ich keinerlei Musik gespielt, seit ich mein Gepäck losgeworden bin, wobei zum besagten Gepäck natürlich solche Dinge wie Generatoren dazugehörten, um solche Dinge wie Plattenspieler zum Laufen zu bringen.

Nichts davon gilt hingegen für jegliche Musik, die ich in meinem Kopf höre.

Nun, oder sogar in bestimmten Fahrzeugen, nachdem ich den Anlasser betätigt habe und das Tonbandgerät eben noch eingeschaltet war.

Kathleen Ferrier Vincenzo Bellini singen zu hören ist, unter all diesen Umständen, kaum dasselbe, wie die bewusste Entscheidung zu treffen, Kathleen Ferrier Vincenzo Bellini singen zu hören. Offensichtlich.

Obwohl, was ich mich jetzt plötzlich fragen muss, ist, ob bestimmte Dinge, die ich über Brahms weiß, wirklich auf den Rückseiten der Schallplattenhüllen gestanden haben können.

So etwas wie das über seine Affären mit Jane Avril oder mit Katherine Hepburn, zum Beispiel.

Oder, was das betrifft, woher ich weiß, dass Beethoven manchmal Musik in seinem Haus auf die Wände schrieb, wenn er nicht schnell genug irgendwelches Notenpapier in die Finger bekommen konnte?

Oder dass Georg Friedrich Händel einmal drohte, eine Sopranistin aus dem Fenster zu werfen, weil sie sich weigerte, eine Arie so zu singen, wie er sie geschrieben hatte?

Oder dass Tschaikowsky, als er das erste Mal ein Orchester dirigierte, sicher war, dass sein Kopf herabfallen würde und deshalb die ganze Aufführung hindurch seinen Kopf mit einer Hand festhielt?

Nun, oder, auf einer ganz anderen Ebene, hätte sich irgendjemand, der solche Sachen für Plattenhüllen schreibt, wirklich die Mühe gemacht, anzumerken, dass Brahms bekannt dafür war, Süßigkeiten in seiner Hosentasche herumzutragen, um sie Kindern zu geben, wenn er Leute besuchte, die Kinder hatten?

Bestimmt hätte niemand, der solche Informationen schreibt, angemerkt, dass eines der Kinder, dem Brahms hin und wieder ein paar Süßigkeiten gab, sehr gut Ludwig Wittgenstein hätte sein können.

Vielleicht habe ich nicht erwähnt, dass eines dieser Kinder, denen Brahms hin und wieder ein paar Süßigkeiten gegeben hat, sehr gut Ludwig Wittgenstein hätte sein können.

Bei meiner Ehre, allerdings, Brahms besuchte häufig das Haus der Familie Wittgenstein, in Wien, als Ludwig Wittgenstein ein Kind war.

Also, wenn es eine Tatsache ist, dass Brahms dafür bekannt war, Süßigkeiten in seiner Hosentasche herumzutragen, um sie Kindern zu geben, wenn er Leute besuchte, die Kinder hatten, dann ist es sicherlich wahrscheinlich, dass Ludwig Wittgenstein eines der Kinder war, denen er Süßigkeiten gab.

Sehr wahrscheinlich war es das, was Wittgenstein all diese Jahre später tatsächlich im Sinn hatte, als er sagte, dass man nicht viel Geld brauche, um ein nettes Geschenk zu machen, aber eine Menge Zeit.

Womit ich meine, dass, wenn die Person, der Wittgenstein ein Geschenk machen wollte, ein Kind war, er das Problem auf genau die Weise hätte lösen können, wie Brahms es meistens tat.

Zweifellos spaziert man nicht in Cambridge herum, mit Süßigkeiten in der Hosentasche, um sie Bertrand Russell oder Alfred North Whitehead zu schenken. Allerdings.

Obwohl, was man sich jetzt selbst wünschte, ist, dass Wittgenstein gestern mit mir im Keller gewesen wäre, um mir mit diesem *Dasein* zu helfen.

Nun, oder vielleicht sogar mit diesem anderen Wort, *bri-*

colage, das ich im Kopf hatte, als ich heute in der Früh aufgewacht bin.

Oder wie mit dem ganzen Satz, den ich mir selbst auch hunderte Male vorgesagt habe, etwas später, über die Welt, die alles ist, was der Fall ist.

Sicherlich, wenn Wittgenstein so intelligent war, wie einem im Allgemeinen weisgemacht wird, sollte er fähig gewesen sein, mir zu sagen, ob auch das irgendetwas bedeutet hat.

Dann wiederum war noch etwas, was ich über Wittgenstein gelesen habe, dass er so heftig zu denken pflegte, dass man wirklich *sehen* konnte, wie er das tat.

Und bestimmt hätte ich kein Verlangen gehabt, dem Mann solche Mühe zu bereiten.

Obwohl, woran mich das aus irgendeinem Grund jetzt erinnert, ist, dass ich schließlich doch eine Sache über Martin Heidegger weiß.

Ich habe keine Ahnung, woher ich es weiß, um die Wahrheit zu sagen, obwohl es zweifellos aus einer jener Fußnoten ist. Was ich weiß, ist, dass Martin Heidegger einmal ein Paar Schuhe besaß, die in Wirklichkeit Vincent van Gogh gehört hatten und die er anzuziehen pflegte, wenn er im Wald spazieren ging.

Ich habe übrigens keinen Zweifel, dass auch das eine Tatsache ist. Insbesondere da es Martin Heidegger gewesen sein kann, der genau diese Feststellung gemacht hat, die ich vor einer ganzen Weile erwähnt habe, nämlich, dass Angst die Grundbefindlichkeit des Daseins ist.

So dass, was er sicherlich zunächst an van Gogh bewundert hätte, die Art und Weise gewesen wäre, in der van Gogh sogar ein Paar Schuhe so aussehen ließ, als sei Angst darin.

Selbst wenn es nur eine sehr kleine Wahrscheinlichkeit gab, dass ein Paar Schuhe, die van Gogh zu tragen pflegte, dasselbe Paar war, von dem er einmal ein Gemälde anfertigte. Offensichtlich.

Insofern er nicht an dem Tag in Socken gemalt hatte. Selbstverständlich.

Oder sich ein zweites Paar Schuhe ausgeborgt hatte.

Und bei nochmaliger Überlegung waren es vielleicht Kierkegaards Schuhe, an die ich gedacht habe, und es war van Gogh, der sie besessen hatte.

In Wirklichkeit lese ich selten Fußnoten.

Obwohl es zweifellos teilweise auch das Alter ist, das manchmal gewisse Unterscheidungen verwischt.

Und inzwischen könnte es gut auch eine Frage der Hormone sein und der Veränderung der Lebensumstände.

Tatsächlich mag die ganze Geschichte etwas mit jemandem zu tun gehabt haben, der in einem von Pascals Stühlen sitzt.

Und was ich inzwischen wirklich beabsichtigt habe zu sagen, war, dass mir die Namen der Schriftsteller auf bestimmten anderen Büchern aus der Kiste ebenfalls vertraut waren, neben den der sieben von Martin Heidegger.

So wie Johannes Keats, zum Beispiel.

Obwohl es auch eine Übersetzung von *Anna Karenina* gab, wobei es in dem Fall der Titel selbst war, den ich imstande war, wiederzuerkennen.

Einfach weil der Titel auf Deutsch im Grunde identisch zu sein schien mit dem Titel auf Englisch. Wie sich zeigte.

Aber was ich daran interessant finde, ist, dass, wenn die Ausgabe jenes Buches das Original und nicht eine Übersetzung gewesen wäre, ich nicht imstande gewesen wäre, aus dem Titel schlau zu werden.

Wenn man sagt, man kann kein Wort Russisch, steckt darin sogar mehr Wahrheit, als wenn man sagt, dass man kein Wort Deutsch kann. Offensichtlich.

Obwohl praktisch jedes zweite Wort ausschaut wie Brontë. Oder Dürer.

Da waren jedoch auch mehrere Sachen in der Kiste, die

wie auch immer zu identifizieren ich ganz und gar nicht imstande war.

Womit ich meine, dass es bestimmte Bände gab, aus deren Titel ich nicht schlau wurde. Und bei denen ich die Namen der Schriftsteller auch nicht wiedererkannte.

Allerdings war zweifellos keines dieser Bücher eine Übersetzung aus dem Englischen, dessen Schriftsteller mir die vertrautesten sind, sondern war von vornherein auf Deutsch geschrieben worden.

Was kaum besagen soll, dass mir nicht auch bestimmte deutsche Schriftsteller vertraut sind. Andererseits.

Bestimmt ist mir Friedrich Nietzsche vertraut. Zum Beispiel.

Na ja, und Goethe.

Obwohl, wenn ich sage, mir sind diese beiden Schriftsteller vertraut, meine ich nicht unbedingt, dass sie mir außerordentlich vertraut sind.

Tatsache ist, wenn ich sage, mir sind sie vertraut, meine ich nicht einmal unbedingt, dass ich ein einziges Wort, das einer der beiden jemals geschrieben hat, gelesen habe.

In Wirklichkeit mag sich das Ergebnis dieser Vertrautheit nicht weiter erstrecken als bis zu meinem Lesen der Rückseiten von Schallplattenhüllen.

Wie zur Rückseite der Hülle von *Also sprach Zarathustra* von Richard Strauss. Zum Beispiel.

Oder bis zur Rückseite der Hülle der *Alt-Rhapsodie*.

Möglicherweise erscheint es weniger relevant, dass ich die Rückseite der Hülle der *Alt-Rhapsodie* anführe, als dass ich die Rückseite der Hülle von *Also sprach Zarathustra* anführe.

Wenn ich nie die Rückseite einer Hülle der *Alt-Rhapsodie* gelesen hätte, wäre ich sicherlich nicht mit der Tatsache vertraut, dass die *Alt-Rhapsodie* von Brahms auf ein Gedicht Goethes zurückgeht. Allerdings.

Ich vergesse auch nicht *Fausts Verdammnis* von Berlioz. Andererseits.

Oder Gounods *Faust.*

Oder Liszts *Faust-Symphonie.*

Selbst wenn ich jetzt vielleicht wieder angebe.

Auf jeden Fall war es bestimmt nicht meine Absicht, irgendwelche deutschen Schriftsteller durch die Bemerkung herabzusetzen, dass ich ihre Namen nicht erkannt habe.

Möglicherweise waren unzählige dieser Schriftsteller recht berühmt in Deutschland, und das war noch nicht zu mir durchgedrungen, bevor ich mit dem Lesen aufgehört habe.

Zweifellos hätte ich von vielen innerhalb einiger Jahre etwas gehört.

Dann wiederum, vielleicht waren einige der Schriftsteller, deren Bücher ich aus der Kiste herausgenommen habe, schließlich keine deutschen Schriftsteller. Recht wahrscheinlich gab es genauso viele französische Schriftsteller, deren Namen ich nicht erkannte. Oder italienische Schriftsteller.

Tatsächlich hätte dies auch genauso für bestimmte Schriftsteller, die auf Spanisch geschrieben haben, zutreffen können.

Sicherlich ist es purer Zufall, dass ich jemals etwas von Sor Juana Inés de la Cruz gehört habe. Oder von Marco Antonio Montes de Oca.

Außerdem hätte ich sie, selbst nachdem ich von ihnen gehört hatte, sehr gut wieder gänzlich vergessen können, wenn ihre Namen nicht einen bestimmten Klang gehabt hätten.

So dass es vielleicht nicht notwendig war, mich überhaupt bei irgendwelchen deutschen Schriftstellern zu entschuldigen.

Franz Liszt war noch eine Person, die in dem Film *Liebeslied* zusammen mit Bach und Clara Schumann vorkam. Nebenbei gesagt.

Ich bringe das nur nebenbei zur Sprache.

Nun, oder weil ich gerade Liszt erwähnt habe.

Und Rainer Maria Rilke war noch ein deutscher Schriftsteller, von dem ich hätte sagen können, dass er mir ähnlich vertraut war, wenn ich gewollt hätte.

Obwohl, worüber ich noch immer nachdenke, ist, wie man Wittgenstein wirklich denken *sehen* konnte, auf jene Weise.

Selbst wenn Denken ist, was Philosophen offensichtlich *tun*. Andererseits.

Also war sehr wahrscheinlich ein Großteil von ihnen so. Möglicherweise pflegte jeder einzelne Philosoph, angefangen bei Zenon, herumzugehen und die Leute sehen zu lassen, dass er dachte.

Möglicherweise haben sie das sogar getan, wenn sie nicht eine Sache mehr im Kopf hatten als die unzusammenhängenden Verworrenheiten. Tatsächlich.

Nicht dass unzusammenhängende Verworrenheiten nicht hin und wieder auch zur Grundbefindlichkeit des Daseins werden können. Selbstverständlich.

Dennoch, alles, was ich zu verstehen geben will, ist, dass recht wahrscheinlich die einzige Sache, die Wittgenstein selbst im Kopf hatte, sehr gut eine Möwe gewesen sein mag, als die Leute glaubten, er sei heftig am Denken.

Dies wäre die Möwe gewesen, die jeden Morgen an sein Fenster gekommen ist, um gefüttert zu werden. Zu einer Zeit, als er nahe der Galway Bay lebte, in Irland.

Möglicherweise habe ich nicht erwähnt, dass Wittgenstein eine Möwe als Haustier hatte, die jeden Morgen an sein Fenster kam, um gefüttert zu werden.

Oder nicht einmal, dass er jemals in Irland gelebt hat.

Oder was mir gerade einfällt, ist, dass ich vielleicht gesagt habe, dass es jemand anderer war, der die Möwe als Lieblingstier hatte. Und an einem ganz anderen Ort.

Bei meiner Ehre, es war Wittgenstein, der sie hatte. An der Galway Bay.

Wittgenstein spielte auch ein Instrument. Übrigens.

Und manchmal machte er Skulpturen.

Ich genieße es, diese beiden Sachen über Wittgenstein zu wissen.

Tatsächlich genieße ich auch zu wissen, dass er einst als Gärtner gearbeitet hat, in einem Kloster.

Und eine Menge Geld geerbt hat, aber alles verschenkt hat.

Tatsächlich glaube ich, ich hätte Wittgenstein gern gehabt.

Besonders weil das, was er mit dem Geld tat, sobald er sich entschieden hatte, es zu verschenken, darin bestand, es dazu zu verwenden, anderen Schriftstellern zu helfen, die keines hatten.

Wie etwa Rainer Maria Rilke.

Wirklich, das nächste Mal, wenn ich in einer Stadt bin, wo es eine Buchhandlung gibt, in die ich hineingehe, werde ich vielleicht schließlich versuchen, etwas von Wittgenstein zum Lesen zu finden.

Galway Bay hat einen viel lieblicheren Klang, wenn man es laut ausspricht, als wenn man es lediglich auf der Buchseite anschaut. Nebenbei bemerkt.

Nun, zweifellos hat es überhaupt keinen Klang, wenn man es lediglich auf der Buchseite anschaut.

Tatsächlich haben selbst solche Wörter wie Maria Callas keinen Klang, wenn man sie lediglich auf der Buchseite anschaut. Wenn man es recht bedenkt.

Oder *Lucia di Lammermoor*.

Hm. So, was für eine Farbe hatten meine roten Rosen, als ich auch jene Wörter getippt habe, damals.

Auf jeden Fall war es mir vorher nie in den Sinn gekommen, dass man einer Seemöwe wirklich einen Namen geben könnte. Ich glaube nicht.

Galway Bay. Cádiz. Comer See. Pamplona. Lesbos. Bordeaux.

Schostakowitsch.

Oje. Inzwischen bin ich gerade draußen bei den Dünen gewesen.

Beim Pinkeln dachte ich an Lawrence von Arabien.

Damit will ich keinesfalls andeuten, dass es einen besonderen Zusammenhang zwischen Pinkeln und Lawrence von Arabien gibt. Allerdings.

Der Grund, an Lawrence von Arabien zu denken, war einfach, weil es nur ein anderes Buch aus der Kiste gab, das zu erkennen ich imstande war, und das war eben das Leben von Lawrence von Arabien. Tatsächlich.

Der Grund, weswegen ich dieses eine erkannte, war, wie sich herausstellte, weil der Name Lawrence von Arabien auf Englisch im Titel beibehalten worden war, in Anführungszeichen.

In Wirklichkeit hätte ich es sowieso möglicherweise als ein Leben von Lawrence von Arabien erkannt, da das Buch auch mehrere Fotografien von Lawrence von Arabien enthielt, aber schon bevor ich diese bemerkt hatte, hätte ich die Vermutung angestellt, dass es ein Leben von Lawrence von Arabien war.

Sobald ich die Fotografien bemerkt hatte, war ich hocherfreut, das als Bestätigung meiner Vermutung zu akzeptieren. Allerdings.

Lawrence von Arabien sah nicht wirklich aus wie Peter O'Toole, nebenbei bemerkt, obwohl er auf einigen Fotografien wie Peter O'Toole angezogen war.

Damit meine ich die Art und Weise, wie Peter O'Toole in dem Film über Lawrence von Arabien angezogen war. Natürlich.

Ich glaube, erwähnt zu haben, dass ich Peter O'Toole in dem Film über Lawrence von Arabien gesehen habe.

Obwohl andererseits, wenn ich sage, dass Lawrence von

Arabien nicht wirklich ausgesehen hat wie Peter O'Toole, sollte ich vielleicht auch sagen, dass ich keineswegs sicher bin, wie Lawrence von Arabien wirklich ausgesehen hat.

Zugegeben, ich habe gerade gesagt, es sei erst gestern gewesen, dass ich bestimmte Fotografien von Lawrence von Arabien gesehen habe.

Dennoch, wenn ich sage, dass die Fotografien, die ich gestern gesehen habe, Lawrence von Arabien zeigten, mag selbst das nicht mehr als eine zusätzliche Vermutung gewesen sein.

Natürlich konnte ich mir keinen Reim auf die Bildunterschriften unter den Fotografien machen.

Worauf sich im Wesentlichen meine Vermutung stützte, war deshalb die Tatsache, dass die Person auf einigen der Fotografien auf dieselbe Art und Weise angezogen war, auf die Peter O'Toole im Film über Lawrence von Arabien angezogen war.

Trotzdem ist noch immer die Möglichkeit in Betracht zu ziehen, dass die Fotografien schließlich nicht Fotografien von Lawrence von Arabien gewesen sein mögen.

Oder dass sogar das Buch selbst nicht das Leben von Lawrence von Arabien gewesen sein mag.

Man darf bezweifeln, dass jede dieser Möglichkeiten außerordentlich wahrscheinlich ist, aber sie bleiben trotzdem Möglichkeiten.

Gewiss, da der Rest des Titels und jedes andere Wort im besagten Buch auf Deutsch ist, lässt sich bestimmt kaum bestreiten, dass ein kleiner Spielraum für einen Irrtum fortbesteht.

Auch wenn bei abermaliger Überlegung nicht wirklich jedes einzelne Wort auf Deutsch war. Über den Namen Lawrence of Arabia tauchten bestimmte andere Namen ebenfalls auf Englisch auf.

Obwohl zweifellos, wenn man sagt, dass bestimmte andere

Namen auf Englisch auftauchten, sagt man das wirklich nur sozusagen.

Sicherlich würde jemand, der gerade das Buch auf Deutsch gelesen hat, nicht innehalten bei solchen Gelegenheiten, wie wenn er etwa auf den Namen Winston Churchill stößt, oder auf den Namen T. E. Shaw, und zu sich selbst sagen, dieses Buch, das ich gerade lese, ist auf Deutsch, aber die Namen Winston Churchill und T. E. Shaw sind auf Englisch.

Selbst wenn es vielleicht amüsant ist, sich vorzustellen, Winston Churchill sei kein englischer Name.

Dennoch, das ist etwas, das man normalerweise nicht tut.

Genauso wenig wie ich, wenn ich selbst gerade die Übersetzung eines griechischen Dramas gelesen habe, innegehalten habe, wenn ich etwa auf den Namen Klytämnestra gestoßen bin, oder etwa Elektra, und mir sage, dieses Drama, das ich lese, ist auf Gilbert Murray, aber die Namen Klytämnestra und Elektra sind auf Griechisch.

Selbst wenn auf einer ganz anderen Ebene jener andere Name begonnen hatte, mich zu beunruhigen.

Oder zumindest so weit, dass ich, nachdem ich über jemanden namens T. E. Shaw so oft nachgedacht habe, ich mir doch wünsche, dass der Mann etwas mehr getan hätte, als einfach die *Odyssee* übersetzt zu haben.

Obwohl man jetzt getrost annehmen kann, dass er auf irgendeine Art auch mit Lawrence von Arabien zusammenhängt. Selbstverständlich.

Wäre sein Name in irgendeiner der Bildunterschriften erschienen, hätte ich wenigstens auch einen Blick auf ihn werfen können, selbst wenn das kaum das Problem eliminiert hätte.

Eine jede der Fotografien war ausschließlich eine von Lawrence von Arabien. Allerdings.

Dennoch, es bleibt unbestreitbar eine interessante Koinzidenz, über jemanden nachgedacht zu haben, über den man so wenig weiß, und dann nicht lange danach seinen Namen in einem Buch bemerkt zu haben, selbst wenn es keine Möglichkeit gibt, aus dem Buch schlau zu werden, in dem man seinen Namen bemerkt hat.

Und zumindest scheint es jetzt leidlich sicher, dass er kein Baseballspieler war, wie ich vielleicht einmal dachte.

Jedenfalls gibt es bestimmt keinen Zusammenhang zwischen Lawrence von Arabien und Baseball in dem Film.

Bedenkt man all das, so war T. E. Shaw sehr wahrscheinlich jemand, mit dem Lawrence von Arabien einmal in Arabien kämpfte, was mir aus vielen Szenen des Films erinnerlich ist.

Obgleich, wenn ich sage kämpfte mit, sollte ich vielleicht betonen, dass ich meinte auf derselben Seite kämpfte. Übrigens.

Häufig, wenn man sagt, dass jemand mit jemandem kämpfte, könnte man genauso gut meinen, dass die Person gegen diese Person kämpfte, wie sich herausstellt.

So dass, als Marlon Brando und Benito Juárez in Mexiko waren, zum Beispiel, wie in einem weiteren Film, den ich einmal gesehen habe, man sagen könnte, dass die eine Seite mit der anderen Seite kämpfte, und das genaue Gegenteil meinen könnte von dem, was man meint, wenn man sagt, dass T. E. Shaw sehr wahrscheinlich jemand war, der mit Lawrence von Arabien in Arabien kämpfte.

Aus irgendeinem merkwürdigen Grund scheint das, was man meint, im Allgemeinen in solchen Fällen verstanden zu werden. Allerdings.

Natürlich wäre Lawrence von Arabien auch nicht von Arabien genannt worden, bevor er nach Arabien gekommen ist. Nebenbei bemerkt.

Und was mir auch jetzt erst blitzartig aufgeht, ist, dass, wenn man bestimmte Übersetzungen liest, in denen man etwa immer wieder auf einen Namen wie Rodion Romanowitsch stößt, man möglicherweise schließlich doch innehält und sagt, dass der Name, auf den man gerade gestoßen ist, kein englischer Name ist.

Nun, oder auch wenn die Leute, die die Übersetzungen machen, seltsame Schreibweisen gebrauchen. So wie Clytaimnestra.

Oder Electra.

Aber inzwischen glaube ich, vielleicht darauf nicht hingewiesen zu haben, als ich darauf hinwies, dass das Leben von Lawrence von Arabien das einzige andere Buch aus der Kiste war, das ich imstande war, zu erkennen, dass es auch das letzte Buch aus der Kiste war.

Warum ich das wichtig finde hervorzuheben, ist, wie sich zeigt, dass, wenn man sagt, ein bestimmtes Buch war das letzte Buch aus der Kiste, man ja fast immer halt zur gleichen Zeit sagt, dass es auch das erste Buch war, das in die Kiste hineingetan wurde.

Und der Grund dafür, dass irgendein bestimmtes Buch das erste ist, das in eine Kiste hineingetan worden ist, ist im Allgemeinen, dass es auch das größte Buch von denen ist, die man hineintut.

Um genau zu sein, kann dies praktisch als Grundsatzregel gelten. Es ist fast unvermeidlich, dass, wenn man die anderen Bücher vor dem größten Buch in die Kiste hineintut, es dann kaum jemals irgendeine Möglichkeit geben wird, das größte Buch hineinzukriegen, wenn man schließlich beim größten Buch angelangt ist.

Was ich also wirklich hätte sagen sollen, das ich wichtig finde hervorzuheben, ist, dass ich nie imstande war, dies auch im Geringsten zu verstehen.

Sicherlich muss gleich viel Platz in der Kiste sein, ganz gleich, in welcher Reihenfolge die Bücher hineinkommen.

Aber versuchen Sie doch nur einmal, Bücher in eine Kiste hineinzutun, ohne das größte Buch zuerst hineinzutun. Allerdings.

Tatsächlich, jetzt, wo ich darüber nachdenke, mag entweder Archimedes oder Galileo einmal etwas ganz Außergewöhnliches in dieser Hinsicht bewiesen haben, auch wenn aus irgendeinem Grund die Art und Weise, wie sie es bewiesen haben, war, indem sie Bücher in eine Badewanne taten anstatt in eine Kiste.

Nun, der Grund, warum sie die Bücher in eine Badewanne getan haben, war zweifellos, weil zum Schluss ihre eigene Ausgabe des Lebens von Lawrence von Arabien auch nicht mehr in die Kiste hineinzukriegen war, was Archimedes und Galileo dazu gebracht haben könnte, das Experiment überhaupt zu machen.

Ich habe keine Ahnung mehr, wie viel Wasser man in der Badewanne braucht, um seine eigene Version dieses Experiments auszuführen. Andererseits.

Naturwissenschaft ist im Allgemeinen ein Gebiet, das man leider beim Älterwerden zu vergessen neigt. Leider.

Was ich hingegen erst so spät begreife, ist, warum jene acht oder neun Bücherkisten überhaupt schließlich in den Keller getan werden mussten, ein Umstand, der, wie ich glaube gesagt zu haben, noch etwas ist, was mich mehr als einmal verwirrt hat.

Was ziemlich sicher passiert sein muss, war, dass niemand, der damals in dem Haus gewohnt hat, imstande war, besser aus den meisten Fremdsprachen schlau zu werden, als ich selbst jetzt imstande bin.

Lieber Himmel, wie überdrüssig ich es bin, das Wort *Dasein* anzuschauen und keine Ahnung zu haben, was es bedeutet, kann man sich sicherlich vorstellen, dass sich einer von diesen Leuten schließlich sagte.

Oder, wie überdrüssig ich es bin, dass mir dieser dumme Band auffällt, welcher *Der Weg allen Geschnetzelten* zu heißen scheint.

Hinunter mit ihnen, diesen lästigen Dingern, jedem einzelnen davon.

Zugegeben, dies würde keinesfalls erklären, warum die Übersetzung der *Troerinnen* mit hineingekommen ist, obwohl dies sicherlich als ein Versehen gelten kann.

Wenn man es recht bedenkt, gibt es einfachere Dinge zu tun, als acht oder neun Kisten mit Büchern zu füllen.

Abgesehen davon, elf Kisten mit Büchern zu füllen. Vielleicht.

Aber was genau diese Annahme inzwischen auch zu lösen scheint, ist, wie sich zeigt, jene Frage, ob die Regale in diesem Haus als halb voll oder halb leer zu denken sind, worüber man sicherlich erfreut ist, aufhören zu können, sich darüber den Kopf zu zerbrechen.

Selbst wenn mich das als Nächstes an etwas erinnert, womit ich bis jetzt noch nicht zurande gekommen bin, nämlich an die Sache mit dem Atlas.

Zweifellos habe ich den Atlas in letzter Zeit nicht einmal erwähnt. Um die Wahrheit zu sagen.

Was nicht heißen soll, dass ich nicht über den Atlas nachgedacht habe. Allerdings.

Der Grund, warum ich über ihn nachgedacht habe, ist im Wesentlichen die Art, wie der Atlas immer auf der Seite liegen musste, was, wie ich vermutlich einmal hervorgehoben habe, daran lag, weil er zu groß für die Regale gewesen ist.

Nun hat es natürlich immer Leute auf dieser Welt gegeben, die es unterlassen haben, solch größere Bücher beim Bau von Bücherregalen zu bedenken.

Aber worauf ich hier wirklich herauswill, ist, dass ebendiese Unterlassung auch erklären könnte, warum es kein einziges

Buch über Kunst in diesem Haus gibt, was noch ein Detail ist, von dem ich erwähnt habe, dass es mich verwirrt hat.

Offenkundig sind Bücher über Kunst für gewöhnlich recht groß.

Tatsache ist also, und wer würde das jetzt bestreiten, dass es recht wahrscheinlich womöglich hier einmal nicht genauso viele Bücher über Kunst wie Bücher in Fremdsprachen gegeben hätte bis zu dem Zeitpunkt, da jemand der Tatsache, ein Haus voller Bücher zu haben, die flach liegen mussten, genauso überdrüssig wurde, wie der, ein Haus voller Bücher zu haben, die er nicht imstande war zu lesen.

Hinunter mit ihnen also, diesen lästigen Dingern, jedem einzelnen davon.

Was besagen soll, dass recht wahrscheinlich genauso viele Bücher über Kunst in jenen Kisten sind wie Bücher auf Deutsch, und alles, was ich gemacht habe, war nur, die falsche zu öffnen, um mir dessen bewusst werden zu können.

Tatsache ist, es ist nicht einmal unmöglich, dass jedes einzelne der übrigen Bücher in diesem Keller ein Buch über Kunst ist.

Noch schließt der simple Sachververhalt, dass ich in der einen Kiste, die ich geöffnet habe, zufällig kein solches Buch gefunden habe, diese Möglichkeit auf irgendeine Weise aus.

Tatsache ist, ich könnte in genau diesem Augenblick noch einmal hinuntergehen und nachprüfen.

Auch müsste ich nicht einmal mehr den Rasenmäher verrücken, wenn man es recht bedenkt, da ich den Rasenmäher nicht zurückgestellt habe, nachdem ich ihn verrückt hatte.

Ich habe nicht die geringste Absicht, noch einmal hinunterzugehen und nachzusehen.

Weder in diesem Augenblick noch höchstwahrscheinlich in einem anderen.

Und insbesondere da ich nicht einmal annähernd die Frage beantworten kann, warum ich gestern überhaupt hinuntergegangen bin.

Selbst wenn ich gestern nicht in den Keller gegangen bin.

Um die Wahrheit zu sagen, ist es in Wirklichkeit schon übermorgen geworden.

Oder, sogar noch wahrscheinlicher, der Tag danach.

Außerdem regnet es.

Tatsächlich regnet es seit dem Morgen, an dem ich meine roten Rosen hinausgeworfen habe, die ich auch nicht eingefügt habe.

Mit auch nicht meine ich selbstverständlich die Tage, die ich auch nicht eingefügt habe.

Auch nicht.

Nun, ich glaube, es ist einige Zeit her, dass ich darauf hingewiesen habe, dass ich manchmal auf sie hinweise und manchmal nicht.

Möglicherweise hat es zu regnen angefangen an dem Tag nach dem Tag, nachdem ich in den Keller gegangen bin.

An dem Tag vor dem Tag nach dem Tag, nach dem ich in den Keller gegangen bin, habe ich noch getippt.

Denke ich.

In jedem Fall, was ich eingefügt habe, ist, dass der Regen am ersten Tag ein Fenster zerbrochen hat.

Oder eher war es der Wind, der das getan hat, in dieser Nacht.

So etwas kann passieren.

Ach du liebe Zeit, der Wind hat gerade eines der Fenster in einem der unteren Zimmer zerbrochen, war zweifellos alles, was ich gedacht habe.

Das war gleich, nachdem ich das Glas gehört hatte, gewesen. Natürlich.

Und während ich oben war.

Wirklich, eine bestimmte Menge Regen kommt noch immer herein. Nicht mehr viel, aber etwas.

Nun, der Wind hat sich größtenteils wieder ziemlich rasch gelegt, wie es sich herausgestellt hat.

So dass die gesamte Vorstellung eines warmen stetigen Regens jetzt sogar recht angenehm ist.

Selbst wenn ich schließlich überzeugt bin, dass der Schmerz in meiner Schulter doch arthritisch ist.

Das Gleiche würde für den Schmerz in meinem Knöchel gelten. Vermutlich.

Möglicherweise habe ich meinen Knöchel einige Zeit nicht erwähnt.

Dies ist der Knöchel, den ich mir gebrochen habe, als ich unerwartet meine Periode bekam, während ich gerade eine Neun-Fuß-Leinwand die Haupteingangsstreppe der Eremitage hinauftrug und hinfiel, von dem ich spreche.

Dann wiederum kann der Knöchel nicht gebrochen, sondern lediglich verstaucht gewesen sein.

Am nächsten Morgen war er trotzdem auf seine doppelte Größe angeschwollen.

In einem Augenblick war ich die Treppe halb oben, und einen Augenblick später fantasierte ich, Ikarus zu sein.

Tatsächlich ist es sehr wahrscheinlich auch ein Windstoß gewesen, der das verursacht hat, da es gleichermaßen im Museum selbst damals alle möglichen zerbrochenen Fenster gab. Obwohl, was ich in Wirklichkeit hier einfach getan hatte, war, die Art, wie ich stand, zu ändern, um meine Oberschenkel zusammenzupressen.

Im selben Augenblick vergaß ich, dass ich gerade eine Fünfundvierzig-Quadratfuß-Leinwand, auf Keilrahmen aufgezogen, eine Steintreppe hinauftrug.

Und natürlich war das alles anscheinend auch ohne jedwede Vorwarnung eingetreten.

Obwohl ich mich zweifellos einige Tage lang danebengefühlt hatte, was ich unweigerlich auf andere Ursachen zurückgeführt habe.

Auf jeden Fall ist es jener Knöchel, den ich meine.

Und davon abgesehen würde mir der Regen höchst wahrscheinlich nicht im Mindesten etwas ausmachen, wie ich zu sagen begonnen habe.

Ausgenommen, dass ich meine Sonnenuntergänge vermissen würde. Vielleicht.

Obwohl, was ich grundsätzlich gegen den Regen getan habe, ist, ihn zu ignorieren. Um die Wahrheit zu sagen.

Wie ich das tue, ist, in ihm spazieren zu gehen.

Es ist mir nicht entgangen, dass jene letzten zwei Sätze bestimmt wie ein Widerspruch wirken müssen. Nebenbei bemerkt.

Selbst wenn sie so etwas nicht sind.

Man kann einen Regen sehr angenehm ignorieren, indem man in ihm spazieren geht.

Tatsächlich ist es so, wenn man einem Regen erlaubt, einen davon abzuhalten, in ihm zu spazieren, dann ist es einem nicht gelungen, ihn zu ignorieren.

Sicherlich, indem man zum Beispiel sagt, oje, ich werde durch und durch nass werden, wenn ich in diesem Regen spazieren gehe, ignoriert man diesen Regen keineswegs.

Dann wiederum ist es zweifellos leichter ihn zu ignorieren, wenn man es auf meine eigene besondere Art und Weise tut, wenn man nämlich eben zu dem Zeitpunkt keine Kleidung anhat.

Nun, oder nichts als Unterhosen.

Obwohl Tatsache ist, dass ich auch aus diesen schon auf der vorderen Veranda herausgestiegen bin. Jedes Mal, wenn ich beschlossen habe, spazieren zu gehen.

Nun, zweifellos war ich in jedem Fall schon durchweicht,

während ich dort draußen war und mich zu einem Spaziergang entschied.

So dass es dann kaum einen Unterschied gemacht hätte, ob ich meine Unterhosen anbehielt oder nicht.

Obwohl, was ich eher mit all dem zugebe, ist, dass es mir durchaus zufällig bewusst gewesen sein mag, auch ein Bad zu brauchen. Oder zumindest bei der ersten jener Gelegenheiten.

Normalerweise bade ich in der Quelle. Selbstverständlich. Nun, zumindest jetzt im Sommer, jedenfalls.

Oh. Und übrigens, ich habe endlich aufgehört, Flecken zu machen, obwohl es begonnen hat, so auszuschauen, als wolle es nie mehr enden.

Und in jedem Fall war es wirklich eine amüsante Ablenkung, mich selbst einzuseifen und dann den Weg entlangzugehen, bis ich abgespült war.

Selbst wenn ich eine Minute lang glaubte, dabei meinen Stock verloren zu haben.

Als ich zurückschaute, war er da, allerdings. Aufrecht stehend.

Was besagen soll, dass ich den Stock sogar dann schon nicht verloren hatte, ehe ich mich zu sorgen begonnen hatte, dass es so sein könnte.

Sozusagen.

Obwohl es von vornherein witzlos gewesen wäre, zu versuchen, irgendetwas damit im Regen zu schreiben. Andererseits.

Nun, nicht dass irgendetwas von dem, was ich schreibe, je noch da wäre, wenn ich zurückkehre.

Dann wiederum hätte es vielleicht interessant sein können, zu sehen, wie die eigenen Botschaften beginnen sich aufzulösen, ehe sie überhaupt zu Ende geschrieben wurden.

Wie Leonardo da Vinci, als er *Das Letzte Abendmahl* gemalt hat, so hätte man sich fühlen können.

Nun, es ist eher zu bezweifeln, dass man sich genau wie Leonardo gefühlt hätte.

Selbst wenn man linkshändig schreibt.

Oder rückwärts, so dass man einen Spiegel gebraucht hätte, um es zu lesen.

Was bedeutet, dass das Bild dessen, was man schrieb, echter gewesen wäre als das Geschriebene selbst.

Sozusagen.

Habe ich je erwähnt, dass Michelangelo in seinem ganzen Leben so gut wie nie ein Bad genommen hat? Nebenbei bemerkt.

Und sogar im Bett seine Schuhe anbehielt?

Bei meiner Ehre, es ist ein bekanntes Detail in der Kunstgeschichte, dass Michelangelo keiner war, neben dem man besonders gern allzu nahe gesessen hätte.

Was, bei abermaliger Überlegung, sehr wohl seine Sichtweise darauf ändern könnte, warum all diese Medici ihm ständig sagten, ach, machen Sie sich nicht die Mühe, aufzustehen. Tatsächlich.

Obwohl, wenn man es recht bedenkt, sogar William Shakespeare selbst furchtbar winzig war, was etwas ist, das ich einmal erwähnt habe.

Ich meine, derweil man sich mit dieser Art von Dingen zu beschäftigen scheint.

Nun, und was das betrifft, wollte Galileo niemals jemandem die Hand schütteln, nachdem er einmal die Bazillen entdeckt hatte.

Nicht dass eine einzige andere Menschenseele je geglaubt hätte, dass es so etwas gäbe, selbstverständlich. Selbst wenn Galileo immer darauf bestanden hat, er hätte sie gesehen.

In irgendeinem Wasser, glaube ich.

Und sie bewegen sich auch, sagte Galileo den Leuten immer.

Was ebenso ein so signifikanter Moment in der Geschichte der Naturwissenschaft wurde wie der, dass Michelangelo sich überhaupt nicht in die Nähe von Wasser begab, in der Geschichte der Kunst. Natürlich.

Ich erinnere mich nicht mehr, ob das Wasser, in dem Galileo die Bazillen fand, dasselbe Wasser war, mit dem er bewiesen hatte, dass das Leben von Lawrence von Arabien zuerst hineingetan werden müsste. Andererseits.

Und bei abermaliger Überlegung kann es Louis Pasteur gewesen sein, der die Hand von irgendjemandem schüttelte.

Oder Leeuwenhoek.

Was ich an der Möglichkeit, dass es Leeuwenhoek hätte sein können, wirklich interessant finde, ist, dass Leeuwenhoek aus Delft war.

So dass einer von den Leuten, deren Hand zu schütteln er sich weigerte, fast ganz sicher Jan Vermeer gewesen wäre.

Bedauerlicherweise gab dieselbe Fußnote, die Leeuwenhoek in Zusammenhang mit Delft brachte, keinen Hinweis darauf, ob Vermeer das als Beleidigung aufgefasst haben mag. Allerdings.

Oder, wie Carel Fabritius das empfunden haben mag.

Emily Brontë malte einmal ein recht wirkungsvolles Aquarell von Keeper, von dem ich sogar eine Reproduktion gesehen habe, übrigens, auch wenn ich keine Ahnung habe, was ich gesagt habe, das mich jetzt daran erinnert.

Genauso wenig, wie ich eine Ahnung habe, was mich jetzt auch noch dazu gebracht hat, mich daran zu erinnern, dass Pascal die erste Rechenmaschine erfunden hat.

Oder wie ich sogar weiß, dass er das tat.

Da verabschiedet sich mein Kopf wieder, wie er das manchmal tut, und zweifellos ist dies hier wie üblich die einzige Erklärung.

Obwohl einer meiner Sonnenuntergänge kurz vor dem Regen schließlich ein weiterer Joseph Mallord William Turner war. In Wirklichkeit.

Selbst wenn mich das als Nächstes daran erinnert, eine weitere Sache, für die John Ruskin berühmt wurde, neben der anderen Sache, von der ich schon berichtet habe, dass er für sie berühmt wurde, war, dass er auch Sonnenuntergänge betrachtete.

Obwohl der wahre Grund, weshalb ich mich an das über John Ruskin erinnere, ist, weil er seinem Butler Anweisungen gab, ihn zu erinnern, wenn es Zeit war hinzuschauen.

Bei meiner Ehre, John Ruskin befahl seinem Butler damals, die Sonnenuntergänge anzukündigen.

Der Sonnenuntergang, Herr Ruskin, war, was der Butler gesagt hat.

Selbst wenn etwas anderes, das mir gerade aufgeht, ist, dass ich selbst in letzter Zeit außerordentlich häufig bei meiner Ehre zu sagen scheine.

Jedes einzelne Mal, wenn ich es gesagt habe, allerdings, war es, weil das, worüber ich sprach, die reine Wahrheit war.

So wie es sich von Frau Ruskin herausgestellt hat, dass sie nicht gewisses überflüssiges Material von jemandem wie Phidias wegnehmen ließ, zum Beispiel.

Auch wenn ich mich beim besten Willen noch immer nicht erinnern kann, wofür ich versucht habe, jenes Ungetüm einer Leinwand jene Treppe hinaufzubekommen. Andererseits.

Oder auch, was aus meiner Pistole geworden ist. Um die Wahrheit zu sagen.

Die Pistole war die, mit der ich Löcher in eines der Oberlichter des Museums geschossen habe, so dass der Rauch aus meinem Kamin abziehen konnte. Offensichtlich.

Nun, ich habe dies gerade erwähnt. Oder vielleicht waren es nur gewisse weitere zerbrochene Fenster, die ich erwähnt habe.

Nichtsdestoweniger, der letzte Ort, an dem ich, wie ich

mich zu erinnern scheine, die Pistole noch getragen habe, war Rom, aus irgendeinem Grund.

Nun, an dem Nachmittag, als ich in jene Gasse rannte, tatsächlich. Die in Wirklichkeit eine Sackgasse war. Auf einer Straße voller Tavernen, unterhalb der Villa Borghese, an der Kreuzung Calpurnia Boulevard und Herodotstraße.

Nachdem ich mein eigenes Spiegelbild gesehen hatte, wie es auf einer kleinen aufgezogenen Leinwand, die mit Gipsgrund überzogen war, aufblitzte im Fenster eines Geschäfts für Künstlerbedarf, als ich daran vorbeigegangen war.

Dennoch, wie ich mich fast fühlte, inmitten all dieses Schauens.

Beim verzweifelten Schauen, wie ich schon gesagt habe.

Aber auch, nie zu wissen, wen man wohl finden würde.

Obwohl, Tatsache ist, es mag sehr wohl Kassandra gewesen sein, die ich vorhatte zu malen auf jenen fünfundvierzig Quadratfuß.

Oder hätte ich das vielleicht Cassandra buchstabieren sollen.

Selbst wenn ein Teil, den ich immer mochte, der ist, als Orest schließlich zurückkommt, nach so vielen Jahren, und Elektra ihren eigenen Bruder nicht wiedererkennt.

Was willst du, fremder Mann? ist, glaube ich, was Elektra zu ihm sagt.

Obwohl es womöglich die Rückseite einer Plattenhülle von einer Aufnahme der Oper ist, woran ich jetzt denke, vermute ich.

Nun, oder weil ich mir eingebildet habe, dass jemand wirklich den eigenen Namen gerufen haben mag, möglicherweise meine ich das?

Du? Kannst du das sein? Und gerade ausgerechnet hier.

Es war nur die Piazza Navona, da bin ich mir recht sicher, so schön in der Nachmittagssonne, die eine Saite berührt hat.

Dennoch kam ich nicht vor der Abenddämmerung aus der Sackgasse heraus.

Ausgerechnet in Italien, woher die ganze Malerei kam.

Warum also denke ich jetzt plötzlich an bestimmte Wandmalereien von David Alfaro Siqueiros, ausgerechnet.

Und, um die Wahrheit zu sagen, ich habe auch wirklich keine Ahnung, was aus meinen dreißig stummen Radios wurde, denen ich einst zuhörte und zuhörte.

Arme Elektra. Die eigene Mutter ermorden zu wollen.

Obwohl, jeder, in diesen Geschichten. Bis zum Hals drinnen, allesamt.

Zweifellos sind die Radios noch immer in meinem alten Loft in Soho. In der Tat.

Dennoch, aber wo sind also meine siebzehn Armbanduhren dann?

Er ging weiter, dieser Wahnsinn.

Beim Spazierengehen im Regen bin ich nicht viel weiter gekommen als bis dorthin, von wo aus man die Toilette sehen kann, wie sie an den Rohren im zweiten Stock des Hauses hängt, in dem ich die Kerosinlampe umgeworfen habe. Übrigens.

Selbst wenn es da keinen zweiten Stock gibt.

Obwohl, woran ich mich wirklich bei jenem Knöchel jetzt erinnere, ist, wie erstaunlich geschickt ich wurde im Manövrieren meines Rollstuhls, sobald ich einmal einen gefunden hatte.

Und jagte von einem Ende des Hauptgeschosses zum anderen, tatsächlich, wenn die Stimmung mich packte.

Von den buddhistischen und hinduistischen Altertümern zu den byzantinischen, oder wusch, los geht's, um die Ikonen von Andrei Rubljow herum.

Aber das wiederum lässt mich jetzt fragen, ob, wenn es mir gegenwärtig gleichzeitig an zwei Stellen wehtut, was es unbestreitbar tut, das dann bedeutet, dass es mir in Wirklichkeit an vier wehtut?

Außer dass ich jetzt vollkommen vergessen habe, was die anderen zwei Stellen sind, die ich gemeint haben könnte. Bedauerlicherweise.

Andrei Rubljow war ein Schüler Theophanes' des Griechen, nebenbei bemerkt. Tatsächlich war er auch eine Art russischer Giotto.

Nun, vielleicht war er kein Giotto. Dass er der erste große russische Maler war, ist vielleicht alles, was gemeint war. Nichtsdestoweniger.

Und von Herodot wurde fast immer gesagt, er sei die erste Person gewesen, die je ein echtes Geschichtswerk geschrieben hat. Übrigens.

Selbst wenn ich nicht völlig außer mir vor Freude bin, die letzte zu sein.

Tatsache ist, es tut mir ziemlich leid, das gesagt zu haben.

Solche Gedanken wiederum sind genau von der Sorte, die man sich gewünscht hat zu glauben, dass man sie zusammen mit dem Rest des Gepäcks losgeworden wäre. Natürlich.

Ach, ja. Man kann dankbar sein, dass sie dieser Tage zumindest nur noch selten daherkommen.

Habe ich jemals gesagt, dass sich Turner einmal wirklich an dem Mast eines Schiffes festbinden ließ, um später imstande zu sein, ein Gemälde eines Sturmes zu malen?

Was nie verfehlt hat, mich an die Szene zu erinnern, in der Odysseus genau dasselbe macht, selbstverständlich, so dass er dem Gesang der Sirenen lauschen kann, aber da bleibt.

Aber jetzt. Du lieber Himmel.

Hier sitze ich, und erst nach all dieser Zeit habe ich mich an die wichtigste Sache erinnert, die ich über den Keller sagen wollte, nachdem ich angefangen hatte, überhaupt irgendetwas über den Keller zu sagen.

Die Person, die das Buch über Baseball geschrieben hat, hat am Ende doch keinerlei Art von lächerlichem Fehler im Titel begangen, wie sich herausstellt.

Bei meiner Ehre, im Keller gibt es eine separate Kiste, die nichts anderes enthält außer Gras, das nicht echt ist.

Künstliches Gras ist etwas, von dem ich vorher niemals auch nur gehört hatte, möchte ich schwören. So dass ich zweifellos kaum imstande gewesen wäre, mir vorzustellen, was das da unten überhaupt gewesen ist, wenn die Kiste keine Aufschrift gehabt hätte.

Dann wiederum, wenn die Kiste keine Beschriftung gehabt hätte, wäre es mir fraglos doch aufgegangen, weil das, was darinnen war, sicherlich wie Gras ausgeschaut hat.

Die Dinge, die einem erst später bewusst werden.

Auch wenn der ganze Gedanke mich jetzt traurig stimmt, da ich es weiß. Um die Wahrheit zu sagen.

Gras hat einfach Gras zu sein. Das ist alles.

Nun, oder recht wahrscheinlich ist das Buch selbst ein trauriges Buch, und genau aus diesem Grund, was ein Punkt gewesen wäre, den ich bis jetzt vollkommen übersehen habe.

Tatsächlich dürften sogar so Leute wie Campy oder Stan vielleicht recht wahrscheinlich auch traurig gewesen sein, wenn jemand ihnen einmal gesagt hätte, sie müssten aufhören, ihr Spiel auf echtem Gras auszutragen.

Obwohl sich sicherlich sogar Leute, die Baseball gespielt haben, über wichtigere Dinge als darüber Sorgen gemacht haben müssen, oder auf jeden Fall möchte man sich vorstellen, dass sie das getan haben.

Bestimmt dürfte sich der eine, nach dem sie die Krankheit benannt haben, über wichtigere Dinge Sorgen gemacht haben.

Das Instrument, das Ludwig Wittgenstein zu spielen pflegte, war eine Klarinette, nebenbei bemerkt.

Die er aus irgendeinem merkwürdigen Grund in einem alten Socken herumtrug anstatt in einem Kasten.

So dass jemand, der ihn die Straße hinuntergehen sah, gedacht haben könnte, da geht diese Person und trägt einen alten Socken.

Und nicht die geringste Ahnung hat, dass Mozart da herauskommen könnte.

Zweifellos dachte A. E. Housman tatsächlich, dass er bloß jemand war, der einen alten Socken trägt, an dem Nachmittag, an dem Wittgenstein Durchfall bekam und fragte, ob er die Toilette benutzen könne, und A. E. Housman nein sagte.

Ehrlich, Wittgenstein brauchte einmal ziemlich eilig eine Toilette, in der Nähe der Unterkünfte, die Housman in Cambridge bewohnte, und Housman hat ihn nicht hineingelassen.

Der Komponist, der wohl am häufigsten aus dem Socken herausgekommen ist, war wahrscheinlich Schubert, weil er Wittgensteins Lieblingskomponist war.

Selbst wenn ich keine Ahnung habe, warum mich das daran erinnert, dass Brahms' Freunde häufig peinlich berührt gewesen sind, weil Prostituierte ihm Hallo zugerufen haben, wenn sie vorübergingen.

Oder, um Himmels willen, dass Gauguin einmal wegen Urinierens in der Öffentlichkeit verhaftet wurde.

Oder dass Abraham Lincoln und Walt Whitman einander beim Spazierengehen auf den Straßen Washingtons, D. C., oft zugenickt haben, während des Bürgerkriegs.

Letzteres wird es vermutlich zumindest weniger unwahrscheinlich erscheinen lassen, dass Leute wie El Greco und Spinoza exakt dasselbe getan haben. Auf jeden Fall.

Wenn auch kaum in Washington, D. C.

Clara Schumann übrigens besuchte das Haus der Wittgensteins in Wien mit Brahms auch gelegentlich, sollte ich das nicht deutlich gemacht haben.

Und was vielleicht ein weiterer Grund dafür war, weshalb Brahms wollte, dass die Kinder verschwänden.

Wohingegen Schubert eine weitere Person war, die Syphilis hatte, unglücklicherweise. Das ist eine Erklärung dafür, warum er nie die *Unvollendete* vollendet hat und mit einunddreißig gestorben ist. Tatsächlich.

Und Händel kann auf die Liste der Leute gesetzt werden, die erblindet sind, glaube ich.

Aber wer war jemand namens Karen Silkwood, der ich plötzlich das Bedürfnis verspüre zu sagen, dass man sich jetzt hinknien und aus der Donau trinken kann, oder aus dem Potomac, oder dem Allegheny?

Und warum begreife ich erst in diesem Augenblick, dass Leningrad noch immer St. Petersburg hieß, als Schostakowitsch dort geboren wurde.

Ich habe gerade ein Handtuch um meinen Kopf gewickelt.

Weil ich hinausgegangen bin, um etwas Grünzeug zu holen, für einen Salat, das ist der Grund dafür.

Und je mehr ich in der Zwischenzeit darüber nachgedacht habe, umso mehr bedaure ich, was ich gesagt habe.

Ich meine über Michelangelo, nicht über Herodot.

Bestimmt hätte ich es mehr als angenehm gefunden, Michelangelos Hand zu schütteln, ganz egal was der Papst oder Louis Pasteur dazu gesagt haben mögen.

Tatsächlich wäre ich begeistert gewesen, die Hand bloß zu *sehen*, die überflüssiges Material auf die Art und Weise weggenommen hat, wie Michelangelo es weggenommen hat.

Wirklich, ich hätte mich gefreut, Michelangelo sagen zu können, wie lieb mir sein Satz ist, den ich einmal unterstrichen habe.

Vielleicht habe ich nicht erwähnt, einmal einen Satz Michelangelos unterstrichen zu haben.

Ich habe einmal einen Satz Michelangelos unterstrichen.

Das war ein Satz, den Michelangelo einmal in einem Brief geschrieben hat, als er fast fünfundsiebzig Jahre gelebt hatte.

Du wirst sagen, dass ich alt und wahnsinnig bin, war, was Michelangelo geschrieben hat, aber ich antworte, dass es keinen besseren Weg gibt, bei Sinnen und frei von Angst zu sein, als wahnsinnig zu sein.

Bei meiner Ehre, Michelangelo hat das einmal geschrieben.

Tatsache ist, ich bin fast ganz sicher, dass ich Michelangelo gemocht hätte.

Ich spüre noch immer die Schreibmaschine. Natürlich. Und höre die Tasten.

Hm. Ich scheine etwas ausgelassen zu haben, gerade eben.

Oh. Alles, was ich schreiben wollte, war, dass ich gerade meine Augen geschlossen hatte. Offensichtlich.

Es gibt eine Erklärung, warum ich mich entschieden habe, das zu tun.

Die Erklärung ist, dass ich über diese Kiste mit dem Gras, das nicht echt ist, verstörter zu sein scheine, als ich es gedacht hätte.

Wobei ich mir einbilde, was ich meine, ist, dass, wenn das Gras, das nicht echt ist, echt ist, was es unzweifelhaft ist, was wäre dann der Unterschied in der Art und Weise, wie Gras, das nicht echt ist, echt ist, und in der Art und Weise, wie echtes Gras echt ist?

Was das betrifft, in welcher Stadt ist Dmitri Schostakowitsch geboren?

Eine bestimmte Menge derartiger Sachen kann wirklich manchmal fast anfangen, mich zu beunruhigen. Um die Wahrheit zu sagen.

Auch wenn es anscheinend keine Aufzeichnungen darüber gibt, welchen Namen Wittgenstein jemals für jene Möwe ausgewählt hat. Andererseits.

Nun, meine Begründung, weswegen ich dies wieder zur Sprache bringe, ist, dass eine Möwe mich an genau diesen Strand gebracht hat. Wie sich zeigt.

Hoch oben, hoch oben, vor den Wolken, kaum mehr als ein Fleck. Dann aber, im Sturzflug aufs Meer zurasend.

Außer dass die Möwe auch keineswegs eine echte Möwe war, selbstverständlich, sondern nur Asche.

Habe ich je erwähnt, dass ich in Savona, New York, geschaut habe? Oder in Cambridge, Massachusetts?

Und dass ich in Florenz nicht gleich in die Uffizien ging, sondern stattdessen für eine Weile in einem Hotel gelebt habe, dass nach Fra Filippo Lippi benannt wurde.

Was ich mit meinem Stock schreibe, sind nicht immer unbedingt Botschaften. Nebenbei bemerkt.

Einmal habe ich Helena von Troja geschrieben, auf Griechisch.

Oder, was wie Griechisch aussah, obwohl ich das in Wirklichkeit bloß erfunden hatte.

Selbst wenn Helena von Troja auch in echtem Griechisch bloß ein erfundener Name gewesen wäre, wenn man es recht bedenkt, da es sicherlich zweifelhaft ist, dass irgendjemand sie damals so genannt hat.

Ich habe beschlossen, mich unter ein paar Frauen zu verstecken, so dass ich nicht fortgehen und um Helena von Troja kämpfen muss. So aber stellt man sich kaum vor, dass Achill über derartige Sachen nachgedacht hätte. Zum Beispiel.

Oder, ich habe beschlossen vorzutäuschen, ich sei wahnsinnig und säe Salz auf meine Felder, so dass ich nicht um Helena von Troja kämpfen gehen muss. So stellt man sich auch kaum vor, dass Odysseus über Derartiges nachgedacht hätte.

Außerdem hätte sich zweifellos jeder schon viel zu sehr daran gewöhnt, sie von Sparta zu nennen, um sich die Mühe zu machen, das zu ändern. Auf jeden Fall.

Selbst nachdem sie in den eintausendeinhundertsechsundachtzig Schiffen nach Troja gesegelt sind.

Was laut Homer die Anzahl der Schiffe ist, in denen die Griechen nach Troja gesegelt sind. Übrigens.

Selbst wenn man persönlich fast ganz sicher ist, dass es nie im Leben möglich gewesen wäre, dass die Griechen in eintausendeinhundertsechsundachtzig Schiffen hätten segeln können.

Zweifellos hatten die Griechen zwanzig oder dreißig Schiffe.

Nun, und wie ich glaube, erwähnt zu haben, war ganz Troja praktisch nicht viel mehr als ein gewöhnlicher Häuserblock, und nur ein paar Stockwerke hoch.

Egal wie außerordentlich man es finden mag, dass junge Männer dort gestorben sind in einem Krieg, der so lange her ist, und dann am selben Ort gestorben sind, dreitausend Jahre danach.

Obwohl, was man ohnehin noch ernsthafter bezweifeln darf, dass Helena überhaupt die Ursache für diesen Krieg gewesen ist. Selbstverständlich.

Und überhaupt, ein einziges Mädchen aus Sparta, wie Walt Whitman sie einmal genannt hat.

Selbst wenn Euripides in den *Troerinnen* jeden auf Helena wütend sein lässt.

In der *Odyssee*, wo sie eine prächtig strahlende Würde hat, ist überhaupt nichts dergleichen angedeutet.

Und selbst in der *Ilias*, wo der Krieg noch immer im Gange ist, wird sie im Allgemeinen mit Respekt behandelt.

Also war es fraglos erst später, dass die Leute beschlossen haben, es sei Helenas Schuld gewesen.

Nun, selbstverständlich kam Euripides für seinen Teil ja auch viel später als Homer. Zum Beispiel.

Ich erinnere mich nicht, wie viel später, aber viel später.

Tatsache ist, es war so viel später, wie zweimal die Zeitspanne zwischen jetzt und als Bertrand Russells Großvater George Washington getroffen hat. Ungefähr.

Und bestimmt kann man über jede Menge von Sachen den Überblick verlieren, in so vielen Jahren.

So dass, als er einmal den Gedanken gefasst hatte, ein Drama über den Krieg zu schreiben, es für Euripides bestimmt notwendig gewesen war, sich einen interessanten Grund für den Krieg auszudenken.

Nicht wissend, dass der wahre Grund sicherlich gewesen sein muss, zu sehen, wer wem Zoll zu zahlen hat, um eine Wasserstraße benützen zu dürfen, wie ich bereits angedeutet habe.

Obwohl es andererseits recht möglich ist, dass Euripides einfach gelogen hat.

Wahrscheinlich wusste Euripides sehr genau Bescheid über den wahren Grund für den Krieg, aber entschied, dass Helena in einem Drama ein interessanterer Grund wäre.

Bestimmt müssen Schriftsteller dann und wann Derartiges getan haben, wie man sich vorstellen kann.

So dass, wenn man es genau bedenkt, es ebenso möglich ist, dass auch Homer einfach gelogen hat.

Recht gut möglich, dass Homer selbst sehr genau Bescheid wusste über die genaue Anzahl der Schiffe, aber entschieden hat, dass auch in einem Gedicht eintausendeinhundertsechsundachtzig Schiffe eine interessantere Zahl wäre.

Nun, wie unbestreitbar der Fall ist, was die Tatsache beweist, dass ich mich an sie erinnere.

Zweifellos, wenn ich nur zwanzig oder dreißig Schiffe unterstrichen hätte, als ich Seiten aus der *Ilias* herausriss und sie ins Feuer hineinfallen ließ, hätte ich mich überhaupt nicht daran erinnert.

Tatsächlich, hätte Homer gesagt, es wären nur zwanzig

oder dreißig Schiffe, hätte ich zweifellos niemals eine der Zahlen unterstrichen.

Was besagen soll, dass bestimmte Schriftsteller manchmal gescheiter sind, als man denkt.

Dann wiederum schrieb Rainer Maria Rilke einmal einen Roman, der *Die Fälschung der Welt* heißt, über einen Mann, der einen Wecker um seinen Hals trägt, was weniger eine Lüge zu sein scheint als einfach ein törichtes Thema für ein Buch.

Außer dass ich mich in diesem Moment daran sogar erinnere, ohne *Die Fälschung der Welt* gelesen zu haben.

Und das lässt mich noch dazu jetzt begreifen, dass, hätte Euripides nicht Helena für den Krieg verantwortlich gemacht, ich mich recht wahrscheinlich auch nicht an Helena erinnern würde.

So dass es zweifellos ziemlich voreilig von mir war, Rainer Maria Rilke oder Euripides zu kritisieren.

Selbst wenn man bei nochmaliger Überlegung erst jetzt vermuten muss, dass es noch einen völlig anderen Grund für die falsche Anzahl der Schiffe in der *Ilias* gegeben haben könnte.

Was besagen soll, dass, da Homer nicht wusste, wie man schreibt, es sehr gut möglich ist, dass er auch nicht wusste, wie man addiert.

Besonders, da Pascal nicht einmal geboren war.

Aber wie dem auch sei, was mir jetzt auch einfällt, hier zu erwähnen, ist, dass ich häufig genauso darüber verärgert bin, wie Klytämnestra für bestimmte Dinge verantwortlich gemacht wird, wie ich es über Helena bin. Um die Wahrheit zu sagen.

Ich meine, im Hinblick darauf, wie Klytämnestra Agamemnon in seinem Bad ersticht, sobald er aus ebendiesem Krieg nach Hause kommt. Selbstverständlich.

Mit ein bisschen Hilfe. Aber trotzdem.

Obwohl, was ich wirklich sagen will, ist, warum in Gottes Namen hätte sie nicht.

Nun, nachdem Agamemnon ihre eigene Tochter geopfert hat, um Wind für jene gleichen Schiffe aufzubringen, meine ich natürlich.

Gott, was die Männer so getan haben.

Insbesondere Könige und Generäle, selbst wenn das kaum eine Entschuldigung ist.

Aber wie es halt auch so ist, bin ich selbst von Griechenland nach Troja gesegelt. Wirklich.

Nun, oder umgekehrt. Aber der Witz dabei ist, dass sogar mit einer aus einem Atlas herausgerissenen Seite, anstelle einer Seekarte, mich die ganze Reise ohne Eile nur zwei Tage gekostet hat.

Obwohl mich diese Ketsch nahe Lesbos halb zu Tode geängstigt hat, mit ihrem Spinnaker so geräuschvoll im Wind. Sogar.

Was es aber jedenfalls kaum zu einer Entfernung macht, die die Opferung von jemandem erfordert. Offensichtlich.

Schon gar nicht die des eigenen Kindes.

Und das, selbst wenn man nicht zusätzlich noch die Frage aufwirft, was für einen Unterschied ein oder zwei Tage auf See mehr oder weniger überhaupt machen würden, wenn der alberne Krieg volle zehn Jahre dauern wird.

Aber, um dem die Krone aufzusetzen, steht der Mann auch mit einer Konkubine im Schlepptau da, als er schließlich zurückkommt, unglaublich.

Und doch, durch die Art und Weise, in der die Dramen geschrieben sind, kriegen es sogar Elektra und Orest irgendwie fertig, wütend auf Klytämnestra zu werden, weil sie es alles in allem ein bisschen viel finden.

Es mag tollkühn sein, berühmte Schriftsteller zu kritisieren, aber bestimmt scheint es mir, dass irgendjemand irgendwo eine Grenze ziehen sollte.

Vati hat unsere Schwester ermordet, um Wind für seine

dummen Schiffe aufzubringen, ist das, was jede Person mit klarem Verstand sich sicherlich vorstellen muss, dass Elektra und Orest gedacht haben sollten.

Mutti hat unseren Vati ermordet, ist alles, was sie stattdessen in den Dramen denken.

Außerdem gibt es darüber auch schon Dramen von Aischylos und Sophokles, sogar vor Euripides.

Nichtsdestoweniger wird man immer noch kategorisch gezwungen, daran zu glauben, dass Elektra und Orest nie und nimmer so empfunden hätten.

Tatsächlich, was ich mehr als einmal vermutet habe, ist, dass die ganze Geschichte darüber, wie diese beiden ihre eigene Rache an Klytämnestra nehmen, insgesamt eine weitere Lüge war. Mehr als wahrscheinlich hätten alle drei nichts anderes empfunden außer was für ein Glück, dass wir die los sind.

Oder zumindest, sobald das Badezimmer gesäubert worden war.

Und lebten dann sogar glücklich miteinander bis ans Ende ihrer Tage.

So dass tatsächlich das, was ich darüber hinaus sogar vermutet habe, ist, dass Klytämnestra schließlich gar nicht so sehr beim Gedanken an die Konkubine aufgebracht war, oder zumindest nicht mehr, sobald sie sich das Wesentliche von der Seele geredet hatte.

Nun, oder mit Sicherheit, nachdem sie auch herausgefunden hatte, dass die Konkubine bloß die arme Kassandra war.

In einem der Dramen tötet Klytämnestra Kassandra im gleichen Moment, in dem sie Agamemnon tötet.

Sicherlich, im wirklichen Leben hätte sie sofort erkannt, dass Kassandra wahnsinnig war, und hätte sich allein aus diesem Grund die Sache noch einmal überlegt.

Wann sie das sogleich erkannt hätte, wäre in der Minute gewesen, in der Kassandra ins Haus ging und begonnen hat, an Fenstern zu lauern. Natürlich.

Obwohl, wenn ich Haus sage, sollte ich wirklich Palast sagen. Selbstverständlich.

Oh, du liebe Zeit, wie dieses arme Kind fortwährend an unseren Palastfenstern lauert, ist sicherlich das, was Klytämnestra hätte denken müssen.

So dass ihre nächste Entscheidung recht wahrscheinlich sogar hätte sein können, Kassandra zu erlauben, zu bleiben, als eine Art Pensionsgast. Nach dem Begräbnis.

Bestimmt hat das arme Kind keine Palastfenster mehr zu Hause, um daran zu lauern, in dem, was von Troja übriggeblieben ist, wäre noch etwas, das sie sicherlich gedacht haben müsste.

Was das betrifft, hätte Klytämnestra fast sicher erfahren, dass Kassandra auch vergewaltigt worden war, was die Wahrscheinlichkeit dieser Version fraglos bestärken würde.

Tatsache ist, worauf ich jetzt vollkommen bereit wäre zu wetten, ist nicht nur, dass Klytämnestra und Elektra und Orest glücklich miteinander lebten bis ans Ende ihrer Tage, sondern auch, dass Kassandra selbst schließlich sogar zur Familie gezählt worden wäre.

Außerdem kann ich mir ferner sogar alle vier vorstellen, wie sie sich hin und wieder aufmachen, um Helena zu besuchen, sobald das alles geregelt worden war.

Sicherlich hätte Klytämnestra auf jedem Fall ihre eigene Schwester sehen wollen, nach ebendiesen zehn Jahren. Aber an was ich mich auch erst jetzt erinnere, ist, dass Kassandra hier selbst eine alte Freundin Helenas war.

Nun, Kassandra war Paris' Schwester. Selbstverständlich.

Was besagen soll, dass, sobald Helena in Troja eingetroffen war, die beiden praktisch Schwägerinnen geworden waren.

Praktisch soll heißen, weil Helena noch immer offiziell eher mehr mit Menelaos verheiratet war. Natürlich.

Aber dennoch, zehn Jahre sind halt auch zehn Jahre in diesem Fall. So dass Kassandra unbestreitbar begeistert gewesen wäre, die Beziehung wiederaufzunehmen.

Guten Morgen, Kinder und Kassandra. Ratet, worüber ich nachgedacht habe. Wie wäre es mit einem kleinen Ausflug nach Sparta, um Tante Helena zu besuchen?

Oh ja, lass uns das machen. Was für eine vorzügliche Idee, Klytämnestra!

Wird Onkel Menelaos auch dort sein, Mutti?

Hoppla!

Dieser Teil ist vergessen worden. Offensichtlich.

Was besagen soll, dass, nachdem Menelaos einen ganzen Krieg geführt hat, um seine Ehefrau zurückzukriegen, er zweifellos nicht gerade überglücklich gewesen wäre, wenn eine Schwester des Mannes, mit dem sie durchgebrannt war, als Hausgast auftaucht.

Wenn ich Haus sage, sollte ich wieder Palast sagen. Selbstverständlich.

Dann wiederum ist, was man sich als Nächstes vorstellt, dass Helena zweifellos ein wenig genörgelt hätte, falls notwendig.

Ach Liebling, was kann es schon schaden, ihr ein oder zwei Fenster zu überlassen, zum Lauern?

Nun, und höchstwahrscheinlich hätte Kassandra auch Geschenke mitgebracht, um die Sache geradezubiegen.

Die Trojaner waren bekanntlich bekannt dafür, Geschenke mit sich zu führen, wann immer sie irgendwohin gingen. In jedem Fall.

Wirklich, eine Katze wäre eine gute Idee gewesen. Selbst wenn eine Katze als Geschenk für Helena vielleicht angemessener gewesen wäre als für Menelaos.

Ich kann mich nicht erinnern, ob es irgendetwas in der *Odyssee* darüber gibt, ob Helena eine Katze hatte. Allerdings.

Ich sage eher die *Odyssee* als die *Ilias*, weil die *Ilias* zu Ende gewesen ist, bevor Kassandra das Tier mitgebracht hätte. Natürlich.

Was aber übrigens wiederum beweist, dass Gustave Flauberts Annahme falsch war, eine Frau hätte dieses Buch geschrieben, da sicherlich eine Frau daran gedacht hätte, Helenas Katze einzufügen.

Was tatsächlich eingefügt wird, ist ein Hund, der Odysseus gehört.

Wirklich, die Stelle mit dem Hund ist traurig, da es der Hund ist, der Odysseus als Erster wiedererkennt, als er nach Ithaka zurückkehrt, nachdem er nach Troja für weitere zehn Jahre fort gewesen war, aber dann stirbt.

Oje. Wenigstens scheint es, als wäre es ein paar Seiten her, seit ich das das letzte Mal getan habe.

Oder wenigstens bemerkt habe, dass ich es getan habe.

Was ich gemeint habe, war kaum, dass es Odysseus ist, der stirbt, nachdem er nach Ithaka zurückgekehrt war, offensichtlich. Offensichtlich ist es der Hund, der stirbt, nachdem er ihn wiedererkannt hat.

Andererseits erkennt Penelope Odysseus überhaupt nicht wieder. Übrigens.

Und was sicherlich auch ein zusätzlicher Beweis dafür ist, dass eine Frau jene Stelle nicht geschrieben hat.

Nun, sicherlich, wenn eine Ehefrau ganze zwanzig Jahre pflichtbewusst unzähligen Freiern aus dem Weg geht, während sie darauf wartet, dass ihr Ehemann nach Hause kommt, sollte sie den Ehemann wiedererkennen, wenn er ankommt.

Obwohl es die Umkehrung jener Behauptung ist, die eher wahr ist. Wirklich.

Was besagen soll, dass, wenn eine Frau diese Stelle geschrieben hätte, man ernsthaft bezweifeln dürfte, dass die Ehefrau überhaupt den Freiern all die zwanzig Jahre aus dem Weg gegangen wäre.

Tatsächlich glaube ich, ich habe solche Zweifel über Penelope schon vorher geäußert.

Schließlich.

Obwohl, wenn man es recht bedenkt, mag Penelope sehr wohl nicht die ganzen zwanzig Jahre auf Ithaka verbracht haben, in jedem Fall.

Oder wäre zumindest sicherlich so weit gegangen, selbst Helena in Sparta zu besuchen, wo sie doch ihre Cousine ist.

Dies wiederum erst, sobald alle nach Hause gekommen waren. Natürlich.

So dass ihr eigener Besuch wirklich im Wesentlichen dazu gedient hätte, ein paar Neuigkeiten aufzuschnappen.

Ja, ja, es ist schön, auch dich wiederzusehen, Cousine Helena. Aber was mich ehrlich gesagt mehr interessiert, ist, ob irgendjemand irgendetwas von meinem Ehemann gehört hat?

Tatsächlich ist es genau der gleiche Besuch, den ihr Sohn Telemach in der *Odyssee* selbst macht, wenn man es recht bedenkt, und nach seinem Vater fragt.

Und was außerdem genau die Szene ist, in der Helena in dieser prächtig strahlenden Würde gezeigt wird.

Aber wie dem auch sei, und selbst wenn sie auch keinerlei Neuigkeiten über Odysseus hätte, hätte Helena trotzdem fraglos jede Menge interessante Dinge zu berichten gehabt.

Nun, und insbesondere, da Ithaka eine Insel ist, so dass jeder, der von dort herkommt, häufig nicht auf dem neuesten Stand gewesen wäre.

Gütiger Himmel, Penelope, willst du mir ernsthaft sagen, dass du bisher noch nicht einmal von meinem Schwager und der Badewanne gehört hast?

Dann wiederum, bei allem, was man weiß, könnte Penelopes Besuch auch gut mit Klytämnestras eigenem zusammengefallen sein. Oder bestimmt, wenn Helena je die ganze Familie auf einmal eingeladen hätte, etwa, an irgendeinem Feiertag oder so, dann hätte das leicht der Fall sein können.

Und bei dieser Gelegenheit wäre es sehr wahrscheinlich Klytämnestra selbst gewesen, die dann Penelope alles darüber berichtet hätte.

Selbst wenn sie zweifellos diskret genug gewesen wäre, bestimmte Stellen auszulassen, bis Elektra und Orest den Tisch verlassen hätten, stellt man sich so vor.

Das meinst du nicht *wirklich*? Und mit einem *Netz*, zuerst? Nun, ein dreifaches Hoch auf dich, Cousine Klyti.

Hoppla.

Auch hier wurde etwas vergessen. Offensichtlich.

Was besagen soll, dass Klytämnestra zweifellos nicht eine einzige Silbe verlauten ließ, bis ebenfalls Menelaos den Tisch verlassen hätte.

Falls, was das betrifft, Menelaos ihr jemals gestattet hätte, sich dazuzusetzen.

Menelaos war schließlich Agamemnons Bruder gewesen. Selbstverständlich.

Bestimmte Zusammenhänge dieser Art werden so kompliziert, dass sie einem manchmal entfallen. Leider.

Aber es bleibt dennoch eine Tatsache, dass die zwei Brüder die zwei Schwestern geheiratet haben.

Und was jetzt darauf hinzudeuten scheint, ist, dass die armen Elektra und Orest sowieso nicht dazu gekommen wären, ihre Tante sonderlich oft zu besuchen.

Jetzt schau doch, Helena. Wintersonnenwende hin oder her, aber es geht sicherlich ein bisschen zu weit, von mir zu erwarten, dass ich dieser Frau erlaube, einen Fuß in diesen Palast zu setzen.

Ach, aber Menelaos, Liebling.

Ach-lieblinge mich nicht. Nicht dabei. Kommt nicht in Frage.

Selbst wenn nichts von all dem Penelopes eigenen Besuch irgendwie auf nur irgendeine Weise verhindert hätte. Andererseits.

So dass, was man jetzt natürlich vermuten muss, ist, dass es sehr wahrscheinlich eher Letztere war, die Helena die Katze geschenkt hat, als dass es Kassandra gewesen wäre.

Nun, und zweifellos hätte es Penelope jedenfalls ganz ähnlich gesehen, an ein Tier zu denken, gewöhnt wie sie daran war, daheim einen Hund zu haben.

Obwohl sie tatsächlich auch eine Katze hatte. Selbst wenn ich fast dabei war, als Nächstes zu vergessen, dass es wirklich ein Gemälde gibt, das dies zeigt, von jemandem namens Pintoricchio.

Ich bin ziemlich sicher, das Gemälde von Pintoricchio erwähnt zu haben, das Penelopes Katze zeigt.

Ich bin sogar ziemlich sicher, erwähnt zu haben, dass die Katze im Gemälde rostbraun ist.

Selbst wenn es schon lange her ist, seit ich darauf hingewiesen habe, dass Rostbraun kein Name ist, den man einer Farbe gibt.

Ich glaube, es könnte Rembrandt gewesen sein, der als Erster diese Regel aufgestellt hat, in Wirklichkeit, obwohl es in jüngerer Zeit Willem de Kooning gewesen ist, der am stärksten darauf bestanden hat.

Dann wiederum mag ich dessen ungeachtet auch über eine meiner eigenen Katzen gesprochen haben, als eine rostbraune, jetzt, da ich daran zurückdenke.

Das wäre bloß Unachtsamkeit gewesen. Allerdings.

Und auf jeden Fall soll keine dieser Katzen unter keinen Umständen auf irgendeine Weise mit Rembrandts eigener Katze verwechselt werden, was ich zur Sprache bringe, weil man verständlicherweise an Rembrandts eigene Katze auch als eine rostbraune denken könnte, wenn auch aus keinem anderen Grund, als dass Rostbraun eine Farbe ist, die man automatisch mit Rembrandt assoziiert.

Rembrandts Katze war in Wirklichkeit grau. Und hatte nur ein Auge.

Was sehr gut eine Erklärung dafür sein kann, warum sie immer genau an den Goldmünzen am Boden seines Ateliers vorbeigestrichen ist, ohne tatsächlich einen einzigen Blick darauf zu werfen, selbst wenn ich vorher noch nie innegehalten habe, um darüber nachzudenken.

Was besagen soll, dass sie zweifellos im Allgemeinen auf der falschen Seite an den Münzen vorbeigegangen ist und sie so überhaupt nicht bemerkt hat.

Einer ganzen Reihe von Leuten hat auch der Name ebendieser Katze missfallen, der, nebenbei bemerkt, Argus war.

Dafür gab es ebenso eine Erklärung. Selbstverständlich.

Die Erklärung dafür ist, dass der ursprüngliche Argus ein Hund war.

Tatsächlich war der ursprüngliche Argus genau der Hund, über den ich gerade gesprochen habe, und was deshalb sogar so etwas wie eine kleine Koinzidenz ist. Wenn man es recht bedenkt.

Wie oft passiert es schließlich, dass man über den Hund spricht, der Odysseus wiedererkennt, als er letztendlich nach Ithaka zurückkehrt, nachdem er so viele Jahre fort gewesen ist, aber dann stirbt?

Oder an den Penelope sich so gewöhnt hat, dass er sie daran erinnert, andere Tiere als Geschenke mitzubringen, wann immer sie jemanden besucht?

Dennoch haben die Leute Missfallen darüber geäußert, dass Rembrandt seine Katze so nannte, wie er sie genannt hat.

Wie konnte jemand nur so töricht sein und seine Katze

nach einem Hund nennen? Das ist im Wesentlichen die Art gewesen, in der dieses Missfallen geäußert wurde.

Und was mich auch wieder zu Carel Fabritius führt, wenn auch nur insofern, als dass es keine Aufzeichnung zu geben scheint, ob Carel Fabritius einer von den Leuten gewesen ist, die darin verwickelt waren oder nicht.

Man kann annehmen, dass er, da er zu der Zeit noch ein Schüler gewesen ist, sehr wahrscheinlich seine Meinung für sich behalten hat. Allerdings.

Obwohl zweifellos viele der örtlichen Kaufleute die Situation auch auf ungefähr dieselbe Weise gehandhabt haben mögen.

Nun, weil Geschäftsleute ja im Allgemeinen weniger als die meisten Leute geneigt sind, Missfallen auszudrücken, um nicht die Kundschaft zu verlieren.

Haben Sie schon gehört? Rembrandt hat sich eine Katze angeschafft, die er nach einem Hund benannt hat. Aller Wahrscheinlichkeit nach ist das ungefähr die Art und Weise, auf die der örtliche Apotheker es gesagt hätte, insofern eine solch einfache Äußerung überhaupt wirklich als Bekundung von Missfallen gedeutet werden muss.

Aller Wahrscheinlichkeit nach hätte der Apotheker es genau auf diese Art und Weise gegenüber Spinoza geäußert, tatsächlich, bei der nächsten Gelegenheit, als Spinoza ein Rezept einzulösen hatte.

Oder Zigaretten brauchte.

Dann wiederum ist es gleichermaßen möglich, dass Spinoza den Namen von Rembrandt selbst gehört haben mag.

Nun, beim Warten in der Schlange im selben Geschäft, zum Beispiel, wofür die beiden bekannt waren. Da sie kaum mehr als flüchtige Bekannte waren, hätten sie das sicher als vollkommen harmloses Thema erachtet, um sich mit ihm die Zeit zu vertreiben.

So. Und haben Sie sich schon einen Namen für Ihre neue Katze ausgedacht, Rembrandt?

In der Tat. Ich nenne ihn Argus, Spinoza.

Aha, Sie nennen also Ihren Kater nach dem Hund in der *Odyssee*, nicht?

Es ist anzunehmen, dass Spinoza etwa so oder so ähnlich geantwortet hätte, dies alles wiederum, um lediglich höflich zu sein. Sicherlich hätte er die Sache später in einem anderen Licht gesehen. Allerdings.

Wie kann jemand nur so töricht sein, eine Katze nach einem Hund zu nennen? Sicherlich wäre es mehr in dieser Art und Weise von Licht gewesen, wie er es dann betrachtete.

Aber was inzwischen auch hier höchst wahrscheinlich ist, ist, dass Rembrandt sich selbst dessen kein bisschen bewusst gewesen wäre.

Nun, bestimmt hätte ein Mann, dem der Bankrott droht, sowieso kaum Zeit darauf verschwenden wollen, über eine Katze nachzudenken. In jedem Fall.

So dass er zweifellos, sobald das Tier einen Namen bekommen hatte, von anderen Angelegenheiten gänzlich in Anspruch genommen gewesen wäre.

Wie vom Beenden der *Nachtwache* zum Beispiel.

Interessanterweise, nebenbei bemerkt, habe ich nie verstanden, was es überhaupt auf sich hatte mit der *Nachtwache*, als ich nur die Reproduktionen davon gesehen hatte.

Als ich schließlich in die Tate Gallery in London hineinging und das Gemälde selbst sah, liefen mir Schauer das Rückgrat hinauf und hinunter. Allerdings.

Als ob da ein Glimmen aus dem Inneren der Farben selbst wäre. Praktisch.

So dass ich sogar sorgfältiger mit ihm umging als mit jedem anderen Gemälde, das ich jemals herausgenommen habe, um den Rahmen zu verwenden, vermute ich.

Und besonders, als ich es wieder an seinen Platz nagelte.

Obwohl sogar mein Feuer auch fast ausgegangen war, bevor ich damit fertig war, wie ich mich erinnere.

Bis zum heutigen Tag bin ich auch nicht imstande gewesen, dahinterzukommen, wie es Rembrandt gelungen ist, das hinzukriegen.

Nun, was wohl etwas damit zu tun hat, weshalb er Rembrandt ist.

Habe ich je gesagt, dass mein Lieferwagen ein englisches Nummernschild hat und rechts gesteuert wird? Übrigens.

Weiß der Himmel allein, wie es kam, dass er an einem der Yachthäfen hier geparkt war, bin ich doch mit ihm seitdem hier in der Gegend herumgefahren.

Obwohl es noch etwas gibt, das ich hervorheben möchte, in Hinsicht auf jene Frage nach Rembrandts Katze, bevor ich es dabei belasse. Wirklich.

Wobei es dabei geht, ist, dass damals ja so viel mehr Leute mit den Schriften Homers vertraut waren, als dies später der Fall gewesen ist.

Da haben wir Carel Fabritius und den Apotheker und Spinoza, die alle sogleich den Namen des Hundes wiedererkannten. Ganz abgesehen von Rembrandt selbst, der ihn aussuchte.

Aber was das betrifft, hätte ihn zweifellos Jan Vermeer genau so schnell wiedererkannt, sobald er seinerseits ein Schüler von Carel Fabritius wurde und Carel Fabritius ihm einiges über Rostbraun und Bettüberwürfe erklärte.

Nun, und wie es Leeuwenhoek und Galileo, zweifellos, auch getan hätten, die ja auch in Delft waren.

Hingegen, wenn ich meine eigene rostbraune Katze Argus genannt hätte, bin ich fast ganz sicher, dass keine einzige Person, die ich gekannt habe, die Verbindung mit Odysseus' Hund überhaupt hergestellt hätte.

Tatsache ist, das einzige Individuum, an das ich persönlich

mich erinnern kann, jemals diese Verbindung gemacht zu haben, war Martin Heidegger.

Ich habe das vielleicht schlecht gesagt.

Wenn ich sage, dass ich mich persönlich daran erinnern kann, dass Martin Heidegger diese Verbindung gemacht hat, habe ich damit sehr wahrscheinlich angedeutet, dass ich einmal mit Martin Heidegger gesprochen habe.

Martin Heidegger ist nicht jemand, mit dem ich einmal gesprochen habe.

Tatsächlich wäre vermutlich eine weitere Andeutung in demselben Satz, dass ich eine solche Unterhaltung hätte verstehen können, wenn sie denn stattgefunden hätte.

Was ich nicht hätte, offensichtlich, da ich kein einziges Wort Deutsch spreche.

Es ist selbstverständlich nicht unmöglich, dass Martin Heidegger seinerseits Englisch gesprochen hat, obwohl ich ihn auch das nicht gefragt habe.

Oje.

Möglicherweise sollte ich besser noch einmal anfangen.

Ich fange noch einmal an.

Was passiert ist, war, dass ich einmal Martin Heidegger einen Brief geschrieben habe.

In seiner Antwort auf meinen Brief gab Martin Heidegger seine Vertrautheit mit der *Odyssee* zu erkennen.

Obwohl mein eigener Brief nichts mit diesem Thema zu tun hatte.

Jedoch, was ich tatsächlich jetzt glaube, ist, dass ich mit dieser ganzen Sache noch einmal anfangen möchte.

Ich fange ein weiteres Mal mit der ganzen Sache an.

Was wirklich einmal passiert ist, war, dass ich Briefe an eine beträchtliche Anzahl berühmter Leute schrieb.

So dass, um die Wahrheit zu sagen, Martin Heidegger nicht einmal die berühmteste Person war, der ich schrieb.

Bestimmt hätte man Winston Churchill für berühmter gehalten als Martin Heidegger.

Tatsächlich bin ich sicher, dass Picasso auch für berühmter als Martin Heidegger gehalten worden wäre.

Und genau dasselbe hätte man sicherlich auch über die Königin von England sagen können.

Nun, und weil Ruhm ja sowieso im Allgemeinen eine Angelegenheit der jeweiligen Neigung ist, hätte es mit Sicherheit in den Augen von Leuten, die Musik liebten, so ausgeschaut, dass Igor Strawinsky und Maria Callas die berühmteren gewesen wären.

Wie dies ohne Zweifel in den Augen der Leute, die Filme liebten, für Katherine Hepburn oder Marlon Brando oder Peter O'Toole gegolten hätte.

Oder wie es für die Leute, die Baselball lieben, sogar anscheinend mit Stan Usual der Fall sein könnte.

Aber wie dem auch sei, ich habe an jeden einzelnen dieser Leute Briefe geschrieben.

Tatsache ist, ich habe an noch mehr Leute Briefe geschrieben.

Ich vermute, ein paar andere Leute, an die ich vielleicht auch geschrieben habe, waren Bertrand Russell und Dmitri Schostakowitsch und Ralph Hodgson und Anna Achmatowa und Maurice Utrillo und Irene Papas.

Außerdem vermute ich, dass ich vielleicht sogar an Gilbert Murray und an T. E. Shaw geschrieben habe.

Obwohl, wenn ich in Hinsicht auf Letzteres sage, vermute ich, tue ich das, weil ich bei einer Reihe von ihnen nicht länger sicher sein kann.

Der Hauptgrund, weswegen ich nicht länger sicher sein kann, ist einfach der, dass ich alle diese Briefe vor einer ganzen Reihe von Jahren geschrieben habe.

Aber ein weiterer Grund ist auch, dass eine bestimmte

Anzahl der Leute, die ich erwähnt habe, tatsächlich schon tot gewesen sein mögen zu der Zeit, als ich die Briefe schrieb.

Und in welchem Fall ich ihnen wohl kaum geschrieben hätte. Natürlich.

Nun, dies war genau die Situation mit solchen Leuten wie Jackson Pollock, und Gertrude Stein, und Dylan Thomas, denen ich natürlich auch nicht geschrieben habe.

So dass alles, was ich wirklich meine, ist, dass ich nach so langer Zeit einen Großteil der Daten jener anderen Leute vergessen habe.

Was besagen soll, dass, selbst wenn ich eben jetzt über sie nachdenke, als ob es Leute waren, denen zu schreiben ich damals vorgehabt hätte, mögen es offensichtlich nicht die Leute gewesen sein, an die ich damals schließlich vorhatte zu schreiben.

Dies ist nicht wirklich so kompliziert, auch wenn es so ausschauen mag.

Und, um die Wahrheit zu sagen, hatte ich sowieso keine speziellen Botschaften für irgendjemand persönlich.

Jeder einzelne dieser Briefe glich dem anderen.

Tatsächlich waren sie alle Xerokopien eines Briefes.

In denen allen stand, dass ich mir gerade eine Katze angeschafft hatte.

Nun, natürlich stand in den Briefen mehr als das.

Man würde sich kaum hinsetzen und einen Brief an Picasso xerokopieren, oder einen an die Königin von England, nur um kundzugeben, dass man sich gerade eine Katze angeschafft hatte.

Dass ich außerordentlich große Schwierigkeiten hatte, der Katze einen Namen zu geben, und ob sie irgendwelche Vorschläge hätten, war, was sonst noch in dem Brief stand.

All das wurde in einer vergnügten Stimmung ausgeheckt. Selbstverständlich.

Selbst wenn es eine Tatsache bleibt, dass die Briefe der Wahrheit ziemlich nahekamen.

Bis auf die Tatsache vielleicht, dass die Katze nicht wirklich eine Katze war, sondern immer noch ein Kätzchen.

Wenn man eine gewisse Zeit lang eine Katze gehabt hat, neigt man dazu, von ihr als Katze zu sprechen, sogar wenn von der Zeit die Rede ist, in der sie noch nicht eine Katze geworden war. Allerdings.

Selbst wenn das hier zweifellos belanglos ist.

Der entscheidende Punkt war, dass das arme Ding da noch immer in meinem Atelier umherstrich, mit nichts, womit man sie rufen konnte.

Bis es beinahe schon aufgehört hatte, ein Kätzchen zu sein, und angefangen hat, eine echte Katze zu werden. Tatsächlich.

Beinahekatze, als das habe ich sogar begonnen, an sie zu denken.

Obwohl, ich sollte mir bei diesem Problem besser Hilfe holen, war zweifellos, was ich zum Schluss gezwungen war, zu denken.

Wie würde Joan Baez eine Beinahekatze nennen? Oder Germaine Greer? Zweifellos habe ich sogar angefangen, mir diesbezüglich Gedanken zu machen.

Nun, mit Sicherheit habe ich angefangen, mir auch diesbezüglich Gedanken zu machen, denn es wäre mir sonst kaum eingefallen, jene Briefe zu schreiben.

Selbst wenn ich vielleicht vergessen habe zu erwähnen, dass Joan Baez und Germaine Greer noch zwei weitere der Personen waren, an die ich geschrieben habe.

Und selbst wenn es nicht wirklich meine Idee war, jene Briefe überhaupt zu schreiben.

Wirklich, was passierte, war, dass zufällig bestimmte Leute in meinem Atelier waren, eines Abends, und einer von diesen mich zufällig gefragt hat, was der Name meiner Beinahekatze sei.

Nun, wenn man jemanden in seinem Atelier besucht und wenn einem eine Beinahekatze auf den Schoß klettert, ist man natürlich geneigt, eine Frage dieser Art zu stellen.

Tatsächlich war der Schoß, auf den die Beinahekatze geklettert war, der Schoß von Marco Antonio Montes de Oca.

Selbst wenn ich nicht mehr die geringste Ahnung habe, was Marco Antonio Montes de Oca in meinem Atelier zu suchen gehabt hätte. Insofern es nicht vielleicht William Gaddis gewesen ist, der ihn mitbrachte.

Obwohl ich zweifellos auch zu erwähnen verabsäumt habe, dass William Gaddis selbst jemals mein Atelier besucht hat.

William Gaddis hat mein Atelier hin und wieder besucht.

Und brachte zu bestimmten Anlässen andere Schriftsteller mit.

Man neigt dazu, Derartiges zu tun. Im Wesentlichen.

Nun, womit ich meine, dass, wenn William Gaddis ein Apotheker gewesen wäre, die anderen Leute, die er mitgebracht hätte, sicherlich andere Apotheker gewesen wären.

Angenommen, dass er überhaupt jemals jemanden mitbrachte, ist, was ich offensichtlich damit auch sagen will.

So dass er diesmal vielleicht Marco Antonio Montes de Oca mitbrachte, der mich auf jeden Fall nach dem Namen meiner Beinahekatze gefragt hat.

Und so war, was gleich danach passierte, dass alle möglichen interessanten Vorschläge bezüglich eines Namens gemacht wurden.

An berühmte Leute zu schreiben und um Vorschläge zu bitten war genau einer jener Vorschläge, wie sich herausgestellt hat.

Und wobei sogleich bei jedem in dem Raum eine kleine Glocke zu klingeln schien, so dass ich im Handumdrehen ein

Blatt Papier mit mehr Namen berühmter Leute vollgeschrieben hatte, als man zählen konnte.

Das alles wurde, wie gesagt, in einer vergnügten Stimmung ausgeheckt.

Selbst wenn es mich traurig machte.

Nun, weil ich von der Hälfte der Leute, die erwähnt wurden, noch nie etwas gehört hatte. Um die Wahrheit zu sagen.

Obwohl, nicht dass auch dies in irgendeiner Weise eine gänzlich neue Erfahrung in meinem Leben gewesen wäre. Wenn man es recht bedenkt.

Tatsächlich schien dies jedes zweite Mal zu passieren, wenn ich mich umdrehte.

So dass, kaum hatte man sich an einen Namen wie etwa Jacques Lévi-Strauss gewöhnt, jeder über Jacques Barthes sprach.

Und drei Tage später über irgendeinen anderen Jacques.

Und in der Zwischenzeit war alles, was man je wirklich versucht hat zu tun, Susan Sontag einzuholen.

Und es war selbstverständlich um diese Zeit, dass man auch entdeckte, dass die Leute, die gewöhnliche Kunstrezensionen in Tageszeitungen schrieben, aufgehört hatten, sich selbst Kunstrezensenten zu nennen, und Kunstkritiker wurden.

Was einen natürlich veranlasste zu fragen, wie man denn E. H. Gombrich oder Meyer Shapiro nennen sollte.

Nun ja, oder Erwin Panofsky oder Millard Meiss oder Heinrich Wölfflin oder Rudolf Arnheim oder Harold Rosenberg oder Arnold Hauser oder André Malraux oder René Huyghe oder William Gaunt oder Walter Friedlaender oder Max J. Friedlaender oder Élie Faure oder Émile Mâle oder Kenneth Clark oder Wylie Sypher oder Clement Greenberg oder Herbert Read.

Oder, was das betrifft, sogar Wilhelm Worringer oder Roger Fry oder Bernard Berenson oder Clive Bell oder Walter

Pater oder Jacob Burckhardt oder Eugène Fromentin oder Baudelaire oder die Goncourts oder Winckelmann oder Schlegel oder Lessing oder Cennini oder Aretino oder Alberti oder Vasari oder sogar John Ruskin.

Obwohl ich zweifellos wieder angebe.

Gerade habe ich gespürt, dass ich das diesmal brauche. Nur diese eine Minute allerdings.

Und wie dem auch sei, jeder bestand darauf, dass ich an all jene anderen Leute schreibe, die genannt worden waren.

Selbst wenn ich bestimmte weitere Künstler ausgelassen habe, die erwähnt wurden. Letztendlich.

Nun, wie etwa Georgia O'Keefe und Louise Nevelson und Helen Frankenthaler.

Ich bin mir einfach dumm vorgekommen, so einen Brief an Leute zu schicken, mit denen ich in Gruppenausstellungen gewesen war. Das war alles.

Obwohl ich offensichtlich nicht diejenige gewesen bin, die Campy Stengel hinzugefügt hat. Ebenso.

Oh mein Gott.

Magritte.

Den ich mich erinnert habe, selbst der Liste anzufügen. Tatsächlich.

Nun, aber Magritte erweist sich jetzt als genauso wie Artemisia Gentileschi, begreife ich plötzlich.

Was besagen soll, dass es praktisch ebenso unmöglich zu sein scheint, dass ich so viele Seiten geschrieben haben könnte, ohne vorher je Magritte erwähnt zu haben.

Bestimmt habe ich über Magritte hin und wieder nachgedacht, ob ich ihn erwähnt habe oder nicht, was andererseits wahrheitsgemäß vielleicht nicht der Fall mit Artemisia war.

Tatsächlich habe ich über Magritte genauso oft nachgedacht, wie ich mir selbst bestimmte Arten von Fragen gestellt habe.

Und die eben auch keine Fragen sind, die ich mich selbst nur selten gefragt habe.

Nun, Fragen wie etwa, in welchem Stock ist diese Toilette, die im zweiten Stock des Hauses ist, das keinen zweiten Stock hat?

Oder, wo war mein eigenes Haus, als alles, was ich gesehen habe, der Rauch meines Kanonenofens war, ich aber dachte, dort ist mein Haus?

Bestimmt sind beide Fragen, die einen über Magritte nachdenken lassen könnten.

Und tatsächlich erinnere ich mich jetzt sogar daran, dass, als ich schließlich die Straße zum Haus im Wald hinter diesem Haus gefunden hatte, nachdem ich zuerst nicht imstande gewesen war, die Straße zum Haus im Wald hinter diesem Haus zu finden, das Erste, was ich zu mir selbst gesagt habe, war, nun, hier bin ich an der Kreuzung Umgestürzte-Baum-Allee und Magrittestraße.

Selbst wenn ich, bei nochmaliger Überlegung, Magritte vielleicht doch nicht auf jene Liste gesetzt habe.

Was besagen soll, dass, obwohl ich jetzt gerade über Magritte nachdenke als jemanden, an den zu schreiben ich damals gedacht haben könnte, er durchaus jemand gewesen sein kann, an den ich damals zu schreiben nie gedacht hätte.

In allen Fällen habe ich, wenn ich in letzter Zeit über mein Atelier gesprochen habe, nebenbei bemerkt, auch über mein Loft gesprochen.

Ich arbeitete, wo ich lebte, sollte ich das nicht deutlich gemacht haben.

Nun, oder andersherum.

Obwohl, in der Zwischenzeit ist mir erst in diesem Moment etwas Merkwürdiges aufgegangen.

Tatsächlich ist es außergewöhnlich merkwürdig.

Vor knapp sechzig Sekunden bin ich in die Küche gegangen, um einen Schluck Wasser zu trinken, aus meinem Krug.

Während ich zurückging, hörte ich ein Stück aus einer der *Bachianas Brasileiras* von Villa-Lobos in meinem Kopf.

Ich meine dieses eine, mit dem im Allgemeinen jeder vertraut ist, das mit der Sopranstimme.

Dennoch, die *Bachianas Brasileiras* von Villa-Lobos sind auch noch etwas, wovon ich fast sicher bin, es vorher nie erwähnt zu haben.

Obwohl mir gleichzeitig aufgegangen ist, dass ich dasselbe Musikstück hin und wieder gehört habe. Ob ich es erwähnt habe oder nicht.

Tatsächlich habe ich es ebenso oft gehört, wie ich über Magritte nachgedacht habe. Praktisch.

Außer dass ein jedes Mal, wenn ich es gehört habe, ich immer zu mir selbst gesagt habe, ich höre die *Alt-Rhapsodie*.

Und, worauf das offensichtlich jetzt hindeutet, ist, dass ein jedes Mal, wenn ich die *Alt-Rhapsodie* erwähnt habe, ich erwähnen hätte sollen, dass es eine der *Bachianas Brasileiras* war.

Und außerdem, dass ein jedes Mal, wenn ich erwähnt habe, dass Kirsten Flagstadt den Brahms singt, ich hätte erwähnen sollen, dass Bidú Sayao den Villa-Lobos singt.

Selbst wenn es Kirsten Flagstad gewesen sein mag, die gesungen hat.

Und in gewisser Hinsicht habe ich keine der drei jemals wirklich gehört. Sozusagen.

Hm.

Einmal bat jemand Robert Schumann, die Bedeutung eines bestimmten Musikstückes zu erklären, das er gerade auf dem Klavier gespielt hatte.

Was Robert Schumann getan hat, war, sich wieder ans Klavier zu setzen und das Musikstück noch einmal zu spielen.

Ich fände es sehr erfreulich, das Gefühl haben zu können,

dass dies irgendetwas, worüber ich jetzt gesprochen habe, geklärt hat.

Worüber auch immer ich jetzt genau gesprochen habe.

Tatsächlich würde ich mich glatt damit zufriedengeben, nicht völlig aus den Augen verloren zu haben, wo ich war.

Ich habe überhaupt nicht aus den Augen verloren, wo ich war.

Ich bin an der Stelle, wo sich jemand als Nächstes ein weiteres Blatt Papier ausgeborgt und angefangen hat, mir den Brief zu diktieren.

Tatsächlich mag es William Gaddis selbst gewesen sein, der das getan hat.

Oder einer der Apotheker.

Obwohl, was auch um diese Zeit herum vorgeschlagen wurde, war, dass ich Postkarten in die Briefe hineintun sollte, die an mich selbst adressiert waren, um so den Leuten, die die Briefe erhielten, weniger Ausreden zu geben, nicht zu antworten.

Nun, ein gewöhnlicher Brief dieser Art bleibt leicht unbeantwortet. Selbstverständlich.

Während man sich sicher schuldiger fühlen würde, das zu tun, wenn der Brief eine Postkarte enthielte, die an den Absender adressiert ist.

Selbst wenn das in der Folge die Frage der korrekten Frankierung aufgebracht hat, da Marken der Vereinigten Staaten offensichtlich kaum in einem dieser anderen Länder zu gebrauchen sind, aus denen die Postkarten zurückgeschickt werden sollten.

Ich glaube, es war Susan Sontag, die daran dachte, darauf hinzuweisen.

Oder ein weiterer Apotheker.

Dennoch bin ich dem Vorschlag hinsichtlich der Postkarten gefolgt.

Nur dass ich mir einfach erlaubt zu haben scheine, die Marken zu vergessen.

Und was sich am Ende als gut herausgestellt hat, oder bestimmt zumindest in dem Sinn, Kosten gespart zu haben.

Weil nur einer von den Leuten, denen ich Briefe geschickt hatte, sich jemals die Mühe gemacht hat, die Postkarte zurückzusenden.

Das war Martin Heidegger.

Und der tatsächlich sogar recht eindrucksvoll Englisch sprach.

Und sogar vom Konjunktiv Gebrauch gemacht hat. Wie sich zeigte.

Obwohl, wenn ich sage sprach, hätte ich in Wirklichkeit schrieb sagen sollen. Selbstverständlich.

Was ich als Name für ihren Hund vorschlagen möchte, ist der prächtige klassische Name Argus aus der *Odyssee* von Homer, das war es, was auf Englisch auf der Postkarte von Martin Heidegger geschrieben stand.

Einige Zeit lang war ich ziemlich verärgert über Martin Heidegger.

Nun.

Selbst als ich schließlich begriff, dass Philosophen zweifellos wichtigere Dinge im Kopf hatten als die Namen anderer Leute Haustiere.

Ach, hier sitze ich und mir gehen solch wichtige Dinge wie *Dasein* durch den Kopf, war sicherlich, was Martin Heidegger zu sich selbst gesagt haben muss, und da ist diese Person in Amerika und bittet mich um einen Namen für ihr törichtes Tier.

So dass es letzten Endes wirklich ziemlich nett von Martin Heidegger war, sich die Zeit genommen zu haben, überhaupt zu schreiben, auch wenn er einen Fehler gemacht hat, als er das tat.

Und selbst wenn es außerdem fast sieben Monate gedauert hatte, bis die Postkarte zurückgekommen ist.

Was aber auch sehr wohl der Grund für Martin Heideggers Fehler gewesen sein mag, wenn man jetzt innehält und darüber nachdenkt.

Was besagen soll, dass Martin Heidegger in jener ganzen Zeit sehr wahrscheinlich eifrig damit beschäftigt war, eines seiner Bücher zu schreiben.

Sehr wahrscheinlich war das Buch, an dem er so eifrig schrieb, tatsächlich eines der Bücher in der Kiste im Keller dieses Hauses, und was nur zeigt, wie erstaunlich klein die Welt sein kann.

Aber auf jeden Fall würde Martin Heidegger zuerst sein Buch zu Ende geschrieben haben, bevor er meinen Brief wiedergefunden hätte.

Oder was er wahrscheinlich eher gefunden hätte, war nur die Postkarte, da er zweifellos den Brief, sobald er ihn gelesen hatte, weggeworfen hat.

Bestimmt hatte er überhaupt keine Zweifel, dass er sich daran erinnern würde, was er auf die Karte hätte schreiben sollen.

Nun, und als berühmter Philosoph hatte er sicherlich sogar noch weniger Zweifel, dass er sich an den Unterschied zwischen einer Katze und einem Hund erinnern würde.

Wenn hier nicht bei abermaliger Überlegung die vage Möglichkeit besteht, dass Martin Heidegger schließlich doch keinen Fehler gemacht hat?

Zugegeben, das ist mir erst später in den Sinn gekommen. Aber dennoch, warum könnte Martin Heidegger nicht vielleicht diese ganze Geschichte über Rembrandt und dessen eigene Katze gekannt haben?

Und warum könnte nicht Susan Sontag, während sie mir den Brief diktierte, darauf hingewiesen haben, dass ich selbst eine Malerin war?

Wenn man an wildfremde Menschen schreibt, würde man sicherlich die Höflichkeit besessen haben, seinen Namen zu nennen. In jedem Fall.

So dass, was Martin Heidegger damals wirklich durch den Kopf gegangen wäre, etwas gewesen wäre wie, ach, was ich also dieser Maler-Person in diesem Ort Soho raten werde, wie sie ihr Tier nennen soll, ist, wie Rembrandt seines nannte.

Und was somit eine ziemlich andere Erklärung der Frage erfordern würde, warum Martin Heidegger halt trotzdem Hund schrieb statt Katze. Offensichtlich.

Freilich, die andere Erklärung ist offensichtlich, dass Martin Heideggers Englisch kaum so eindrucksvoll war wie gedacht.

Dennoch, was mir schließlich beinahe leidtut, ist, dass ich nie ein zweites Mal an Martin Heidegger geschrieben habe, um ihm zu danken.

Nun, und ich hätte es bestimmt erfreulich gefunden, dem Mann auch zu sagen, wie lieb mir außerdem sein Satz ist über die unzusammenhängenden Verworrenheiten, die hin und wieder zur Grundbefindlichkeit des Daseins werden.

Es sei denn, dass es, wie ich schon gesagt habe, auch Friedrich Nietzsche gewesen sein mag, der diesen Satz schrieb.

Oder Søren Kierkegaard.

Und obwohl ich der Katze selbst schon seit langem einen anderen Namen gegeben habe.

Hm.

Außer dass ich mich nach all dem Reden plötzlich nicht mehr zu erinnern scheine, welchen Namen ich ihr überhaupt gegeben habe.

Zweifellos kommt das nur daher, dass ich über so viele andere Katzen gesprochen habe. Allerdings.

Selbst ohne Rembrandts mitzuzählen, gibt es zum Beispiel die Katze, die Medea Helena geschenkt hat, es gibt die Katze, die ich im Kolosseum gesehen habe, und es gibt die Katze, die hier außen an meinem Fenster kratzt.

Nun, und dann gibt es all jene Katzen, die zu argwöhnisch gewesen wären, zum Müllplatz zu gehen, wegen der vielen Möwen, die dort ihre Nahrung suchten, und es gibt die Katze, von der Taddeo Gaddi einmal ein Gemälde malte und von der er als Rostbrauner sprach, bis Giotto ihm mitteilte, es sei gebranntes Siena.

Was Theophanes der Grieche vorher Giotto mitgeteilt hatte.

Ich glaube, dass Katzen auch auf die eine oder andere Art in Zusammenhang mit solchen Leuten wie Sor Juana Inés de la Cruz und Ludwig Wittgenstein und Anna Karenina erwähnt worden sein könnten.

Dann wiederum mag ich mich im Irrtum befinden über Sor Juana Inés de la Cruz, weil ich nicht weiß, ob jemand, der in einem Konvent lebte, eine Katze haben durfte.

Ich nehme an, dass Schwester Johanna Ines vom Kreuz in einem Konvent lebte.

Was aber dann bedeuten würde, dass auch die hl. Teresa in Toledo keine Katze gehabt hätte.

Nun, und jetzt begreife ich, dass ich mich auch in Hinblick auf Ludwig Wittgenstein im Irrtum befinde, da jede Katze Wittgensteins genauso argwöhnisch gegenüber seiner Lieblingsmöwe gewesen wäre wie all jene anderen Katzen gegenüber den Möwen beim Müllablageplatz.

Oder zumindest während Wittgensteins Zeit in Galway Bay wäre das so gewesen.

Galway Bay.

Andrea senza errori.

Was nicht besagen soll, dass Wittgenstein nicht Jahre vorher eine Katze gehabt haben könnte, als er den Rasen in einem Kloster gemäht hat. Andererseits.

Es sei denn, Klöster hatten dieselben Regeln wie Konvente.

So dass der hl. Johannes vom Kreuz noch jemand gewesen wäre, der keine gehabt haben konnte.

Jan Steen besaß eine Brauerei, in der es eine Katze gegeben haben mag. Allerdings.

Weiß der Himmel, warum mich das Schreiben über ein Kloster daran erinnert haben sollte, obwohl ich nichtsdestoweniger erfreut bin, daran gedacht zu haben, glaubte ich doch eine ganze Weile, überhaupt nichts über Jan Steen zu wissen.

Obwohl, woran ich mich jetzt ebenso erinnere, ist, dass Fra Filippo Lippi einmal mit einer Nonne durchbrannte, falls das auf irgendeine Weise mit irgendetwas zusammenhängt.

Nun, womit es möglicherweise zusammenhängt, ist, dass, wenn die Nonne vorher keine Katze haben durfte, sie sich dann hätte eine anschaffen können.

Anna Kareninas Katze wurde von einem Zug überfahren, wenn ich mich recht erinnere.

Ich bin noch immer irgendwie verärgert, dass ich wiederholt geglaubt habe, ich hörte die *Vier letzten Lieder* von Strauss, wenn das, was ich wirklich hörte, die Nummer fünf aus den *Bachianas Brasileiras* war. Übrigens.

Selbst wenn ich gleichfalls vergessen habe, ob da neben Robert und Clara Schumanns Klavier in *Liebeslied* eine Katze war.

Obwohl ich erst in diesem Moment begreife, dass es in diesem Haus sogar Bücher von Jacques Lévi-Strauss und Jacques Barthes gibt. Wirklich.

Außer dass mich jetzt beunruhigt, warum sich so viele Leute für Ratgeber, wie man sich bei Tisch zu benehmen hat, begeistern konnten, oder für einen Führer über den Eiffelturm.

Es sei denn, es ist der Führer über die Vögel von Süd-Connecticut und der Long-Island-Meerenge, die ich hier durcheinanderbringe.

Jedes Mal, als ich in der letzten Zeit über meinen Krug gesprochen habe, hätte ich, nebenbei bemerkt, wahrheitsgemäßer von einem Marmeladenglas sprechen sollen.

Krug hat einfach eher den Klang von etwas, das man zu einer Quelle trägt, das ist alles.

Selbst wenn ich beim besten Willen auch überhaupt keine Ahnung habe, was ich gesagt habe, das mich jetzt wieder über Marina Zwetajewa nachdenken ließ.

Besonders da dies eine der traurigsten Geschichten ist, die ich kenne.

Was passierte, war nämlich, dass die Russen solch eine wunderbare Dichterin praktisch zu Tode hungern ließen, ganz alleine und im Exil.

Nachdem sie ihre Familie umgebracht hatten.

So dass sie sich schließlich aufgehängt hat.

Und so dass ich auf meinem Weg durch Russland sogar direkt an ihrem Grab vorbeigefahren sein könnte, ohne je gewusst zu haben, wo es war. Außerdem.

Selbst wenn das niemand je wirklich wusste, was das betrifft.

Gott, was die Männer so getan haben.

Nicht dass man je das Armengrab finden konnte, in dem Mozart begraben worden ist, nachdem es am nächsten Morgen aufgehört hatte zu regnen.

Was eine vollkommen andere Geschichte ist, vielleicht, aber dennoch auch traurig.

Habe ich jemals gesagt, bloß um vorsätzlich das Thema zu wechseln, dass es auf einem Müllplatz war, wo van Gogh sein berühmtes Gemälde *Die zerbrochenen Flaschen* malte?

Das im Rijksmuseum ist, glaube ich.

Van Gogh hatte auch die Gabe, seinen Pigmenten manchmal den Anschein eines Glühens zu geben. Nebenbei bemerkt.

Außer dass man sich in van Goghs Fall im Allgemeinen

selbst dabei ertappt, wie man einen Blick über die Schulter wirft, als ob man herausfinden möchte, wo all das Sonnenlicht herkommt.

Es scheint keine Aufzeichnung darüber zu geben, welche Gemälde genau van Gogh malte, während er die alten Socken trug, die später Alfred North Whitehead anzuziehen pflegte, wenn er im Wald bei Cambridge spazieren ging. Andererseits.

Obwohl, eine weitere Sache, die ich vielleicht nie erwähnt habe, ist, dass Ludwig Wittgenstein wirklich stets Zucker in seinen Hosentaschen mit sich herumtrug, wenn er spazieren ging in der Nähe von Cambridge.

Der Grund, weswegen er den Zucker bei sich trug, war, um ihn den Pferden zu geben, die er vielleicht auf den Feldern sehen würde, beim Spazierengehen.

Bei meiner Ehre, Wittgenstein hat das getan.

Aus irgendeinem Grund ist diese Geschichte eine weitere, die mich an irgendetwas erinnert, selbst wenn ich keine Ahnung habe, woran, in diesem Augenblick.

Zweifellos werde ich in ein oder zwei Tagen auch auf den Namen meiner Katze kommen. Allerdings.

Und was ich unterdessen gerade entschieden habe zu tun, ist, den Namen der Katze, die an der Außenseite meines Fensters kratzt, zu ändern.

Wie ich diese Katze jetzt nenne, ist Magritte.

Nun, Magritte hat eine engere Verbindung zu einer Katze, die nicht wirklich eine Katze ist, als van Gogh es tut, das ist alles.

Selbst wenn ebendieses Gemälde von van Gogh, das ich gerade erwähnt habe, das Gemälde eines Feuers ist, das nicht wirklich ein Feuer, sondern nur der Widerschein eines Feuers ist. Allerdings.

Und ich es vielleicht sogar nie gesehen habe, außer als Reproduktion, da ich mich bei abermaliger Überlegung schließlich doch nicht erinnere, es in den Uffizien gesehen zu haben.

Wittgenstein war nie verheiratet, übrigens. Nun, oder hatte auch nie eine Mätresse, war er doch ein Homosexueller.

Obwohl zwischenzeitlich, als ich gerade zwischenzeitlich sagte, ich wahrhaftig zwischenzeitlich meinte.

Und es ist jetzt beinahe eine ganze Woche her, seit ich noch zusätzlich sagte, ich würde zweifellos in ein oder zwei Tagen auf den Namen meiner Katze kommen.

Und dies wiederum ist bei weitem die längste Zeit, die ich habe verstreichen lassen, ohne an der Schreibmaschine zu sitzen.

Meine Schulter und mein Knöchel tun nicht mehr so arg weh, wie sie es vorher getan haben. Allerdings.

Was nicht besagen soll, dass die Schmerzen in meiner Schulter oder in meinem Knöchel irgendetwas mit meinem Nicht-an-der-Schreibmaschine-Sitzen zu tun hätten.

Oder dass die Tatsache, dass die Schmerzen nicht mehr so arg sind, wie sie waren, irgendetwas damit zu tun hat, dass ich wieder zurück bin.

Aus irgendeinem Grund war alles, wonach mir der Sinn stand, in der Sonne zu liegen. Für eine Weile.

Was auch besagen soll, dass es aufgehört hat zu regnen. Offensichtlich.

Nun, man hätte kaum in der Sonne liegen können, wenn es das nicht hätte. Offensichtlich.

Tatsächlich habe ich schließlich auch wieder einige rosenfingrige Sonnenaufgänge gehabt.

Selbst wenn ich mich fast die ganze Woche über niedergeschlagen gefühlt habe. Um die Wahrheit zu sagen.

Ich glaube wirklich, ich habe mindestens einmal vorher gesagt, dass ich mich niedergeschlagen fühlte, während ich diese Seiten geschrieben habe.

Obwohl vielleicht das, was ich genauer darüber sagte, wie ich mich vorher einmal gefühlt hatte, ein gewisse unbestimmte Angst war.

Was in diesem Fall nur wegen meiner bevorstehenden Periode gewesen wäre. Allerdings.

Oder wegen der Hormone.

Und so würde es überhaupt nicht wirklich Angst gewesen sein, sondern nur eine Illusion.

Selbst wenn man sich bestimmt schwer damit täte, den Unterschied zwischen einer Illusion von Angst und der Angst selbst zu erklären.

Jedenfalls, wie ich mich dennoch gefühlt habe, war niedergeschlagen.

Selbst wenn ich keine Ahnung hatte, warum.

Und außerdem, selbst wenn man sich niedergeschlagen fühlt und keine Ahnung hat, warum, kann das im Allgemeinen sogar dazu führen, dass man sich noch niedergeschlagener fühlt.

Ich war ziemlich sicher, dass nichts davon irgendetwas damit zu tun hatte, dass ich nicht imstande war, mich an den Namen meiner Katze zu erinnern.

Nun, und dann, sobald der Regen einmal aufgehört hatte, aber der Wald noch immer nass war, war alles außerordentlich schön, und all die nassen Blätter glitzerten und glitzerten.

So dass es auch kaum irgendetwas mit dem Regen zu tun haben konnte.

Den ich, indem ich in ihm spazieren ging, sowieso angenehm gefunden hatte zu ignorieren.

Am Dienstag habe ich endlich verstanden, warum ich mich niedergeschlagen fühlte.

Was übrigens derselbe Tag war, an dem ich bemerkt habe, dass mein Ruderboot hätte ausgeschöpft werden müssen, sollte ich mein Ruderboot verwenden wollen.

Obwohl, wenn ich sage, das war Dienstag, sage ich das so nur sozusagen. Natürlich.

Da ich nicht die geringste Ahnung hatte, welcher Wochentag es je war, in all diesen Jahren, selbstverständlich, und was sicherlich eine weitere Sache ist, die ich erwähnt haben muss.

Dennoch, bestimmte Tage *fühlten* sich *an* wie Dienstag, trotz allem.

Und selbst wenn ich mich auch nicht erinnern konnte, überhaupt jemals mein anderes Ruderboot ausgeschöpft zu haben, obwohl ich es bestimmt hin und wieder getan haben muss.

Es sei denn, es hätte kein einziges Mal geregnet, während ich noch mein anderes Ruderboot hatte.

Oder ich hatte nie ein anderes Ruderboot.

Bestimmt hatte ich einmal ein anderes Ruderboot.

Genau wie ich einmal eine andere Katze hatte, tatsächlich, neben der Katze, wegen der ich die Briefe an all jene berühmten Leute schrieb und weswegen ich mich niedergeschlagen fühlte.

Das war eine Katze vor jener Katze, und die ich vollkommen vergessen hatte, als ich diese Liste so vieler anderer Katzen gemacht habe, letzte Woche.

Tatsächlich vermute ich, dass etwas Ironisches darin ist, dass ich imstande war, mich an die Katze von Helena von Sparta zu erinnern, oder sogar an die Gebranntes-Siena-Katze von Carel Fabritius, und mich nicht an diese spezielle Katze erinnere.

Insbesondere, da diese spezielle Katze nicht wirklich meine war, sondern Luciens.

Und obwohl ich sogar zur selben Zeit einen Ehemann namens Adam hatte, an den ich mich ebenfalls nicht sonderlich oft erinnere.

Was passiert ist mit dieser Katze, war, dass Adam und ich Lucien vorgeschlagen haben, dass er derjenige sein sollte, der ihr ihren Namen gibt.

Und was Lucien dann begonnen hat, als eine außergewöhnliche Verantwortung anzusehen.

Nun, da er erst vier war, hatte er zweifellos vorher nie viel Verantwortung gehabt, ob außergewöhnlich oder nicht.

So dass für eine bestimmte Periode alles, was Lucien je zu machen schien, war, über einen Namen für die Katze zu grübeln.

Und die wir zwischenzeitlich einfach Katze nannten.

Guten Morgen, Katze, sagte ich, wenn ich die Katze fand, die auf das Frühstück wartete.

Gute Nacht, Katze, sagten entweder Adam oder ich, wenn wir die Katze für die Nacht hinausließen.

All dies hat in Mexiko stattgefunden, übrigens, in einem Dorf nicht weit von Oaxaca.

Und natürlich lässt man in einem Dorf in Mexiko seine Katze für die Nacht hinaus.

Nun, das Dorf braucht auch kaum in Mexiko zu sein, damit man das tut. Selbstverständlich.

Später, tatsächlich, erinnere ich mich, dasselbe mit meiner Martin-Heidegger-Katze getan zu haben. Damals, als ich einmal in Rom, New York, gemalt habe, einen Sommer lang.

Doch weil es sich in diesem Fall bei der Katze ja um eine Stadtkatze gehandelt hat, habe ich mir bis zu einem gewissen Grad Sorgen gemacht. Vielleicht.

Selbst wenn eine Katze, die ihr ganzes Leben lang in einem Loft in Soho eingesperrt gewesen war, es hätte angenehm finden sollen, nachts draußen zu sein. Sicherlich.

Aber wie dem auch sei, Lucien schien sich nie für einen Namen für diese frühere Katze zu entscheiden.

Oder zumindest so lange nicht, dass es sehr wahrscheinlich

sowieso unmöglich gewesen wäre, dann noch damit aufzuhören, sie einfach Katze zu nennen.

Obwohl es uns tatsächlich gefiel, die Katze auch auf Spanisch Katze zu nennen. Manchmal.

Buenos días, gato, sagte ich manchmal, wenn ich die Katze fand, die auf das Frühstück wartete.

Buenas noches, gato, sagten Adam oder ich manchmal, wenn wir die Katze für die Nacht hinausließen.

Drei Jahre lang nannten wir die Katze so, entweder *gato* oder Katze, und dann ging ich fort aus dem Dorf nicht weit von Oaxaca.

Selbst wenn ich zurückkehrte, einmal, viele Jahre später, wie ich möglicherweise schon gesagt habe.

Und mit einem Jeep imstande war, geradewegs den Hang hinaufzusteuern, dorthin, wo das Grab war, anstatt gezwungen zu sein, der Straße zu folgen.

Ich benutzte ja noch alle möglichen Fahrzeuge in jenen Tagen.

Nun, ich war noch am Schauen, in jenen Tagen.

Auch wenn ich recht wahnsinnig war für einen Großteil der Zeit. Selbstverständlich.

Mexiko erschien mir so vernünftig wie jeder andere Ort, um anzufangen mit dem Schauen, ob ich nun wahnsinnig war oder nicht.

Selbst wenn ich überzeugt bin, dass ich mindestens zwei Winter lang in New York geblieben bin, bevor ich irgendwo anders geschaut habe. In Wirklichkeit.

Und selbst wenn man sicherlich nicht im Geringsten wahnsinnig sein muss, um sich zum Grab des eigenen Kindes hingezogen zu fühlen.

So dass, wenn man es recht bedenkt, ich vielleicht nur teilweise wahnsinnig war.

Oder nur zeitweise wahnsinnig.

Und imstande zu verstehen, dass Lucien dann in jedem Fall beinahe zwanzig gewesen wäre und so auf dem besten Weg, ein Fremder zu werden.

Nun, oder vielleicht noch nicht ganz zwanzig.

Und vielleicht überhaupt nicht auf dem Weg, ein Fremder zu werden.

Denn es gibt bestimmte Sachen, die man nie jemals wissen wird, und die man sogar niemals je erahnen kann.

Solche wie, warum ich in seinem alten Zimmer Benzin vergossen habe, an ebendiesem nächsten Morgen, was das betrifft.

Nachdem ich meine Schuhe umgedreht hatte, natürlich, wegen der Skorpione, selbst wenn da längst keine Skorpione mehr gewesen sein können.

Und dann das Abbild des Rauchs in meinem Rückspiegel beobachtete, wie er höher und höher stieg und ich wieder fuhr und fuhr.

Über den breiten Mississippi.

Und doch auch keinen einzigen Gedanken für die Katze hatte, die wir damals einfach Katze nannten, glaube ich, nie.

Selbst allein in diesem leeren Haus, wo so viele Erinnerungen kaum totzukriegen waren.

Obwohl, wenn man es recht bedenkt, glaube ich nicht, dass ich jemals einmal einen Gedanken an jene Katze verschwendet habe, als ich noch die andere Katze hatte, der einen Namen zu geben ich mich auch nicht entscheiden konnte. Wirklich.

Was getan zu haben sicherlich eine merkwürdige Sache ist.

Oder eher nicht getan zu haben.

Was besagen soll, sich nicht erinnert zu haben, dass der eigene kleine Junge einmal nicht imstande war, sich für einen Namen einer Katze zu entscheiden, während man sich selbst in genau dem Zustand wiederfindet, nicht imstande zu sein, sich für einen Namen seiner eigenen Katze zu entscheiden.

Nun, vielleicht war es nicht so merkwürdig.

Es gibt sicherlich genauso viele Sachen, an die man sich lieber nie erinnern möchte, wie es jene gibt, bei denen man das gerne tut. Selbstverständlich.

Etwa die, wie Adam sich an jenem Wochenende so betrunken hatte, dass er nicht einmal daran dachte, einen Arzt zu rufen, bis es viel zu spät war.

Nun, oder warum man selbst nicht in dem Haus war, an genau jenen paar Tagen.

Wenn man jung ist, macht man manchmal schreckliche Sachen.

Selbst wenn das Leben weitergeht. Selbstverständlich.

Obwohl, wenn ich sage weitergeht, sollte ich wirklich sagen weiterging. Natürlich.

Wobei mir zweifellos schon vorher eine Vielzahl ähnlicher Tempusfehler unterlaufen sind, wie mir jetzt gerade auffällt.

So dass überhaupt bei jeder Gelegenheit, wenn ich solche Verallgemeinerungen in der Gegenwart gemacht habe, sie in der Vergangenheit hätten sein sollen.

Offensichtlich.

Und selbst wenn es niemandes Schuld war, dass Lucien am Ende starb.

Obwohl ich diesen Teil wahrscheinlich vorher ausgelassen habe, dass ich mir Liebhaber genommen habe, als ich noch immer Adams Ehefrau war.

Selbst wenn man vergisst, ob der Ehemann sich betrunken hatte, weil man das getan hat, oder man das getan hat, weil der Ehemann sich betrunken hat.

Zweifellos mag es ein guter Teil von beidem gewesen sein. Andererseits.

Die meisten Sachen sind das im Allgemeinen, ein guter Teil von beidem.

Und nichts von dem, was ich gerade geschrieben habe, war, was wirklich geschah. In jedem Fall.

Weil wir beide dort waren, an jenem Wochenende.

Und überhaupt nichts machen konnten, das war alles.

Weil sie sich auch bewegen, wie Pasteur den Leuten zu sagen pflegte.

Außer sich später noch mehr aus solchen Schuldgefühlen zu machen, als man sowieso schon hatte. Selbstverständlich.

Und das Leben ging weiter.

Selbst wenn man manchmal den Anschein erweckte, viel davon damit zu verbringen, in Fenster hinein- und aus Fenstern hinauszuschauen.

Oder damit, dass niemand einem einzigen Wort, das man jemals sagte, Aufmerksamkeit schenkte.

Obwohl man sich weiterhin immer noch andere Liebhaber nahm. Natürlich.

Und um sich dann von anderen Liebhabern zu trennen.

Blätter sind hereingeweht, oder flauschige Pappelsamen.

Oder dann wiederum hat man manchmal auch bloß gevögelt, mit wem auch immer.

Aus der Zeit gefallen.

Während es als Nächstes die eigene Mutter war, die starb, und dann der eigene Vater.

Und man sogar den winzigen Taschenspiegel neben dem Bett der schönen Mutter wegnahm, in dem sie und ihr Bild beide gleich weit entfernt waren von dem, was kommen würde.

Obwohl es vielleicht der eigene Vater war, der nicht länger wollte, dass ihr diese Entfernung auffällt.

Selbst wenn ich das Abbild meiner Mutter auch in meinem eigenen gesehen habe, in dem einen Spiegel in diesem Haus. Übrigens.

Und bei jeder dieser Gelegenheiten immer davon ausgegangen bin, dass solche Illusionen recht gewöhnlich sind, allerdings, und mit dem Alter kommen.

Was besagen soll, dass sie nicht einmal Illusionen sind, Vererbung ist Vererbung.

Dann wiederum nie überhaupt irgendeine Art von Porträt des armen Lucien gemalt zu haben. Andererseits.

Obwohl es den gerahmten Schnappschuss von ihm in der Schublade gibt, oben, neben meinem eigenen Bett. Selbstverständlich.

Wie er kniet, um *gato* zu streicheln.

Und er ist offensichtlich in meinem Kopf.

Aber dann, was gibt es, das nicht in meinem Kopf ist?

So dass er mir manchmal wie ein verdammtes Museum vorkommt. Manchmal.

Oder als ob ich zur Museumsdirektorin der ganzen Welt ernannt worden wäre.

Nun, die ich war, und sozusagen unbestreitbar bin.

Selbst wenn mich jedes Artefakt darin sogar noch mehr hätte überraschen müssen, als es dies ohnehin tat, als mir klar wurde, dass ich nicht über Magritte nachgedacht habe, bis ich es tat. Wirklich.

Und so dass sogar das Schild selbst, das Adam versprochen hat, neben das Grab zu tun, als ich nicht dafür dort blieb, auch in meinem Kopf in all den Jahren gewesen war, bevor ich zurückkehrte.

Ohne dass dort jemals ein Schild gewesen ist.

Gott, was die Männer so getan haben.

Aber was weiß unsereins denn schon jemals wirklich?

Und zumindest als ich anfing zu sagen, dass ich schließlich verstanden habe, was es war, das mich dazu gebracht hat, mich so niedergeschlagen zu fühlen.

Letzten Dienstag.

Als alles, was ich getan hatte, war, in der Sonne zu liegen, nachdem der Regen aufgehört hatte, und über Katzen nachzudenken, wie ich glaubte.

Obwohl, um die Wahrheit zu sagen, lasse ich es nicht sehr häufig zu, dass solche Sachen passieren.

Wobei ich kaum das Nachdenken über Katzen meine.

Worüber ich spreche, offensichtlich, ist das Nachdenken über Sachen, die so lange her sind wie die Zeit, bevor ich allein war.

Selbst wenn man kaum das eigene Denken so kontrollieren kann, dass nichts hineinkommt, das vor mehr als zehn Jahren passiert ist.

Bestimmt habe ich schon vorher über Lucien nachgedacht. Zum Beispiel.

Oder über einige meiner Liebhaber, wie Simon oder Vincent oder Ludwig oder Terry.

Oder sogar über die siebente Klasse, als ich fast weinen wollte, weil ich wusste, wusste, dass Odysseus' Hund bestimmt diese Schildkröte einholen konnte.

Nun, und zweifellos habe ich ebenso über die Zeit nachgedacht, als meine Mutter schlief und ich sie nicht wecken wollte, und so schrieb ich liebe dich, auf denselben winzigen Spiegel mit meinem Lippenstift.

Ich hatte vorgehabt, mit Artemisia zu unterzeichnen, aber mir ging der Platz aus.

Du wirst nie wissen, wie viel es mir bedeutet hat, dass du eine Künstlerin bist, Helen, hatte meine Mutter gesagt, genau den Nachmittag davor.

Aber die Wahrheit ist, dass ich nicht vorhatte, auch nur das Geringste davon gerade jetzt zu wiederholen. In Wirklichkeit.

Was ich mir tatsächlich sagte, als ich schließlich herausbekommen habe, warum ich mich niedergeschlagen gefühlt habe, war, dass, falls notwendig, ich mir einfach niemals wieder erlauben würde, derartige Sachen überhaupt niederzuschreiben.

So als ob man sozusagen nicht länger imstande wäre, ein einziges Wort über das Lange-Her zu sagen.

So dass, selbst wenn ich mich erst in genau diesem Augenblick erinnerte, etwa an Jacques Lévi-Strauss geschrieben zu haben, würde ich so etwas ebenfalls nicht mehr niederschreiben.

Man wäre kaum imstande gewesen, an Jacques Lévi-Strauss oder an irgendeine andere Person zu schreiben, wenn es nicht gewesen wäre, bevor man allein war. Offensichtlich.

Ebenso wenig wie Willem de Kooning jemals in meinem Atelier hätte sein können, um solche Briefe zu diktieren.

Oder Robert Rauschenberg hätte da sein können, um die Fehler in ihnen zu korrigieren.

Oder in ihm, weil es wirklich nur den einen Brief gab.

Mit Xerokopien.

An all jene zusätzlichen Leute.

Die offensichtlich auch noch immer irgendwo waren.

Außer dass das, was ich mit dieser Entscheidung ebenfalls begriffen habe, war, dass mir sehr wenig anderes zum Schreiben übrig bleibt, über das ich schreiben könnte.

Insbesondere wenn ich sogar beim Schreiben über solch harmlose Dinge wie Haustiere am Schluss dabei lande, über Meningitis nachzudenken zum Beispiel. Oder Krebs.

Oder mich zumindest so zu fühlen, wie ich es getan habe.

So dass, was ich fast gleichzeitig begriffen habe, tatsächlich war, dass ich recht wahrscheinlich ganz von Anfang an beginnen und etwas völlig anderes schreiben sollte.

So etwas wie einen Roman etwa.

Obwohl, möglicherweise liegt da eine Andeutung in jenen paar Sätzen, die ich nicht beabsichtigt habe.

Nun, was besagen soll, dass Leute, die Romane schreiben, diese nur schreiben, wenn sie sehr wenig anderes zu schreiben haben.

Wobei eine beträchtliche Anzahl der Leute, die Romane schreiben, ihre Arbeit gewiss recht ernst nehmen. Tatsächlich.

Obwohl, wenn ich sage schreiben oder nehmen, sollte ich wirklich schrieben oder genommen haben sagen. Natürlich.

Nun, wie ich gerade erst erklärt habe.

Aber in jedem Fall nahm Dostojewski zweifellos, als er über Rainer Maria Raskolnikow schrieb, Rainer Maria Raskolnikow recht ernst.

Nun, oder wie es Lawrence von Arabien unbestreitbar tat, als er über Don Quixote schrieb.

Oder man schaue sich nur an, wie viele Leute durchs Leben gegangen sein mögen im Glauben, dass trojanische Schlösser bloß eine Redewendung gewesen seien. Zum Beispiel. Dennoch, was ich als Nächstes ebenso schnell begriffen habe, war, dass einen Roman zu schreiben ohnehin nicht die Antwort wäre.

Oder sicherlich nicht, wenn man vom gewöhnlichen Roman auch noch erwartet, dass er im Wesentlichen von Leuten handelt. Offensichtlich.

Und was besagen soll, von bestimmt einer ganzen Reihe mehr Leuten als nur einem.

Tatsächlich, ohne jemals ein einziges Wort dieses Romans von Dostojewski gelesen zu haben, würde ich sogleich bereit sein zu wetten, dass Rainer Maria Raskolnikow kaum die einzige Person darin ist.

Oder auch, dass Anna Achmatowa die einzige Person in *Anna Karenina* ist.

So dass, wie gesagt, mein Roman praktisch futsch war, bevor ich überhaupt die Gelegenheit hatte, auch nur ansatzweise über einen Roman nachzudenken.

Es sei denn, bei abermaliger gründlicher Überlegung, die Sachlage würde sich ändern, wenn ich daraus einen strikt autobiografischen Roman machen würde?

Hm.

Weil, worüber ich gerade plötzlich jetzt nachdenke, ist, dass es ein strikt autobiografischer Roman sein könnte, der erst anfängt, nachdem ich allein war. Offensichtlich.

Und so könnte offensichtlich schließlich doch nicht einmal die geringste Möglichkeit bestehen, zu erwarten, dass mehr als eine Person darin ist.

Selbst wenn ich mich auch dann immer noch stets daran erinnern müsste, meinen Kopf aus dem Spiel zu lassen, während ich gerade etwas davon schriebe. Selbstverständlich.

Aber dennoch.

Tatsache ist, es könnte sogar ein interessanter Roman sein. Auf seine Weise.

Was besagen soll, ein Roman über jemanden, der an einem Mittwoch oder Donnerstag aufwachte, um zu entdecken, dass anscheinend keine einzige andere Person auf der Welt übrig war.

Nun, oder auch nicht einmal eine einzige Möwe.

Abgesehen von allerlei Gemüse und Blumen, hingegen.

Bestimmt wäre das ein interessanter Anfang, in jedem Fall. Oder zumindest für eine bestimmte Art von Roman.

Man stelle sich nur vor, wie die Heldin sich fühlen würde, allerdings, und wie voller Angst sie sein würde.

Und jedes einzelne bisschen davon wäre in diesem Fall auch echte Angst, im Gegensatz zu allerlei Illusionen.

Hervorgerufen von Hormonen. Oder vom Alter.

Selbst wenn ihre ganze Situation bestimmt oft wie eine Illusion ihrerseits erscheinen könnte. Paradoxerweise.

So dass sie bald genug ziemlich wahnsinnig würde. Natürlich.

Dennoch würde der nächste Teil des Romans davon handeln, wie sie, wahnsinnig oder nicht, darauf beharren würde, an allen möglichen Orten nach anderen Leuten zu schauen.

Nun, und dabei auch solche Dinge tut, wie aberhunderte Tennisbälle einen nach dem anderen die Spanische Treppe hinunterzurollen oder siebzehn Stunden auf das Klingeln ihrer siebzehn Armbanduhren zu warten, bevor sie jede einzelne davon in den Arno fallen lässt, oder eine riesige Anzahl Katzenfutterdosen im Kolosseum zu öffnen oder Kleingeld in verschiedene öffentliche Telefonapparate, die nicht funktionieren, zu stecken, in der Absicht, nach Modigliani zu fragen.

Oder was das betrifft, sogar in verschiedenen Museen in Mumien herumzustochern, um zu sehen, ob eine davon im Inneren mit verlorenen Gedichten Sapphos ausgestopft sein könnte.

Außer dass, was man ohnehin sogleich ahnt, es sehr wahrscheinlich fast keine Möglichkeit gibt, einen solchen Roman je zu beenden.

Insbesondere, sobald die Heldin sich am Ende überzeugt hat, dass sie schließlich ebenso gut mit dem Schauen aufhören kann, und so auch wieder aufhören könnte, wahnsinnig zu sein.

Was ihr sehr wenig zu tun übrig ließe, außer vielleicht dieses oder jenes Haus niederzubrennen.

Oder griechische Fantasieschrift mit ihrem Stock in den Sand zu schreiben.

Was kaum sehr aufregend zu lesen wäre.

Obwohl eine merkwürdige Sache, die der Frau früher oder später in den Sinn kommen könnte, wäre, dass sie paradoxerweise praktisch ebenso allein gewesen ist, bevor all das passiert war, wie sie es jetzt war. Übrigens.

Nun, da das ein autobiografischer Roman wäre, kann ich kategorisch bestätigen, dass ihr so etwas früher oder später in den Sinn kommen würde. Tatsächlich.

Eine Art, allein zu sein, die einfach verschieden ist von einer anderen Art, allein zu sein, wäre alles, worauf es hinausliefe, wie sie letzten Endes finden würde.

Was besagen soll, dass man, selbst wenn das Telefon noch funktioniert, ebenso allein sein kann, wie wenn es das nicht tut.

Oder dass, selbst wenn man noch hört, wie der eigene Name an bestimmten Straßenkreuzungen gerufen wird, man genauso allein sein kann, wie wenn man nur noch imstande ist, sich vorzustellen, dass dies passiert sei.

So dass vielleicht wirklich der ganze Witz des Romans wäre, dass man ebenso leicht an einem Telefon, das nicht funktioniert, nach Modigliani fragen kann wie an einem, das funktioniert.

Oder selbst dass man fast ebenso leicht von einem Taxi mit niemandem am Steuer angefahren werden kann, das einen Hügel hinuntergerollt kommt, wie von einem mit jemandem am Steuer. Vielleicht.

Selbst wenn etwas anderes, was hier offensichtlich deutlich wurde, ist, dass ich schließlich nicht imstande sein würde, mich aus dem Kopf meiner Heldin herauszuhalten.

So dass ich schon anfange, mich schon wieder halb niedergeschlagen zu fühlen. Tatsächlich.

Weswegen es zweifellos ganz gut ist, dass Romane schreiben in jedem Fall nicht wirklich mein Geschäft ist.

Nun, wie auch schon Leonardo gesagt hat.

Obwohl, was Leonardo wirklich gesagt hat, war, dass es keine bessere Möglichkeit gibt, gesund und frei von Angst zu bleiben, als wahnsinnig zu sein.

Und was mir jetzt dieses merkwürdige Gefühl gegeben hat, dass die meisten Sachen, über die ich schreibe, oft *von sich selbst* gleich weit entfernt zu sein scheinen. Irgendwie.

Was auch immer ich in Gottes Namen damit meinen könnte. Allerdings.

Einmal, als Friedrich Nietzsche wahnsinnig war, hat er angefangen zu weinen, weil jemand ein Pferd geschlagen hat.

Aber ging dann nach Hause und spielte Klavier.

Bei meiner Ehre, Friedrich Nietzsche hat Stunde um Stunde Klavier gespielt, als er wahnsinnig war.

Und hat auch jedes einzelne Musikstück erfunden, das er spielte.

Während Spinoza oft nach Spinnen gesucht hat und sie dann miteinander kämpfen ließ.

Und nicht im Geringsten wahnsinnig war.

Obwohl, wenn ich sage miteinander kämpfen, meine ich gegeneinander kämpfen. Natürlich.

Selbst wenn das, was man damit meint, aus irgendeinem merkwürdigen Grund im Allgemeinen verstanden zu werden scheint. In solchen Fällen.

Hätte es auch nur irgendeinen Sinn gehabt, wenn ich gesagt hätte, dass die Frau in meinem Roman sich eines Tages eher an eine Welt ohne irgendwelche Leute darin gewöhnt hätte, als dass sie es jemals hätte können an eine Welt ohne so etwas wie *Die Kreuzabnahme* von Rogier van der Weyden? Nebenbei bemerkt.

Oder ohne die *Ilias*? Oder Antonio Vivaldi.

Ich habe nur gefragt. Wirklich.

Tatsache ist, es ist mindestens sieben oder acht Wochen her, seit ich das gefragt habe.

Jetzt ist es Anfang November, schätze ich.

Ich muss nachdenken.

Ja.

Oder in jedem Fall ist zumindest der erste Schnee gefallen und wieder geschmolzen.

Selbst wenn es kein bemerkenswert dichter Schnee war. Wirklich.

Dennoch, an dem Morgen nachdem er gefallen war, schrieben die Bäume eine seltsame Kalligrafie auf das Weiß.

Was das betrifft, war der Himmel auch weiß, und die

Dünen waren verborgen, und der Strand war weiß bis ganz hinunter zur Wasserlinie.

So dass fast alles, was ich damals zu sehen imstande war, meiner alten verlorenen Neun-Fuß-Leinwand glich, mit ihren undurchsichtigen vier Schichten Grundierung.

Und wirkte damit beinahe so, wie man selbst die ganze Welt hätte neu malen können, wie auch immer man sie sich wünschte.

Angenommen, man hätte auch im Freien malen wollen, bei solch frostigem Wetter. Allerdings.

Obwohl die Kälte schon eine ganze Weile vorher eingesetzt hatte. Natürlich.

So dass ich schon etliche Male mit dem Lieferwagen in der Stadt gewesen war. Tatsächlich.

Nun, ich wäre ja kaum begeistert von dem Gedanken, ohne Vorräte dazusitzen, sobald ich einmal praktisch hier eingeschlossen bin. Offensichtlich.

Und was besagen soll, dass ich jetzt auch eine ganze Menge mehr von dem Haus nebenan zerlegt habe.

Und dafür gesorgt habe, dass zwei Toiletten nur noch an ihren Rohren hängen, im ersten Stock von Häusern, die keine ersten Stockwerke mehr haben, und die ich jetzt sehe, wenn ich am Strand spazieren gehe.

Hin und wieder, wenn ich abschätzte, an welches der Bretter dort oben ich als Nächstes mit meinem Brecheisen herankommen könnte, wurde ich an Brunelleschi und Donatello erinnert. Nebenbei bemerkt.

Damals, in der frühen Renaissance, als Brunelleschi und Donatello herumgingen, um die alten Ruinen in Rom auszumessen, und das mit einem solchen Eifer taten, dass die Leute dachten, sie könnten nur nach vergrabenen Schätzen suchen.

Aber wonach Brunelleschi in seine Heimat Florenz zurückkehrte und die größte Kuppel seit der Antike errichtete.

Während Giotto den großartigen Glockenturm nebenan baute.

Selbst wenn es so scheint, als gäbe es keinerlei kunstgeschichtliche Aufzeichnungen darüber, ob Giotto dies tat, bevor oder nachdem er freihändig den vollendeten Kreis gemalt hätte. Andererseits.

Und in der Tat ist Giottos Glockenturm viereckig.

Obwohl es praktisch keine Stelle in ganz Florenz gibt, von der aus man nicht beide jener Bauwerke sehen kann. Übrigens.

Nun, wie es praktisch auch keine Stelle in Paris gibt, von der aus man nicht den Eiffelturm sehen kann.

Und was einen bestimmt beim Mittagessen stören würde, sollte man den Eiffelturm nicht anschauen wollen, während man zu Mittag isst.

Es sei denn, man hätte etwa wie Guy de Maupassant angefangen, auf dem Boden herumzukriechen und seine eigenen Exkremente zu essen.

Gott, armer Maupassant.

Na ja, aber auch armer Friedrich Nietzsche. Wirklich.

Nicht zu vergessen den armen Vivaldi, wenn ich schon dabei bin, da ich mich jetzt erinnere, dass er in einem Armenhaus gestorben ist.

Und, was das betrifft, Bachs arme Witwe Anna Magdalena, der vergönnt war, dasselbe zu tun.

Bachs Witwe. Und mit all den Kindern. Einige von ihnen waren damals wirklich sogar erfolgreicher mit ihrer Musik als Bach selbst.

Nun, aber dann auch armer Robert Schumann, wie er in einer Irrenanstalt saß und vor Dämonen davonlief. Einer von ihnen war sogar Franz Schuberts Geist.

Was das betrifft, armer Geist Franz Schuberts.

Armer Tschaikowsky, der einmal Amerika besucht und

seine erste Nacht weinend im Hotelzimmer verbracht hat, weil er Heimweh hatte.

Selbst wenn sein Kopf wenigstens nicht herunterfiel.

Armer James Joyce, der noch jemand war, der unter Möbel gekrochen ist, wenn es donnerte.

Armer Beethoven, der niemals gelernt hat, kinderleichte Multiplikationen auszuführen.

Arme Sappho, die von einer hohen Klippe gesprungen ist, in die Ägäis.

Armer John Ruskin, der sowieso schon all jene anderen albernen Störungen hatte, selbstverständlich, am Ende aber auch noch Schlangen gesehen hat.

Die Schlangen, Herr Ruskin.

Armer A. E. Housman, der Philosophen nicht seine Toilette benützen ließ.

Armer Giovanni Keats, der nur fünf Fuß und ein Inch groß war.

Armer Aristoteles, der lispelte und außergewöhnlich dünne Beine hatte.

Arme Sor Juana Inés de la Cruz, die, wie ich mich ebenfalls jetzt erinnere, noch eine Person war, die an der Pest starb. Aber, in ihrem Fall, während sie andere Nonnen pflegte, die noch kränker waren als sie selbst.

Arme Karen Silkwood.

Nun, und all die armen jungen Männer, die an Orten wie dem Hellespont gestorben sind, womit ich die Dardanellen meine, und dann dreitausend Jahre später wieder starben. Genauso.

Selbst wenn ich kaum dieselben jungen Männer meine.

Aber den armen Hektor und den armen Patroklos, etwa, und danach den armen Rupert Brooke.

Oje. Um nicht noch den armen Andrea del Sarto hinzuzufügen und die arme Kassandra und die arme Marina Zwetajewa und den armen Vincent van Gogh und die arme Jeanne Hébuterne und den armen Piero di Cosimo und die arme Iphigenie und den armen Stan Gehrig und die armen Singvögel süß und Medeas arme kleine Buben und Spinozas arme Spinnen und der arme Astyanax und meine arme Tante Esther auch.

Nun, und all die Armenkinder, die Schneebälle werfen bei Breughel, die aufwuchsen und getan haben, was immer sie getan haben, aber nie wieder Schneebälle warfen.

Also, was das betrifft, dann praktisch die arme ganze Welt, nahezu immer.

Und das, selbstverständlich, ohne auch nur über Mittwoch- oder Donnerstagmorgen nachzudenken. Jedenfalls.

Selbst wenn ich beim besten Willen auch keine Ahnung habe, warum ich das jetzt auch nur am Rande anspreche. Auch nur irgendetwas davon.

Wenn alles, was ich in Wirklichkeit gerade sagen wollte, war, keine wirkliche Erklärung dafür zu haben, dass ich in diesen letzten sieben oder acht Wochen nichts geschrieben habe.

Selbst wenn ich schon mehrere aufgezählt habe wie Vorräte besorgen oder meinem Zerlegen mehr Zeit als üblich widmen.

Obwohl ein weiterer Grund sehr gut sein könnte, dass ich in letzter Zeit häufig müde zu sein schien. Um die Wahrheit zu sagen.

In der Tat, was ich vielleicht gerade hätte sagen sollen, war nicht, keine Erklärung zu haben, warum ich in den letzten sieben oder acht Wochen nichts geschrieben habe, sondern warum ich während dieser Periode so häufig müde war.

Tatsächlich fühle ich mich genau in diesem Augenblick müde.

Vielleicht habe ich mich auch müde gefühlt, als ich diese

eine Woche damit verbracht habe, in der Sonne zu liegen, bevor ich zum letzten Mal dann doch etwas schrieb, jetzt, da ich innehalte, um darüber nachzudenken.

So dass ich gar nicht mehr sicher bin, dass ich so viele Sachen für den Winter hereingebracht habe, wie ich schließlich brauchen werde. In Wirklichkeit.

Oder auch, dass ich annähernd genug zerlegt habe wie nötig.

Besonders, weil eine Reihe von Brettern immer noch darauf wartet, zersägt zu werden. Wie sich zeigt.

Obwohl ich das Sägen der Bretter nie als Teil des Zerlegungsprozesses betrachtet habe. Übrigens.

Eher als eine Frage, wie man aus zerlegtem Bauholz Feuerholz machen kann.

Nachdem es zerlegt worden ist.

Selbst wenn eine solche Unterscheidung zweifellos nicht mehr ist als eine semantische.

Und in jedem Fall will ich vielleicht noch etwas mehr davon machen. Später am Tag.

Vielleicht werde ich das Gemälde, das ich verloren habe, heute später auch wiederfinden.

Obwohl ich zweifellos nicht erwähnt habe, dass ich ein Gemälde verloren habe.

Nun, mit Sicherheit habe ich nicht erwähnt, es verloren zu haben, wo ich schon seit einer Weile, bevor das passiert ist, nicht ein einziges Wort geschrieben habe.

Worüber ich spreche, ist das Gemälde genau dieses Hauses, das bis mindestens letzten August direkt oberhalb seitlich von der Stelle hing, wo diese Schreibmaschine steht.

Ich glaube, das Gemälde ist ein Gemälde genau dieses Hauses.

Tatsächlich glaube ich, dass es darauf sogar eine Darstellung einer Person gibt, die genau am Fenster meines Schlafzimmers lauert, obwohl man nie imstande gewesen war, ganz sicher zu sein.

Na ja, weil die Pinselführung ziemlich abstrakt ist an dieser Stelle. Im Wesentlichen.

Dennoch, die ganze Zeit über war ich sicher gewesen, dass ich das Gemälde in eines der Zimmer hier getan habe, das ich nicht oft benutze und zu dem die Tür im Allgemeinen geschlossen ist.

Tatsache ist, dass es ein Zimmer ist, das ich sicherlich erwähnt haben muss, da ich ebenso sicher gewesen bin, dass es dasselbe Zimmer war, in dem mir mehr als einmal ein Leben Brahms' und ein Atlas aufgefallen war.

Ersteres war dauerhaft verzogen, wegen der Feuchtigkeit, tatsächlich, wohingegen Letzterer auf der Seite lag.

Weil er zu groß für das Regal war.

Hinzu kommt, dass es dasselbe Regal ist, an das das Gemälde gelehnt war.

Trotzdem ist das Gemälde nicht in dem Zimmer.

Und beim besten Willen war ich nicht imstande, das Leben Brahms' oder auch den Atlas ausfindig zu machen, selbst wenn ich auch in jedes andere Zimmer in diesem Haus hineingeschaut habe, einschließlich der mehreren zusätzlichen Zimmer, bei denen die Türen im Allgemeinen ebenfalls geschlossen sind.

Tatsache ist, ich bin auch zu dem Haus im Wald hinter diesem Haus gegangen, in der Vermutung, mich über den Verbleib all dieser drei Dinge geirrt zu haben, aber das Gemälde und das Leben Brahms' und der Atlas scheinen auch in diesem Haus nicht zu sein.

Tatsächlich, der einzige Gegenstand in diesem Haus, den ich mich erinnere jemals eines Blickes gewürdigt zu haben, außer einer Reproduktion eines Gemäldes von Suzanne Valadon, das an die Wand des Wohnzimmers geklebt ist, war ein

Fußballtrikot, bedruckt mit dem Namen Savona auf der Vorderseite.

Welches ich jetzt bei der Quelle gewaschen habe und trage, während ich tippe.

Tatsache ist, ich trage das Fußballtrikot seit einigen Tagen.

Selbst wenn ich wirklich keine Ahnung habe, was es damit auf sich hat, mit dem Tragen des Fußballtrikots.

Und selbst wenn ich den Überblick hinsichtlich des Bildes vollkommen verloren habe.

Welches ich selbst gemalt haben mag oder auch nicht, übrigens, falls ich das nicht gesagt habe.

Wirklich, ich habe nicht die geringste Erinnerung daran, das Gemälde gemalt zu haben.

Dennoch, seitdem sich herausgestellt hat, dass es fehlt, habe ich immer den merkwürdigen Eindruck gehabt, dass ich es doch hätte getan haben können.

Oder dass ich es mir zumindest bestimmt einmal vorgestellt habe als ein Gemälde, das ich einmal malen könnte, aber es dann nicht getan habe.

Was genau so etwas ist, das Maler hin und wieder eben tun. Selbstverständlich.

Oder nicht tun. Eher.

Aber in diesem Fall hätte es kaum ein Gemälde geben können, das ich hätte verlieren können. Offensichtlich.

Oder hätte das dann zu bedeuten, dass es auch kein Leben Brahms' und auch keinen Atlas hätte geben können?

Außer dass, wenn es gar keinen Atlas gegeben hätte, wie hätte ich einmal Lititz, Pennsylvania, nachschauen können, als ich einmal etwas über Lititz, Pennsylvania, wissen wollte?

Und wenn es kein Leben Brahms' gegeben hätte, wie hätte ich einmal am Strand einige herausgerissene Seiten davon anzünden können und die dann in die Luft werfen, um zu sehen, ob der Wind sie auffliegen ließe?

Als ich versucht habe, Möwen nachzuahmen?

Selbst wenn die meisten Seiten einfach gleich neben mir herunterfielen. Tatsächlich.

Weil es auf außergewöhnlich billigem Papier gedruckt war. Zweifellos.

Aber so, dass es fraglos einmal ein Leben Brahms' in diesem Haus gegeben haben muss.

Und worin eine Stelle, die ich immer mochte, die war, wo Clara Hepburn Ludwig Wittgenstein etwas Zucker gab.

Obwohl, was ich wirklich wiederfinden möchte, lieber sogar, als ich das Gemälde wiederfinden möchte, ist meine mir abhandengekommene Katze. Um die Wahrheit zu sagen.

Selbst wenn es nicht wirklich eine Katze ist und sie nicht wirklich abhandengekommen ist. In Wirklichkeit.

Na ja, nur Magritte, der einmal Vincent war.

Was besagen soll, dass das Klebeband von der Außenseite des zerbrochenen Fensters weggeweht worden zu sein scheint. Das ist alles.

Dennoch, man hatte es recht lieb gewonnen, das verspielte Kratzen.

Obwohl selbst nur etwas schwebende Asche zu sehen wiederum erfreulich wäre.

Selbst wenn man sich kaum die Mühe machen würde, etwas schwebender Asche einen Namen zu geben. Andererseits.

Da ist eine Ziffer auf der Rückseite des Fußballtrikots. Nebenbei bemerkt.

Möglicherweise ist es eine Neun. Oder eine Neunzehn.

Tatsächlich sind es zwei Nullen.

Habe ich erwähnt, dass ich begonnen habe, unten nah am Wasser Feuer zu machen, nach meinen Sonnenuntergängen, übrigens?

Ich habe angefangen, unten am Wasser Feuer zu machen, nach meinen Sonnenuntergängen.

Hin und wieder, auch beim Anschauen aus der Entfernung, war, was ich getan habe, mir für eine kleine Weile einzureden, dass ich wieder in Hisarlik bin.

Womit ich in Wirklichkeit meine, als Hisarlik Troja war, selbstverständlich, und vor all jenen Jahren und Jahren.

So dass, was ich mir in Wahrheit gerade einrede, ist, dass die Feuer griechische Wachtfeuer sind, dort, wo sie entlang der Küste angezündet waren.

Nun, das ist bestimmt etwas recht Harmloses, um es sich einzureden.

Oh. Und ich habe auch wieder die *Alt-Rhapsodie* gehört, in diesen Tagen.

Was besagen soll, die echte *Alt-Rhapsodie* diesmal, da das schließlich alles geklärt ist.

Selbst wenn sie immer noch kaum die echte ist, natürlich, und immer noch nur in meinem Kopf.

Aber dennoch.

Und in jedem Fall ist es heute Morgen viel zu frostig, um sich über unzusammenhängende Verworrenheiten dieser Art aufzuregen.

Tatsächlich ist es viel zu frostig, um hier überhaupt etwas zu tippen. In Wirklichkeit.

Es sei denn, ich wollte die Schreibmaschine mehr zu meinem Kanonenofen rücken. Irgendwie.

Was ich jedoch wirklich tun sollte, bevor ich das tue, wäre, wieder hinaus an die Quelle zu gehen. Um die Wahrheit zu sagen.

Da ich den Rest meiner Wäsche völlig vergessen habe, der über verschiedene Büsche ausgebreitet ist.

So dass inzwischen sehr wahrscheinlich einige neue Rockskulpturen da draußen sein könnten. Sogar.

Selbst wenn Michelangelo nicht so von ihnen denken würde, denke ich so von ihnen.

Und selbst wenn ich, was wahrscheinlicher ist, den Rest der Wäsche dort lasse, wo er ist, bis ich mich weniger müde fühle. Andererseits.

Zweifellos werde ich mir auch nicht die Mühe machen, die Schreibmaschine zu verrücken. Wenn man es recht bedenkt.

Einst hatte ich einen Traum von Ruhm.

Im Allgemeinen war ich, selbst damals, einsam.

Zum Schloss, muss ein Wegweiser gelautet haben.

Jemand lebt an diesem Strand.

Sissi Tax

Ein paar Worte zur Überlieferung, ein paar Worte des Dankes. Und ein paar lose Worte

Das Buch, ein transatlantisches Geschenk, kam von Paula Rabinowitz aus Minneapolis. Sein Überbringer in Berlin war Thomas (Tom) Pepper. Beiden ist die Existenz des Buches in seiner vorliegenden Gestalt geschuldet.

Vom Ein-Satz-Roman hingerissen, *o dear*, fing ich stante pede mit dem Übersetzen an. Auf Teufel komm raus, bedingungslos, verlagsfrei (vogelfrei).

Ohne Delf Schmidt, dessen unermüdlichen und aberwitzigen Einsatz beim Berlin Verlag, hätte das Buch nie und nimmer einen Verlag (Erscheinungsort) gefunden.

In Alexander Weber fand das Buch seinen großartigen Lektor (und was für einen). Ohne seine geneigte Argusaugenarbeit wäre es nicht erschienen.

Katrin Hoffmann-Walbeck und Fritz Barth saßen unendlich viele Stunden an meiner Seite. Seite für Seite. Die eine geduldig gelassen, der andere gnadenlos gelassen. Ihrer beider profunde Kenntnis der englischen Sprache vermochte dem Buch entscheidende Durchbrüche, Wendungen, Glanzlichter zu geben.

Elaine Markson, Inhaberin der amerikanischen Rechte, erwies sich als großzügige Agentin.

Von Elfriede Jelineks Großzügigkeit ganz zu schweigen.

An folgenden Orten toller Freundinnen und Freunde ist das Buch entstanden: auf Otok Pašman, am Südseeufer des Ossiachersees, in den Vogesen, in Wilmersdorf, in Burg Rattenloch, in Fellbach, in Valatie, in der Scalter Street, in der Bond Street, auf der Raketenstation Hombroich.

Die Schreibmaschine Lettera 22, das Anfangsmedium, befindet sich in der Bürgergasse.

All diesen und diesem verdankt sich das Buch.

Zu guter Letzt sind noch ein paar Wörter und Silben anzufügen, die zu verwenden mir nicht erlaubt war (Niederdeutsch versus Oberdeutsch): Bub, Zuckerl, Schatzi, schnabulieren, eh klar, Tabaktrafik, o Jegerl.

Elfriede Jelinek
Eine ist keine.

Zu David Markson, *Wittgensteins Mätresse*,
übersetzt von Sissi Tax

An Tatorten von Verbrechen wird über alles, obwohl alles, nämlich das Verbrechen selbst, schon vorbei ist, eine Art Gitter gelegt, ein imaginäres Netz, ein Raster, das dann, Quadrant um Quadrant, bis ins kleinste durchsucht und analysiert wird, und zwar nach dem, was jeder hinterläßt, auch wenn er nur durch sein Leben geht: Spuren. Die Spuren sind da, sie sind, wie Feuer, das alles verzehrt und doch seinen Ursprung übrigläßt, der untersucht werden kann, gelegt worden, unabsichtlich, denn ein Täter will ja gerade das nicht: Spuren hinterlassen. Sie sind aber trotzdem da. Das Opfer ist tot, aber seine Spuren führen ihr Eigenleben weiter, ja, sie kommen herum! Sie wurden hinter einem Wesen gezogen, als wollte sich das jeweilige Individuum in die Leere einschreiben, die es doch selbst hinterlassen hat, und sie sind nicht mehr zu verwischen. Es gibt keine Zeit mehr, also könnten die Spuren genausogut rückwärts laufen, um sich mit ihrem Anfang zu treffen. Mit dem können sie erneut ausmachen, in welche Richtung es gehen soll.

Im Fall dieser Spuren in Marksons Roman *Wittgensteins Mätresse* sind es endlos viele Relikte einer untergegangenen Zivilisation, die hinterlassen wurden, aber nur eine einzige Frau ist jetzt da, sie zu lesen (und neue zu machen, bis zu den steifgefrorenen Jeansröcken im Winter, die sie wie Kegel-Skulpturen nebeneinander aufstellen kann). Es gibt überhaupt nur noch Spuren, weil es, offenbar nach einer Umweltkatastrophe (aber von Umweltzerstörung ist, glaube ich, auch nur ein einziges Mal die Rede), keine Menschen mehr gibt außer ihr, der Frau. Und an einer einzigen Stelle wird, möglicherweise, ihr Name genannt: Kate. Kein Gottesname, denn der dürfte nicht einmal, nicht ein Mal, nicht ein einziges Mal genannt werden. Sie ist Künstlerin, das wird schon ein paarmal öfter gesagt, allerdings. Alles steht zu ihrer Verfügung, und es muß offensichtlich (diese Modalbegriffe durchziehen den Text als ihre eigenen Spuren, die gleichzeitig ihre Deuter sind, sich über sich selbst beugen) eine Frau sein, in mittleren Jahren, die Flecken macht (ein unguter Vorbote der Wechseljahre), Schmierenblutungen, eine Frau, die noch ab und zu menstruiert, also auch noch richtig blutet; die Unordnung Frau ist das letzte, was bleibt, aber Nachwuchs wird es nicht mehr geben. Aus allen möglichen Gründen, die nicht möglicherweise Gründe sind, sondern eben alle möglich. Keiner mehr da, der zeugen könnte, kein Körper mehr da, der austragen und gebären könnte. Das einzige Kind der Frau ist, wie der Mann auch, tot. Wie alles: tot. Ab und zu gibt es Blut- oder Brandspuren, und alles, was da hinterlassen wird, ist die Spur einer Frau, der wiederum alles zu ihrer Verfügung steht, sämtliche Kunstwerke der Welt, egal in welchen Museen, alle Straßen, alle Wasserwege, alle Meere, alles; die Frau rast durch das Gitter, ohne sich um seine Rasterungen zu kümmern, von einem Ort zum nächsten, und das Gitter selbst scheint ebenfalls zu wandern, offensichtlich, in einer eingeschränkten Weltkonstruktion: Diese Aussage ist, wie jede, die ich treffen könnte, möglich, weil sie in dieser einen möglichen Welt gilt, sie ist nicht notwendig (in der Dichtung ist nichts notwendig!), wenn sie nicht in allen möglichen Welten wahr ist. Aber die anderen möglichen Welten sind unmöglich geworden. Das Gitter scheint sich dazu auch noch zu verziehen, vielleicht ist es gar kein Gitter mehr? (sich verziehen nicht im Sinn von: verschwinden. Verzieh dich!), es gibt keine Konstante mehr, nur noch die Möglichkeit, ist es denn die Möglichkeit?, ja, sie kann nur die Möglichkeit sein! Kann das also auch falsch sein? Das wird nicht gesagt, indem hier etwas gesagt wird. Auch die Zeit ist dermaßen unbedeutend, es ist gar nicht zu sagen! (trotzdem kann man alles sagen), nur Kälte und Hitze zählen noch, die Kälte zählt mehr, weil man so einiges abfackeln muß, um sich an etwas zu wärmen, das anschließend nicht mehr ist. Die Spuren sind keine mehr, oder? Das sind doch keine anständigen Spuren! (Oder nur Spuren für diese eine, einzige, übriggebliebene Frau, aber man kann das nicht mehr Spuren nennen, oder?, wenn nur eine einzige Spurenleserin vorhanden ist, sie zu beurteilen und zu bewerten oder ihnen nachzugehen, dorthin, wo vorher jemand gewesen ist, der vielleicht man selbst war: dieser Maler oder jener Maler, auch eine Malerin, natürlich Artemisia Gentileschi, selbstverständlich, es kann nur eine geben, es hat nur eine gegeben, weil man die anderen nicht kennt: eine gequälte, gefolterte Frau, die gefoltert wurde, um die Wahrheit über den Mißbrauch an ihrem eigenen Körper zu beweisen, die nur dieser Körper kennt, kein Wunder, daß er um der Wahrheit willen – doppelt hält besser – noch einmal gequält werden muß; diese Annahme ist richtig, sie ist falsch, sie ist überliefert und daher richtig und falsch.) Aber ohne Spuren geht es nicht, fragt sich nur, ob die Spuren hinter uns herlaufen, oder ob sie uns vorgespurt wurden, möglich ist alles, doch nur die Notwendigkeit zählt. Man fragt sich. Es muß immer etwas bewiesen werden, doch nun tritt die liebe Redewendung in Kraft: Ich muß niemandem mehr etwas beweisen. Bedeutende Persönlichkeiten benützen sie oft, dann erscheint ihnen ihr leichtes Leben schwerer, da ein Beweis dafür möglich gewesen wäre. Die letzte Frau ist der Beweis für sich selbst, das heißt: für keinen. Das ist kein Gottesbeweis. Es ist möglich, daß Gott nicht existiert. Wahr. Eine wahre Aussage. Es ist möglich, daß diese Frau keine Frau ist. Falsch. Diese Frau muß eine Frau sein, etwas anderes ist nicht zu denken. Keine Frau würde nicht für möglich halten, eine Frau habe die *Odyssee* geschrieben. Diese letzte Frau, Kate, glaubt oder glaubt nicht der These eines Mannes, die *Odyssee* sei von einer Frau geschrieben worden. Nicht jeder Mann glaubt so etwas. Die Beweise für nichts mehr (aber alles ist doch noch da, bloß die Menschen nicht!) werden immer grotesker, ähnlich wie in jenem berühmten Fall der Verbrechersuche mittels DNA, Beweise, die sich einst in verschiedenen deutschen Bundesländern, an den verschiedensten Orten gefunden hatten, DNA-Spuren, die auf eine einzige Frau hingewiesen hatten, welche aber überall gewesen sein mußte, womöglich überall zugleich, ein Phantom, eine allein konnte nicht so viele Spuren erzeugen, an so vielen Orten gewesen sein und Verbrechen verübt haben, und am Ende, als viele Personen, die geendet hatten, ein verwirrendes Bild ergeben haben, eine Art menschlicher Tausendfüßler, stellte sich heraus, daß das sichergestellte (gut, daß wenigstens etwas sicher ist. Nein, es war sicher und gleichzeitig nicht sicher, weil nur ein Teil der Aussage stimmt) Genmaterial eine vielfach auftretende (Spuren entstehen durch Auftreten!) Verunreinigung durch eine einzige Frau, ich meine: eine einzige Verunreinigung durch eine einzige Frau war, und die hatte nicht die Orte der jeweiligen Geschehen verunreinigt, sondern die Testmedien, die Wattestäbchen, welche an all diesen Orten, die zum Teil weit auseinanderlagen, offenbar Ergebnis einer Reise, einer Wanderung waren, die Spuren aufgenommen hatten. Jeder kann das besser sagen als ich, selbstverständlich. Eine Verunreinigung, eine Frau als Verunreinigerin (Frauen machen immer Schmutz, sie bluten, und sie müssen das auch immer selber wegputzen), in diesem Fall eine unbescholtene Verpackerin von Wattestäbchen, die an den unterschiedlichsten Verbrechensschauplätzen zum Einsatz gekommen waren und immer wieder reziprok auf diese Verpackerin hingewiesen haben, ein paar Zellen genügen ja schon, nicht die Gitter-Zellen, sondern die Haut-Zellen. Die Zellen dessen, was uns umschließt und uns bevollmächtigt, herumzugehen und neue Spuren zu machen. Man weiß nun nicht mehr, was ist Spur, wer ist die Verursacherin. Und alles ist Spur, falls man keine findet oder nur Spuren findet. Die Männer hinterlassen die tiefsten, die meisten Spuren, die eindrücklichsten, die bleiben, welche Verbrechen sie auch begehen. Was sie tun, das bleibt, ob Johannes Brahms oder El Greco. Eine Plastik heißt: die Leere wegräumen (oder so ähnlich). Die Idee schläft im Stein und muß nur noch befreit werden. Ja, auch Michelangelo steht zur Verfügung, inzwischen einer wie alle, wie alles andre, Konserven, Unterhosen, der Louvre, der Prado. Die Frau aber bleibt nicht, sie bleibt übrig und liest die Spuren, als gäbe es niemand mehr, der sie ihr streitig machen könnte, und es gibt auch niemand mehr. Sie muß sich ihrer eigenen Existenz selbst versichern, was sie mit großem Gleichmut, der nicht gleich Mut ist, weiterzumachen, auch tut, nicht, indem sie die Leere ringsherum wegräumt, sondern indem sie sie untersucht, nein, nicht untersucht. Man weiß es nicht. Etwas ist da und wird angeschaut oder benützt. Es wird nach Anschauen oder Benützen sortiert. Botschaften werden mit einem Stock in den Sand geschrieben, die Annahme ist wahrscheinlich falsch, daß Homer eine Frau war. Die Annahme spricht selbst, dafür oder dagegen. Die Botschaften werden in erfundenem Griechisch mit einem Stock, einem Zweig, in den Sand geschrieben. Das wird nicht lange bleiben. Der Sand schon.

Die Frau, die geblieben ist, sieht die Tatsachen, die geblieben sind, die Relikte der Männer (und diese Relikte sprechen gleichzeitig von ihrer Ausführung, das Wie ist es, das zählt, das Nichts ist weggeräumt, das Etwas ist entstanden, aber wie?

Darauf kommt es an, auf die Ausführung kommt es an, wenn alles noch da ist, sonst aber niemand), war Homer eine Frau? Nein, Homer kann keine Frau gewesen sein, obwohl manche das behaupten, niemand kann eine Frau gewesen sein, weil niemand, ist er eine Frau, Spuren hinterlassen hätte, aber als Leserin dieser Spuren ist noch ein Stück Frau vorhanden, offensichtlich, ist im Angebot, auch auf den Spuren des Trojanischen Krieges befindet sie sich, es steht ihr ja alles zur Verfügung, das sie nicht gemacht hat (nur zwei Tage Fahrt von Griechenland nach Troja – Hisarlik heute – und deswegen mußten sie die arme Iphigenie in Sachen günstigerer Wind opfern? Da wären sie vielleicht auch mit dem Tretboot hingekommen, hätten sie so was gehabt, um überall entlang der Küste ihre Wachtfeuer zu entflammen, als verderbliche Zeichen. Ohne Ernährung des Feuers: keine Zeichen. Bloß Zeichen, woraus sich das Feuer genährt hat). Die Spuren einer Suche nach Helena sind eingeschrieben worden ins Mitteilungsheft der Menschheit, von der aber nichts mehr übrig ist außer einer weiblichen Person; die Rückholaktion (nicht gelungen, das Ziel hat sich selbst verloren, worum ging es eigentlich? Die waren ja fast alle miteinander verwandt, also war es eine Familienangelegenheit, wer wen warum umgebracht hat) der Schönen, Helena, das Ziel einer Suchexpedition, im Laufe derer einer den andren abschlachtet, viele einander abschlachten, Jahre und jahrelang, und nein, bevor Sie fragen: Niemand glaubt, daß Penelope keinen ihrer Verehrer je gevögelt hat, niemand glaubt etwas, keiner sieht mehr, nur Argos, der treue Hund des Odysseus, sieht und erkennt als einziger seinen Herrn, in Wirklichkeit hat er ihn wohl eher gerochen, doch ich schweife ab, es geht aber nicht anders, das Abschweifen, die Auslassung, das Hinzufügen sind diesem Text eingeschrieben, vielleicht schreibt er auch nur das, denn Spuren sind kein Weg, dazwischen Leere, und sie können genausogut falsche Spuren sein, absichtlich in die Irre hineingelegt, so wie Aussagen möglich sind, manche wahre Aussagen darüber hinaus auch noch notwendig sind, so ist das auch mit den Spuren (wo niemand mehr existiert, sind sie nicht mehr nötig. Sie sind nötig, weil man vielleicht doch noch jemanden finden könnte, der auch übriggeblieben ist, bzw. auf den eigenen Spuren wieder zurückfinden möchte). Aber da es so gut wie keinen festen Ort gibt in diesem Roman, kann man immer und überall abschweifen, das Gitternetz wandert, man wandert in ihm, die Natur hat sich ins Nichts verwandelt, was heißt: in alles. Alles steht zur Verfügung, aber niemand kann über alles verfügen. Der Körper ist in diesen Raster geworfen, und er ist die einzige Ordnung, die es gibt, doch auch diese Ordnung ist nicht fest, es gibt da ebendiesen Raster, aber der gibt auch keine Ordnung mehr. Der Körper bewegt sich beliebig auf dieser Ebene, doch dort sind Hindernisse nicht ausgeschlossen (Galilei hat sich das noch so gedacht, daß nämlich die Bewegung des Körpers über eine Ebene gleichförmig und immerwährend sein würde, wenn diese Ebene sich ins Unendliche ausdehnt), als könnte auch Erkenntnis aus sich selbst, über alles hinweg, das es gibt, also auch aus sich selbst, gewonnen werden. Das gilt für den, jeden Körper, der die Erkenntnis gewinnt, also die Körperhaftigkeit (Heidegger: Ja, auch ihn liest Kate. Sie liest ihn nicht, weil sie kein Deutsch kann. Sie liest anderes, aber nur das, was sie gefunden hat und das in ihrer Sprache geschrieben ist. Ein bißchen Spanisch kann sie auch, oder das, was ihr zumindest spanisch vorkommt). Alle Körper sind gleich. Keine Bewegung ist ausgezeichnet, sagt der Philosoph. Jeder Ort ist jedem gleich; jeder Zeitpunkt jedem Zeitpunkt. Jede Kraft bestimmt sich nur nach dem, was sie an Bewegungsänderung – diese Bewegungsänderung als Ortswechsel verstanden – verursacht. Das liest Kate. Das liest Kate nicht, weil sie kein Deutsch kann, und daher weiß sie auch nicht, welcher Text Heideggers ihr zur Verfügung steht, aber sie weiß, daß er von ihm ist, auch wenn sie ihn nicht kennt. Sie kennt Heidegger, kann ihn aber nicht lesen. Alles, was sich über den jeweiligen Körper sagen läßt, und in diesem Fall wird es gesagt, es ist der Körper einer Künstlerin in mittleren Jahren, einer Malerin, die jetzt über sämtliche Kunstwerke, die auf der Erde noch übrig sind, gebietet, indem sie sie: anschaut; alle diese Bewegungen eines Körpers werden in dieses imaginäre (bei Verbrechensschauplätzen nicht imaginäre, denn es wird buchstäblich: eingezeichnet, damit man jeden Zentimeter durchsuchen kann, keinen zweimal, keinen gar nicht) Gitter eingeschrieben, aber auch das Gitter gibt es ja nicht, es ist nur gedacht, es wandert, was hat es dann für einen Sinn? Keinen mehr, da nichts mehr einen Sinn hat, wenn niemand mehr lebt, außer einer einzigen. Die Natur, die zerstört worden ist, durch eine Katastrophe, wird zu nichts anderem (und ist daher nichts anderes) als die räumlich-zeitliche Bestimmung der Bewegung eines Punktes, der eine Frau ist, Raum und Zeit hängen natürlich zusammen, aber das ist jetzt ganz unwichtig geworden. Das Gitter wird zum Grundriß der Natur, gleichzeitig umgrenzt und grenzenlos durch Herumwandern (insofern sind ihre Gesetze schon ausgehebelt, nein, nicht ausgehebelt, es gibt keine Gesetze mehr, man kann sich aber immer noch den Knöchel verstauchen, wenn man mit einem sperrigen Gemälde die Treppe runterfällt), der Raum ist seine eigene Grenze, aber auch der Raum (das ist das, was sich über dem Gitter breitmacht) scheint zu wandern, denn die einzige Überlebende ist mal in der Eremitage in St. Petersburg, dann wieder in Florenz, die große Kuppel bewundernd, dann im Prado, dann wieder woanders, das kein Woanders ist, weil es sich an nichts mehr als ein Woanders messen läßt in diesem überall gleichmäßigen Raum, der einen Grundriß besitzt, welcher zerreißt, sobald man ihn anschaut, fragmentiert wird, zu seinem eigenen Maßstab wird, obwohl man mit dem Gitter ja schon einen Maßstab gesetzt hat; dieser Maßstab jedoch wird jetzt weggenommen und durch einen ständig wechselnden, den Kate alleine bestimmt, ersetzt (ich sollte nicht Kate sagen, denn sie wird eben nur an einer einzigen Stelle so genannt, auch die Benennung ist ja eine Fixierung, das ist schon zuviel Definition, Festlegung in einem Raum, in dem nur noch die Bewegung und der Zustand des Körpers – blutend, nichtblutend, gehbehindert durch Verstauchung, unbehindert, im Auto fahrend – zählen). Die Bewegung schafft den Raum und den Ort. Die zerrissene Natur, die zusammengebrochen ist (nein, sie ist noch da, die Neutronenbombe würde ja auch nur die Menschen auslöschen, ihre Werke, soweit festen Charakters, ich meine mit fest: hart, aber unangetastet lassen), eine Bewegung, die nur von einer einzigen Person noch ausgeführt wird, willkürlich ausgeführt (denn plötzlich fährt ein Auto, rechtsgesteuert, immerhin, soviel wissen wir, also wahrscheinlich: England!, ja, genau!, es fährt einen Hügel nahe Hampstead Heath, es fährt ohne Fahrer einen Hügel hinab, und man sieht nicht, wohin es fährt, irgend etwas wird es wohl abgebremst haben, was ist das für eine Bewegung? Es gehört sich nicht für ein Auto, daß es nicht angetrieben und bewußt gesteuert wird), schafft also diesen Raum und diesen Ort, der aber wie gesagt ständig wechselt, auch wenn die Frau sich an einem Strand oder in einem Museum länger aufhält, man erfährt nicht, warum. Die Bewegung wird sozusagen eingefügt in wieder eine andere, in ihre eigene Bewegung im noch vorhandenen Raum-Zeit-Rahmen, sie wird dort eingespannt wie eine Leinwand in ihren Rahmen. So, jetzt bewegt sie sich endlich nicht mehr. Nur so kann sie Körper bleiben. Indem sie schaut, und nicht der Abgrund (ja, die Frau liest auch Nietzsche, sie liest nicht Nietzsche, ich sollte nicht sagen: die Frau, denn es ist immer: Ich), sondern das Schauen selbst schaut in sie hinein. »wie ich mich fühlte, inmitten all dieses Schauens«, das kann geschrieben werden. Doch das braucht alles einen

Zugangscode, und auch den bestimmt sie, die Ich, und es könnten alle anderen Codes auch noch sein, denn die überlieferten Wörter und Begriffe regeln nichts mehr, wenn nur noch ein einziger Regler vorhanden ist, der sich an nichts mehr halten muß, weil nichts mehr geregelt werden kann, sosehr man sich auch an diesen Regler klammern mag: Eine Regel kommt nicht dabei heraus. Und die Dinge, die Kunstwerke vor allem, die wenigen Bücher, die zu lesen sind (da auf englisch, ein bißchen Spanisch können wir auch), bestimmen die Kräfte, die für das Schauen (und nicht mehr Gesehenwerden, da kein Subjekt mehr dafür vorhanden ist) nötig sind. Es ist alles da, was sich zeigt, aber die Zeiger sind abgebrochen. Die Frau zeigt sich selbst, was gezeigt werden kann. Sie weist auf etwas hin, das sich ihr zugewiesen hat, weil es einfach da war (aber sie sucht auch gezielt, überall, denn der Bewegungsraster, das Gitter, rastet nicht, es geht, ich sagte es schon, mit ihr mit, es gibt ihr das Maß vor, das sie selbst ist), erkundet wird, was sich zeigt, sie zeigt, was sie erkundet hat. Es muß alles hingenommen werden, was noch geblieben ist. Der Gitter-Grundriß schafft den Raum für die Tatsachen, und diese Tatsachen sind immer: Tat-Sachen (der Raub, die Vergewaltigung Kassandras und ihre Verschleppung ebenso wie die Opferung Iphigenies). Daraus folgt: Kunst. Ein Glück, daß man nicht alles selber machen muß! Andere haben es gemacht. Und was für eine Ironie, daß es eine Frau ist, die übrigbleibt, eine, die nichts machen mußte, aber das Gemachte, alles Gemachte zu ihrer Verfügung hat. Sie kann damit machen, was sie will, nein, nicht, was sie will, der Raum fordert etwas von ihr, Achtsamkeit, Verdrängung von Luft (nicht was der Bildhauer tut: Entfernen von Luft. Oder der Besitzer eines Pools, der diesen füllt: Rauslassen von Luft, oder der Trinker: die Luft aus der Flasche rauslassen). Das Betrachten von etwas, aber auch das Geforderte wird keine Forderung mehr, also fordert die Sprache ihr Recht. Sie ist das einzige, das noch benennen kann, und auch sie versichert sich immer nur ihrer selbst, es ist nur noch eine Sprache übrig, und sie suggeriert sich Sicherheit und Unsicherheit gleichzeitig: allerdings, möglicherweise, offensichtlich, notwendigerweise, selbstverständlich, natürlich, vielleicht, tatsächlich, vermutlich, im allgemeinen etc. etc. etc. Das ganze Spektrum der Modallogik in einer einzigen Lektion.

Wittgensteins Mätresse gab es nicht, der homosexuelle Wittgenstein hatte keine Mätresse. Aus dem Gesagten ist nichts mehr zu begreifen, weil alles nur noch zu greifen ist, was da ist und der Fall ist und gefallen ist und immer noch: gefällt. Erfahrbar ist alles, solang noch etwas Petroleum für die Lampen da ist. Sagen kann man alles. Es ist wahr. Es ist unwahr. Es ist. Alles ist wahr. Nichts ist wahr, bitte füllen Sie das jeweilige Quadrat aus!, wahr, falsch, wahr, falsch, nachdem das Ende heraufgekommen ist, für alle außer einer. Ja, die Welt ist alles, was gefallen ist, sie ist alles, was gefällt, vor allem in der Kunst, sie ist nichts, das Gemachte ist nicht wahr, die Folge von etwas zieht keine Folgeleistung nach sich, es wird etwas gemacht, aber das ändert nichts an der Wahrheit, die nicht mehr zu bestimmen ist (oder nur von einer einzigen Person, die daher keine ist, eine ist keine, einmal ist keinmal), und die Gewißheit ist auch verschwunden, die Herrschaft setzen könnte. Diese eine Frau muß sich nicht beherrschen, denn Herrschaft ist jetzt überflüssig geworden, sie kann ja alles machen, aber es macht ihr keinen Spaß, bloß eine, das ist keine Herausforderung für sie. Für die eine, für die Ich, ist die Geschichte der Kunst, der sie nachspürt, nichts, das sie erklären könnte, weil alle ihre Erklärungen sofort gültig werden, sie werden ja von niemandem beeinsprucht. Jeder rückt an jeden an, sie rücken zusammen, aber da ist niemand. Niemand kann noch zusammenrücken. Die letzte Frau kann sich nicht fremd werden, weil sie sich an keinem andren messen kann. So fallen alle Erklärungsmöglichkeiten weg. Sie ist immer anders. Anders als fremd. Anders als sie. Nichts bezieht sich auf etwas, also bezieht sie alles auf alles, das ihr zur Verfügung steht, und das ist eben: alles.

David Foster Wallace
Das leere Plenum

Versuch über David Marksons Roman *Wittgensteins Mätresse*

Doch welcher andere Philosoph hätte das Gegengift gegen jedwede Illusion in ebenjener und wiederholt betonten Demut gefunden, mit welcher der vielfältige Gebrauch demütiger Worte in Erinnerung gerufen und aufgefächert wird, gleichsam ein philosophischer Blick unter unsere Füße statt über unsere Köpfe hinweg? Stanley Cavell

Da ist niemand am Fenster im Gemälde des Hauses. Nebenbei bemerkt.

Ich bin jetzt zu dem Schluss gekommen, dass das, was ich für eine Person gehalten habe, ein Schatten ist.

Wenn es kein Schatten ist, ist es vielleicht ein Vorhang.

Tatsächlich könnte es wirklich nicht mehr als ein Versuch sein, Tiefe anzudeuten, innerhalb des Zimmers.

Obwohl sozusagen alles, was wirklich ist in dem Fenster, gebranntes Siena ist. Und etwas Ockergelb.

Tatsächlich ist da auch kein Fenster, wieder sozusagen, sondern nur ein Umriss.

So dass die paar Spekulationen, die ich über die Person am Fenster gemacht haben mag, deshalb jetzt bedeutungslos zu sein scheinen. Offensichtlich.

Außer natürlich, ich werde nachher wiederum überzeugt werden, dass es jemanden am Fenster gibt.

Ich habe das schlecht ausgedrückt.

David Markson, *Wittgensteins Mätresse*

Sagen Sie ihnen, dass ich ein wunderbares Leben gelebt habe.

Ludwig Wittgenstein im Jahre 1951, auf dem Sterbebett

Bestimmte Romane schreien nicht allein nach kritischer Interpretation, sondern versuchen dieser de facto die Richtung vorzugeben. Analog lässt sich das vermutlich von einer Musik sagen, welche die Bewegungen der Zuhörer ebenso sehr verlangt wie vorschreibt, denken wir nur an einen Walzer. Zudem greifen oben erwähnte Romane, die ihrer Interpretation gezielt die Richtung vorgeben, thematisch oftmals Fragestellungen auf, die wir vermutlich als »hochgestochen« bzw. als intellektuell begreifen dürften – Themen also, die an sich der Kunst, dem Ingenieurwesen, der klassischen Literatur, der Philosophie usw. gebühren.

Erwähnte Romane schaffen sich eine Nische irgendwo zwischen unverhohlener Belletristik und so etwas wie einem eigentümlich verkopften Schlüsselroman. Sofern sie missglücken, wie dies mein erster eigener langer Anlauf tat, sind diese Werke reichlich grauenhaft. Wenn sie jedoch gelingen, wie ich es von David Marksons Roman *Wittgensteins Mätresse* behaupte, erfüllen sie den gleichermaßen unverzichtbaren und unsteten Zweck, uns einmal mehr all jene unerschöpflichen Möglichkeiten in Erinnerung zu rufen, die Literatur bereithält, um Raum und Tiefe des Begreifens auszumalen, um Köpfe gleichsam wie Herzen schluchzen zu lassen & um jenes Ineinsfallen von Kopf & Gefühl, von Abstraktion & gelebtem Leben, von transzendenter Wahrheitssuche & täglichem Einheitstrott zu heiligen, Verschmelzungen, die in unserem glücklichen Zeitalter technischer Okklusion & der Dyade aus Unterhaltung und Vermarktung einzig noch in der Fantasie für vollziehbar gelten. Zu den Büchern, die ich unter besagtes Phänomen des INTERPRET-ME subsumieren möchte, zählen u.a. Schinken wie *Candide*, Witold Gombrowiczs *Kosmos*, Hesses *Glasperlenspiel*, Sartres *Der Ekel* und Camus' *Der Fremde*. Diese fünf sind freilich ganz spezielle »works of genius« alias Geniestreiche: Sie posaunen ihre Genialität heraus.

Markson hält es in *Wittgensteins Mätresse* weit eher mit dem Geflüster, doch ist sein w.o.g. (um derlei Geniestreiche abzukürzen) erstens um keinen Deut weniger erfolgreich, noch scheint es mir zweitens – insbesondere in Anbetracht des fanatischen Antiintellektualismus, der in der zeitgenössischen Literatur grassiert – auch nur um ein Quäntchen weniger bedeutsam. Jedenfalls ist das Buch für mich wichtig geworden. Ich zumindest hatte bis 1988 noch nie von diesem Kerl namens Markson gehört; bis heute habe ich auch nichts anderes von ihm gelesen. Ich hatte mir sein Buch vor allem wegen des eponymen Titels bestellt; denn ich betrachte mich gerne als großen Anhänger des Namensgebers. Und mit *dem* Titel musste es in dem Roman ja offenkundig irgendwie »um« Wittgenstein gehen.

Der Titel: Das ist einer der Fingerzeige, den solche INTERPRET-ME-Bücher dem kritischen Leser geben, »um« was es in ihnen auf einer tertiären Ebene gehen soll: der Titel des *Ulysses* auf dessen Struktur der odysseisch/telemachischen Landkarte (gelungen); Rebecca Goldsteins *Die Liebe im logischen Raum* (echt schrecklich); Cortázars *Rayuela/Himmel und Hölle* (klappt exakt nur so lange, wie man die Einladung ausschlägt, nach Himmel-und-Hölle-Manier in den Seiten herumzuspringen); Burroughs' Romane *Queer & Junkie* (erfolgreich missglückt (?)). Bezüglich Romanen wie den genannten fällt es einem oft schwer, den Unterschied zwischen dem Titel und einem Epigramm zu sehen, es sei denn, man hielte sich an banale Tatsachen wie die, dass Letzteres länger, expliziter & schon jemand anderem zugeschrieben ist.

Ein anderer Weg zur Nahelegung einer Interpretation unter dem Rubrum der Korrespondenz besteht darin, dass man im Buchtext allenthalben wie Ziegelsteine den Namen einer realen Person aufs Papier fallen lässt, wie es Bruce Duffy in seiner sogenannten fiktiven Biografie Wittgensteins hielt, jenem schlicht entsetzlichen Machwerk *The World as I Found It*, in dem der Autor trotz lautstarker Zurücknahmen unter dem Motto »dies alles ist ausgedacht« ein derart gewaltiges Arsenal geschichtlicher Tatsachen und Anspielungen auftürmt, dass der kritische Leser gar nicht umhinkann, den fiktiven homosexualitätsbesessenen »Wittgenstein« mit dem realen und weitaus komplexeren & interessanteren Wittgenstein zu verwechseln.

Noch ein anderer Weg, wie ein Roman seine Lektüre linear ausrichten kann, besteht darin, sich ein intellektuelles Erkennungszeichen auszudenken, das eine durchgängige narrative Funktion erfüllt: So ist z.B. in *Candide* der Leitspruch »Alles zum Besten in der besten aller denkbaren Welten«, den Pangloss unentwegt von sich gibt, ein leuchtender Schriftzug über einem Buch, das – vom Schluss einmal abgesehen – wenig mehr ist als eine gallegiftig ulkige Parodie der Leibniz'schen Metaphysik.[1]

Auch Kate, die monadische Erzählerin in *Wittgensteins Mätresse*, missversteht eine Menge der Kommentare und Bemerkungen ihres Herrn – überall in Marksons Roman werden die bekannteren Stichworte und Ideen des Philosophen verballhornt; das beginnt mit dem Epigramm zum Thema Sand und geht hin bis zum Zitat »Die Welt ist alles, was der Fall ist« aus dem *Tractatus* oder zu den *Untersuchungs*mäßigen Spekulationen über Klebe- vs. Tonband, die unzweideutig die Beschäftigung des späten Wittgenstein mit den wechselseitigen »Familienähnlichkeiten« der Wörter heraufbeschwören. Allerdings contra Voltaire, denn wo Marksons Kate Zeilen & Theoreme unrichtig wiedergibt, dienen ihre Irrtümer nicht etwa ulkiger Propaganda, sondern sowohl originärer Kunst als auch originärer Interpretation. Und dies, weil *Wittgensteins Mätresse*[2] bez. seines eponymen Herrn und Meisters mehr zuwege bringt, als Wittgenstein lediglich verquer zu zitieren oder auf sein Werk anzuspielen oder den Versuch zu unternehmen, so etwas wie eine Dramatisierung der intellektuellen Fragen abzugeben, die Wittgenstein beschäftigten und quälten.

Marksons Buch gelingt es, einfallsreich & konkret die überaus trübe mathematische Welt wiederzugeben, die von Wittgensteins *Tractatus* revolutioniert wurde: Philosophie qua Einberufung mittels abstrakter Argumentation. *WM* ist auf eigentümliche Weise die Colorierung eines alten Films. Auch wenn der Kerngehalt von Wittgensteins Philosophie ohnehin alles andere als tot oder öde ist, gelingt es *WM* trotzdem, die intellektuellen Rätsel Wittgensteins in die prickelnden »qualia« gelebter – wenn auch bizarr gelebter – Erfahrung zu transponieren.

Der Roman macht Wittgensteins frühes Werk lebendig, schenkt ihm ein Antlitz, das der Leser behalten wird, etwas, das die Philosophie nicht leistet & auch nicht leisten kann ... vor allem, weil Wittgensteins Werk derart vertrackt ist und so viel Zeit braucht, um überhaupt auf der wortwörtlichen Ebene begriffen zu werden, weshalb die migräneträchtige Mentalgymnastik, die Wittgenstein seinen Lesern abfordert, fast schon die düsteren emotionalen Implikationen der frühen Metaphysik Wittgensteins unterdrückt. Seine Mätresse jedoch stellt die Frage, die ihr Herr und Geliebter auf dem Papier nicht stellt: Was wäre, wenn irgendwer wirklich in einer *Tractatus*isierten Welt *leben* müsste?

Damit will ich keineswegs unterstellen, Marksons Leistung bestände lediglich darin, dass er dem fachfremden Leser eine abstrakte Philosophie »leichtverständlich« nahebringt, geschweige denn, dass ich behaupten wollte, *WM* wäre eine simple Angelegenheit. Im Gegenteil entpuppt es sich – auch wenn die Prosa & das monotone Klangbild des Romans nachgerade gespenstisch banal daherkommen – als verflucht schwer, das vielfach gebrochene System der Anspielungen auf alles und jedes, angefangen von der Antike bis hin zum Astro-Turf-Kunstrasen, aufzudröseln; überdies macht die konzentrische Zirkularität, die den linearen Fortgang als »Fortschreibung« der Handlung ersetzt, jede digestive Lektüre von *WM* zu einer echten & zeitaufwendigen Herausforderung.

Markson hat kein populäres Buch vorgelegt, ebenso wenig aber Philosophie in abgespeckter Form oder ein Duffyeskes Dokudrama der Woche geliefert. Stattdessen lässt *WM* meiner Ansicht nach den politisch-ethischen Implikationen von Ludwig Wittgensteins abstrakter mathematischer Metaphysik künstlerisch & auch emotional Gerechtigkeit widerfahren, haucht also dem, was als Mechanismus konzipiert ist, Pulsschlag, Atem, Leid, Leben usw. ein. Eben darin zollt der Roman einem Philosophen emotionalen Tribut, der, allen handfesten Belegen zufolge, als Privatmann heftigst unter den Fragen litt, die allzu viele seiner akademischen Anhänger in hochelaborierte inhaltsleere (Denk-)Übungen umgemünzt haben. Mit anderen Worten gelingt Marksons *WM* das Kunststück, das nur wenige Philosophen zustande bringen & weder Myriaden biografischer Skizzen noch Duffys schillernder Revisionismus vermitteln können: die Konsequenzen nämlich, welche die *Praxis* der *Theorie* für das Individuum nach sich zieht.

Damit meine ich bspw. den Unterschied zwischen der Parteinahme für den »Solipsismus« als bloße metaphysische »Position« & dem jähen Erwachen an einem herrlichen Morgen nach einem herben persönlichen Verlust, bei dem man sein Leid als apokalyptisch, sprich im Wortsinne als tausendjährig erleben muss, so dass man sich als das letzte und einzige am Leben gebliebene Ding auf Erden begreift, dem nur noch der eigene Kopf geblieben ist, und zwar nicht nur als alleiniger Gesellschafter, sondern als Umwelt & Welt schlechthin, ein steil abschüssiger Strand, an dessen Ende ein schrecklicher Ozean wartet.

Um es wiederum anders zu formulieren, übersteigt Marksons Buch meiner Ansicht nach ganz erheblich den Status eines »intellektuellen Parforceritts« bzw. einer »experimentellen Glanzleistung«, der ihm in den Rezensionen aufgenötigt wurde: Was der Roman als unmittelbare Studie von Depression & Einsamkeit schildert, ist viel zu aufwühlend, als dass es zum Gegenstand von Fingerübungen bzw. Exorzismen taugte. Denke ich allein schon an die Art und Weise, wie nachhaltig einen das Buch berührt, und an die formale Genialität, dank der es Metaphysik in existenzielle Angst zu transformieren schafft und eben darin offenbart, dass es aller Philosophie in erster wie auch in letzter Linie um Courage geht – dann reicht mir das vollauf, dass ich diesen Roman für einen der besten in den achtziger Jahren in den USA veröffentlichten Romane halte und beklage, dass er vergleichsweise nur wenig Beachtung fand.

Dann freilich addiere man zu allen übrigen Verdiensten des Romans noch ein düster pyrotechnisches Meisterstück der Animation von Geistesgeschichte – damit meine ich, wie erschöpfend *WM* aufzeigt, weshalb einer der cleversten & wichtigsten Denker, die Bausteine zum modernen Denken lieferten, zu einem in seinem Privatleben derart kreuz-unglücklichen Kerl werden konnte –, und schon gerät das Buch (sofern man zu jenen ohnmächtigen Unglücksraben zählt, denen ihre Überzeugungen tagtäglich auf den Magen schlagen) zum Sonderfall eines bravourösen Meisterwerks, das wortwörtlich Tiefe aufweist und dem vermutlich wegen seiner eigenen Fülle & wegen der Fülle der Zeit eines Tages das schöne Los beschieden sein wird, als leiser Klassiker im Bücherregal zu landen.

Einer der Gründe, warum *WM* sich jedoch zugleich als eine Art Klassiker & ebenso als Interpretationsanleiter desavouiert, liegt darin, dass der Charme & die Erzähltricks des Buchs so überaus indirekt daherkommen. Denn nicht allein handelt es sich bei *WM* um den ellenlangen Monolog einer Person, die ein anderes Geschlecht hat als der Autor, obendrein ist der Roman von der Struktur her zur Hälfte abstruser Witz, zur anderen Hälfte todernste Allegorie.

Ein konkretes Beispiel, wie diese Prosa aussieht, findet sich im zweiten zu Beginn dieses Essays zitierten Motto. Fast könnte man sagen, das ganze Buch sei eine einzige prekäre Konstruktion aus Kunstgriffen wie Wiederholungen, zwanghaften Rückkoppelungen, freiwillig/unfreiwilligen Assoziationen. Und trotzdem kommuniziert das Buch mit dem Leser. Exakt aufgrund dieser ausgeklügelten Indirektheit, einem langfristig beibehaltenen Irrweg, der Fehleinschätzungen quasi erzwingt, überzeugt uns Kate, dass wir, sofern sie von Sinnen sein sollte, das ebenfalls sein müssen; die im Subtext enthaltene Gefühlsagenda, die hinter dem kunterbunten Durcheinander kurzer, isoliert stehender Absätze, dem raschen Hin & Her der Gedanken und dem permanenten Anrennen wider den Treibsand der englischen Sprache & das Ertrinken im Tümpel des eigenen Bewusstseins steckt – eine verführerische Rangordnung nicht allein im, sondern *qua* Chaos –, erheischt eine vollständige & Unbehagen schürende Einwilligung.

Die Technik kommt einem dabei ebenso stimmig vor wie ein Lied, das man kennt, auch wenn einem der Titel nicht auf Anhieb einfällt. Man könnte diese Technik als »tiefsinnigen Unsinn« bezeichnen und damit vermutlich einen Sprachfluss aus Fäden, Ketten, Schleifen und Locken kennzeichnen, der justament im Zuschnitt seiner formalen Konstruktion die althergebrachten Zingula des »Sinns« verspottet und es kraft dieser trotzigen Missachtung der Grenzen des Sinns irgendwie schafft, zu »zeigen«, was sich üblicherweise nicht »ausdrücken« lässt. Gelungene Komödien schaffen dies oftmals nach dem gleichen Schema.[3] Dasselbe gilt heutzutage für gelungene Werbung.[4] Und ebenso für einen überraschend großen Teil gelungener Philosophie. Und dasselbe kann – wenn auch in aller Regel auf weit weniger expliziter Ebene als in *WM* – großartiger Literatur gelingen.

Gleich zu Beginn von *WM* pinselt Kate Mitteilungen auf menschenleere Straßen: »Jemand lebt im Louvre« usw. Die Mitteilungen sind für jeden gedacht, der oder die zufällig vorbeikommt und sie sieht. »Niemand kam, selbstverständlich. Schließlich hörte ich auf, Botschaften zu hinterlassen.« Das Ende des Romans benutzt, nicht aber bezeichnet[5] solch eine Mitteilung: »Jemand lebt an diesem Strand.«

Allerdings benutzen wozu &/oder für wen? Vermutlich ist es nicht angebracht, die Form dieses Romans als Monolog zu bezeichnen, wie ich es m. E. weiter oben tat.[6] Kate tippt diese Mitteilung. Sie wird geschrieben & nicht gesagt. Allerdings ist es nicht wie im Tagebuch oder im Journal. Genauso wenig ist es ein »Brief«. Denn natürlich stellt sich die Frage, an *wen* der Brief gehen soll, wenn sonst kein Mensch da ist. Jedenfalls wird der Satz ichbewusst geschrieben.

Was mich persönlich betrifft, so bin ich mittlerweile der meisten Texte überdrüssig, die ichbewusst als *geschrieben* erzählt werden, als »textes«. Aber *WM* unterscheidet sich von der Barthes'schen/post-Derrida'schen selbstreferenziellen Dutzendware. Denn hier klingt die bewusste Wiedergabe der Niederschrift nicht allein glaubhaft, im Gegenteil erfüllt sie eine essenzielle Funktion. Kate ist keine »Autorin«. Da sie von Beruf Malerin ist, ist die Zeit, die sie an der Schreibmaschine zubringt, ganz und gar & schrecklich berufsfern. Kate schreit in die Unbeschriebenheit ihres Schreibmaschinenpapiers hinein. Ihr Brief entspringt der Notwendigkeit, nicht der Kunst – eine lange Flaschenpost in einer großen Flasche.

Ich muss an dieser Stelle zugeben, dass ich hinsichtlich der Form dieses Romans als *geschrieben* eine merkwürdige Spiegelhaltung einnehme. Ich bin jemand, der zu schreiben versucht, jemand, der derzeit, wie es aussieht, mehr & mehr schreiben muss, und zwar täglich; und der nicht so sehr darauf hofft, dass die Produkte dieses Bedürfnisses lukrativ sind oder auch nur gemocht werden, als vielmehr dass sie schlicht empfangen, gelesen, *gesehen* werden. Und *WM* scheint mir – auf eine fundamental unsinnige Weise, die wesentlich effizienter ist, als es Thesenreiterei oder Allegorie wären – eine Bestätigung der Überlegungen zu sein, aus denen heraus ich allmählich der Ansicht bin, dass die meisten Leute, die aus irgendeinem Grund schreiben müssen, schreiben müssen.

Das Bedürfnis, etwas niederzuschreiben, etwas einzutragen – sei die Erfüllung dieses Drangs nun belebend oder lindernd oder, wie es häufiger der Fall ist, keines von beidem –, entspringt der Double-Bind-Panik, die von den meisten Leuten empfunden wird, die viel Zeit im eigenen Kopf zubringen. Denn auf der einen Seite – jener Seite, die ein Philosoph als »radikal skeptisch« oder »solipsistisch« kennzeichnen würde – steht das Gefühl, dass der eigene Kopf in gewisser Hinsicht die ganze Welt ist, wenn die Fantasie nicht allein zu einem kongenialeren, sondern zu einem realeren Umfeld wird als das Große Äußere des Lebens auf der Erde.

Das erste Motto von Marksons Buch, entnommen aus Kierkegaards *Abschließender unwissenschaftlicher Nachschrift,* lädt ein zu dieser ersten Interpretation von Kates *Bind* & dessen Beziehung zu ihrem »Tippen« & fordert sie zugleich ein. Die Notwendigkeit, die Worte & Stimmen nicht nur *heraus*zulassen – heraus aus jenem Knochenring von 38 Zentimetern Durchmesser, der sie gebiert & zugleich einsperrt –, sondern sie auch *nieder*zulegen, indem sie sie weder dem immateriellen Land des Verstandes noch dem flüchtigen Schauplatz der

Stimmbänder & des Atems & des Ohrs anvertraut, beides scheint Kate – wie auch sonst jedermann, bei Flaubert angefangen bis hin zum Tagebuchschreiber und zum leidenschaftlichen Briefeschreiber – eine notwendige Bestätigung eines Außen zu sein, eines Äußeren nämlich, mit dem das eigene schriftlich Niedergelegte nicht allein kommunizieren, sondern das es auch *bewohnen* kann.

Picasso – auf Velázquez zurückgreifend wie Markson auf Kierkegaard & Wittgenstein – hat Großes für das Begreifen des visuellen Kunstwerks nicht bloß als »Repräsentation«, sondern ebenso als Ding, als Gegenstand geleistet … trotzdem will mir kein anderer Lit.-praktiker (im Gegensatz zum am New Criticism geschulten oder aber poststrukturalistischen Theoretiker) einfallen, der derart schlagend den Text*impetus*, sprich den emotionalen Impetus des Textes als sowohl Zeichen als auch *Gegenstand*, einzufangen verstanden hätte, wie es Markson hier gelungen ist.[7]

Die Kehrseite besagten pränominativen Double Binds – jene Seite, die explizit vom Anfang und vom Ende von *WM* benannt wird – bezieht sich auf die Gründe, aus denen heraus Leute, die schreiben, dies tun müssen, und zwar als Modus der *Kommunikation*. Es geht um das, was ein Abstraktor wie Laing als »ontologische Unsicherheit« bezeichnet – sie ist der Grund, weshalb wir unser Geschreibsel unterschreiben, es unseren Freunden aufnötigen, es in braunen Kuverts auf die Post geben in dem Versuch, das Zeug gedruckt zu bekommen. »ICH EXISTIERE«, das ist der Anstoß, der unter dem Großteil freiwilligen Schreibens pulst – & unter allem gelungenen Schreiben.

Und just dieses »ICH EXISTIERE« wäre der Titel von Marksons Roman gewesen, sofern man das Buch meinen plumpen Händen zum Lektorat anvertraut hätte. Marksons zuletzt getroffene Wahl aber, weitaus besser als sein Arbeitstitel *Keeper of the Ghosts* (tief-, aber nicht unsinnig), ist vermutlich besser als mein Titelvorschlag. Kates Text, eine einzige erschlagende Mitteilung, dass jemand an diesem Strand wohnt, ist ja seinerseits obsessiv & letztlich von vornherein durch die Möglichkeit definiert, dass er gar nicht existiert, dass Kate nicht existiert.

Und sobald wir einen Augenblick nachdenken, schwingen allein schon im Titel des Romans ebenso sehr thematische wie anspielungsreiche Absichten mit. Wittgenstein war schwul. Er hatte nie eine Mätresse.[8] Stattdessen hatte er einen Lehrer und Freund, einen Mann mit Namen Bertrand Russell, der auf die Ermutigung seines Schülers hin noch vor dem Beginn der zwanziger Jahre jene *Cogito*-Tautologie in Grund und Boden schmetterte, kraft deren Descartes gut und gerne dreihundert Jahre lang neurotische Intellektuelle von dem enervierenden Zweifel befreit hatte, ob sie überhaupt existieren. Russell wies nach, dass dieses »ich denke, daher bin ich« des *Cogito* de facto null und nichtig ist: Die Wahrheit des »ich denke« ergibt lediglich die Existenz des *Denkens*, genau wie die Wahrheit des »ich schreibe« lediglich die Existenz eines Texts abwirft. Ein »Ich« zu behaupten, das das Denken/Schreiben *tut*, heißt haargenau jene Frage in den Raum zu stellen, auf die gepfählt Descartes begonnen hatte …

Jedenfalls ist Kates Los in *WM* doppelt einsam. Nachdem sie Jahre mit dem »Schauen« nach Menschen zugebracht hat,[9] ist sie buchstäblich an dem Strand gestrandet und sitzt jetzt nackt & mitten in ihrer Monatsblutung vor einer mechanischen Schreibmaschine und verfertigt Worte, die – für sich selbst & für uns – einzig und allein die Worte »ontologisch sicher« machen; der Glaube daran, dass es entweder einen Leser für sie gibt oder aber eine (meta)physische Präsenz, die sie verfertigt, würde jene Sorte Donquijoterie erfordern, die Kate längst schon verloren bzw. preisgegeben hat.

Was den Romantitel davor bewahrt, neckisch oder verquast zu sein, ist der Umstand, dass Kate tatsächlich Wittgensteins Mätresse *ist*, sprich die gespenstische Kuratorin einer Welt der Historie, der Artefakte *& der Erinnerungen* – Erinnerungen, die man wie Fernsehbilder zwar fassen, aber nie wirklich besitzen kann – und auch der *Fakten*, der Fakten sowohl über die (frühere) Welt als auch über Kates eigene mentale Gewohnheiten. Kate nämlich spricht die affektlose Sprache der Fakten, und es scheint weniger mittels Talent, sondern mittels des unvermeidlichen Wunders von etwas, das einfach geschrieben werden musste, zu geschehen, dass Markson unserer Fehleinschätzung die Richtung vorgibt, um Aussagen, die allesamt in der Form schieren Datentransfers[10] daherkommen, mit wahrer & tiefgreifender emotionaler Wirkung zu impfen.

Kates knapper, aphoristischer Stil, ihr wortwörtliches & korrektes Zitieren des »Die Welt ist alles, was der Fall ist« und ihr zwanghaftes Streben, die Fakten unter Kontrolle zu bekommen, die ihr inneres & äußeres Leben geworden sind – all dies bringt den Leser dazu, eiligst zu Ludwig Wittgensteins 1921 erschienenem *Tractatus Logico-Philosophicus* zu greifen.[11]

Der Grund, warum ich, der ich kein Literaturkritiker bin & mich Büchern, die ich bewundere, in aller Regel mit dem Zögern eines Blinden vor einer Mauer nähere, es für berechtigt halte, alle obigen platten Indikativsätze über Kates Bedrängnis niederzuschreiben, ist der, dass einen so viele Seiten von *WM* zu ihrer kritischen »Klärung« derart offenkundig auf den *Tractatus* verweisen. Das ist keine Schwäche des Romans – auch wenn es auf so etwas wie ein Wunder hinausläuft, dass dem nicht so ist. Und es soll auch nicht heißen, dass *WM* lediglich »als Marginalie« zum *Tractatus* geschrieben wäre, wie *Candide* Marginalien zur *Monadologie* liefert oder *Der Ekel* den Teil III von *Das Sein und das Nichts* »dramatisiert«.

Weit eher lese ich *WM* als eine Art philosophische Science

Fiction. Mit anderen Worten ist es ein einfallsreiches Porträt dessen, wie es wäre, tatsächlich in der Sorte von Welt zu *leben*, wie sie von der Logik & der Metaphysik von Wittgensteins *Tractatus* postuliert wird. Was Wittgenstein betrifft, so war diese Sorte Welt anfangs als logischer Himmel gedacht. Doch zuletzt endet sie als (so gebe ich zu bedenken) metaphysische Hölle; und die Art und Weise, wie das im *Tractatus* gemalte philosophische Bild sich mit der Art von Leben und Weltsicht biss, die Wittgenstein als Privatmann für lebenswert hielt, war (so behaupte ich) eine entscheidende Motivation für jene Ableugnung des *Tractatus*, die Wittgensteins *Philosophische Untersuchungen* darstellen.[12]

[...]

Thomas Pynchon, der in der Literatur das für die Paranoia tat, was Sacher-Masoch für die Peitsche tat, verficht in seinem Roman *Die Enden der Parabel*, dass die paranoide Täuschung allumfassender & maliziöser Querverbindungen zu allem & jedem, so irre & unangenehm sie sein mag, dennoch zumindest ihrem Gegenteil vorzuziehen sei – nämlich der Überzeugung, dass *nichts* mit allem Übrigen verbunden ist & dass *nichts* intrinsisch irgendetwas mit *dir* zu tun hat. Man möge bitte begreifen, dass diese Pynchon'sche Gegenparanoia die angemessene Metaphysik für jeden Bewohner der Sorte Welt wäre, wie sie im *Tractatus* beschrieben ist. Und Marksons Kate lebt in exakt solch einer Welt, während ihr gegenstandsloser Brief sie perfekt »spiegelt«, indem er es schafft, in seiner schlichten & affektlosen, dabei surrealen Prosa & den kurzen aphoristischen Absätzen, wie sie gleichermaßen für den *Tractatus* typisch sind, das psychische Aroma sowohl des Solipsismus als auch von Wittgenstein einzufangen. Kates textuelle Obsession ist es schlicht, Verbindungen zwischen den Dingen herzustellen,[13] sprich egal welche Fäden zwischen den geschichtlichen Fakten

& empirischen Daten zu knüpfen, die alles sind, was Kates Welt enthält.

Wobei Kate freilich echte Verbindungen immer – notwendigerweise – entgehen. Alles, was sie feststellen kann, ist eine gelegentliche Synchronizität: die Tatsache etwa, dass bestimmte Namen – z.B. William Gaddis und Taddeo Gaddi – ähnlich genug klingen, um reichlich Verwirrung zu stiften, oder dass bestimmte Lebensläufe & Ereignisse sich zufällig in Raum & Zeit überlappten. Doch selbst diese reichlich dünnen Verbindungen entpuppen sich zuletzt als nicht »real«, sprich als Merkmale lediglich von Kates Fantasie; und selbst die sind kraft ihres Status als Fakt nichtsdestotrotz isoliert, in sich selbst eingekapselt. So kann sich bspw. Kate, als sie sich daran erinnert, dass Rembrandt pleiteging & Spinoza exkommuniziert wurde & dass sich die Wege der beiden angesichts ihrer biografischen Eckdaten durchaus irgendwann einmal im Amsterdam der Dekade um 1650 herum gekreuzt haben mögen, allenfalls folgende Begegnung der beiden *vorstellen:* »Es hat mir außerordentlich leidgetan, von Ihrem Bankrott zu hören, Rembrandt. Es hat mir außerordentlich leidgetan, von Ihrer Exkommunikation zu hören, Spinoza.«

Was ich damit sagen möchte, ist dies: dass Markson, indem er sich auf eine zwingend atomistische Metaphysik bezieht & sie in Kunst verwandelt, so etwas wie das definitive Anti-Melodrama geschaffen hat. Er hat die Fakten traurig gemacht. Denn Kates Dasein ist das des atomischen Fakts, ihre Einsamkeit metaphysisch ultimativ. Ihre Welt ist »leer«, sprich entleert von allem außer Daten, die wie die Löcher in einem Netzmuster sind, definiert & eingesperrt von den epistemologischen Fäden, die einzig und allein sie selbst weben kann, wie sie weiß. Und weben tut sie, unablässig, außerstande, damit aufzuhören, und damit ichbewusst die Penelope des antiken Attika nachäffend, der sie obsessiv verfallen ist.

Nur hat Kate – anders als die legitime Mätresse des Odysseus – nicht die Kraft, entweder ein intrinsisches Muster in das von ihrem Verstand Gewebte einzuflechten oder aber es wieder aufzutrennen. In dieser Hinsicht endet Kate nicht als Penelope, sondern als Klytämnestra & Agamemnon in einem; jene Klytämnestra, die Kates Beschreibung zufolge Agamemnon »nach ihrer eigenen Trauer« tötet, Agamemnon »in seinem Bad, verfangen in diesem Netz und durch es hindurch« ersticht.

Und weil keine der *anwesenden* Dinge in Verbindung zueinander oder zu ihr selbst stehen, ist Kates in *WM* betriebenes Erinnerungsprojekt vernünftig & unvermeidlich, selbst wenn es den Solipsismus verstärkt, der Kates bitteres Los ist. Mittels ihres Erinnerungsprojekts macht Kate die »äußere« Geschichte zu *ihrer eigenen*. D.h., sie schreibt sie neu als persönliche. Schlingt sie herunter, wie der dem Wahn verfallene van Gogh »einmal versucht [hat], seine Farben zu essen«.

Es ist kein Zufall, dass Marksons Roman mit der auf den Topos Genese verweisenden Präposition »Am Anfang …« eröffnet wird. Ebenso wenig ist es ein pittoresker Spleen oder auktoriale Prätention, dass sich die »despektierlichen Meditationen« (so der Klappentext der Originalausgabe) der Erzählerin von antiker Prosodie über holländische Ölgemälde bis zu Quartetten des Barock, dem französischen Realismus des 19. Jahrhunderts bis zum Baseball der Post-Kunstrasenzeit erstrecken. Genauso wenig ist es ein Zufall (freilich eine Anspielung), dass Kate dem Fetisch frönt, alle tragische Historie in Bausch und Bogen dem Feuer zu überantworten – sie ist die letzte Historikerin, ihre Tragödin & Zerstörerin, die jede einzelne Seite von Herodot (dem ersten Historiker!) verbrennt, sobald sie sie gelesen hat.

Ebenso wenig ist die Anmerkung neckisch oder beiläufig, dass sie sich vorkommt, »als ob [sie] zur Museumsdirektorin der ganzen Welt ernannt worden wäre«, die in Museen lebt und ihre eigenen Gemälde neben die Meisterwerke hängt. Der Job des Kurators – sich zu erinnern, auszuwählen, zu arrangieren: Ordnung zu oktroyieren & erst darin Bedeutung zu kommunizieren – ist eine wundervolle Synekdoche auf das Leben des Solipsisten und die Überlebensstrategien, die dem eigenen Dasein als Monade in einer Welt gebeugter Fakten angemessen sind.

Bis auf eine große Frage: *Von woher* kommen die *Fakten*, wenn die Welt leer ist?

Der Klappentext der Dalkey-Archive-Press-Ausgabe von *WM* beschreibt den Solipsismus der Mätresse als eine »offenkundige Metapher für ultimative Einsamkeit«. Und Kate ist wirklich entsetzlich einsam, auch wenn ihre freimütigen Ankündigungen – »Im Allgemeinen war ich, selbst damals, einsam« – weit weniger effektiv sind als die tiefsinnig-unsinnigen Fakten, über die sie mitteilt, was Isolation zu bedeuten hat: »Eines der Dinge, die die Leute gemeinhin an Rubens bewunderten, selbst wenn sie sich dessen nicht immer bewusst waren, war die Art und Weise, wie jeder in seinen Gemälden immer jeden anderen berührt«; »Heute, später, werde ich möglicherweise masturbieren«; »Pascal, der sich stets weigerte, auf einem Stuhl zu sitzen, wenn nicht auf jeder Seite ein weiterer Stuhl stand, weil er fürchtete, in den Raum zu fallen.«

Trotzdem ist und bleibt in meinen Augen Kates komisch-traurige Darstellung, wie sie ohne einen Spielpartner Tennis zu spielen versucht, das anrührendste Bild für ihre Notlage,[14] während die vermutlich ergiebigsten Symbole für Kates Verdammnis in eine ihrem reflexiven Bezug zur Sprache als bloßen Datentransfer logisch atomisierte Welt die köstlich amerikanischen Obsessionen der Erzählerin von Besitz & Dienstleistungen & Häusern darstellen. Der folgende Auszug ist verkürzend zusammengerafft:

> Ich glaube nicht, je das andere Haus erwähnt zu haben.
>
> Was ich erwähnt haben könnte, sind Häuser im Allgemeinen, entlang dem Strand, aber solch eine Verallgemeinerung hätte dieses Haus nicht eingeschlossen, da dieses Haus [anders als das Haus von Kate] gar nicht nahe am Wasser ist.
>
> Alles, was man von diesem [meinem] oberen rückwärtigen Fenster aus davon sehen kann, ist eine Ecke seines Daches. [...]
>
> Als ich es wahrgenommen habe, habe ich verstanden, dass es auch eine Straße geben müsste, die von irgendwoher zu ihm führt. Selbstverständlich.
>
> Aber ich konnte die Straße beim besten Willen nicht ausfindig machen. Und das die längste Zeit. [...]
>
> Auf jeden Fall fing mein Unvermögen, die Straße ausfindig zu machen, schließlich an, eine völlig neue Art Verworrenheit in meinem Dasein darzustellen.

Denkt man daran, dass sich Marksons Buch kritisch und trickreich Wittgenstein als Referent & Vorbild & Liebhaber heranzieht, ist es natürlich verlockend, Kates Einsamkeit ihrerseits als intellektuelle Metapher zu lesen, mithin als lediglich eine Funktion jenes radikalen Skeptizismus, wie er vom logischen Atomismus des *Tractatus* ausgemalt wird. Denn dann stellt sich abermals die Frage, woher und wozu diese ungemein wichtigen »Fakten« herangekarrt werden, »in die« – so Wittgenstein ebenso wie Kate – »die Welt zerfällt«, die sie aber *nicht* beinhaltet? Sind Fakten – genuine Existenzen – dem Äußeren intrinsisch? Und lässt man sie erst gelten, sobald die Zerbrechlichkeiten der Sinnesdaten & der Induktion hinzukommen? Oder, und das wäre weitaus schlimmer, sind sie nicht vielleicht perverserweise *de*duktiv, Produkte ebenjenes Kopfes, der sie als dezidiert externe Fakten & mithin als genuin ontisch gelten lässt?

Die letztgenannte Möglichkeit – sofern sie verinnerlicht und wirklich geglaubt wird – ist ein Schienenstrang, der Zwischenstopps erst beim Skeptizismus & dann beim Solipsismus einlegt, bevor er schnurstracks auf den Wahnsinn zusteuert. Es ist ebenjene zuletzt genannte Möglichkeit, die der Neurasthenie von Descartes' *Meditationen* zugrunde liegt & so die moderne Philosophie gebiert (und mit ihr die distinkt moderne »Entfremdung« des Individuums von allen Ganzheitlichkeiten, seien sie nun natürlich oder sozial). Kate liebäugelt wiederholt mit diesem cartesianischen Alptraum, bspw. hier:

> Was passiert ist, nachdem ich begonnen hatte, über Achilles zu schreiben, war, dass ich mitten im Satz anfing, über eine Katze nachzudenken. Stattdessen.
>
> Die Katze, über die ich anstelle dessen nachzudenken begonnen habe, war die Katze vor dem zerbrochenen Fenster in dem Zimmer neben dem, an dem das Klebeband häufig kratzt, bei einer Brise.
>
> Was besagen soll, dass ich auch in Wirklichkeit nicht über eine Katze nachdachte, da doch keine Katze da war außer insofern, als das Kratzen mich an eine erinnert.
>
> Wie auch keine Münzen am Boden von Rembrandts Atelier lagen, außer dass die Anordnung der Farbteilchen Rembrandt an sie erinnert hat.

Der springende Punkt ist der, dass die gemalten Münzen, die Rembrandt genarrt hatten, & ebenso Rembrandt & Achilles hier allesamt exakt wie »die Katze« sind: Marksons Erzählerin hat nichts mehr in Händen *außer* »Kratzgeräuschen« – d.h. Erinnerung & Fantasie & die englische Sprache –, mit denen sie irgendeine Art von Äußerem konstruieren könnte. Dessen Fluss ist der Fluss in Kates eigenem Kopf; der Grund, warum er Ordnung und/oder Bevölkerung verweigert, erklärt sich aus der Verzweiflung, mit der Kate ihn zu ordnen & zu bevölkern versucht: Das fiebrige Pathos ihrer Suche garantiert die spätere Unzufriedenheit. Man beachte, dass Kate, nachdem der Glanz metaphysischer Penibilität verblichen ist, erneut dazu übergeht, von der unwirklichen Katze als »wirklich« zu sprechen. Der emotionale Knackpunkt ist der, dass die solipsistische Natur besagter Wirklichkeit, *so weit es Kate betrifft*, unverändert bleibt, egal ob Kates Auffassung linguistischer Konstrukte als Existenzenz nun die Wirklichkeit verkennt oder aber schlicht eine unvermeidliche Reaktion auf die Wirklichkeit des Romans darstellt. Das ist ein Double Bind, auf den Kierkegaard, Shakespeare & Wittgenstein alle stolz sein müssten.

[…]

Nun, rein auf der Oberfläche betrachtet, kommt der Gebrauch & die Neuschreibung, die *Wittgensteins Mätresse* aus der epochemachend neuen Perspektive von Wittgensteins *Philosophischen Untersuchungen* macht, reichlich hochgelehrt daher. Ein Gutteil des expliziten Meister/Mätresse-Bezugs wird mittels Ähnlichkeit als Anspielung abgehandelt. Zeilen des Romans wie etwa »Von oben kann man das Meer sehen. Hier unten sind Dünen, die einem den Blick versperren«, sind bewusste Echos von Sätzen aus den *PU* wie »Ein philosophisches Problem hat die Form: ›Ich kenne mich hier in dieser Gegend nicht aus.‹«[15]

Ebenfalls schwerverdaulich anspielungsreich (manchmal allerdings nur noch schwerverdaulich) sind Kates ausgedehnte Grübeleien über den ontologischen Status benannter Gegenstände: Sie (genau wie wir alle es täten) bezeichnet zwar noch immer das von ihr abgebrannte Haus als Haus, doch stellt sie sich immer wieder die Frage, inwiefern ein zerstörtes Haus überhaupt noch ein »*Haus*« ist, von alteingeschliffenen Sprachgewohnheiten einmal abgesehen.

Oder aber sie wälzt Fragen wie der Art »Wo ist das Gemälde, wenn es in meinem Kopf ist statt an der Wand?« & fragt sich grübelnd, ob der Roman *Anna Karenina*, einmal angenommen, dass es nirgendwo mehr (unverbrannte) Exemplare von ihm gäbe, auch weiterhin *Anna Karenina* hieße. Oder sie verwundert sich über solche Fakten wie diesen hier: »Man kann durch unzählige Städte fahren, ohne die Namen jener Städte zu kennen.«

Ein Stück dieses narzisstischen Echos reicht ziemlich weit, also ist Markson, auf der Oberfläche betrachtet, manchmal mit seinen Anspielungen ein wenig ermüdend. Doch abermals lädt einen/mich die Mätresse ebenso wie der Meister nach *unten* ein: Was beim ersten Durchgang schwerfällig wirkt, erschließt sich einem später. Hübsche Nebeneffekte wie das zuletzt Genannte sind als Einladungen hochinteressant und nicht so sehr Anspielungen auf ein Genie als vielmehr hauchzarte Präfigurationen von Marksons eigenen Meditationen über und um einige der zentralen Themen von Wittgensteins *PU*.

Was einem zunächst als schwerverdaulich oder schwerfällig vorkommt, verfeinert sich nach gewisser Zeit in einen zerbrechlichen Anhauch von Resignation – will sagen Weltschmerz im Gegensatz zu Naivität oder Hybris –, der in den meisten von Kates Spekulationen über die Art und Weise mitschwingt, wie der Name dazu neigt, seinen Gegenstand bzw. sein Attribut zu »erschaffen«[16]; allerdings klingt umgekehrt ein Hauch von Neid an, sobald Kate die Denkbarkeit einräumt, dass Dinge existieren, ohne dass man sie benennt oder Prädikatsaussagen unterwirft. Der Grund, warum diese Schlacht Kate so nachhaltig beschäftigt & auch den Leser gefangen nimmt, hat teilweise mit der realen ethischen Pein zu tun, welche – wie wir annehmen dürfen – das lange Schweigen zwischen dem *Tractatus* & den *PU* erfüllte, doch lässt es sich ebenso einer originellen & tiefsinnig intelligenten Auslotung zuschreiben, die Markson einer Überlegung angedeihen lässt, die man als »die Feminisierung des Skeptizismus« bezeichnen könnte. (Was vermutlich ein schlechter Begriff ist, wenn man ihn bei so fortgerücktem Spielstand um sich wirft, da er Definitionen & so weiter verlangt; das hier Dargelegte ist ohnehin schon reichlich lang.)

Aber man nehme erstens das Bezugsfeld dieser Abstraktion und erinnere sich dann an pränominatives Zeug über Helena & Eva & Kassandra & den *Tractatus* plus an die ausgiebig erörterte zweite Hälfte des Double Bind, die als Zingulum den Solipsismus umschließt: den radikalen Zweifel nämlich bezüglich nicht allein der Existenz von Objekten, sondern auch des *Subjekts*, sprich Ichs.

Kates Text, der innerhalb seiner selbst als Schreiben anerkannt wird, ist ein verzweifelter Versuch der Wiedererschaffung & damit Belebung einer Welt mittels *Benennung* derselben. Die Hoffnungslosigkeit dieses Versuchs liegt Kates fast schon pathologischer Obsession von Namen – von Personen, Persönlichkeiten, Figuren, Büchern, Symphonien, Schlachten, Städten & Straßen – zugrunde und erklärt, was Markson so eindringlich via Wiederholung & Ton mitzuteilen versteht: Kate gerät völlig außer sich, sobald sie sich nicht gut genug an Namen erinnern – sie »heraufbeschwören«, »heraufrufen« – kann, auf dass sie sich *benehmen*. Und Kates Versuche einer Ontologie qua Nomination sind eine anrührende Synekdoche für nahezu die gesamte Geschichte intellektuellen Bemühens im weißen männlichen Westen.

Sie, Kate, schreibt – nicht weniger als Wittgenstein oder Kant oder Descartes oder Herodot – eine Welt. Die raffinierte Prägnanz von Marksons Bravourstreich besteht darin, dass Kates modern weiblicher Blickwinkel in der Verschwörung mit just jener desperaten Hoffnungslosigkeit, die ihrem Versuch der Welterschaffung zugrunde liegt,[17] ihr Vorhaben von vornherein doppelt zum Scheitern verurteilt. Dieses Scheitern ist es, das auf der Oberfläche evoziert wird: Skeptizismus & Solipsismus. Soll heißen, dass es ohnehin traurig genug ist, wenn es keine »Welt« *gibt*, die man in Kates Text gespiegelt sehen könnte; aber in *WM* werden ja Kates Erinnerungen *als solche* »in den Sand geschrieben«, sind sie selbst dem »Verfall«[18] & der Trockenfäule unterworfen, die ihrerseits in den Schleifen der Erinnerungen & Zusammenstellung ein derart dominantes und immer wieder auftauchendes Bild abgeben.

Sobald ich noch einen abschließenden Gedanken verdeutlicht habe, werde ich unverzüglich den Mund halten. Ich bin mir ziemlich sicher, dass es sich bei *WM* um ein unvollkommenes Buch handelt. Dennoch lassen sich aufgrund der großartigen emotionalen & politisch/literarischen & theoriebezogenen Leistungen des Romans manche Hinterfragungen zur Stimme, zum übergroßen Anspielungsreichtum & zum Stichwort »Erklärung« allesamt beiseiteschieben; das Buch evoziert eine Wahrheit, die vor ihm jede Menge anderer Bücher & Essays verhunzend umschifft haben: (zumindest) für die moderne Frau – d.h. die Frau, die sich sowohl als weiblich & modern begreift – laufen beide Seiten des solipsistischen Bind:

Falls ich existiere, existiert nichts außerhalb von mir.
Aber
falls etwas außerhalb von mir existiert, existiere ich nicht.[19]

auf ein und dasselbe hinaus – die Verdammung zum Gespensterdasein unter Gespenstern, wo frau als Kuratorin für ein Plenum von Statuen sorgt & Echos für Stimmen hält. Außerdem nötigen beide Binds an diesem Punkt dem Subjekt exakt das auf, was Kate von ihrer eigenen dramatischen Zwangslage aufgenötigt wird: eine Art parodistischer *Maskulinisierung* nämlich, in der die romantische Suche nach dem Abwesenden Objekt, sprich das Begehren nach Erreichen, bez. dessen *Un*erreichbarkeit diesem Begehren Odem & Brot garantiert, das Vermögen ersetzt, weder als Zentrum noch als Ziffer in der Welt zu sein, weder all-verantwortlich noch machtlos, Teil einer einzigen riesigen Familienähnlichkeit. Dass Marksons Kate urplötzlich das Interesse an Straßen verliert, sobald sie sie entdeckt hat, & auch an Daten, sobald sie diese »beherrscht« (!!), ist ebenso bescheuert & unvollkommen & menschlich & real wie, sagen wir einmal, Stendhals Losgehetze, um die *Kartause von Parma* zum Abschluss zu bringen, kaum dass Fabrizio endlich Clelia unter die Röcke geht …

Auch Kates letztliche Wertschätzung einzig und allein dessen, was *un*gesagt, *un*gelesen bleibt – dass sie die Seiten verbrennt, kaum dass sie sie gelesen hat, dass sie die Familie über Bord wirft, kaum dass sie, Kate, für sie »verantwortlich« ist; dass sie wahrscheinlich sogar ihren Brief mit dem schaurig/köstlichen Wissen spickt, dass er aufs Nichts zusteuert –, zitiert lediglich einmal mehr aufs Vollkommenste das schreckliche & anrührende Endrezept herbei, das der Meister im *Tractatus* festhielt. Denn dieses lautet so: »Meine Sätze erläutern dadurch, dass sie der, welcher mich versteht, am Ende als unsinnig erkennt, wenn er durch sie – auf ihnen – über sie hinausgestiegen ist. (Er muss sozusagen die Leiter wegwerfen, nachdem er auf ihr heraufgestiegen ist.)«[20]

Diese Passage handelt wie der Großteil von *WM* nur indirekt von dem, wovon sie wirklich handelt. Sie flüstert & sie spielt. In Wahrheit handelt sie von der Fülle der Leere, von der Bedeutung des Schweigens, wenn es ums Sprechen geht. Markson geht dieser Überlegung unter die Röcke (aus meinem männlichen Blickwinkel): denn Kates Monografie eignet die Qualität der Sprachlosigkeit im Traum, die kalte Stummheit, wie unaufschiebbare Dringlichkeit sie erzwingt, psychisches

Stottern. Und selbst falls es stimmt, dass Kates Leiter nirgendwohin führt, stimmt trotzdem ebenso sehr, dass kein Mensch eines der beiden Bücher in die Ecke werfen wird.

Anmerkungen

1 … die übrigens der Gefahr noch so gut wie jeder Parodie erliegt und den springenden Punkt von Leibniz' Rede von der besten aller denkbaren Welten missversteht.

2 Im Folgenden als *WM* abgekürzt.

3 Vgl. »Who's on First?«

4 Man vgl. den von Audi für die Modelle des Jahres 1989 in der Zeitschriftenreklame verwendeten Spruch: »Unser Auto setzt den Standard, indem es ihn ignoriert.«

5 Dies eine Unterscheidung Freges, eines Titans der Wittgenstein-Ära: Ein Wort oder eine Phrase zu *bezeichnen,* heißt darüber zu sprechen, und zwar mit zumindest impliziten Gänsefüßchen: bspw. »Kate« ist ein Name mit vier Buchstaben; ein Wort oder eine Phrase zu *benutzen*, heißt dessen Referenten zu bezeichnen: bspw. Kate ist qua Nichterscheinen anderer die Hauptfigur des Romans *Wittgensteins Mätresse* …

6 Es sei denn, man schaffte es, seinen Kopf von sämtlichen Konnotationen zu leeren und das Wort buchstäblich aus dem Altgriechischen zu übersetzen – dann erhielte »Monolog« vermutlich eine marksonianische Prägnanz, die kein anderer Begriff hätte …

7 … vielleicht noch Beckett in *Molloy* …

8 Überdies klingt in »Mätresse« jene exquisite Einsamkeit an, welche das Dasein als spracherzeugte Geliebte eines Mannes in sich birgt, der einer Frau in der Gefühlspraxis unmöglich eine Identität qua »Liebe« zu übertragen vermochte.

9 … auch wenn sie nie sagt, was wahr ist: dass sie zunächst nach einer ganz bestimmten Person gesucht hat, nämlich ihrem Mann, dann aber irgendwann nur noch nach irgendjemandem …

10 (Daten, die sie an sich selbst transferiert oder an ihr Ichbewusstsein oder an wen auch immer, der zufällig die Schnellstraße entlangfahren

mag, oder sowohl an sich selbst als auch an jemand anderen oder an keinen von beiden, oder vielleicht ist das alles nur als der Sand der englischen Sprache gedacht, der auf die Flut wartet.)

11 Im Folgenden stets als *Tractatus* abgekürzt; die 1953 erschienenen und ebenso berühmten *Philosophischen Untersuchungen* werden schlicht als *PU* abgekürzt oder aber kurz als *Untersuchungen*, dies ist die in der Branche übliche Kurzformel.

12 »Was nützt einem das Studium der Philosophie«, schrieb Wittgenstein bspw. 1946 während der Arbeit an den *Untersuchungen* an einen amerikanischen Studenten, »wenn es einem lediglich dazu verhilft, mit gewisser Plausibilität über einige abstruse Fragen der Logik usw. zu reden, wenn es einem keine klarere Einsicht in die wichtigen Fragen des Alltags verschafft?«

13 Dieser Drang nach Verbindungen ist fundamentaler und erschreckender als der humanistische Sirup des »Only connect« aus E.M. Forsters Roman *Wiedersehen in Howards End*: Letztgenannter verweist auf Beziehungen zwischen Personen, Ersterer auf die Denkbarkeit überhaupt irgendeines extracranialen Universums …

14 Außerdem haben mich die fortwährenden Verweise auf Haufen von kreuz und quer herumspringenden Tennisbällen begreifen lassen, dass Tennisbälle so ziemlich das beste makroskopische Symbol sind, das man sich für den Fluss atomistischer Fakten denken kann …

15 *PU*, S. 123: ein profundes Geschenklein, das grob gesprochen darauf hinweisen soll, dass wir jetzt & für immerdar »hier unten« in der Sprache, sprich in ihrem Inneren, festsitzen, d.h. im Parterre, & dass wir daher keine bessere Aussicht aufs Große Ganze haben als jemand, der erdverhaftet ist & bleibt, und steht im Gegensatz zu jemandem, der sich hoch oben in der Luft bewegt und auf den Erdenwurm & aufs Terrain ringsum hinabschauen kann, wodurch er vor der Folie anderer, noch größerer Muster Muster erkennt, die er als *Muster von etwas Größerem* begreift statt nur als das Terrain, das Labyrinth, die Welt, die Totale des erdverbundenen/erdgebundenen Menschen …

16 Themen wie Benennung als Befreiung, Präsenz als Privileg kennzeichnen ebenfalls einen Gutteil der feministischen Theorie, mit der sich der Autor des Romans als bestens vertraut erweist …

17 D.h., Kate unternimmt dies im Versuch, mental zu überleben, nicht etwa aus Interesse oder um Beifall oder eine Professur zu kassieren.

18 Ich warte immer noch darauf, dass feministische Theoretikerinnen anfangen, den *Verfall* als textuelles Phänomen aufzugreifen; das wäre die Sorte sarkastischen Witzes, mit der man Wahrheiten einfängt: »Verfall« ist ja im Wesentlichen die passiv gemachte »Dekonstruktion«, beobachtet eher als vorgenommen, wobei der Leser der ultimative »Abwesende« im poststrukturalen Totem der Absenz ist: Eines der Dinge, die Kates Erzählung auspackt, ist die unerhörte Beredtheit der Schriftstellerin als Zeugin, die voll und ganz passiv, ungehört bleibt: Vielleicht ist es gerade das, mehr noch als meine Thesen im abschließenden Absatz dieses Essays, was die feministische Wischna des Skeptizismus ausmacht.
19 Ich will hier niemandem seine Zeit stehlen & laut losbrüllen, was für eine wunderbare Umkehrung des *Cogito* & des ontologischen Arguments dies ist.
20 *Tractatus*, 6.54